KB021573

펭귄뉴스

김중혁은 1971년 경북 김천에서 태어나 계명대학교 국문학과를 졸업했다. 2000년 『문학과사회』에 중편 「펭귄뉴스」를 발표하며 등단했다. 소설집 『펭귄뉴스』 『악기들의 도서관』 『일층 지하 일층』, 장편소설 『좀비들』 『미스터 모노레일』 『당신의 그림자는 월요일』 등을 펴냈다.
http://www.penguinnews.net

김중혁 소설집
펭귄뉴스

초판 1쇄 발행 2006년 3월 10일
초판 19쇄 발행 2021년 6월 10일

지은이 김중혁
펴낸이 이광호
펴낸곳 ㈜**문학과지성사**
등록번호 제1993-000098호
주소 04034 서울 마포구 잔다리로7길 18(서교동 377-20)
전화 02) 338-7224
팩스 02) 323-4180(편집) / 02) 338-7221(영업)
전자우편 moonji@moonji.com
홈페이지 www.moonji.com

ⓒ 김중혁, 2006. Printed in Seoul, Korea
ISBN 978-89-320-1675-7 03810

이 책의 판권은 지은이와 ㈜**문학과지성사**에 있습니다.
양측의 서면 동의 없는 무단 전재 및 복제를 금합니다.
지은이는 2006년 한국문화예술위원회가 지원한 창작지원금을 수혜했습니다.

김중혁 소설집

펭귄뉴스

문학과
지성사
2006

차례

무용지물 박물관

無用之物 博物館

작은 것이 아름답다
　　— *프리츠 슈마허*

더 적은 것이 더 많은 것이다
　　— *미스 반 데어 로에*

　모든 것은 눈앞에 있어, 우리는 손만 뻗으면 돼, 라고 메이비가 말한다. 그 목소리가 귓속에 울려 퍼지면 그해 겨울이 생각나고, 그해 겨울을 생각하면 라디오가 떠오른다. 라디오를 생각하면 눈앞으로 다시 메이비의 얼굴이 지나간다. 그러니까 메이비와 그해 겨울과 라디오는 일종의 삼각주인 셈이다. 강이 운반해 온 모래가 바닷가 어귀에 쌓여 널찍한 삼각주가 되듯, 메이비와 그해 겨울과 라디오는 내 머리 속의 삼각주가 되어 모래사장처럼 편평한 기억의 평지를 만들어놓는 것이다. 모래사장에 누군가 흘리고 간, 반짝이는 동전 하나를 줍는 기분으로, 쌓여 있는 기억을 헤집으면서 나는 생각한다. 그렇지, 바로 그해 겨울이었지. 그해 겨울 메이비와 나는 라디오를 듣고 있었다.

레스몰 디자인

그해 나는 처음으로 사업이란 걸 시작했다. 사업이라고 해봤자 조그마한 디자인 사무실 하나 연 것뿐이지만 무엇인가를 책임지기로 작정한 것은 태어난 이후 처음이었던 것 같다. 아주어린 시절——아마 일곱 살쯤이었던 것 같은데——에 개 한 마리를 책임진 적이 있었지만 그때는 내가 개를 책임진다기보다오히려 개가 나를 돌보는 판국이었다. 나는 개를 사달라고 졸랐던 것 같고 부모님은 개를 사주면서 개밥 주는 일과 개집 청소는 나에게 책임지라고 했던 것 같다. 일곱 살 아이에게는 무리한 책임이었으므로 아마 나는 하지 않았을 것이다. 개밥을 들고줄 듯 말 듯 장난을 쳤던 기억은 어렴풋하게 난다. 개는 몇 달동안 나를 책임지다가 진력이 났는지 어느 날 집을 나가 돌아오지 않았다. 누군가를 책임진다는 것은 그렇게 힘든 일이다.

1월부터 준비를 시작했고 이리저리 뛰어다닌 끝에 4월 즈음에는 대안시 한구석에 디자인 사무실을 열 수 있게 되었다. 사무실의 이름은 '레스몰 디자인(LesSmall Design)'이었다. 누군가 "거, 이름이 너무 이상하지 않아? 무슨 레즈비언 전문 디자인 회사도 아니고 말야"라며 문제점을 제기했지만 그때는 이미사업자 등록도 모두 끝내놓은 상태였기 때문에 "그렇게라도 일이 생기면 다행이지, 뭐"라고 무시해 버렸다. 그 이름이 얼마나 엉터리 같은 것이었는지는 나중에 깨닫게 되었지만 그때는 그것이 최선의 선택이었다, 고 나는 생각한다.

사무실을 시작하고 나서는 닥치는 대로 일을 했다. 직원이라곤 여러 가지 잡무를 도와주는 아가씨 한 명——나는 그녀를 '그러게요아가씨'라고 불렀다——과 내가 전부였지만 사람이 모자란다는 생각은 들지 않았다. 기저귀 광고판, 할인마트 쇼윈도, 행사장 안내판 디자인 등 돈이 되는 일은 무조건 했다. 돈이 되는 줄 알고 시작했더니 돈이 되지 않는 일도 있었고 그 반대의 경우도 있었다.

10년 정도 대기업의 디자이너로 일하면서 깨달은 것이 하나 있다면 예술과 판매량은 정확히 반비례한다는 사실이다. 간단한 공식이다. 예술을 위해 제품을 만들면 실패하고 고객을 위해 제품을 만들면 성공한다. 내가 그 회사의 사장이었다면 디자이너들에게 이런 지침을 내렸을 것이다.

예술은 집에 가서 하고 회사에서는 디자인을 해라.

예술은 일종의 진창과 같아서 한번 발이 빠지게 되면 헤어나오기가 쉽지 않다. 한참 진창을 허우적거리다 보면 나중에는 자신이 하고 있는 것이 예술인지 자위행위인지도 분명하지가 않다. 그러다 문득 정신을 차렸을 때에는 이미 온몸에 흙탕물이 묻어 있어 어떤 것도 돌이킬 수 없게 된다. 예술은 집에 가서 해야겠다는 생각을 하게 되지만 집이 사라져버리고 마는 것이다. 10년 동안 일했던 회사를 그만둔 것은 회사의 디자인팀에 엉터리 예술가들이 너무 많았기 때문이다.

메이비

메이비가 디자인 사무실을 처음으로 방문한 것은 그해 겨울이었다. 아니 어쩌면 그 다음 해인지도 모른다. 시간이 흐르고 나면 그 뒤에 남는 것은 숫자가 아니라 덩어리로 뭉쳐진 기억이다. 몇 년 전의 12월과 1월을 도대체 어떻게 구별해 낼 수 있겠는가. 12월 겨울과 1월 겨울의 차이점은 거의 없다. 12월과 1월은 나의 손바닥과 같다. 두 개의 손바닥은 분명 다르게 생겼지만 손을 맞대어보면 정확하게 들어맞는다. 왼손에는 흉터가 있고 오른손에는 없고, 12월에는 크리스마스가 있고 1월에는 없고…… 그 차이다. 어쨌거나 메이비가 나에게 찾아온 것은 겨울이었다. 그 점만은 분명하다.

그해 4월부터 가을까지는 너무 열심히 일을 했기 때문에 겨울이 되었을 때는 금고에 쌓아두지도 못할 만큼 돈을 많이 벌게 됐다, 라고 얘기할 수 있으면 좋았겠지만 실은 몸만 축나고 말았다. 디자인 사무실을 운영하는 데는 어려움이 없었지만 빚을 좀 갚고 자료가 될 만한 책들을 사모으고, 그러게요아가씨에게

꼬박꼬박 월급을 주다 보니 남은 돈은 거의 없었다. 회사를 다닐 때와 비슷한 수입이었다. 그래도 엉터리 예술가들을 만나지 않을 수 있어서 좋았다.

나는 겨울잠을 자야 할 처지였다. 왼쪽 어깨는 화강암처럼 굳어 있어서 곧바로 잘라내 비석으로 써도 될 정도였고, 담배를 피울 때마다 임신한 여자처럼 헛구역질을 했다. 그러게요아가씨에게 "요즘 내 얼굴이 좀 핼쑥해진 것 같지 않아?"라고 물어보면 아니나다를까 그녀는 "그러게요"라고 대답해 주었다. 그래서 겨울에는 아무런 일도 하지 말아야겠다고 생각하고 있었는데, 정말 겨울이 되니까 일이 뚝 끊기고 말았다.

그러게요아가씨와 나는 사무실 귀퉁이에 만들어놓은 휴게실에 앉아 TV를 보면서 시간을 보냈다. 그해는 세인트루이스카디널스와 보스톤레드삭스가 월드시리즈에서 대혈전을 벌인 해였다. 나는 그러게요아가씨에게 야구의 룰을 설명해 주면서 함께 보스톤레드삭스를 응원했다. 어째서 보스톤레드삭스를 응원하게 됐는지, 그 이유는 정확히 기억나지 않는다. 아마 빨간색 양말이 예뻐서였겠지. 아무튼 그해 보스톤레드삭스는 3패 후 4연승을 하면서 극적인 우승을 했지만 우승 상금이 우리에게 돌아오는 것도 아니어서 그러게요아가씨와 나는 금세 심심해지고 말았다. 그러니까 그 심심한 때에 메이비가 사무실을 찾아온 것이다.

메이비의 첫인상은 좋은 편이 아니었다. 수염이 얼굴의 3분의 2 가량을 덮고 있었는데 나는 처음에 그게 개미 떼인 줄 알았다. 그럴 리가 없지, 하고 생각하면서도 그 수염만 보면 자글자글 개미 떼들이 지나가는 소리가 들리는 것 같았다. 눈이나 코, 입은 모두 정상에 가까웠지만 그 수염 때문에 전체적인 인상이 전혀 다르게 보였다.

"여기가 레스몰 디자인 사무실이 맞습니까?"

문을 열고 상체만 사무실 안으로 들어온 그가 물었다. 그렇다고 대답하자 그가 성큼성큼 안으로 걸어 들어와 명함을 내밀었다. 명함에는 회사의 이름과 메이비의 이름—당연히 메이비는 그의 본명이 아니니까—과 주소와 전화번호와 전자우편 주소 등등이 적혀 있었을 것이다. 나는 명함을 꼼꼼하게 들여다본 후 그에게 자리를 권했고, 그는 앉았고, 그러게요아가씨는 커피 두 잔을 가지고 왔다. 커피를 마시면서 그가 말했다.

"라디오 디자인을 부탁하고 싶은데요."

"라디오라고요?"

"네."

"그러니까 다이얼을 돌려서 주파수를 맞추고 방송을 듣는 그 라디오를 말씀하시는 겁니까?"

"그렇죠. 그 라디오죠."

나는 겨울잠을 자야 하는 처지였지만, 그리고 한동안 아무 일도 하지 않겠다고 다짐을 했지만 끝내 그 일을 맡고 말았다. 그건 아마도 메이비의 목소리 때문이었을 것이다. 그의 목소리는 내가 들었던 그 어떤 목소리보다도 저음이었는데, 너무나 낮아서 목에다 어떤 장치를 한 것이 아닌지 의심스러울 정도였다. 그의 목소리는 사람의 귀를 통과하는 것이 아니라 발바닥으로 파고들어 귀에까지 이르는 것 같았다. 메이비의 목소리는 피처럼 온몸을 통과해 심장으로 전달된 후 마음의 밑바닥을 돌멩이로 톡톡 두드리고 있었다.

압축

사무실 이름을 '레스몰'이라고 지은 이유는 소형 전자제품을 전문으로 디자인하고 싶었기 때문이었다. 회사에 다닐 때에도 전자제품 디자인에 관심이 많았고 소형 음성녹음기 디자인으로 어느 신문사에서 주는 디자인상을 받기도 했다. 상이라고 해봤자 대단한 것은 아니고 메달 하나에 상장 하나뿐이었지만—그 흔한 상금도 없었다—덕분에 디자인팀 전자제품부의 부서장이 되기도 했었다.

전자제품 디자인은 사내 디자인팀에서 하는 경우가 많지만 외부 업체에 맡기는 경우도 가끔은 있다. 외부 업체로 선정되기 위해서는 첫째, 규모가 큰 디자인 회사이거나 둘째, 전자제품 제조업체의 누군가와 끈이 닿거나 셋째, 전자제품의 구조와 시장 흐름을 잘 알거나, 적어도 셋 중 하나에는 들어맞아야 한다. 나는 물론 세 항목 모두 해당 사항이 없지만 '앞으로 어떻게든 되겠지' 하는 심정으로 무턱대고 회사를 차리고 말았다. 규모는 키우면 되고 끈이야 만들면 되고 구조쯤은 공부하면 된다, 대충 그런 생각이었다. 정말 어처구니없는 자신감이라고 할 수 있다.

4월부터 겨울까지 한쪽 어깨가 비석이 될 정도로 열심히 일을 했지만 전자제품 디자인 일은 한번도 들어오지 않았다. 메이비의 일을 맡기로 한 데는 이 일을 제대로 완성시켜 앞으로의 발판이 되도록 하자는 나름의 포부도 숨어 있었던 것이다. 두번째인가 세번째 메이비를 만났을 때 그가 이렇게 물었다.

"이름이 어째서 레스몰 디자인입니까?"

"적다의 'less, 작다의 small', 두 단어를 합한 거예요. 작은 디자인, 적은 디자인, 그게 저희 회사의 목표라고 할 수 있죠."

"아, 난 또……."

그는 말을 잇지 않았지만 무슨 생각을 하는지 알 것 같았다. 레즈비언 전문 디자이너로 오해받은 적도 있다는 얘기를 해줄까 하다가 관뒀다. 그가 다시 물었다.

"작다는 것은 좋은 겁니까?"

"디자인에서, 아님 일반적으로?"

"디자인에서요."

"큰 것보다는 작은 것이 낫겠죠. 좁아터진 지구에서 그나마 좀 작은 게 낫지 않겠어요? 휴대전화기를 한번 생각해 보죠. 손으로 들고 다녀야만 하는 휴대전화기와 바지 주머니에 넣을 수 있는 휴대전화기, 둘 중에 어떤 게 더 편리하겠습니까. 바지 주머니에 휴대전화기를 넣는다면 손이 자유로워질 수 있겠죠."

"바지 주머니를 크게 만드는 건 어때요?"

그가 그렇게 대답했을 때 나는 할 말이 없었다. 농담을 하고 있나 싶어 그의 얼굴을 자세히 봤지만 웃음기라고는 전혀 없었다. 나는 '그것 참 좋은 생각이군요, 전국 의류수선협회와 한번 상의해 보시죠'라고 대답해 줄까 하다가 너무 비아냥거리는 것 같아 그만두었다. 대신 그냥 웃어주었다.

"저는 디자인을 공부하면서 세계 전체를 모래 알갱이만큼 작은 곳에다 압축하는 것도 가능하지 않을까 하는 생각도 해봤습니다. 세상에는 정말 쓸모없는 것들이 많으니까요. 슈마허란 사람이 그런 뜻으로 한 말은 아니지만 정말 작은 것들이 아름답지 않습니까?"

그는 한참 동안 아무 말도 하지 않았다. 모래 알갱이를 반으로 쪼갠 다음 그 안에다 자신의 물품들을 차곡차곡 챙겨 넣는 모습을 상상하고 있었는지도 모른다. 그의 수염 몇 가닥에 작은 물방울들이 맺혀 있었다. 그것이 커피인지 땀인지 물인지는 알 수 없었다. 메이비가 커피를 마시면서 이야기했다.

"결국 압축이 관건인 셈이군요."

"압축하지 않는 건 죄악입니다. 디자인이든 삶이든 말예요. 너저분하게 자신의 생각을 나열하는 건 정말 비경제적인 짓입니다."

나는 평소에는 잘 얘기하지 않던 나의 디자인론까지 들먹이면서 작은 것이 어째서 아름다운지를 설명했다. 그 뒤에도 한참 이나 얘기를 늘어놓았지만 그는 아무런 대답 없이 묵묵히 내 얘기를 들었다. 그렇게 계속 얘기를 하게 된 이유는 역시, 그의 목소리 때문이었다. 그의 목소리가 주는 위압감을 견뎌내기 위해 나는 온갖 이야기들로 발버둥을 친 것이다. 나의 엉터리 같은 이야기 열 마디보다 그의 목소리가 주는 무게감이 훨씬 컸기 때문이다. 결국 나는 스스로 무덤을 파고 그 무덤에 얌전히 들어가 누워 있는 꼴이 되고 말았다. 그때 메이비에게 했던 이야기는 전혀 압축되어 있지 않았다. 압축은커녕 오후 5시의 그림자처럼 실제보다 몇십 배는 길어지고 말았다.

라디오

메이비가 내게 의뢰했던 라디오 디자인은 인터넷 라디오 방송국의 일이었다. 개국 10주년을 맞아 우수회원들에게 라디오를 사은품으로 주기로 했던 것이다. 인터넷 방송은 인터넷으로 들으면 될 것이지 굳이 라디오로 들어야 할 건 또 뭐람, 이라고 평소라면 생각했겠지만 돈이 관련되어 있는 문제였기 때문에 그런 생각은 전혀 들지 않았다.

그러게요아가씨와 나는 라디오에 관련된 자료를 모으기 위해 인터넷을 '뒤졌고 시내에 있는 서점이란 서점은 모두 찾아다녔다. 1920년대의 라디오 사진부터 2000년대의 최신형 라디오 내부 도면에 이르기까지 라디오라는 이름이 들어간 것이면 갈고랑이로 모두 긁어모았다. 어떤 디자인을 하든 가장 중요한 순간이 바로 자료를 수집하는 시점이다. 자료는, 너무 많아도 안 되고 너무 적어도 안 된다. 세상에 있는 모든 자료를 수집하겠다는 다짐을 하는 순간 상상력이 없어져버린다. 반대로 이 정도면 되겠지 하고 안도하는 순간 평범한 제품 디자인으로 전락하고 만다. 중용이야말로 디자이너가 갖추어야 할 최고의 덕목인 것이다. 그런 면에서 그러게요아가씨와 나는 꽤 호흡이 잘 맞았고 일을 잘해 나갔다고 생각한다.

메이비가 의뢰한 라디오의 디자인을 완성하는 데는 4주일이 걸렸다. 인터넷 방송국의 라디오 제작기술팀과 회의한 기간을 빼면 3주일하고 하루가 걸린 셈이다. 다른 일이 없었기 때문에 가능한 일정이었다. 메이비는 그 방송국의 프로듀서였는데 기술팀과 디자인의 일정을 조율하는 역할을 했다. 어째서 그렇게 좋은 목소리를 가진 사람을 DJ로 쓰지 않고 프로듀서로 쓰고 있느냐고 누군가에게 물어보았던 것 같은데 대답은 기억이 나질 않는다.

인터넷 방송국의 우수회원들에게 발송된 지 일주일 만에 라디오는 폭발적인 반향을 얻었다. 소문이 퍼지면서 백화점과 전자제품 전문 가게에도 판매용으로 내놓게 됐다.

라디오의 디자인은 아주 간단했다. 소형 라디오에서 사용하는 기다란 막대 안테나에서 아이디어를 얻었다. 라디오는 안테나뿐이었다. 안테나가 곧 라디오가 되도록 한 것이다. 안테나의 밑바닥에는 주파수나 채널을 선택하고 부가기능을 설정할 수 있는 다이얼을 만들었고, 안테나의 끝에 이어폰을 꽂을 수 있는 단자를 만들었다. 무선으로 기다란 막대를 투명하게 만든 다음 그 안쪽에다 주파수나 웹사이트 등을 표시할 수 있는 액정 화면을 만들었다. 담배 한 개비 정도의 크기로 사용할 수도 있고, 회초리처럼 길게 사용할 수도 있었다.

언론에서는 '라디오의 혁명'이라느니, '작은 것이 아름답다는 평범한 진리를 일깨워준 명작'이라느니, '안테나가 곧 라디오이며 라디오가 곧 안테나라는 형이상학적 질문이 내재된 철학적 테크놀로지'라느니 호들갑을 떨어댔지만 기분이 나쁘지는 않았다. 어떤 잡지사와의 인터뷰에서 얘기했던 세상의 모든 소리를 안테나 하나에 담고 싶었다는 내 말은, 레스몰 디자인이라는 이름과 함께 신문과 잡지의 제목으로 뽑혀 올라갔다. 그날부터 온갖 전자제품의 디자인 의뢰가 쏟아져 들어왔다. 그야말로 대성공이었다. 내가 "정말 대성공이야"라고 말하자 그러게요아가씨는 "그러게요"라고 했다.

달콤한 솜사탕으로 만든 성공의 구름 속을 허우적거리고 있을 때 메이비가 사무실로 찾아왔다. 메이비는 샴페인 한 병을 들고 왔고 우리는 '안테나 라디오'를 기다랗게 만든 다음 서로의 배를 쿡쿡 찌르면서 10분 만에 샴페인 한 병을 모두 비웠다. 작업을 진행하는 동안 그와 나는 친구가 되어 있었다. 그는 나보다 한 살이 적었다. 수염 때문에 전혀 그렇게 보이지는 않았지만.

"그래, 어때, 성공한 기분이?"

메이비가 물었다.

"전체 팀장이랍시고 매일 전화로 채찍질을 한 네 덕분이야. 너한테 매일 채찍질을 당하다 보니 반격할 무기가 필요하더라고. 그래서 안테나형 회초리를 만든 거지."

내 대답을 듣더니 메이비가 피식 웃었다. 미소를 지을 때에도 그의 수염 전체가 들썩였다. 참으로 단결력이 좋은 수염들이었다.

"그건 그렇고, 너한테 부탁할 게 있어서 왔어."

냉장고에서 캔 맥주 두 개를 꺼내 들고 왔을 때 그가 말했다.

"야, 왜 또 목소리 깔고 그래. 그 목소리만 들으면 심장이 울렁거린다니까."

캔 맥주 하나를 그에게 내밀었다. 딱, 하는 소리와 함께 맥주 거품 몇 방울이 고개를 삐죽 내밀었다.

"라디오 하나만 더 디자인해 줄 수 있겠어?"

"또 라디오야? 이번엔 어떤 라디온데?"

"그냥 라디오. 다이얼을 돌려서 주파수를 맞추고 방송을 듣는……."

"그건 이미 만들었잖아."

"그랬지."

"그런데 뭘 또 만들어?"

"이번 건 좀더 크게 만들어줬음 좋겠는데."

"크게? 얼마나?"

플레이볼 라디오

안테나 라디오 작업 때문에 라디오에 대한 자료를 수집하다 재미있는 일화 하나를 발견했다. 라디오라는 기계가 도대체 무슨 일을 하는지 잘 알려져 있지 않았던 1930년대 즈음의 이야기다. 영화감독 오손 웰즈는 H. G. 웰즈의 소설 『세계 전쟁』을 드라마로 각색해 방송한 적이 있었는데 아마 화성인이 몰려와 지구를 공격하는 내용이었던 모양이다. 라디오 속에서 우당탕탕 하는 소리와 함께 대국민 방송이 들려왔고 그 방송을 들은 수천 명의 사람들은 실제로 화성인이 지구를 침략한 것이라고 굳게 믿었다는 것이다. 그 뒤로 일이 어떻게 진행됐는지, 실제로 몽둥이를 들고 화성인을 죽이기 위해 길거리로 나선 사람은 없었는지, 화성인에게 살해당하느니 스스로 목숨을 끊고 말겠다는 생각으로 자살한 사람은 없었는지에 대한 이야기는, 아쉽게도 전혀 없었다. 자료는 늘 그런 식으로 중요한 부분에만 밑줄을 그어둔다.

그 드라마가 라디오가 아닌 텔레비전으로 방송되었다면 상황은 달랐을 것이다. 화성인 분장을 한 누군가——1930년대였으니 분장이라고 해봤자 뻔하지 않았겠는가——가 텔레비전에 등장했다면 아마 모두 키득거리며 재미있게 쇼를 지켜봤을 것이다. 어떤 디자이너의 말처럼 라디오란 '현세의 규칙 너머에 존재하는' 물체인 것이다. 규칙을 무시할 수 있고 시간을 넘나들수 있고 공간을 건너뛸 수 있는 것이 바로 라디오다.

메이비는 라디오를 믿었고, 좋아했다. 지금까지 내가 만난 어느 누구보다도 라디오를 좋아했다. 그는 텔레비전은 거의 보지 않는다고 했다. 한번은 메이비와 함께 야구 이야기를 한 적이 있다. 메이비 역시 야구를 좋아했기 때문에, 우리는 각자 제일 재미있게 본 야구 경기를 입으로 중계방송했다. 압축이야말로 지상 최대의 과제라는 신념으로 살고 있는 나는 2분 만에 한 경기를 끝냈지만 메이비는 달랐다. 그는 몇 년 전 야구장에서 본 프로야구 경기를 20분 넘게 설명했다. 야구장에서 불어오던 바람의 느낌, 긴장한 선수들의 몸동작, 파란 하늘 속으로 날아가는 하얀 야구공에 대한 설명을 정말 실감나게 묘사했다. 20분이 금방 지나가버렸다. 묘사도 묘사지만 무엇보다 그의 목소리가 너무 멋졌다.

"참, 월드시리즈는 봤지? 우와, 정말 멋진 게임이었어."

"맞아, 정말 멋졌지."

"설마, 그건 텔레비전으로 봤겠지?"

"아냐. 우리 집엔 텔레비전도 없는걸. 라디오 중계방송을 들었지."

"야, 아깝다. 그 장면은 텔레비전으로 봤어야지."

"라디오가 좋은 점도 있어. 물론 중계방송을 누가 하느냐에 따라 재미가 없어지기도 하지만 말야. 소리만 들어도 제법 실감이 난다고."

"좋아, 그럼 마지막 경기에서 보스턴레드삭스가 결승점을 올린 순간을 한번 설명해 봐."

"음, 조니 데이먼이라는 왼손 타자였지. 그땐 중요한 경기여서 라디오 두 대를 동시에 켜놓고 있었어. 한쪽은 미국 현지 방송이었고 한쪽은 한국 방송이었지. 9회 말이었고 2 대 2 상황에다 주자는 2루에 한 명, 3루에 한 명 있었지. 첫번째 스트라이크는 그냥 흘려보냈어. 투수의 제구력이 좋지 않았으니까 일단 기다려본 거겠지. 그때 심판 목소리 들어봤어? 그날따라 심판의 목소리가 굉장히 컸는데 9회 말의 그 목소리는 정말 쩌렁쩌렁했지. 뭐랄까, '이제 슬슬 끝낼 때가 됐지?'라는 생각을 하고 있는 것 같았어. 마지막 남은 힘을 모두 쏟아부었던 거지. 공을 잡는 포수가 그 목소리에 깜짝깜짝 놀라서 실수라도 하지 않을까 싶을 정도였다고. 두번째는 바깥쪽 구석으로 떨어지는 싱커였어. 타자를 너무 얕본 거야. 그 정도 엉터리 유인구에 속을 타자는 아니었으니까 말야. 세번째 역시 바깥쪽으로 빠지는 커브였는데 그때부터 야구장이 시끄러워졌어. 관중들이 모두 일어서서 소리를 지르기 시작했다는 걸 느낄 수 있었지. 원 스트라이크,

투 볼이었으니까 말야. 뭔가 일이 벌어지기에 딱 좋은 상황이었지. 그때 투수는 꽤 고민을 했던 모양이야. 한참 동안이나 우두커니 서 있었어. 다른 일은 전혀 생기지 않았어. 중계방송을 하던 아나운서도 조용했고, 미국 방송 역시 관중들의 함성소리만 흘러나왔으니까. 투수는 무슨 생각을 하고 있었을까? 몇 초 후에 딱, 하는 소리가 들렸어. 아주 경쾌한 소리여서 듣기만 해도 안타라는 걸 알 수 있었지. 정확하게 끌어당겨 친 우중간의 2루타쯤이 아닐까 싶었어. 그거 알아? 외야수들은 공이 배트에 맞는 소리만 듣고도 공이 떨어질 위치를 알아낸다고. 3루 주자는 여유 있게 홈으로 들어왔겠지. 아마 걸어 들어왔을지도 몰라."

메이비의 설명을 듣고 있으니 그 경기를 보는 동안 무엇인가 놓친 것이 있다는 생각이 들었다. 그게 무엇인지는 알 수 없었지만 말이다. 내가 텔레비전으로 본 것은 어쩌면, 메이비가 라디오로 들은 소리들을 뒤늦게 영상으로 제작한 것일지도 모른다는, 정말 어처구니없는 생각까지 들었다. 메이비가 설명한 경기의 그 순간들이 정확히 기억나질 않았다. 그때 나는 무엇을 보고 있었던 걸까. 그러게요아가씨에게 야구 룰을 설명해 주고 있었던 것일까? 아니면 보스턴레드삭스가 이기게 해달라는 기도를 하고 있었던 것일까? 내 기억이 정확하다면 3루에 있던 주자는 분명 걸어서 홈으로 들어왔다.

두번째 라디오

"무조건 크게 만들면 되는 거야? 얼마나 커야 하는 건데?"

내가 계속 물었지만 메이비는 한동안 아무 말도 하지 않았다. 탁자 위에 있던 캔 맥주만 만지작거리고 있었다. 한참 후에 무엇인가 결심했다는 듯 그가 입을 열었다.

"이런 부탁하는 거 미안하긴 한데, 디자인비는 아주 조금, 아니 거의 못 줄 거야. 물론 거절해도 돼."

"그럼 거절할게."

내가 웃으며 말했다. 메이비는 고개를 들고 내 얼굴을 보더니 장난이라는 걸 눈치챘다.

"실은, 나, 오래 전부터 시각 장애인을 위한 인터넷 라디오에서 자원봉사를 해오고 있거든. 나 거기선 디제이야."

그는 디제이라는 단어를 말하면서 부끄럽다는 듯 말끝을 흐렸다.

"어쩐지⋯⋯. 내 그럴 줄 알았어. 그 목소리로 어느 구석에선가 디제이 같은 걸 하고 있을 줄 알았다고. 야, 진작 말했어야지. 그랬으면 네 방송을 열심히 들었을 텐데."

"재미있는 방송은 아냐. 그냥, 시각 장애인들을 위한 방송일 뿐이야."

"아무튼 멋지다. 디제이라니⋯⋯. 꼭 들어볼게. 그런데 라디오 디자인 얘긴 뭐야?"

"이번에 네가 디자인하는 걸 보면서 시각 장애인 방송국에서도 라디오를 선물로 주면 좋겠다는 생각이 들었거든. 그 디자인을 너한테 부탁하고 싶어서."

"안테나 라디오 디자인으로는 안 된다 이거지?"

"그렇지, 일단 그건 너무 작아서 말야. 라디오이면서 시각 장애인들에게 도움이 될 만한 기능도 있으면 더 좋을 텐데. 아무튼 그런 디자인을 좀 부탁해도 되겠어?"

"전에 생각해 놓은 건데, 지팡이 있잖아. 시각 장애인용 흰색 지팡이에다 라디오 기능을 덧붙이면 어떨까? 그러면 안테나 라디오하고 비슷할 테니 시간도 절약할 수 있고."

내가 말했다. 메이비는 고개를 좌우로 흔들었다.

"괜찮긴 한데 좀 무리가 있겠다. 시각 장애인들은 귀가 눈 역할을 대신 하는데 길거리에서 라디오를 듣고 있을 수는 없잖아."

"길을 걸을 때는 지팡이 역할을 하고, 쉬고 있을 때는 라디오 역할을 하는 거지. 아, 그리고 인터넷 연결이 가능하니까 지팡이에다 GPS 기능하고 내비게이션을 추가하면 괜찮을 것 같은데?"

"GPS까지? 그런 게 있으면 좋긴 하겠지만……."

"걱정하지 마. 나한테 맡겨두라고."

메이비가 하는 일이라면 뭐든 도와주고 싶었다기보다 메이비에게 빚진 걸 갚고 싶었다. 그가 아니었다면 나는 여전히 백화점 진열장 디자인이나 광고판 같은 것이나 만지작거리고 있었을 테니까 말이다. 물론 그런 일들이 나쁘다는 것은 아니다. 적어도 그 시기에 내가 하고 싶었던 일은 아니었다.

큰소리는 쳤지만 큰소리칠 일이 아니었다. 시각 장애인용 지팡이를 디자인한다는 것은 간단한 일이 아니었다. 아니, 지팡이를 만드는 건 간단한 일일 수 있지만 지팡이와 라디오를 결합시킨다는 것은 쉬운 일이 아니었다. 그리고 무엇보다 시각 장애인용 지팡이는 반드시 흰색이어야만 한다는 제한이 있었다. 멀리서도 잘 보이게 하기 위해서 지팡이 색깔을 흰색으로 한 것은 이해가 가지만 디자이너의 입장에서 흰색은 재앙에 가까운 색이다. 하지만 법률로 정해진 것이니 어쩔 수 없었다.

그러게요아가씨는 그 즈음 휴가를 떠난 상태였다. 안테나 라디오 일이 끝난 후, 일종의 포상 휴가인 셈이었다. 나는 하는 수 없이 혼자서 자료를 수집했다. 하긴, 자료 수집이랄 것도 없었다. 시각 장애인용 흰색 지팡이의 자료라고 해봤자 책 한두 권과 종이 쪼가리 몇 장이 전부였으니 말이다. 시각 장애인용 흰색 지팡이에 세계 최고의 디자인 감각을 불어넣을 필요는, 전혀 없기 때문에 시중에 나와 있는 지팡이의 종류는 고작 열 가지 안팎이었다. 모두 흰색이었고 접는 형태나 손잡이 부분이 조금씩 다를 뿐이었다.

시각 장애인용 라디오를 디자인해 주기로—— 디자인비는 맥주 한잔 얻어먹는 걸로 대신하기로 했다. 아예 공짜로 해줄 수는 없는 일이니까— 약속한 지 삼사 일이 지났을 때였다. 나는 저녁 늦게까지 사무실에 있었다. 자료용으로 구입한 시각 장애인용 흰색 지팡이를 뚫어져라 바라봤지만 흰색 지팡이는 아무런 말이 없었다. 아무런 말이 없을 때는 말을 걸지 말아야 한다. 텔레비전을 켜보았다. 스포츠 채널에서는 아이스하키를 방송하고 있었고 영화 채널에서는 오래전에 보았던 전쟁영화를 방송하고 있었다. 아이스하키나 전쟁 같은 것에는 관심이 없었다. 볼 만한 프로그램이 없다는 생각을 하니 더 심심해졌다.

나는 사무실 구석에 놓여 있던 안테나 라디오를 틀어보았다. 노트북과 무선으로 연결시켰더니 곧 노트북의 스피커를 통해 라디오 방송이 들렸다. 마르셀이라는 그룹의 '블루문'이라는 노래가 스피커를 통해 흘러나왔다. 1960년대에 발표된 노래답게 조금은 느끼한 구석이 있는 멜로디였다. 라디오를 쥐어짜면 기름이 뚝뚝 떨어질 것 같았다. 나는 다이얼을 돌려 들을 만한 방송을 찾아봤지만 모두 그저 그랬다. 노래를 하고 있거나 얘기를 하고 있거나 얘기를 하다가 노래를 하거나, 대부분 그랬다. 하긴 라디오 방송을 하면서 그것말고 할 수 있는 게 뭐가 있을까 싶었다. 채널을 인터넷 방송 쪽으로 돌려봤지만 그쪽도 사정은 마찬가지였다.

아, 하고 내 머리를 쳤다. 바보 같은 녀석, 하고 다시 한번 머리를 쳤다. 메이비가 진행하는 라디오 방송 생각을 하지 못한 것이다. 나는 '시각 장애인을 위한 인터넷 라디오'로 접속해 실시간 방송을 틀었고, 운 좋게도 곧바로 메이비의 목소리를 들을 수 있었다. 라디오로 흘러나올 때도 그의 목소리는 개성을 잃지 않았다. 라디오 속에서 수천 명이 한꺼번에 소리를 지른다고 해도 그의 목소리를 알아들을 수 있지 않을까 싶을 정도였다. 방송 시간표 페이지를 다시 열고 지금 나오고 있는 방송의 제목을 보았다. 제목은 '메이비의 무용지물 박물관'이었다. 그때 메이비라는 이름을 처음 알게 됐다. 그때부터 나는 메이비를 메이비라고 부르기 시작했다. 메이비라고 부르기 전에는 뭐라고 불렀는지, 그의 이름을 불렀는지, 아니면 그냥 어이 친구, 하고 불렀는지는 기억이 나질 않는다. 호칭 같은 것이야 기억이 나질 않아도 크게 문제되는 것은 아니므로 나는 그냥 메이비라는 이름으로 그와 있었던 모든 일을 기억한다.

메이비의 라디오

"방금 들으신 곡은 빅스타라는 그룹의 「Watch The Sunrise」였습니다. 기타 소리가 참 좋죠? 전형적인 1970년대 풍의 팝송이었습니다. 저는 그때 어린애였기 때문에 팝송은 듣질 못했지만 참 좋은 노래들어 많았던 것 같아요. 요즘 노래들에 비해 친절한 것 같다는 생각이 들 때도 있습니다. 저만 그런가요? 이 노래를 들으니까 새벽의 풍경이 떠오르네요. 밤늦게 라디오 녹음을 하고 나서 뒷정리를 하다 보면 밤을 꼬박 새게 되는 경우도 있는데요, 그럴 땐 기분이 참 좋습니다. 뭐랄까, 새벽의 모든 것들에게 포위당하는 듯한 기분이 듭니다. 시계를 보고 아는 게 아니에요, 절대로 아니죠. 안개 같은 건데요, 블라인드처럼 천천히 위에서 아래로 내려오죠. 제일 먼저 느껴지는 건 어떤 소리들이에요. 풀벌레 소리일 때도 있고 자동차 소리일 때도 있죠. 밤 동안 사라졌던 소리들이 조금씩 살아나는 겁니다. 차가 하나도 없던 도로 위로 바퀴 굴러가는 소리가 들리고, 신문을 배달하는 자전거 체인 소리가 침묵의 껍질을 툭툭 치기도 하고요. 그 소리들이 밤을 깨워놓고 나면 그제야 빨간 일출이 시작되는 겁니다. 이거, 시작부터 제가 말이 좀 많았군요. 노래 한 곡 더 듣죠. 해돋이 노랠 들었으니까 이젠 해 지는 노래로 가 보죠. 아파트먼츠의 「Sunset Hotel」입니다."

평범한 방송이었다. 평범한 노래에 평범한 이야기였다. 하지만 그걸 설명하는 사람이 메이비이다 보니 전혀 평범하게 들리질 않았다. 그의 목소리를 들었을 때 정말 시간이 새벽으로 바뀐 것 같았다. 멀리서 풀벌레 소리가 들리는 것 같기도 했고……. 그는 연금술사처럼 평범한 것들을 무엇인가 특별한 것으로 만드는 재주가 있었다. 확실히 비범한 재능이다.

「Sunset Hotel」은 한밤중에 들려주는 노래치고는 지나치게 침울했지만 그런대로 괜찮은 노래 같았다. 나는 소파에 누워 눈을 감고 노래를 들었다. 노래를 들으며 선셋호텔을 생각했다. 어딘가에 정말 있을지도 모를 선셋호텔을 그려보았다. 어쩐지 광활한 평야에 있을 것 같고, 어쩐지 크기는 작을 것 같고, 어쩐지 프론트의 남자는 꾸벅꾸벅 졸고 있을 것 같은 선셋호텔을 눈앞에 그려보았다. 선셋호텔 대신 졸음이 몰려왔다.

노래가 끝나고 메이비가 무슨 말인가를 했고 다시 노래가 흘러나왔다. '라디오 방송, 이렇게 하라'는 교본을 보고 있는 게 아닌가 싶을 정도로 모범적인 방송이었다. 디제이의 적당한 말과 한밤에 어울리는 적당한 음악이 반복됐다. 30분이 지나고, 짧은 광고 후에 메이비의 목소리가 이어졌다.

"비틀즈라는 아이디로 올라온 글이 하나 있습니다. 읽어볼게요. '왜 색은 만질 수 없는 걸까요? 색을 만질 수 있다면 앞이 보이지 않는 것도 그렇게 괴롭진 않을 것 같아요. 전 비틀즈를 좋아하는데요, 그 중에서도 「Yellow Submarine」이라는 노래가 제일 좋아요. 그 노래를 듣고 있으면 제가 바다 속에 들어간 느낌이거든요. 그리고 그 노래를 듣고 있으면 노란색이 어떤 색인지 정말 궁금해요.' 사연과 함께 비틀즈의 「Yellow Submarine」을 신청하셨습니다. 정말 색이 만질 수 있는 거라면 좋겠네요. 그런데 궁색한 위로처럼 들릴지도 모르겠지만 인간이 눈으로 볼 수 있는 색은 아주 적은 수에 불과하다고 합니다. 눈은 말이죠, 느낌을 단순화하려는 경향이 있어서 미묘한 색을 아주 단순하게 축소해서 본대요. 정말 게으른 녀석이죠? 비틀즈님의 사연을 읽고 나서 오늘 박물관의 소장품을 결정했습니다. 오늘은 잠수함에 대해서 얘기를 해볼게요. 먼저 비틀즈의 「Yellow Submarine」부터 들어보겠습니다."

메이비의 이야기를 듣는 순간 '무용지물 박물관'이라는 제목의 의미를 알 것 같았다. 나는 소파에서 일어나 노트북 앞으로 갔다. 시각 장애인 라디오 사이트를 열어 메이비의 방송 페이지를 훑어보았다. 메이비의 방송은 그날로 96회째였고 각 회마다 작은 글씨로 부제가 달려 있었다. 고층 빌딩, 캠코더, 만화책, 야구, 크리스마스 트리, 도서관, 공항과 같은 사물의 이름이 가득 적혀 있었다. 그리고 페이지의 가장 아래쪽에는 다음과 같은 문구가 적혀 있었다.

모든 것은 바로 눈앞에 있다. 우리는 손만 뻗으면 된다.

나는 초대되지 않은 파티에 간 사람처럼 마음이 불편해졌다. 어쩐지 계속 눈을 감고 있어야만 할 것 같았다. 비틀즈의 노래가 끝나고 다시 메이비의 목소리가 들려왔다. 나는 눈을 감았다.

"잠수함 설명하기가 아무래도 힘들 것 같아서 제가 집에 있는 잠수함 모형을 하나 가지고 왔어요. 비틀즈의 영화 「Yellow Submarine」에 등장했던 잠수함이에요. 청취자 여러분들이 이걸 직접 만져볼 수 있다면 좀더 이해가 쉬울 텐데 아쉽네요. 전체적인 모습은 입이 툭 튀어나온, 심술 맞은 물고기 같아요. 심술난 것처럼 입을 삐죽 내밀고 한번 만져보세요. 잠수함 앞모습이 바로 그래요. 그리고 몸통은 비늘을 다 긁어낸 물고기라고 생각하면 될 거예요. 미끈하죠. 창문은 왼쪽에 여덟 개, 오른쪽에도 여덟 개가 있어요. 이 창문을 통해서 바다 속 풍경을 보는 거죠. 그리고 꼬리 쪽에는 방향을 조종하는 지느러미 같은 게 달려 있어요. 지느러미 아래쪽에는 잠수함이 앞으로 나갈 수 있게 프로펠러가 두 개 달려 있어요. 프로펠러는 바람개비를 생각하면 될 거예요. 그리고 위쪽에는 네 개의 잠망경이 올라와 있는데요, 잠망경은 잠수함이 물 위로 올라오지 않고도 바깥을 볼 수 있도록 기역자 모양으로 만들어놓았어요. 굽힐 수 있게 만든 스트로 아세요? 그걸 잠망경 모양이라고 생각하면 돼요. 음, 그리고……."

나는 계속 눈을 감고 있었다. 완전한 어둠이었다. 그 어둠 속에서 무엇인가 꿈틀거렸다. 눈이 저절로 떠지려고 했지만 나는 눈을 더 세게 감았다. 다시 무엇인가 꿈틀거렸다. 메이비의 설명을 들으면서 나는 어둠 속에다 잠수함을 그려보려고 했다. 메이비의 설명과는 전혀 다른, 내가 전에 알고 있던 잠수함이 자꾸 떠올랐다. 나는 눈앞으로 떠오르는 잠수함을 계속 침몰시키고 메이비의 잠수함을 그려보았다. 툭 튀어나온 앞모습을 그리고 창문을 그리고 꼬리 쪽으로 가다 보면 앞모습은 이미 어둠 속으로 사라지고 없었다. 나는 꼬리를 그리고 다시 한 번 앞모습을 그렸다. 잠망경을 그리고 나면 프로펠러가 사라졌고 프로펠러를 그리면 창문이 없어졌다. 여덟 개의 창문을 그리는 일이 가장 어려웠다. 왼편의 창문을 그리면 오른편의 창문이 흔적도 없이 사라지고 말았다. 수십 번을 시도한 끝에 한 대의 잠수함을 완성할 수 있었다. 퍼즐 맞추기를 할 때처럼 조각이 모여 한 대의 잠수함이 되었다. 하지만 거기엔 색이 없었다. 선만 있을 뿐이었다. 메이비의 목소리가 들렸다.

"자, 이제 우리가 잠수함이 한번 돼볼까요? 제가 자주 하는 놀이인데요, 욕조에 물을 받은 다음 스트로를 입에 물고 물속으로 들어가는 거예요. 우리에겐 그 스트로가 잠망경인 셈입니다."

사무실에 욕조 따위는 없다. 하지만 욕조가 있었다고 해도 나는 움직일 수가 없었을 것이다. 내 눈앞의 캄캄한 어둠 속에서 잠수함이 조금씩 움직이고 있었으니까.

노란 잠수함

메이비의 방송을 처음 듣고 눈앞에 잠수함을 그렸던 그날, 나는 메이비의 지난 방송을 모두 들었다. 물론 방송 전체를 들은 것은 아니고 메이비가 사물을 묘사하는, 이른바 '무용지물 박물관' 코너만 골라 들었다. 나는 방송을 틀어놓고 어둠 속에서 사물을 그려나갔다. 초창기의 방송은 설명이 너무 뒤죽박죽이어서 도저히 그림을 그릴 수 없는 경우도 있었다. 최근 방송일수록 그림을 그리기가 쉬웠다. 나는 다음날 오후까지 계속 방송을 들었다. 계속 눈을 감고 있었기 때문인지 그렇게 피곤하지는 않았다.

나는 에펠탑과 암스테르담의 쉬폴 공항과 보잉707의 기내 모습과 레이먼드 로위가 디자인한 그레이하운드 버스와 최신형 캠코더와 마드리드에 있는 엘에스코리알 수도원을 눈앞에 생생하게 그려낼 수 있었다. 사진이나 동영상, 혹은 모형으로 봤을 때와는 전혀 다른 느낌이었다. 캄캄한 어둠 속에서 그려진 그 사물들은 움직이지 않는 무생물이 아니라 살아 있는 동물 같았다.

나는 그날 지난 방송을 모두 듣고 메이비에게 전화를 걸어 '시각 장애인용 라디오 디자인'을 포기하겠다고 했다. 메이비는 계속 이유를 물었지만 나는 '일이 너무 많아서'라고 얼버무리고 말았다. 이유를 설명하고 싶었지만 그때는 적당한 말이 떠오르질 않았다. 대신 '시각 장애인을 위한 인터넷 라디오'로 매달 기부금을 내겠다고 했다. 그렇게라도 메이비에게 빚진 걸 갚고 싶었다. 전화를 끊고 나니 피곤했고, 졸렸다. 며칠이고 잠들 수 있을 것 같았다. 다음날 잠에서 깨어났을 때는 모든 것이 꿈처럼 느껴졌다.

그 후의 일들은 사실 자세하게 기억이 나질 않는다. 살다 보면 기억의 줄기 한가운데 검은 테이프를 붙여놓은 것처럼 깜깜한 시기가 있는데 내게는 그때가 그랬다. 무너져버린 제방을 밟고 흘러가는 강물처럼 모든 것이 너무나 빨라서 시간이 흘러가고 있다는 것도 느낄 수 없었다. 인간의 삶 역시 가속도가 붙는 게 아닌가, 라는 생각을 할 때가 있다. 스무 살 무렵은 더디고 더디지만 어느 정도 세월이 흐르기 시작하면 도무지 걷잡을 수 없을 정도로 빨라지는 것이다. 브레이크가 파열된 자동차처럼 언덕 아래로 사정없이 미끄러지다가 쾅, 하고 박살나버리는 것이 바로 인간의 삶이라고 생각하면 조금 무섭다는 생각이 들기도 한다. 속도를 줄이기 위해선 어쨌거나 조금은 가벼워야 할 필요가 있다, 고 나는 생각한다.

메이비와는 그 뒤로 한동안 만나질 못했다. 나는 레스몰 디자인 사무실을 꾸려가야 했고, 그 역시 여러 가지 일로 바빴다. 가끔 전화로 서로의 안부를 묻는 정도였다. 하지만 시각 장애인을 위한 인터넷 라디오에 내는 기부금은 한번도 빼먹은 적이 없다.

그 후로 한번 메이비가 사무실에 들른 적이 있었다. 나는 면도기의 디자인을 위해 며칠 밤을 꼬박 샌 뒤였기 때문에 제정신이 아니었다.

"얼굴이 별로 안 좋아 보이네?"

메이비가 말했다. 좋을 리가 없었다.

"일이 좀 많아. 다 너 때문이지. 너만 없었으면 이렇게 일이 많지는 않았을 거라고."

나는 농담을 했다. 그는 여전히 수염을 들썩거리며 미소를 지었다.

"쉬면서 해. 참, 그때 그 라디오 제작은 취소됐어. 사정이 워낙 어렵다 보니 말이야. 그런데 회사에 얘길 했더니 네가 디자

인한 안테나 라디오 2천대를 시각 장애인들에게 무료로 나눠주
겠다고 하더라. 그거라도 있으면 도움이 될 거야. 너한테 디자
인을 받았으면 더 미안할 뻔했어."

"잘 됐네."

할 말이 없었다. 아직 야구 시즌도 아니었기 때문에 야구 얘
기를 하기도 힘들었다. 나는 망설이다가 얘기를 꺼냈다.

"나, 네 방송 매일 들어."

"어, 그래? 요즘도 듣고 있었어?"

"음. 재미있어."

"재미있다니 다행이다. 요즘 회사일이 너무 바빠서 자원봉사를
그만둘까 하는 생각도 있었는데, 그럼 안 되겠네."

"당연히 안 되지. 너같이 뛰어난 디자이너를 잃어버리면 안
되지."

"내가 디자이너라고?"

"물론이지. 넌 최고의 디자이너야."

나는 진심으로 그렇게 생각했다. 지금 생각해 보면 내가 '시
각 장애인을 위한 인터넷 라디오 디자인'을 그만둔 이유는 열등
감 때문이었던 것 같다. 메이비의 방송을 듣고 난 다음부터, 나
는 디자인을 한다는 게 조금씩 두려워지기 시작했다. 그의 라디
오 방송이 도대체 어떤 영향을 미쳤는지는 정확히 알 수 없었지
만 내 안의 무엇인가가 조금 바뀐 것만은 분명하다.

오래전부터 나는 디자인이란 통조림이라고 생각해 왔다. 통

조림을 따는 순간부터 내용물은 썩기 시작한다. 디자인이 완성되어 제품이 출시되는 순간, 디자인은 이미 낡은 것이 된다. 하지만 메이비가 만들어낸 디자인은 절대 썩지 않았다. 디자인이란 정말 무엇인가, 하고 생각해 본다. 물론 답은 없다.

나는 그런 고민을 하는 사람치고는 레스몰 디자인 사무실을 잘도 운영해 나가고 있다. 디자인이란 무엇일까 라는 고민은 집에 가서 하고 회사에서는 돈을 벌기 때문에 가능한 일이었다. 가끔씩은 회사에서 고민을 하고 집에 가서 돈을 벌 수도 있을 텐데 그것만은 뒤바뀌질 않는다.

이제는 레스몰 디자인의 규모도 꽤 커져서 디자이너가 다섯 명에다 자료수집원 및 보조 디자이너가 세 명이다. 그러게요아가씨는 여전하다. '생각보다 회사를 오래 다니네'라고 물어보면 '그러게요'라고 대답한다.

사무실 한쪽 벽면에는 레스몰 디자인을 시작할 때부터 걸어놓은 '예술은 집에 가서 하고 회사에서는 디자인을 하자'라는 사훈이 있다. 얼마 전 그 아래에다 이런 말도 적어놓았다. '우리에게는 예술이 없다. 우리는 단지 우리가 할 수 있는 일을 할 뿐이다'. 발리인들의 성명서에서 빌려온 말이다.

새로운 디자이너가 오면 메이비의 방송을 들려준다. 그리고 눈을 감고 사물을 그려보라고 한다. 대부분 눈을 동그랗게 뜨고 이상하다는 듯이 나를 쳐다본다. 눈을 감고 실제로 메이비가 설명해 주는 잠수함을 그리는지, 벌거벗은 여자친구나 입술이 섹시한 남자친구 생각을 하는지는 알 수 없지만 '메이비 방송 듣기'는 레스몰 디자인의 통과의례 같은 것이 됐다. 무엇을 생각하든 무엇을 그리든, 눈을 감고 있는 것은 디자이너에게 좋은 훈련이라고 생각한다.

나는 가끔 눈을 감고 어둠 속에다 잠수함을 그려본다. 메이비의 목소리가 들리지 않으면 잘 그려지질 않지만 그래도 이젠 어느 정도 비슷하게는 그릴 수 있다. 잠수함이 완성되면 나는 캄캄한 어둠 속으로 잠수함을 발진시킨다. 눈을 뜨고 있을 때는 시야가 굉장히 좁지만 눈을 감으면 공간은 끝없이 넓어진다. 잠수함은 계속 앞으로 나아간다. 잠수함에다 노란색을 칠하고 싶지만 그것만은 잘 되질 않는다. 언젠가는 될 것이라고, 나는 생각한다.

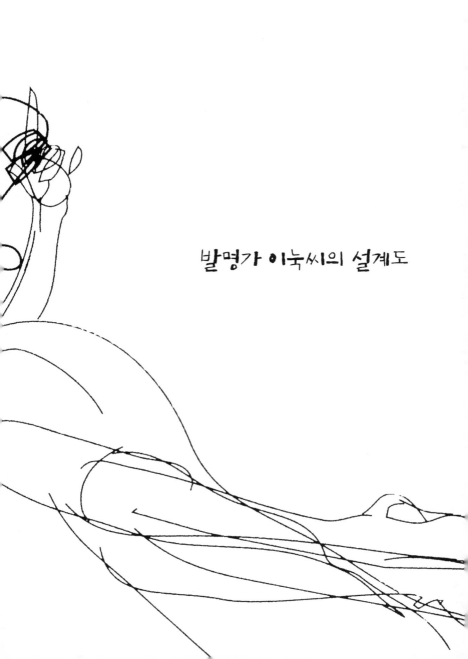

발명가 이눅씨의 설계도

인터뷰

기상천외한 발명가라고? 그것도 여섯 명씩이나? 당연히 찍어야지, 결정은 쉽게 났다. 결정을 하고 나니, 밀려 있는 촬영 스케줄 다섯 개가 떠올랐다. 어쩌자고 그랬는지 모르겠다. 잡지 『싸이파이매거진』의 담당기자에게서 발명가라는 단어를 들었을 때 나는 어린 시절을 떠올렸다. 남자아이라면 열에 아홉은 그랬을 거라고 생각하지만, 나 역시 발명가가 장래희망이던 시절이 있었다. 하지만 발명가가 장래희망인 아이치곤 수학이나 과학 성적이 너무나 형편없었기 때문에, 게다가 발명가 양성 전문학원 같은 게 있는 것도 아니어서, 꿈은 곧 바뀌고 말았다. 그 후로 몇십 년이 흘렀지만 발명가라는 단어를 들으면 여전히 마음이 설렌다. 발, 명, 가, 라고 발음하면 뭔가 위대한 일을 하는 사람 같다. 그 발명가가 비록 휴대용 선풍기 따위를 발명하는 사람이라고 해도 말이다.

꼭지의 제목은 '기상천외한 우리 시대의 발명가 6인'이었다. 나는 촬영일을 앞두고 준비를 많이 했다. 외국의 잡지들을 보면서 발명가와 어울릴 만한 구도를 그려보았고, 발명과 관련된 영화를 여러 편 보았다. 영화에 등장한 기계들은 모두 아름다웠다. 살을 벨 듯한 금속의 차가운 이미지, 기계와 기계를 연결시키는 부품들의 절묘한 구조, 모든 것이 아름다웠다. 이런 이미지들에다 집념을 가진 사람들만이 뿜어낼 수 있는 눈빛을 조화시킬 수만 있다면 대단한 사진이 나올 것이라는 생각이 들었다. 하지만 촬영이 시작되자마자 기대는 악몽으로 바뀌었다. 나는 무언가 잘못 생각하고 있었다.

표지로 쓸 사진을 찍기 위해 발명가들의 자리를 정할 때부터 싸움이 시작됐다. 너 같은 녀석이 무슨 발명가냐, 뒤로 가서 있어, 웃기지 마라, 너야말로 남의 아이디어 복사나 하는 주제에, 도대체, 누가 누굴 복사했다는 거야, 씨팔, 증거를 대란 말야, 그래, 형편없이 창조하느니 훌륭하게 훔치는 편이 낫지, 이 자식이 정말…… . 목소리만 듣고 있으면 벌써 주먹이 오갔을 거라는 생각이 들지만 실제로는 어깨를 미는 것 말고는 아무런 행동도 없었다. 모두들 자신의 발명품을 영정사진 들 듯 안고 있었기 때문에 어깨 외에는 상대방을 제지할 만한 수단이 없었던 것이다. 소리만 시끌벅적할 뿐 누구도 자신의 발명품을 바닥에 내려놓지는 않았다. 발명품을 바닥에 내려놓으면서까지 싸울

가치가 없는 상대라는 건지, 발명품을 바닥에 내려놓을 만한 배짱이 없어서인지는 알 수 없지만 나로서는 그나마 다행스러운 일이었다. 하지만 앞줄에 세 명, 뒷줄에 세 명을 세우겠다는 나의 야심찬 구도는 포기할 수밖에 없었다. 여섯 명을 일렬로 세우기로 했다.

거기 라디오 들고 계신 분, 조금만 부드럽게 웃어주세요, 라고 하면 '라디오가 아니라 라디오 겸용 전자레인지인데요'라며 얼굴을 더 찌푸리거나, 다섯 개의 발명품을 들고 있는 발명가에게 그 막대기를 꼭 들고 계셔야 하나요, 라고 물었다가 '막대기가 아니라 8단 접이 우산입니다'라며 순식간에 우산을 펴는 바람에 깜짝 놀란 옆사람이 발명품 하나를 떨어뜨리며 화를 내고, 다시 웅성거리는 소리가 커지고……, 아무튼 그런 식이었다. 촬영은 지지부진이었다. 담당기자인 이수연씨는 뭘 어떻게 해야 할지 몰라 아무 소리도 내지 않고 내 옆에 가만히 서 있었다. 가끔씩 나를 흘끔거리며 걱정스러운 얼굴을 보이긴 했지만 어쨌거나 빨리 촬영이 끝나기를 바라는 눈치였다.

"자, 몇 장만 더 찍어볼게요. 기사 제목이 뭔지 아시죠? 기상천외한 여섯 명의 발명가들이에요. 그러니까 모두 자신만의 독특한 표정을 지어야 됩니다. 아시겠죠? 아뇨, 그렇게 노려보시면 안 되고요, 웃으세요, 웃으면서 독특하게……."

셔터를 누르면서도 자신이 없었다. 과연 이 사진이 잡지의 표지를 장식할 수 있을 것인가. 여섯 명의 발명가들이 제대로 된 표정을 짓고 있는 사진을 건질 수 있을까. 아니, 그건 과욕이다. 모든 사람이 눈을 뜨고 있는 사진이기만 해도 만족해야 할 것 같았다.

"저기, 나는 가봐야겠네요."

왼쪽 구석에 있던 발명가가 앞으로 나서면서 말했다. 얼굴에는 못마땅한 기색이 역력했지만 촬영 내내 가장 조용했던 사람이었다. 마음 같아선 그래요, 가세요, 다들 가세요, 더 찍어봤자 나아질 것도 없는데요, 가세요, 라고 하고 싶었지만 그럴 수는 없는 일이었다. 다른 발명가들도 놀란 눈으로 그를 바라보기만 할 뿐이었다. 조용히 서 있던 이수연 기자가 발명가를 향해 뛰어갔다. 그는 이미 문 쪽을 향해 걸어가고 있었다. 발명가와 기자는 한참 동안 이야기를 나눴다. 사정을 하는 것 같기도 하다가, 오른 주먹으로 왼 손바닥을 치면서 초조한 모습을 보이다가, 결국 한숨을 쉬는 것은 기자 쪽이었고 발명가는 아무런 표정의 변화가 없었다. 기자가 내 쪽으로 다가왔다.

"결국 가야겠다는데요. 어쩌죠?"

"어쩌겠어. 가야 되면 가야지. 그런데 저 아저씨, 발명품은 가져왔대? 작은 크기로 들어갈 발명품 사진도 찍어야 되잖아. 아까부터 아무것도 안 들고 있던데……."

"아, 촬영할 건 며칠 전에 받아뒀어요. 그런데 김선배, 표지 사진 나올 수 있을까요?"

"이번 호는 표지 없이 가지 뭐. 표지 있어 봤자 무겁기만 하잖아. 카피가 팍 나오네. 이번 싸이파이매거진 특별호는 독자 여러분의 체력적 문제를 배려해 특별히 표지를 없앴습니다."

"진심이에요, 선배?"

"휴, 나도 답답해서 그럽니다. 어쩌겠어. 발명품 사진이나 제대로 찍어서 표지로 가야지. 편집장님한테 얘기나 잘해 줘."

작은 크기로 들어갈 발명품 사진을 찍는 일도 만만한 게 아니었다. 발명품을 놓아 두고 집으로 돌아가시라는 나의 얘기는 무시한 채 발명가들은 순서를 기다리고 있었다. 사진을 찍기 시작하면 발명가들이 슬쩍 다가와서는 자신의 발명품에 대한 설명을 하기 시작했다. 아, 이 발명품의 핵심은 말예요, 라디오와 전자레인지를 결합했다는 데 있어요. 언뜻 생각하면 이상하잖아요. 왜 그 많은 기계 중에 라디오와 전자레인지를 결합했냐. 바로 거기에 저의 철학이 담겨 있습니다. 전자레인지는 음식을 따뜻하게 해주는 역할을 하죠. 라디오라는 것 역시 우리의 마음을 따뜻하게 해주는 거 아니겠습니까. 저는 라디오와 전자레인지의 컨버전스를 통해 음식과 소리의 결합을 추구한 겁니다. 그러니까 포토그래퍼께서는 소리와 음식을 동시에 보여줄 수 있는, 그런 컨셉트로 찍어야 할 겁니다.

죄송하지만 그런 얘기는 기자한테 하시구요, 저는 제 느낌대로 사진을 찍거든요, 라고 무시하면 한동안 조용히 있다가 이번엔 카메라 앵글에 대해 말참견을 하고 나선다. 제가 보기엔 그발명품에는 로우 앵글이 어울리지 않나 싶어요. 제가 예전에 사진을 좀 찍어봐서 알지만……. 이런 식이다. 끝이 없는 이야기가 이어지고, 한 명도 아닌 다섯 명 모두 연설가에다 사진 전문가다. 사진만 찍고 인터뷰는 전화로 하려던 이수연 기자는 발명가들이 집으로 돌아가지 않자 구석 소파에서 인터뷰를 시작했는데 그쪽도 상황은 마찬가지였다. 두세 명의 발명가들이 서로의 발명품에 대한 촌평과 비판을 늘어놓는 바람에 스튜디오는 마치 구청에서 개최한 벼룩시장으로 변한 듯했다. 발명품에 대한 설명은 흥정하는 목소리처럼 들렸다. 발명가라기보다는 장사꾼이라는 이름이 걸맞은 사람들이었다. 오전 10시에 시작한 촬영은 오후 5시가 되어서야 끝났다. 발명가들이 모두 돌아갔지만 스튜디오 안에는 여전히 그들의 목소리가 남아 있는 것 같았다. 컨버전스, 신제품, 새로운 아이디어, 혁신 같은 단어들이 공기 중에 메아리처럼 남아 있었다. 금방이라도 문을 열고 발명가들이 돌아올 것만 같았다. 이수연 기자와 나는 탈진한 채 소파에 쓰러졌다. 부드러운 소파 속으로 빨려 들어갈 것처럼 몸이 흐물거렸다.

"편집장님한테 다시는 발명가 특집 하지 말자 그래."

나는 소파 뒤로 고개를 젖힌 채 천장을 보면서 말했다.

"다시 한다 그러면 나 회사 관둘 거예요. 배 안 고파요?"

그러고 보니 점심도 먹지 못했다. 어째서 여섯 명씩이나 되는 발명가 중에 먹는 걸 발명한 사람은 없었던 걸까.

설계도

왕만두전골을 먹고 나니 팔다리에서 힘이 솟았다. 고추전과 소주 한 병을 추가로 주문했다. 술이 들어가면 조금 더 멀쩡한 정신이 될 것 같았다. 전골을 먹는 도중에 한마디도 하지 않던 이수연 기자는 밥그릇이 깨끗하게 비워지자 숟가락을 놓으면서 휴, 하고 한숨을 내쉬었다. 익사 직전의 상태에서 인공호흡을 받고 깨어나는 듯한 모습이었다. 밥 알갱이 사이사이에는 역시 공기가 많이 들어 있으니까.

"살 것 같아요."

"그러게. 밥 만한 발명품이 없다니까."

그녀는 두 팔을 뒤로 짚으면서 내 말에 고개를 끄덕였다.

"그런데 정말 표지를 발명품으로 가도 될까요? 한번도 그런 적이 없었는데……. 지금까지 계속 인물이 표지였잖아요. 편집 장님한테 얘기하면 재촬영시킬지도 몰라요."

"걱정 말아요. 제가 누굽니까. 아까 표지 찍었어."

"정말요? 언제 찍었어요? 전부 이상한 사진뿐이었잖아요."

"아까 발명가 한 명이 집에 간다고 나왔잖아. 그때 나머지 발명가들이 전부 그 사람을 쳐다보는데 그 이미지가 괜찮더라고. 셔터를 파박 눌렀지. 밥 먹으러 나오기 전에 확인해 봤는데 나름대로 느낌이 괜찮아. 한 사람은 시큰둥한 표정으로 서 있고 나머지 사람들은 발명품을 든 채 놀란 얼굴로 그 사람을 쳐다보고 있고…….. 아마 표지로 쓸 수 있을 거야. 디지털이 이래서 좋은 거지."

"다행이네요. 그런데 표지에서 그 아저씨만 확 튀겠네."

"그거야 할 수 없지. 그 사람 외모가 그래도 제일 발명가 같던데 뭐. 그런데 그 사람은 촬영하다 말고 왜 집에 간 거야?"

"몰라요. 그냥 무작정 가야겠대요. 가서 할 일이 있대요. 그분 편집장님 친구라는데 엄청난 괴짜라는 얘기만 들었어요. 이름도 희한해요. 이눅이래요. 참, 이거 촬영 빼먹었네."

그녀는 가방에서 꼬깃꼬깃 접힌 종이 쪼가리를 하나 꺼냈다. 이눅이라는 발명가의 작품이었다. A4 크기의 종이는 수십 번 접힌 상태여서 볼펜으로 적은 글자가 너덜너덜해 보였다. 보관 상태도 나빴지만 안에 적힌 글자들도 해독이 불가능한 게 많았다. 종이에는 커다란 배 같기도 하고 비행기 같기도 하고, 또 어찌보면 거대한 로봇 같기도 한 어떤 구조물이 그려져 있고 그 바깥쪽에는 깨알 같은 글씨로 숫자와 부호가 적혀 있었다. 설계도 같기도 하고 그냥 낙서 같기도 했다.

"이거밖에 없대? 이게 발명품이야?"

"아무리 졸라도 그것밖에 줄 게 없대요. 그 아저씬 발명품도 없대요. 개념발명가라던가, 아무튼 뭐 그런 거라는데, 아, 나도 몰라요. 편집장님한테 따지든지……. 그 종이 쪽지 하나 주면서도 잃어버리지 말라고 어찌나 신신당부를 하던지."

"그런데 이게 무슨 설계도야?"

"하늘을 나는 배라는데 자세한 얘긴 들어봐야 알죠. 선배가 대충 어떻게 잘 찍어봐요."

"이봐요, 기자 아가씨. 사진가한테 제일 무서운 말이 그거야. 대충, 어떻게, 잘. 그래도 핵심은 언제나 '잘'에 있지."

"그거 선배 특기잖아요. 몰라요. 아무튼 선배만 믿어요."

고추전과 소주가 도착하는 바람에 대화는 끝이 났다. 나는 발명가의 설계도를 접어서 바지 뒷주머니에 넣고 탁자로 다가앉았다. 그녀와 나는 외계에서 날아온 UFO를 환영하는 심정으로 탁자를 쓸어서 자리를 내어주었고 동그란 접시는 정확한 자리에 내려앉았다. 참으로 먹음직스러운 고추전이었다. 우리는 소주 두 병과 고추전 두 접시를 사이좋게 나눠 먹고 헤어졌다. 사실 어떻게 헤어졌는지는 기억이 나질 않는다. 소주 한 병을 먹었을 뿐인데 스튜디오로 어떻게 돌아왔는지, 집에는 어떻게 갔는지 기억이 나질 않는다. 깨어나 보니 혼자였을 뿐이다.

며칠 후 이수연 기자에게 전화가 걸려왔을 때, 나는 아차 싶었다. 아직도 발명가의 설계도를 찍지 않았을 뿐더러 그 종이 쪼가리가 어디에 있는지조차 기억이 나질 않았다. 그 사이 몇 군데 잡지의 인터뷰 사진을 찍었고, 진행하고 있던 단행본 때문에 지방 촬영을 다녀왔다는 이야기를 해봤자 핑계일 뿐이어서 사진은 찍었지만 아직 후반 작업을 끝내지 못했다고 얼버무렸다.

"설계도 빨리 돌려달래요. 지금 마감인데 미치겠네. 선배가

퀵서비스로 좀 보내주면 안 될까? 마감 끝나면 내가 한턱 쏠게
요."

사진을 찍기 위해서는 시간이 필요했기 때문에 나는 어쩔 수
없이 그러겠다고 했다. 그녀는 '참, 디자인 팀에서 사진 빨리
보내달래요'라는 말을 마지막으로 전화를 끊었다. 잡지 마감 때
문인지 그녀의 목소리에는 물기가 전혀 없었다. 바싹바싹 타들
어 가는 도화선처럼, 금방이라도 폭발할 것 같은 징후가 확실한
목소리였다. 만약 아직도 사진을 찍지 않았다는 얘기를 듣는다
면, 글쎄, 내가 살아남을 수 있다고 장담할 수 없을 것 같다. 나
는 전화를 끊자마자 스튜디오를 뒤졌다. 술을 마시고 온 그날
밤의 기억이 분실됐기 때문에, 종이 쪼가리를 찾는 것도 쉽지
않았다. 바지 뒷주머니에는 없다. 그렇다면 어딘가에 빼뒀단 얘
긴데, 일단 책상에도 없다. 책상에 없다는 건 그날 밤 컴퓨터
작업을 하지 않았단 얘기니까, 혹시 간이 침대에? 도 없다. 그
렇다면 내가 술 취한 채로 사진을 찍었을까? 하지만 사진 촬영
대에도 역시 없다. 나는 스튜디오를 샅샅이 뒤지면서 모든 물건
을 들었다 놓았다. 어디에도 없었다. 나는 간이 침대에 앉아서
그날 밤 일을 곰곰이 생각해 봤다. 아무리 생각해 봐도 붉고 푸
른색이 적당하게 어우러져 있는 고추전밖에는 떠오르질 않았다.

나는 함께 스튜디오를 쓰고 있는 후배에게 전화를 걸었다. 글
쎄, 종이쪽지라, 영수증 같은 건가? 영수증이 아니면, 아, 스케
치란 말이지, 스케치. 그런 걸 봤으면 내가 어딘가에 잘 뒀겠지.

그러면 어딘가에 잘 있겠지 뭐. 바지는 안 빨았지? 그래, 빨았을 리가 없지. 그럼 물에 젖을 일 없으니 언젠가 나오겠지. 나 촬영 중이거든요. 후배는 전화를 끊었다. 그래, 물에만 빠지지 않았다면 어딘가에 납작하게 엎드려서 숨죽이고 있겠지. 언젠가는 찾아주길 기대하면서 얕은 바람에 풀썩풀썩 움직이며 흐느끼고 있겠지. 그런데 문제는 그 언젠가가 지금이어야 한다는 것이었다. 나는 스튜디오 구석에 있는 싱크대로 갔다. 물이 있는 곳은 그곳뿐이다. 싱크대에는 쓰레기 하치장이 부럽지 않을 만큼 많은 접시들과 컵들과 냄비들이, 그렇지, 냄비들이……, 이런, 설계도 종이를 깔아뭉개고 있었다. 설계도 종이는 냄비 아래쪽에 찰싹 들러붙어 젖어가고 있었다. 기억을 되살려볼 필요도 없었다. 술을 마시고 돌아온 나는 바지에 있던 물건들을 책상 위에 올려놓았고 냄비에다 라면을 끓이고, 냄비를 받치기 위해 설계도 종이를 깔았을 것이다.

나는 종이를 건져내 펼쳐보았지만 그것은 이미 종이라고 하기에도 민망할 정도로, 물수건이라 불러도 오해받지 않을 정도로 푹 젖어 있었다. 사실, 펼쳤다는 말보다 한 겹 한 겹 벗겨냈다는 말이 더 정확할 것이다. 헤어드라이어와 전기 다리미와 마른 수건을 총동원했지만, 종잇조각을 둥글게 뭉쳐 땅에 꽂는다고 나무로 자라는 것이 아니듯, 설계도는 이미 화학적 변이과정을 마친 상태였다. 다행인 것은, 이런 것도 다행이라고 해도 좋은지는 모르겠지만, 여태 설거지를 하지 않은 상태여서 설계도가 종이죽이 되는 것만은 피할 수 있었다는 것이다. 만약 그랬다면, 녀석의 행방은 영원히 수수께끼로 남은 채…… 생각해보니 그쪽이 더 나았을지도 모르겠다. 등에서 식은땀이 흘러내렸다.

발명실

방법은, 아무리 생각해 봐도, 하나뿐이었다. 이눅인지 뭔지하는 발명가를 찾아가는 것 말고는 대안이 없었다. 나는 이수연 기자가 알려준 주소를 메모지에 적고, 사진기를 가방 안에 넣었다. 그리고 뭔가 선물로 줄 만한 것이 없나 스튜디오 안을 둘러보았다. 발명가 여섯 명을 찍었던 사진의 프린트밖에는 줄 만한게 없었다. 촬영용 소품을 몇 개 선물할까 싶었지만 발명가에게 그런 걸 준다는 게 어울리지 않아 보였다. 그리고 선물을 준다고 그의 화를 가라앉힐 수 있을까. 엄청난 괴짜, 라는 이수연 기자의 말이 떠올랐다. 엄청난 괴짜라면 아마도 내가 보는 앞에서 사진을 찢어버리고 내 사진기를 창밖으로 집어던진 다음, 똑같은 방향으로 나도 집어던질지 모른다. 하지만 그런 건 만화 속에서나 나오는 장면일 뿐이다. 흔히 엄청난 괴짜라고 알려진 사람들은, 대인기피증이 있거나 자신의 작업에 몰두하는 성격이 유난한 사람일 뿐이다. 인터뷰 사진을 찍으면서 그런 사람들을 많이 만났다. 화가 나면 기자는 물론 사진기자까지 혼을 낸다는 만화가도 만나봤고, 자기 마음에 들지 않으면 취재진을 곧장 작업실 밖으로 쫓아낸다는 소설가의 사진도 찍어봤다. 그런 소문들은 대개 극단적인 사례만을 부각시키거나 부풀린 경우가 많아서, 막상 만나고 보면, 이게 뭐야, 화를 내보라고 내가 혼이라도 내줘야 하나, 싶을 정도로 다정한 사람들이 많았다. 가끔 마음의 문을 걸어 잠그고 방어적인 태세를 취하는 사람이 있긴 하지만 이야기를 하다 보면 30분 안에 문을 열고, 그 문 안쪽에 있는 것들을 하나씩 보여주다가 두 시간쯤 지나면 문 안으로 들어가게 해주고, 세 시간이 지나면 문을 떼버리는 경우가 많다. 가만히 생각해 보면, 그들도 무척 외로웠을 것이다.

어느 순간부터 사람을 만나는 게 무섭지 않게 됐지만, 이번만큼은 꽤 긴장이 됐다. 아무리 유순한 사람이라도 화를 낼 수밖에 없는 상황을 만들어놓았으니 긴장하지 않을 도리가 없다. 설계도를 내놓으라고 하면 뭐라고 해야 하나, 잃어버렸다고 해야 하나, 아니면 젖어버렸다고 해야 하나, 차라리 찢어버렸다고 하면서 강하게 나가볼까, 아니지 그건 너무 위험하고, 무릎이라도 꿇어야 하나. 나는 머리 속을 비워버리기 위해 버스 창밖을 내다보았다. 가을은 상쾌했다. 하늘이 높아진 덕분인지 사람들의 키도 더 커 보였고, 건물들도 더 높아 보였다. 높은 하늘을 보고 있으니 종이쪽지 하나 망가뜨린 게 뭐 그리 큰 문제인가 싶었다. 세상은 넓고 종이는 많지 않은가. 버스의 라디오에서는 바흐의 「골드베르크 변주곡」이 흘러나오고 있었다. 모든 것이 완벽했다.

발명가의 집을 찾은 후 벨을 눌렀지만 아무런 대꾸도 없었다. 수십 번 벨을 눌렀지만 집은 꿈쩍도 하지 않았다. 나는 담을 따라서 집을 한 바퀴 둘러보았다. 집 전체에다 푸른색 페인트를 칠해 놓은 것과 지붕이 조금 둥그렇다는 것 말고는 특별할 게 없는 단독주택이었다. 나는 다시 문 앞으로 와서 벨을 눌렀다. 돌아갈 수는 없었다. 나는 가방에서 사진기를 꺼내 집을 찍기 시작했다. 모든 계획이 수포로 돌아간다면 발명가의 집 사진을 발명품 대신 잡지에다 실을 수 있을지도 모르겠다. 아마 캡션은 이렇게 정해지겠지. '정체를 알 수 없는 발명가의 집, 그 안에서 세상이 다시 만들어진다.' 나는 대문을 앵글 한가운데에다 두고 집과 나무와 하늘을 보기 좋게 배치한 다음 사진을 찍었다. 파란색 지붕 뒤편으로 더 파란 하늘이 보였다. 나는 집 주위를 돌면서 똑같은 간격으로 사진을 찍었다. 거리와 구도가 거의 비슷하게 사진을 찍으면서 집 주위를 한 바퀴 돌았다. 그리고 다시 원점으로 돌아왔다. 나는 사진기를 고정시키고 정면 사진을 계속 찍었다. 노출과 셔터 속도를 조금씩 바꾸면서 계속 똑같은 구도의 사진을 찍었다. 바람의 움직임이라도 잡아내겠다는 듯 계속 셔터를 눌러댔다.

그때 뷰파인더 속으로 누군가 들어왔다. 키가 작은 아주머니였다. 아주머니는 화면 오른쪽에서 나타나 내가 있는 쪽을 흘끗

보더니 천천히 걸어왔다.

"여기서 뭘 하고 있어요?"

"사진을 찍고 있는데요."

"허락은 받고 찍는 거예요?"

"아뇨. 이 집에 사는 발명가님을 만나러 왔는데 아무도 안 계셔서요. 허락을 받고 찍어야 하나요?"

나도 모르게 발명가님이라는 단어가 튀어나왔다. 말해 놓고 보니 그만큼 어색한 말이 또 없었다.

"아, 박사님 만나러 오셨어요? 따라오세요."

아주머니는 문을 향해 성큼성큼 걸어가더니 열쇠로 대문을 열었다. 널찍한 마당에는 나무 한 그루 없었고 군데군데 철물이나 벽돌 같은 잡동사니들이 쌓여 있을 뿐이었다. 아주머니는 현관에 있는 인터폰을 들더니 벨을 눌렀다. 수화기 저편에서 사람 말소리가 들렸다. 아주머니는 낮은 목소리로 무언가를 얘기했다. 저는 사진가인데 설계도 때문에 왔다고 전해 주십시오. 아주머니는 내 말을 인터폰으로 전했다. 놓고 가시라는데요. 아주머니가 다시 발명가의 말을 전했고, 나는 만나서 전해야 할 말이 있다고 했고, 아주머니는 다시 전할 말이 뭐냐고 물어왔다. 제가 직접 통화를 할까요, 라고 했더니 아주머니는 얼굴을 찡그리면서 손사래를 쳤다. 이렇게 서서 얘기하기엔 곤란한 문제가 많아서요, 라고 했더니 아주머니는 다시 인터폰으로 뭔가를 얘기했다. 내려오시래요. 결국 관문 하나를 통과한 셈이었다.

이쪽이에요, 하고 아주머니가 길을 안내했다. 박사님의 작업실은 지하실에 있거든요, 라고 설명을 해주곤 아주머니는 집으로 들어가버렸다. 지하실로 향하는 문 입구에는 그의 이름인 'Inuk'이라는 글자가 씌어 있었다. 나는 사진기를 꺼내서 나무문을 찍었다. 이름이 적힌 것 말고는 별 특징 없는 문이었다.

계단은 깊고 길었다. 도대체 이렇게 깊은 지하실이 있다니 믿어지질 않았다. 얼마나 땅을 파야 이런 지하실을 만들 수 있는 것일까. 계단은 나무로 돼 있어서 한 발 한 발을 디딜 때마다 삐걱, 하는 소리가 길게 울렸다. 지하실로 내려가는 게 아니라 마치 동물의 내부로 들어가는 느낌이었다. 커다란 나무 계단을 삼킨 코끼리나, 계단 만드는 솜씨가 남다른 목수를 실수로 삼켜버린 혹등고래의 내장으로 걸어가는 것 같았다. 계단이 몇 개나 되는지 처음부터 세어볼걸, 하는 마음이 중간에 들었지만 되돌아가기에는 너무 많이 내려와 있었다. 계단이 끝나는 지점에서 복도가 시작됐다. 나는 가방에서 사진기를 꺼내 계단을 찍었다. 아주 어두운 데다 긴장한 탓에 손까지 떨렸기 때문에 사진이 제대로 나올지는 의문이었다. 나는 고개를 돌려 복도도 찍었다. 복도 역시 나무로 돼 있었다. 지하실이 어느 정도의 넓이인지, 혹은 어느 정도의 깊이인지는 가늠할 수 없었지만 엄청난 크기인 것만은 분명했다. 나는 복도를 따라 계속 걸었다. 복도에는 작은 등이 군데군데 켜 있을 뿐이어서 아주 어두웠다. 여전히 삐걱거리는 소리가 울렸고, 소리는 점점 커지고 있었다. 한 발한 발이 지하실 전체를 흔들고 있는 것 같아 괜히 뒤꿈치를 들고 걷기까지 했다.

복도 모퉁이를 돌자 거대한 작업실이 나타났다. 작업실 벽은 모두 나무로 되어 있고, 커다란 기계 몇 대가 작업실 중앙에 놓여 있었다. 기계가 움직이지 않았기 때문에 작업실은 조용했다. 구석에서는 작은 소리로 비발디의 「사계」가 흘러나오고 있었다.

"아, 오셨나요?"

발명가가 고개를 돌리며 나를 보았다. 며칠 전 사진 촬영을 할 때와는 사뭇 다른 표정이었다. 나를 초대하기라도 한 것처럼 환한 얼굴로 맞아주었다. 나는 고개를 숙여 인사를 했다. 그는 기다란 파란색 망토 같은 것을 걸치고 있었는데 치렁치렁한 끝단은 오랫동안 바닥에 끌렸는지 까맣게 먼지가 묻어 있었다. 그는 의자 하나를 내밀면서 자리를 청했다.

"퀵서비스인가 택밴가 뭐 그런 걸로 보내시면, 요즘에는 빠르고 그렇다던데. 오셨어요, 어떻게. 히히, 여기 참 부끄러워서."

"왜요, 멋진데요. 들어오는 길이 너무 멋져서 놀랐습니다."

"그래요? 그렇죠? 제가 나무도 다 고른 거거든요."

발명가는 손으로 입을 가리더니 계속 웃기만 했다. 그의 웃음을 보는 순간 나는 가슴이 덜컥 내려앉는 느낌이었다. 도대체 어떻게 얘기를 꺼내야 할지 알 수가 없었다. 나보다 열 살 정도 많아 보이는 외모였지만 웃는 얼굴만큼은 막내동생 같은 느낌이었다. 머리 속이 복잡해졌다. 사진을 먼저 선물한다는 건 너무 속보이는 짓 같았고, 사건의 정황을 먼저 설명하자니 그건 엄두가 나질 않았다. 나는 아무 말도 하지 않았고, 그 역시 입을 열지 않았다. 침묵이 꽤 오래 갔다. 갑자기 그가 입을 열었다.

"이 부분 좋죠? 따라라라, 따라라라."

"네?"

"파비오 비온디가 연주한 건데, 제일 좋아요. 지금이 여름인데, 나뭇잎이 팔랑팔랑, 팔랑팔랑, 팔랑팔랑, 태풍이 우르릉쾅, 바이올린이 그 소릴 흉내내잖아요?"

"아, 음악 얘기시군요."

나는 가만히 앉아서 음악을 들었다. 그는 눈을 감더니 음악에 맞춰 작은 동작으로 머리를 움직였다. 빠르고 공격적인 연주였다. 작은 소리였지만 어찌된 일인지 모든 음과 진동이 귓속으로 빠짐없이 밀려 들어왔다. 상당히 세심한 설계로 만들어진 지하실인 모양이다. 비발디를 들으면서 나는 마음을 정했다.

"이걸 가지고 왔습니다. 지난번에 찍은 사진인데······."

나는 사진을 건넸다. 그는 사진을 보더니 눈을 동그랗게 떴다.

"우와, 정말 잘 붙들었네요."

"네?"

"사진에다 사람들을 잘 붙들었잖아요. 나는 이렇게 안 찍혀요. 이런 걸 붙들어야 되는데, 전부 금방 지나가잖아요."

"그렇죠. 금방 지나가죠."

그는 사진을 들고 한쪽 구석에 있는 책상으로 가더니 조심스럽게 사진을 붙였다. 테이프를 뜯어서 동그랗게 말고는 사진 뒤편에다 여섯 개 정도를 붙이더니 정성껏 사진을 벽에다 붙였다. 몇 번이나 벽을 문지르고는 흐뭇한 얼굴로 사진을 바라봤다. 내 사진을 이렇게 정성껏 대해 준 사람은 처음이었다. 나는 그의 움직임을 보면서 감동을 느꼈다. 내가 찍은 사진이었기 때문이 아니라 그의 움직임 하나하나에는 뭐랄까 성스러움 같은 게 묻어 있었다.

그의 책상 앞에는 무수하게 많은 종이가 붙어 있었다. 내가 망가뜨린 설계도 종이 같은 것들이 몇백 장은 넘게 붙어 있었다. 모든 종이는 글씨로 가득했다. 나는 책상으로 다가갔다.

"이게 전부 발명하실 제품들을 메모해 둔 건가 보죠?"

"아뇨, 아뇨, 저는 만드는 건 잘 못하고, 잘 안하고, 그러거든요."

그는 있는 힘껏 머리를 흔들었다. 이수연 기자에게 들었던 개념발명가라는 단어가 떠올랐다. 그게 무슨 말인지 알 것 같았다.

"그럼, 저 기계들은 직접 만드신 거 아녜요?"

"만들기는 했는데 발명은 안한 거고, 필요하니까 이어서 그냥 붙인 거예요. 필요하면 발명을 하는 건데 필요한 게 없잖아요."

그렇군요, 라고밖에 할 말이 없었다. 뭔가 이상했지만 틀린 말은 없었다.

"이름이 재미있던데요?"

나는 분위기를 누그러뜨릴 겸 그의 이름 얘기를 꺼냈다. 그 이름을 처음 들었을 때부터 뭔가 특별한 이야기가 있을 거라고 생각했다.

"이름은 제가 발명했어요. 히힛. 원래 이누크라는 말인데 줄여서 이눅으로 했거든요. 이씨잖아요."

"이누크요?"

"에스키모들 중에 존경받는 샤먼이 이누크인데요, 제가 존경받는 건 아니고, 그냥 그런 사람이 됐으면 좋겠어요. 예전에 사람들이 에스키모들을 자꾸 못살게 구니까 이누크가 사람들과 동물들을 데리고 섬을 하나 만들었대요. 그 섬은요, 그냥 섬이 아니고 떠다니는 섬이고, 인도에 있는 나가미스 족도 비슷한데, 품디스라는 떠다니는 섬에서 살아요. 이누크는 섬을 만들어서, 참, 노아의 방주 알죠? 이누크가 노아의 방주처럼 섬을 만들었는데, 섬을 만들어서 전 세계를 떠돌아다니면서 살았대요. 지구가 곧 멸망할 거잖아요."

나는 그의 말을 진심으로 열심히 들었지만 그가 무슨 말을 하는지 알 수 없었다. 그는 논리에 맞게 말을 한다기보다 허공에 떠다니고 있는 말들을 조금씩 수집해 온 다음 그걸 이어 맞추고 있는 것 같았다. 말하자면 그는 DJ 같은 방식으로 말을 하고 있었다. 나는 그냥 고개를 끄덕였다.

"발명은 베끼는 건데요. 아니다. 전부 다 베끼는 거네. 베끼는 게 아니고 이어 붙이는 건가? 그러니까 세상에 없는 걸 만들면 발명인데, 벌써 다 있잖아요. 이누크가 만든 섬도 사실은 그래서 발명이 아닌 건데 어떻게 저는 그게 발명이라고 보이는 거죠. 세상이 전부 다 없어지면 섬만 살아 있으니까 미래의 발명인가 미리 발명인가, 다 없어지면 새로 생기는 건 전부 다 발명이죠?"

그는 의문문으로 이야기를 끝냈지만 내게 답을 바라는 것 같지는 않았다. 나는 그의 눈을 가만히 들여다보았다. 그는 어디도 바라보고 있지 않았다. 그의 눈은 바깥을 바라볼 수 있는 투명한 유리가 아니라 자신의 내부를 비춰주는 거울 같은 것이 아닐까 하는 생각이 들었다.

휴대전화기의 벨이 울렸다. 이수연 기자였다. 나는 작업실 안쪽으로 걸어가면서 전화를 받았다. 여보세요, 라고 했더니 그녀는 소리를 질렀다. 도대체 왜 사진을 안 주는 거야, 선배, 시간이 없다니까. 다급한 목소리였다. 나는 어쩔 수 없이, 설계도를 잃어버린 이야기와, 어쩔 수 없이 이눅씨의 작업실에 와 있다는 이야기를 했다. 그리고 작업실이 제법 멋지니까 작업실 사진을 설계도 대신 잡지에 실을 수 있을지도 모르겠다고 했다. 그녀는 한숨을 내쉬었다. 선배, 진작 얘기하지, 설계도 복사해 뒀는데……. 맥이 빠지는 소리였다. 어찌나 신신당부를 하던지 나도 잃어버릴까 봐 복사를 했지, 진작 말하지, 선배. 어찌 됐건 다행스런 일이었다. 작업실이 그렇게 멋져요? 그녀가 물었다. 지하 세계에 파묻힌 비밀 기지 같은걸, 이라고 했더니 그녀는 역시 기자답게 다음번 작업실 탐방 꼭지에 써먹어야겠네, 라며 메모를 하는 것 같았다. 원본을 잃어버리긴 했지만 그래도 복사본이 있으니 적어도 창문 밖으로 내던져지는 일은 없을 것이다. 나는 스튜디오로 돌아가는 즉시 작업실 사진을 보내기로 하고 전화를 끊었다. 이눅씨는 내가 전화를 하고 있는 사이를 참지 못하고 커다란 칠판에 뭔가를 그리고 있었다. 파란 망토를 걸치고 서 있는 뒷모습은 어찌 보면 만화의 한 장면 같았지만 제법 비장한 분위기를 풍겼다. 나는 메고 있던 사진기를 이눅씨 쪽으로 향하면서 큰 소리로 말했다.

"여기서 사진을 좀 찍어도 될까요?"

그는 고개를 휙 돌리더니 놀란 표정으로 나를 바라보았다.

"아니, 선생님을 찍겠다는 게 아니고, 이 벽에 붙어 있는 종이들을 좀……."

"그러시면 안 되는데요."

그는 양손을 들더니 좌우로 크게 흔들었다. 얼굴은 심하게 일그러져 있었다. 지금까지의 수줍던 얼굴과는 딴판이었다. 도대체 어떻게 여기서 사진을 찍을 생각을 한 거지? 라는 표정이었다. 나는 실례를 한 것 같아 고개를 숙여 인사를 했다.

"그냥 둘러보는 건 괜찮을까요?"

그는 마뜩지 않은 얼굴로 고개를 끄덕였다. 갑자기 불청객이 된 것 같았다. 설계도 얘기를 꺼내야 하는데 상황은 점점 나빠지고 있었다. 나는 작업실을 둘러보면서 작전을 짜기로 했다. 뭔가 수가 있을 것이다.

작업실 안쪽의 공간에는 별다른 게 없었다. 어디에 쓰이는지 알 수 없는, 거대한 기계 말고는 나무로 된 벽이 전부였다. 그 벽에는 역시, 수많은 종이가 붙어 있었다. 나는 벽으로 가까이 다가가 종이에 적힌 몇 개의 메모를 읽어보았다.

i-3123412 : 깎아서 쓰는 만년필이 있다면 어떨까. 깎아서 쓸 수 있는 볼펜이나 사인펜이 있으면 어떨까. 사용량이 줄어들지 않을까.

i-3123413 : 인구제한기. 전체 인구를 설정해 두고 아이 한 명이 태어나면 가장 나이 많은 노인이 자동으로 죽는다. 그러면 오래 살기 위한 노력을 덜할 게 아닌가.

i-3123414 : 무인 고해성사실. 신부는 필요 없고 기계가 알아서 죄를 듣는다. 죄가 많아질 것인가, 줄어들 것인가. 가격은 얼마로 하지?

메모는 끝없이 이어졌다. 만약 일련번호가 1부터 시작됐다면, 이런 생각들이 3백만 개나 있다는 얘기다. 나무에 붙어 있는 수많은 종이를 다시 보았다. 이제 그것들은 종이로 보이지 않았다. 그 종이들은 부화를 기다리고 있는 수많은 알이었다. 그 알 속에서 어떤 것들이 튀어나올는지는 알 수 없지만 말이다. 다닥다닥 붙어 있는 종이가 알처럼 보이자 속이 울렁거리면서 멀미가 나려고 했다. 도대체 이눅이라는 사람은 무슨 생각을 하고 있는 것일까. 메모를 읽는 내내 그의 눈빛을 느낄 수 있었다. 그는 일을 하면서도 계속 나를 흘낏거리고 있었다. 자신의 알을 보호하려는 어미의 눈빛으로 나를 감시하고 있었다. 이눅씨가 나에게 걸어왔다.

"밥을 먹고 와서, 계속 해야 하는데요."

처음에는 그 말이 함께 밥을 먹자는 뜻인 줄 알았다. 하지만 그의 표정을 보고 이제 그만 이곳에서 나가달라는 뜻이란 걸 알았다. 그의 표정은 싸늘했다. 그는 알 수 없는 어떤 힘으로 나를 밀어내고 있었다. 뭐랄까, 내가 너무 예민하게 반응하는 것일 수도 있지만, 분명 그 눈빛에는 살의가 있었다. 나는 그의 눈빛을 보자마자 허겁지겁 가방을 챙겨 급히 인사를 하고 작업실을 빠져나왔다. 삐걱거리는 기다란 복도를 지나, 역시 삐걱거리는 나무 계단을 지나 마당으로 나왔을 때에야 설계도 얘기를 하지 못했다는 사실을 깨달았다. 이눅씨 역시 너무 화가 난 나머지 설계도를 돌려받아야 한다는 사실을 까맣게 잊고 있었던 모양이다. 지하 작업실로 돌아갈 수는 없었다. 오히려 다행스런 일이었다. 설계도의 복사본을 퀵서비스로 보내면 그만이다. 나는 대문을 열고 바깥으로 나왔다. 긴 항해를 마치기라도 한 것처럼 울렁거리던 가슴이 고요해졌다.

필요

달리 방법이 없었다. 집을 찍은 사진 외에는 줄 만한 게 없었다. 작업실 안에서는 사진을 한 장도 찍질 못했고, 계단 사진이나 복도 사진을 보낼 수도 없는 노릇이었다. 다른 발명가들의 페이지에는 모두 발명품 사진이 들어가는데 이눅씨의 페이지에만 집 사진이 들어간다면 잡지 꼴이 이상할 게 뻔하지만 어쩔 수가 없었다. 설계도 복사본을 스캔 받아서 넣으면 어때? 라고 제안해 봤지만 이수연 기자의 단칼에 묵살당하고 말았다. 다른 발명품들은 입체적인데 이건 너무 평면적이잖아요. 게다가 복사본은 꼬깃꼬깃하고 오래된 종이의 느낌도 없잖아요. 편집장 님도 집 사진을 넣는 게 낫겠대요, 라는 게 그녀의 설명이었다. 그녀는 왜 작업실 사진을 찍어오지 못했냐고 캐물었지만 설명할 도리가 없었다. 종이쪽지가 곤충의 알처럼 보였고, 이눅씨는 거대한 곤충이었다, 라고 해봤자 나의 느낌이 전달될 수는 없었을 것이다. 나는 이눅씨에 대한 인터뷰 기사가 궁금했다.

"별 거 없어요. 그냥 뭐 발명가의 전형적인 이야기지. 왜, 특이한 얘기라도 들었어요? 그래도 이제 와서 어쩌겠어. 원고 다 털었는데."

마감을 끝낸 덕분인지 그녀의 목소리에는 힘이 넘쳤다.

"그러고 보니 그 사람 좀 수상하긴 해. 전화로 인터뷰했는데,

질문만 하면 너무 거침없이 얘기가 흘러나와서, 마치 무슨 기계하고 얘기하는 것 같았어요. 뭔데요, 무슨 얘길 들은 건데?"

"아냐. 얘기는 무슨…… 하도 특이한 사람 같아서 궁금하기도 하고……."

"그러니까 그게 좀 이상해, 선배. 엄청난 괴짜라는데 나한테는 너무나 멀쩡해 보였거든."

"보는 사람에 따라 다를 수 있겠지. 그런데 발명가 중에 이눅씨만 발명품이 없어서 기사는 어떻게 썼어? 또 소설 썼겠네?"

"그 사람도 발명품이 있어요. 그 사람 발명품은 '필요'야. 개념발명가답죠? 그 사람 얘기로는 발명을 하기 위해선 필요가 있어야 하는데, 지금은 그 필요라는 게 전부 사라지고 말았대요. 그래서 자신은 필요를 발명할 뿐이래. 무슨 소린지 잘 모르겠지? 실은 기사 쓴 나도 잘 모르겠어. 아무튼 그래서 자신은 구체적인 물건이나 상품은 발명하지 않는대."

"그 설계도는 뭘 그린 거야? 하늘을 나는 배라고 그랬나?"

"내가 계속 조르니까 어쩔 수 없이 아무 거나 준 거지. 아주 어릴 때 그린 그림이었는데, 하늘을 둥둥 떠다니는 배를 상상한 거래요. 그걸 타고 우주로 날아가는 꿈을 자주 꿨다는데, 그런 상상이야 누구나 하는 거잖아. 새로울 것도 없지."

"참, 편집장님, 표지 보고는 별 말 없었어?"

"선배, 그나마 표지 사진 때문에 목숨 건진 줄 알아요. 표지 사진은 정말 좋대."

"다행이네."

전화를 끊고 인터넷에서 파비오 비온디가 연주한 비발디의
「사계」를 검색해 보았다. 전곡은 아니지만 다행히 여름 부분을
무료로 들어볼 수 있는 사이트가 있었다. 그 곡을 자세히 들어보
고 싶었다. 그런데 이상한 것이, 음량을 아무리 키워도 작업실
에서 들었던 것처럼 모든 소리들이 귀에 들어오지는 않았다. 작
업실에서는 바이올린을 비롯한 모든 악기들, 심지어 연주하는
사람의 숨소리까지 들려왔는데 말이다. 그 음악이 들려왔을 때,
나는 멀리서 폭풍이 밀려오는 소리인 줄 알았다. 막막한 바다
한가운데 서서 사방에서 울려퍼지는 파도 소리를 듣는 것 같았
다. 격정적이고 음울한 바이올린의 떨림이 피부로 느껴졌다. 마
치 나무 벽 뒤쪽 어딘가에서 누군가 직접 연주를 하는 게 아닐
까 싶었다. 어쩌면 그가 어딘가에다, 무언가를 발명해 놓았는지
도 모른다. 내 사진을 보면서 했던 그의 말이 떠올랐다. '이런
걸 붙들어야 되는데, 전부 금방 지나가잖아요.' 그는 사진으로
사람을 붙들 듯 공간으로 소리를 붙들고 싶었는지도 모르겠다.

나는 이눅씨의 집을 찍은 정면 사진을 프린트해서 책상 앞에
다 붙였다. 그가 내 사진을 책상 앞에 붙일 때와 똑같은 방법으
로 정성껏 붙였다. 둥근 지붕에 나 있는 나무의 결이 아름다웠
다. 나는 의자를 뒤로 젖히고 두 팔로 베개를 만든 다음 느긋한
마음으로 사진을 바라보았다. 아름다운 집이었고 아름다운 하
늘이었다. 아름다운 풍경을 보고 있으면 시간이 멈춘 듯하다.

사진은 사람뿐 아니라 시간을 붙들기도 한다. 아니, 시간을 붙들 수는 없다. 시간을 붙들었다고 생각할 뿐이다. 시간은 계속 앞으로 가고 우리는 사진을 보면서 멈춘다. 사진은 그렇게 시간과의 달리기에서 계속 뒤처지기 위해 존재하는 것은 아닐까, 그런 생각이 들었다. 이눅씨의 집을 보고 있으니 많은 생각이 떠올랐다. 모든 사물을 투과하는 사진기를 발명해서 보이지 않는 지하실까지 함께 찍을 수 있다면 좋을 텐데, 그게 조금 아쉬웠다. 나는 보이지 않는 곳의 거대한 지하실을 눈앞에 그려보았다.

그런데, 무언가 이상했다. 보이지 않는 곳의 지하실을 눈앞에 그려보는 순간, 집은 더 이상 집으로 보이지 않았다. 그건 마치 하나의 거대한 방주 같아 보였다. 집은 거대한 방주의 꼭대기 부분일 뿐인 것 같았다. 나는 컴퓨터에 저장해 둔 사진을 모두 열어보았다. 일정한 간격으로 집 주위를 돌면서 찍은 사진들을 머리 속에서 연결해 보았다. 분명 그것은 방주였다. 그의 설계도가 떠올랐다. 단 한 번밖에 보지 못했지만, 지금 생각해 보니 그 설계도는 분명 방주를 그린 것이었다. 지나치게 긴 계단, 그리고 복도가 떠올랐다. 그렇다면 이 집이 하늘이라도 날 수 있다는 걸까? 나는 이수연 기자에게 전화를 걸었다. 다행히 아직 설계도 복사본을 가지고 있었다. 막 퀵서비스에 전화를 걸었다고 했다. 나는 그녀에게 팩스로 그 복사본을 좀 보내달라고 부탁을 했다. 어, 선배, 관심이 지나친데? 뭐야, 무슨 꿍꿍이지? 라고 장난을 걸었지만 나는 별말 없이 전화를 끊었다. 생각해 보면 대단한 일도 아니었다. 그 집이 하늘을 나는 방주면 어떻고 나무궤짝이면 또 무슨 상관인가. 하지만 나는 이상하게 흥분이 됐다. 엄청난 비밀을 발견한 사람처럼, 우주의 원리라도 깨달은 것처럼 흥분하고 있었다. 마치 그 방주를 내가 발명이라도 한 것처럼 말이다. 어린아이가 된 것 같았다. 나는 팩스 앞에서 전화벨이 울리기만을 초조하게 기다렸다.

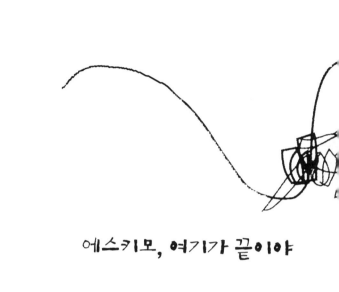

에스키모, 여기가 끝이야

소포를 받은 것은 일주일 전이었다. 캐나다에 살고 있는 삼촌으로부터 도착한 것이었다. 그때는 연구실과 어머니가 입원해 있는 병원의 중환자실이 내가 감당할 수 있는 세계의 전부였기 때문에 소포를 열어볼 마음조차 들지 않았다. 어쩌면 소포를 뜯을 수 있는 힘이 없었는지도 모르겠다. 나는 어머니와 함께 거의 죽어가고 있었고, 미래라는 건 내가 그릴 수 있는 지도의 영역 바깥에 위치한 것이었다. 삼촌을 마지막으로 본 것이 언제였을까 생각해 봤지만 생각이 나질 않았다. 삼촌의 얼굴도 아렴풋이 떠오를 뿐이었다. 눈앞에 떠오른 삼촌은 나보다 훨씬 어린 모습이었다. 나는 삼촌보다 더 오래 산 것 같은 기분이었고, 절대적인 나이가 아닌 마음의 나이는 실제로 그런지도 몰랐다. 나는 늙어가고 있다는 생각이 들었다.

나흘 전에 어머니가 돌아가셨다. 어디로 돌아가셨는지는 알 길이 없지만, 지금 이곳에 없다는 생각을 해보면 여전히 실감이

나질 않았다. 배신을 당한 것 같은 생각이 들기도 했다. 함께 전속력으로 100미터 달리기를 하다가 뒤를 보니 아무도 없다, 그런 느낌이었다. 사라져버린 것이다. 다시 출발지점으로 돌아가서 달리기를 시작하기엔 너무 지쳤고 너무 늙었다는 생각이 들었다. 게다가 함께 달릴 만한 사람도 없다. 어머니는 이제 레이스를 마친 것이다. 장례식 내내 어머니는 이제 없다, 라고 중얼거려봤지만 현실의 일처럼 느껴지질 않았다. 그렇지, 없지. 내 안의 누군가 그렇게 대답을 한다. 눈물조차 나지 않는다. 눈물이란 것은 반사신경의 일부일 뿐 진짜 슬픔과는 아무런 상관이 없는 것이 아닌가, 하는 생각이 들기도 했다. 물론 병석에 누워 있는 어머니를 오랫동안 봐왔기 때문에 그런 것일 수도 있었다. 차곡차곡 쌓여 있는 슬픔을 덮어버리기엔 내 몸의 수분이 턱없이 부족한 모양이다. 늙고 낡은 고목의 등걸처럼 말이다.

고향의 강가에 어머니를 뿌려드렸다. 어머니는 무덤도 싫고 납골묘도 싫다셨다. 그냥 어디에라도 뿌려달라고 하셨다. 뭐라도 이 세상에 흔적이 남는 게 싫었던 걸까? 아니, 어쩌면 버려지는 게 싫었을는지도 모른다. 어딘가 자리를 틀어잡고 앉아 오지 않는 나를 기다리는 게 싫었을지도 모르겠다. 존재가 없으면 버림받을 일도 없다. 어머니는 이제 강물과 레이스를 펼치고 계실 것이다.

해변의 오차

모친상을 당한 사람에게 주어지는 휴가 기간은 일주일이다. 하지만, 나는 닷새를 쉬고 연구소로 출근했다. 할 일이 많았고, 일을 하고 있는 게 그래도 낫겠다 싶었다. 일주일 만에 추스를 수 있는 슬픔이 아닌 이상 닷새나 일주일이나 차이가 없었다. 출근하면서 만난 사람들에게 위로의 말을 수차례 들었지만 무덤덤했다. 그렇다고 웃고 있을 수도 없는 노릇이어서 나는 나대로 표정 관리하기가 쉽지 않았다.

책상 앞에서 일을 시작하려고 할 때 소포가 눈에 들어왔다. 소포는 일주일 동안이나 똑같은 자리에서 얌전히 나를 기다리고 있었다. 나는 테이프를 뜯고 종이 상자를 열었다. 종이 상자 안에는 충격 보호 패드로 싸인 나무 조각이 하나 들어 있을 뿐, 아무런 메시지도 없었다. 잘 있냐는 안부인사도 없었고 잘 있다는 소식도 없었다. 나무 조각은 기이한 모습이었다. 심심한 누군가 아무렇게나 나무를 깎은 것처럼 균형감이 없었고 어딘지 모르게 만들다 만 것 같은 모습이었다. 옆에 있던 후배는 나무 조각을 보더니 어떤 예술가의 작품일지도 모른다고 했지만 내 눈에는 그런 아름다움이 보이질 않았다. 어쩌면 어딘가에서 아름다움을 찾아낼 만큼 내 마음이 여유롭지 않아서일지도 모른다.

책상 앞에 세워놓고 한참을 바라보았더니 조금씩 나무 조각이 다르게 보였다. 나무 조각의 형태에는 이상하게 사람의 마음을 끄는 데가 있었다. 약간 멀리 떨어져서 보면 사람의 옆 얼굴을 닮은 듯하고, 가까이 다가가 보면 시냇물의 흐름을 깎아놓은 듯한 그 모양을 바라보고 있으니 괜스레 마음이 편안해지기까지 했다. 감촉도 좋았다. 바다에 씻기고 바람에 깎인 표면을 만지면 마치 어머니의 손을 만지고 있는 것 같았다.

아무리 떠올리려고 해도 떠오르지 않았던 어머니의 실체가 갑자기 생생해졌다. 어머니의 살가죽을 닮은 표면을 만지고서야 어머니를 기억할 수 있다는 것이 스스로 한심했다. 어째서 기억이란 것은 매개체에 의존할 수밖에 없는 것일까. 온전하게 모든 것을 기억할 수는 없는 것일까. 나무 조각이 없었더라면 나는 어머니 손등의 감촉조차 기억하지 못했을는지도 모른다. 시간의 순서가 맞지 않지만, 게다가 어머니와 삼촌의 관계에도 어울리지 않지만, 삼촌이 보낸 그 나무 조각이 어머니의 마지막 유품이라는 생각이 들었다. 삼촌에게 전화를 걸어볼까 싶은 생각이 잠깐 들기도 했지만 이런 힘없는 목소리를 들려주고 싶진 않았다. 삼촌에게만은 강해 보이고 싶었다.

나는 나무 조각이 엄청나게 진귀한 고고학적 유물이 아니길 바랐다. 만약 값비싼 골동품이라면, 나는 그것을 팔아치워 돈을 마련할 궁리를 할 수밖에 없을 것이다. 삼촌이 보내준 선물로 돈을 마련하고 싶지는 않았다. 나는 나무 조각을 가방에 넣어두었다.

연구소는 수라장이나 다름없었다. 연구소 내에는 에어컨디셔너가 돌아가고 있었지만 사람들이 움직이는 모습을 보고 있으면 갑자기 더워졌다. 측량팀은 측량팀대로 발등에 불이 붙었고, 지도 제작팀은 지도 제작팀대로 눈 깜빡일 새 없이 바빴다. 좀더 쉬고 오지 그랬냐며 위로의 말을 던졌던 팀장도 은근히 내가 출근한 것을 다행으로 생각하는 눈치였다. 새로운 오차 측정의 결과를 업데이트해야 하는 날짜가 10일밖에 남지 않았다. 나는 측량팀 소속이다. 측량팀은 두 명이 조를 이뤄 움직이기 때문에 한 명이라도 결원이 생기면 일정에 차질을 빚을 수밖에 없다. 한 사람은 맵핑카를 운전해야 하고, 한 사람은 지도 측정 기계를 확인해야 한다. 한 사람은 다리가 되고, 한 사람은 눈 역할을 하며 일을 해나가는 것이다. 그러니 한 명이 빠지면 곤란해진다. 내가 자리를 비운 며칠 동안 팀장이 내 역할을 대신했는데 팀장과 팀원의 일을 동시에 하다 보니 꽤나 힘들었던 모양이다.

연구소의 정식 명칭은 '해수면 오차 측정과 침수 지역 예상 및 지도 제작 전문 연구소'이다. 참으로 긴 이름이지만 하는 일은 간단하다. 지도와 실제 지형 사이의 오차를 찾아내고 그걸 수정해 나가는 것이다. 처음 만난 사람들에게 연구소에서 하고 있는 일을 얘기하면 모두들 똑같은 질문을 한다. '그게 오차가 있나요?'라는 것이다. 아니 그러면, 오차도 없는데 '해수면 오차 측정과 침수 지역 예상 및 지도 제작 전문 연구소'라는 긴 이름을 달았겠어요, 라는 울부짖음이 목젖까지 치밀어오를 때가 많지만, 연구소 이름이 너무 긴 관계로, 대체로 입 밖에 꺼내지는 않는다. 그렇다고 차근차근 설명하기도 힘들다. 그 질문에 대답을 하면 얘기가 길어진다. 질문과 대답이 꼬리에 꼬리를 물게 되고, 전문적인 용어들을 쉽게 설명하려고 노력하다 보면 머리까지 지끈지끈 아파온다. 그래서 아예 처음부터 '하하, 당연히 오차가 없죠. 그래서 저희는 땅을 마구 깎아내서 오차를 만든 다음 그걸 지도에 반영한답니다'라는 허무맹랑한 농담을 할 때도 있다. 웃기려는 의도가 전혀 없는, 자포자기의 심정이 빚어낸 유머인 것이다. 한번은 '아, 굴착기 기사시군요?'라는, 나의 농담보다 더욱 허무맹랑한 답변을 듣기도 했지만 말이다.

오차와 오류는 어디에나 있다. 지도에도 있고, 자동차에도 있고, 사전에도 있고, 전화기에도 있고, 우리에게도 있다. 없다면 그건, 뭐랄까, 인간적이지 않은 것이다.

지도 특기생

달리는 자동차 안에서 오차 측정과 지도 제작을 할 수 있는 시스템이 만들어진 건 고작 20~30년밖에 되지 않는다. 원리는 간단하다. 자동차에 장착된 CCD카메라로 영상을 찍으면, 그 영상이 3차원 지도로 변환되어 모니터에 나타난다. 모니터에다 손가락을 갖다대고 있으면 위도, 경도, 고도를 한눈에 알 수 있다. 참으로 편리한 세상이다.

"선배, 많이 힘들었죠?"

자동차 오른편으로 드리워진 바다를 멍하니 바라보면서, 3차원 지도로 표현하기엔 저 바다가 너무 막막하고 비현실적이구나, 라는 생각을 하고 있을 때, 운전을 하고 있던 후배가 물었다. 그녀는 대학 후배이자 '아틀라스'라는 지도 연구 동아리의 후배였다. 연구소에 들어오게 된 것도 나 때문이라고 하는데 사실인지 아닌지는 알 수 없다.

"아니 별로. 예상했던 일이니까."

나의 대답이 뜻밖이었는지 후배는 말을 잇지 못했다. 그녀는 계속 운전을 했고, 나는 계속 바다를 바라보았다. 사실 나의 답변은 잘못된 것이었다. 힘들 걸 예상한다고 해서 고통이 덜해지는 것은 아닐 텐데 말이다. 조용한 시간이 이어졌다. 날씨는 더웠지만 바닷바람이 있어 견딜 만했다. 파도 소리와 바람 소리와 자동차 소리가 공평한 비율로 공기 중에 뒤섞여 있었다. X40지역에 거의 도착했을 즈음 후배가 다시 입을 열었다.

"참, 아까 그 나무 조각 말예요. 뭔가 대단한 걸지도 모른다는 생각 들지 않아요?"

"그럴 리 없어. 삼촌은 그렇게 부자가 아니거든."

"뭐 하시는 분인데요?"

"문화인류학인지 인류문화학인지 뭐 그런 걸 연구하고 있을 거야. 내 기억이 맞고 전공을 바꾸지 않았다면 말야."

"그러면 뭔가 얘기가 들어맞잖아요. 보물일지도 몰라요. 삼촌에게 전화해서 물어보면 어때요?"

"보물? 꿈 깨라. 요즘 세상에 보물이 어디 있어?"

"좋아요. 제가 조사해 볼 테니까 나중에 딴 말 말아요."

"갖고 싶어? 너 줄까?"

"아뇨. 선배가 선물 받은 걸 왜 날 줘요. 그냥 궁금하잖아요. 어쩌면 그 보물이 선배의 궁핍한 경제 사정에 한줄기 따스한 햇살이 될지 누가 알겠어요."

"눈물나겠다, 야. 만약 엄청난 보물이면, 자료 조사 비용으로 너 반 떼줄게."

"음, 반은 너무 많고 30퍼센트만 떼줘요."

"40퍼센트. 더 아래론 안 돼."

"하, 이상한 거래네. 좋아요. 40퍼센트."

약간의 장난을 칠 정도로 나의 기분이 그럭저럭 괜찮다는 걸 알아차린 그녀는 말이 많아지기 시작했다. 주로 팀장과 함께 일했던 나흘 동안의 이야기였다. 팀장이 얼마나 사람을 힘들게 하는 성격의 소유자인지, 또 얼마나 다른 사람의 의견을 무시하는지, 가 이야기의 주제였지만 나는 그녀의 이야기를 귓등으로 들으면서 계속 바다를 바라보았다. 지도에서는 바다의 깊이를 푸른색의 농도로 표현한다. 얕은 바다는 하늘색에 가깝도록 칠하고, 짙은 바다는 보랏빛이 감도는 짙푸른 색으로 표시한다. 하지만 그런 인위적인 색으로 바다의 깊이를 표현한다는 것은 불가능하다. 지도 속의 모든 그림이 그렇듯, 바다를 표현한 색 역시 기호에 불과한 것이다.

넌 취미가 뭐니? 라고 누군가 물었을 때 내 대답은 한결 같았다. 지도 그리기요. 아마 초등학교 때부터 그랬던 것 같다. 이상한 취미로구나? 지도 같은 걸 그려서 뭐 하는데? 몰라요. 그냥 그려요. 정말로 그냥 그렸다. 어느 순간부터 나는 주위의 세상과 친해지는 방법으로 지도 그리기를 선택했다. 지도를 처음 그릴 때만 해도 방위나 기호 따위를 알 턱이 없는 나이인 관계로 지도가 아니라 약도에 가까웠지만 시간이 지날수록 취미는 특기로 바뀌었다. 중학교 1학년 때 그린 '자전거 도로 지도'는 지금 다시 보아도 대단한 작품이다. 그 지도를 그리기 위해 나는 배낭을 메고 전국 일주 자전거 여행을 하는 기분으로 동네의 자전거 도로를 몇 바퀴나 돌았다. 지도 특기생 같은 게 있었다면 최고 명문대학에 장학생으로 입학했을는지도 모른다.

한번은 지도를 그리다 길을 잃은 적도 있었다. 중학교 2학년 즈음, 새로 이사간 동네의 지도를 그리고 있을 때였다. 이건, 정말, 말도 안 돼, 라고 생각하면서도 길을 찾을 수가 없었다. 하하, 이럴 수는 없지, 하면서 점점 미궁 속으로 빠져갔다. 내 손에는 지도가 있었지만 그건 내가 그린 지도였기 때문에 나를 믿고 지도를 믿을수록 길을 찾기는 더욱 힘들어졌다. 나는 길을 찾으면서도 계속 지도를 그렸고 지도는 점점 오리무중, 첩첩산중으로 변해 가고 있었다. 결국 나는 경찰의 도움을 받아 집으로 돌아왔다. 동네에 익숙해지자 나는 지도가 어디서부터 잘못

되었는지를 알아낼 수 있었다. 골목 하나의 차이였을 뿐인데 모든 길이 어긋나고 말았다. 지도가 위험하다는 걸 그때 처음 알았다.

오차 측량원

X40지역의 상황은 심각했다. 지도상으로는 해안 습지가 있어야 할 곳이었지만 그곳에는 바닷물이 들어차 있었다. 해안 구석구석에는 바다에서 밀려온 침전물이 언덕을 이루고 있었고, 해수면이 상승하면서 해안 습지는 육지 쪽으로 한참 후퇴해 있었다.

가장 큰 문제는 해수면이 빠른 속도로 상승한다는 것이었다. 해수면이 수천 년에 걸쳐 천천히 상승한다면 걱정할 필요가 없다. 잠식되는 해안 습지와 새롭게 만들어지는 해안 습지의 면적이 똑같을 테니 플러스, 마이너스, 제로가 된다. 하지만 빠른 속도로 해수면이 상승하면 습지가 점점 줄어들 수밖에 없고 해안 습지가 줄어든다는 것은 오염물을 정화할 수 있는 지구의 방어막이 옅어진다는 얘기다.

후배와 나는 휴대용 기기를 들고 습지 쪽으로 향했다. 나에게 밟힌 부드러운 진흙들이 내 신발을 감싸안았다.

"선배, 이상한데요?"

"뭐가?"

"해수면은 이상이 없어요."

"그렇다면 땅이 내려앉은 거겠지."

"땅이 내려앉다뇨?"

"흔한 현상이야. 자 봐. 여기 신발 옆으로 삐죽삐죽 튀어나온 진흙들이 보이지? 이 진흙이 우리가 살고 있는 땅이고 내 발이 빙하야. 이렇게 발을 들면 진흙이 아래로 내려가지? 빙하가 녹기 때문에 땅이 아래로 가라앉는 현상이 생기는 거야."

X40지역의 70퍼센트 정도가 지도와 큰 차이가 있었다. 대부분 육지가 침하된 상태였다. 나는 지도와 차이나는 부분들을 확인하고 그 구역을 붉은색으로 칠했다. 아직까지 주민을 대피시켜야 할 정도는 아니었다. 하지만 머지않아 이곳의 땅은 바다 아래로 가라앉을 것이다. 이제 그걸 막을 수 있는 사람은 아무도 없다. 모두들 수영이나 배워야 할 시간이다. 아주 잠깐 걸었을 뿐인데 땀이 흘렀다. 빙하가 녹는 게 당연하다는 생각이 들 정도로 더운 날씨였다.

병원의 보호자 대기실에서 보았던 코미디 프로그램이 생각났다. 멀쩡하게 양복을 입은 남자 코미디언 두 명이 이러쿵저러쿵 만담 스타일의 얘기를 주고받았는데, 아직도 잊혀지지 않는 내용이 있다. 모든 부분이 자세하게 기억나지는 않지만 요지는 이렇다. 하유, 힘들어요, 빚더미에 올라앉았어요. 그래요, 그럼 내리시구려. 장난해요? 미안해요. 그럼 내가 좋은 사업 하나 가르쳐드릴까? 아니, 그런 게 있어요? 있죠. 남극 하늘 오존층에

구멍 뻥 뚫린 거 아시죠? 아, 알죠. 남극의 얼음이 녹아서 그렇다잖아요. 잘 아시네. 그러면 지구에서 가장 큰 대형 냉동용 에어컨을 만듭시다. 만들어서요? 남극과 북극의 얼음이 녹을 새가 없도록 에어컨을 뺑뺑 돌려대는 거죠. 그 에어컨을 팔아먹는 거예요. 누가 사요? 누구든 사요. 요즘은 환경 문제, 오존층 하면 사람들이 다 깜빡깜빡 넘어가요. 지금 장난해요? 아니 왜 화를 내요? 이봐요, 오존층을 망가뜨리는 주범이 뭔데요. 뭔데요? 바로 에어컨에서 나오는 프레온 가스 아녜요. 그렇게 에어컨을 틀어대면 남극과 북극의 얼음이 더 빨리 녹을 거 아녜요. 잘 됐네요. 잘 되다뇨? 얼음이 녹으니까 에어컨이 더 많이 팔릴 거 아녜요. 그런가요? 그렇죠. 떼돈 벌 수 있다니까요. 해볼까요? 해봅시다.

웃기자고 만든 코미디였겠지만 나는 두 사람의 코미디를 보고 슬퍼졌다. 빚더미에 올라앉았어요, 그럼 내리시구랴, 라는 부분이 가장 가슴에 와 닿았다. 내 상황이 그랬기 때문일 것이다. 그냥 아무렇지도 않게 내릴 수 있는 상황이라면 얼마나 좋을까, 그런 생각이 들었다. 하지만 언제나 상황은 그렇게 단순한 것이 아니었고, 내릴 수 있다고 내리면 되는 그런 문제가 아니었다. 지구와 에어컨과 빙하와 프레온 가스의 문제는 그 다음이었다.

일을 하면 기분이 나아질 것이라고 생각했지만 힘이 나질 않았다. 뭔가 생산적인 일을 하는 것이 아니라 이렇게 흔적들을 찾아내는 것이 내 일의 전부라는 생각이 들자 힘이 빠졌다. 오차 측량원이라는 직업이 있다는 말을 처음 들었을 때 나는 그 단어의 미묘한 울림이 마음에 들었다. 무언가 정의롭고 올바른 일이라는 생각이 들었고, 세상을 안전하게 보호하는 직업이라는 생각이 들었다. 하지만 오차 측량원은 말 그대로 오차를 측량할 뿐이었다. 오차를 되돌릴 수도 없고 수정할 수도 없다. 물론 오차 측량원이라는 단어를 너무 깊이 생각한 내 잘못이다.

지도학을 전공하겠다고 마음먹었을 때 삼촌이 다른 나라로 떠났다. 항공 사진 기능사로 근무하고 있을 때 지상에서 아버지가 돌아가셨고, 지상 기준점을 측량하기 위한 밀착인화사진을 만들고 있을 때 어머니가 병원으로 실려갔다. 그리고 오차 측량원으로 일하고 있을 때 어머니가 돌아가셨다. 이제 혼자서 살아가야 하지만 나는 너무 늙어버린 듯하고 아무것도 가진 게 없었다. 어쩐지 억울하다는 생각이 들었다. 뭔가 단단히 어긋나 있었지만 나는 그 원인을 알아낼 수가 없었다. 명색이 오차 측량원인 주제에 말이다. 모든 일에는 반드시 원인과 결과가 있는 것일까? 원인이 없는 결과도 있지 않을까?

지도의 중심

나흘이 시계의 초침처럼 지나가버렸다. 눈을 들어 시계를 보면 하루가 지나갔고, 다시 시계를 보면 또 하루가 지나갔다. 그 동안 후배와 나는 잠자는 시간과 밥 먹는 시간만 빼고는 측량에 매달렸다. 잠이 오지 않는 밤에는 헤드라이트를 켜고 작업을 진행했다. 다른 팀의 작업 속도에 맞추기 위해서라는 이유가 있긴 했지만 무엇보다 후배와 나는 둘 다 달리 할 일이 없었다. 후배는 아직 미혼인 데다 남자친구도 없었다. 다행이라고 하기엔 좀 미안하지만 내게는 정말 다행이었다. 다른 팀원들에게 가족과 휴식과 삶이 필요했다면, 나에게 필요한 것은 돈뿐이었다. 야근 수당이라도 받아야 했다. 어머니의 죽음 덕분에 이틀 정도 작업 속도가 뒤처져 있었지만 쉬지 않고 매달린 결과 닷새째에는 오히려 우리가 앞서게 되는 기현상이 벌어지게 됐다. 팀장이 후배와 나를 불러 좀 천천히 일을 진행하라고 말할 정도였다. 우리는 조금 속도를 줄여 천천히 작업을 진행하기로 했다. 팀장의 충고 때문이 아니라 말도 못하게 피곤했기 때문이다.

지도를 오랫동안 들여다보고 있으면 어느 순간 현실의 물건들이 기호나 표식으로 보일 때가 있다. 나도 모르게 지상의 어느 지점들을 연결시키면서 등고선을 그리고 있거나 커다란 빌딩을 단순한 사각형으로 생각할 때가 있다. 산이 삼각형으로 보이고 강물은 선으로 보인다. 그럴 때면 되도록 빨리 쉬어야 한다.

나는 해가 떨어지자마자 집으로 돌아가서 오랜만에 밀린 청소를 했다. 소형 진동 청소기로 구석구석의 먼지를 빨아들이고 다섯 번이나 걸레를 빨아서 방 안을 훔쳤다. 걸레질이 끝나고 난 다음에는 방 안을 기어다니면서 미처 청소하지 못한 작은 먼지들을 손으로 쓸어 담았다. 10평 남짓의 좁은 집이었지만 청소를 마치고 나니 1시간 30분이 지나 있었다. 방이 아니라 마음이 깨끗해진 것 같았다. 나는 내친 김에 서랍 정리까지 하자고 마음먹었다. 서랍에는 자질구레한 물건들로 가득했다. 어머니의 입원비용을 마련하기 위해 지금의 원룸으로 이사를 하면서 많은 것들을 팔아치웠지만 여전히 쓸모없는 것들이 많았다. 나의 처지와는 어울리지 않을 정도로 커다란 실바 나침반도 있었고 전문가용 줄자, 망원경 등의 물건이 서랍 속에 가득했다. 나는 나침반을 꺼내 좌우로 흔들어보았다. 나침반의 자침은, 마치 그곳이 내가 가야 할 길이라는 듯 고집스럽게 한 방향을 가리켰다. 나는 나침반을 상자 안으로 던졌다. 물건들은 하나씩하나씩 서랍에서 상자로 이동했다. 중고용품 사이트를 통해 물건을 팔면 몇십만 원은 건질 수 있을 것 같았다. 한 시간이 지나자 상자가 그득해졌다. 나는 상자를 닫고 테이프로 봉했다.

책상 맨 아래칸 서랍을 정리하다 종이 상자 하나를 발견했다. 상자 안에는 그동안 내가 그렸던 지도가 차곡차곡 쌓여 있었다. 중학교 때 그렸던 자전거 도로 지도도 있었고 이사를 다닐 때마다 그렸던 동네의 지도들이 가지런히 쌓여 있었다. 순서대로 지도를 펼쳐놓으니 나이가 들면서 지도 그리는 실력도 향상됐다는 것을 알 수 있었다. 버려야 할지 말아야 할지 알 수가 없었다. 그 지도들은 내게 일기장이나 다름없었다.

지도를 한 장씩 들춰보다가 나는 이상한 사실을 하나 알아냈다. 모든 지도에는 공통점이 있었다. 모든 지도의 중심에는 내가 살고 있던 집이 그려 있었다. 어찌 보면 당연한 일이었다. 나를 먼저 그리고 내 주위의 것들을 그리는 게 당연하지, 라고 생각해 봐도 이상한 공통점이었다. 커다란 빌딩을 한가운데 그릴 수도 있을 것이고 동네에서 가장 큰 학교를 중심에 둘 수도 있었을 텐데 지도 한가운데는 언제나 내가 살던 집이 있었다. 모든 골목이 우리 집에서 뻗어나갔고 거리를 측정하는 기준점 역시 우리집이었다. 세계의 중심은 언제나 나였다.

지도를 한 장씩 빠른 속도로 넘겨보았다. 그러자 이상한 착각이 들었다. 내가 살던 집은 한번도 이사를 한 적이 없고, 주위의 건물과 길들만 계속 바뀌고 있었던 것은 아니었을까 싶은 생각이 들었다. 지구는 언제나 제자리에 있는데 별들이 계속 자리를 바꾸면서 풍경을 만들어내고 있다는 착각과 비슷한 것이었다. 나는 지도를 종이 상자 안에 다시 넣어두었다. 아무래도 버리지 않는 편이 좋을 것 같았다.

나는 책상 앞에 앉은 다음 새하얀 종이 한 장을 펼쳤다. 원룸으로 이사 온 다음에는 지도를 그린 적이 없었다. 지도를 그려야겠다는 생각도 나지 않았고, 생각이 났다 하더라도 그릴 시간이 없었을 것이다. 나는 머리 속에 동네의 윤곽을 떠올려보았다. 머리 속에 펼쳐진 지도의 중심에는 역시 내가 있었다. 나는 머리 속에 펼쳐진 지도를 모두 지웠다. 그리고 종이 왼쪽 귀퉁이에다 내가 살고 있는 원룸을 표시했다. 자, 이젠 어쩌지? 나는 원룸을 표시한 다음에는 아무것도 그릴 수가 없었다. 원룸에서 뻗어 나가는 길을 그리고 싶었지만 도대체 어떤 방향으로, 어느 정도의 길이로 선을 그어야 할지 알 수 없었다.

기억의 지도

다음날 연구소에 도착하자마자 나는 상자에 담았던 물품들의 리스트를 중고물품 사이트에 등록시켰다. 조건은 상자에 든 물품을 한꺼번에 사야 한다는 것이었다. 쉽지 않은 조건이었지만 달리 방법이 없었다. 따로따로 내놓아야 훨씬 빨리 팔리겠지만 귀찮아질 것이 분명했다. 돈을 조금 적게 받더라도 귀찮지 않은 쪽을 택할 수밖에 없었다.

완료 버튼을 누르고 의자에서 일어나려는 순간 후배가 나타났다. 후배는 뭔가 좋은 일이라도 있는 듯한 표정이었다. 오랜만에 푹 쉬었기 때문일 것이라고 생각했다.

"선배, 알아냈어요."

"뭘 알아내?"

"그 나무 조각이 어디에 쓰이는 물건인지 알아냈다고요."

"보물은 아니지?"

"글쎄요. 그것까진 모르겠지만 어디에 쓰이는 물건인지는 알아녔어요. 그건 지도예요, 지도. 어디 있어요? 얼른 꺼내봐요."

"집에 두고 왔는데? 도대체 무슨 소리야. 지도라니."

"어제 일찍 집에 들어가서 이것저것 검색해 보다가 선배의 삼촌이 캐나다에 있다는 게 생각났어요. 게다가 문화인류학을 전공하고 있다면서요. 캐나다 지역 검색 사이트에 가서 몇 시간 뒤졌더니 바로 답이 나오던데요? 에스키모들은 나무를 깎아서 지도로 쓴대요."

"그럼 그 나무 작대기를 보면서 친구 집을 찾아간단 말야? 아니면 거기에 무슨 GPS기능이라도 달렸대?"

"선배, 에스키모들의 생활을 한번 생각해 봐요. 그 사람들이 그 지도를 보면서 아, 여름휴가는 어디로 가지? 같은 생각을 하고 있을 거 같아요?"

"그럼 그걸로 뭘 할 수 있는데?"

"그 나무 조각은 해안선의 입체지도예요. 에스키모들이 카약을 탄 채 한밤중에 고래잡이를 나섰다고 생각해 봐요. 종이에 그려진 지도란 건 아무런 소용이 없을 거 아녜요. 플래시 같은 게 있을 리도 없죠. 에스키모들은 그 나무 지도를 손으로 더듬으면서 해안선의 윤곽을 알아내는 거예요."

"나무로 만들었으니 물에 젖을 일도 없겠군."

"바로 그거죠."

전체 회의가 있었기 때문에 후배와 나의 대화는 거기서 끝이 났다. 회의가 없었다 하더라도 나는 더 물어볼 말이 없었다. 머리 속이 뒤죽박죽이었다. 그 나무 조각이 지도라는 것도 믿어지질 않았고 그게 만약 지도라면 삼촌이 그걸 왜 내게 보냈는지도 알수 없었다. 삼촌의 퀴즈 같은 것일까, 아니면 어떤 암시였을까.

삼촌은 어린 시절 나의 스승이자 친구였고, 아주 가느다란 실로 서로 연결돼 있는 듯한 유일한 동료였다. 그건 마치 실로 이어져 있는 장난감 전화기 같은 것이었다. 내 마음에서 파동이 일어나면 삼촌은 즉각 그 파동을 감지한 후 내게 답을 제시했다. 하지만 그 반대는 불가능했다. 나는 도무지 삼촌이 무슨 생각을 하고 있는지, 마음 속의 어떤 부분이 떨리는지를 알아챌 수 없었다. 삼촌이 캐나다로 간다는 소식을 들었을 때 나는 갑자기 미래라는 게 두려워졌다. 무엇인가가 내 곁을 떠날 수 있다는 생각이 그때 처음 들었다. 예감은 틀리지 않았다. 삼촌이 사라진 다음 내 곁에 있던 것들이 하나둘 없어지기 시작했다.

아버지가 죽었을 때도 어머니가 죽었을 때도 삼촌은 오지 않았다. 그랬군. 힘들어도 잘 참아야 해. 그것밖에는 우리가 할수 있는 일이 없잖아. 삼촌은 그렇게 나를 위로했지만 나는 내가 할 수 있는 유일한 일조차 잘해 나갈 수가 없었다.

나는 그런 생각들을 하느라 회의에 집중할 수가 없었다. 작업 진행 속도에 대한 보고를 하기 위해 잠깐 일어섰을 때 외에는 삼촌과 나무 지도가 머리 속에서 떠나질 않았다. 머나먼 캐나다에서 실 전화기를 통해 삼촌이 무슨 말을 하려고 하는지 알아내고 싶었지만 여전히 아무것도 감지할 수 없었다. 어쩌면 아무런 의미도 없는 단순한 선물에 불과할지도 모른다. 해변을 거닐다 나무 조각 하나를 주웠고 갑자기 내 생각이 나서 선물을 보낸다. 간단한 이야기일 수도 있다.

회의가 끝나자마자 나는 후배에게 그 사이트 주소를 알아내서는 그 안에 들어 있는 정보들을 하나씩 읽어갔다. 사이트의 첫 화면에는 이런 글이 씌어 있었다. '달이나 별을 보지 않고서는 누구도 자기 위치가 어디쯤인지를 알 수 없다. 위를 올려다보지 않으면 아래에 뭐가 있는지 절대 알 수 없다.'

사이트에는 '지도의 기억'이라는 제목 아래 세계 여러 곳의 지도 이야기가 담겨 있었다. 정부나 학술 단체가 운영하는 곳은 아닌 것 같았고 개인의 홈페이지 같은 곳이었다. 하지만 저작권 표시도 없었고 글을 어디서 퍼왔다는 언급도 없었다. 정체를 알 수 없는 사이트였다.

대부분의 글은 논점이 제대로 정리되어 있지 않아서 아마추어라는 느낌이 물씬 풍겼다. 자신의 생각을 장황하게 나열해 놓았지만 설득력이 부족했고, 그나마도 추측이 많아 어디까지를 믿어야 할지 알 수 없었다. 하지만 열의만큼은 대단해서 사이트 곳곳에 엄청난 분량의 정보가 담겨 있었다. 지리학을 빛낸 거장을 비롯해 잘못 제작된 지도의 폐해, 지도 제작법, 지리학의 여러 이론 등 책으로 엮는다면 수십 권이 될 정도로 방대한 분량이었다. 모니터에 떠오른 정보들은 삼촌과는 아무런 상관이 없는 이야기들이었지만 어쩐지 그 모든 내용들이 삼촌이 내게 보낸 편지 같다는 생각이 들었다.

후배가 내게 했던 이야기들은 '에스키모의 지도'라는 챕터에 모두 들어 있었다. 나무 지도를 찍은 사진도 몇 장 등록돼 있었는데 한결같이 특이한 형태였다. 삼촌이 보내준 것보다 더 널찍한 판자 모양의 지도도 있었고 막대처럼 길쭉하게 생긴 것도 있었다. 사진 아래에는 나무 지도를 읽는 법에 대한 설명이 적혀 있었다.

이것은 눈으로 보는 지도가 아닙니다. 이것은 상상하는 지도입니다. 손가락을 나무 지도의 틈새에 넣은 다음 그 굴곡을 느껴야 합니다. 그 굴곡을 느낀 다음에는 깜깜한 어둠 속에서 해안선의 굴곡을 상상해야 합니다. 촉각과 상상력이 완벽하게 일치해야만 당신은 당신의 길을 찾을 수 있을 것입니다.

설명을 몇 번이나 읽었지만 나는 그 의미를 이해할 수 없었다. 손가락으로 느낀 형태를 눈앞에 그려본다는 것은 말처럼 쉬운 일이 아니었고, 눈앞에 그릴 수 있다 하더라도 제대로 된 길을 찾을 수 있을 것 같지 않았다. 나무 지도 읽는 법 아래에는 에스키모들이 지도를 만드는 방법이 적혀 있었다.

에스키모들은 해변의 지도를 그리기 위해 눈을 감습니다. 그리고 해변에 부딪히는 파도 소리에 귀를 기울입니다. 그리고 그들은 지도를 그리기 위해 자신의 기억을 모두 동원합니다. 소리와 기억으로 지도를 만들지만 그들이 제작한 지도는 항공 사진으로 제작한 지도와 거의 차이가 없습니다. 에스키모들은 언제나 자신들이 어디에 있는지를 잘 알고 있습니다.

에스키모를 실제로 만나본 것도 아니고, 그들이 실제 그런 방식으로 지도를 제작하는지 알 수 없으므로 모든 얘기를 백 퍼센트 믿기는 힘들지만 기억과 소리만으로 지도를 만든다는 것은 놀라운 일이다. 에스키모들을 오차 측량원으로 스카우트할 수 있다면 엄청난 비용을 절감할 수 있을 것이다. 물론 시원한 곳의 에스키모들이 이렇게 더운 곳으로 올 리가 없겠지만.

훌륭한 지도

일을 마치고 집으로 돌아왔을 때 나는 이상하리만치 흥분해 있었다. 연구소에서 일을 하고 있을 때에도 나무 지도를 빨리 만져보고 싶다는 생각뿐이었으니 그럴 만도 했다. 나는 방에 들어서자마자 서랍에 있는 나무 지도를 꺼냈다. 이것이 지도, 라는 생각을 하고 나무의 표면을 만져보았지만 느낌이 변하지는 않았다. 역시 어머니의 손등 같은 거칠한 느낌뿐이었다. 하지만 손가락으로 나무 조각을 더듬자 조금씩 새로운 것이 느껴졌다.

에스키모가 거닐었던 해변의 굴곡이 손끝으로 느껴졌다고 하면 아무래도 과장이겠지만 어떤 공간이 느껴지기 시작했다. 나는 방 안의 불을 끄고 다시 한번 지도의 굴곡을 느껴보았지만 그 이상의 감각은 없었다.

나는 하얀 종이를 꺼내고 그 위에다 나무 지도를 놓았다. 그리고 연필로 나무 지도의 굴곡을 따라 그려보았다. 아무래도 내게는 입체 지도보다 평면이 이해하기 쉬웠다. 종이에 그린 나무 지도는 제법 지도 같은 모양새를 하고 있었다. 나는 책상 앞에다 종이를 붙여두었다. 그려놓고 보니 정말 사람의 옆모습과 비슷했다. 나는 고개를 오른쪽으로 90도 꺾고 지도를 보았다. 지도 속의 사람은 울고 있는 것 같기도 했고 웃고 있는 것 같기도 했다.

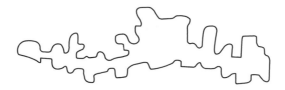

나는 한참을 망설인 끝에 삼촌에게 전화를 걸었다. 지금 이곳은 밤이지만 그곳은 한낮일 것이다. 몇 번의 시도 끝에 수화기로 삼촌의 목소리가 들려왔다.

"전화할 줄 알았다. 소포는 잘 받은 게냐?"

"네. 오늘에야 지도란 걸 알아냈어요."

"그래. 난 좀더 걸릴 줄 알았는데…… . 일은 할 만하니?"

"그런데 왜 이걸 보내신 거예요?"

"그야 네가 좋아할 것 같아서지. 어렸을 때부터 지도라면 자다가도 벌떡 일어났잖니. 그 나무 지도를 보는 순간 네 얼굴이 떠오르더구나."

"전 삼촌이 하는 일은 늘 어떤 의미가 있다고 생각했어요. 나무 지도를 저에게 보낸 건 어떤 메시지가 있는 게 아닐까, 그런 생각이 들었어요."

"메시지라…… . 뭐 메시지를 담았다면 담았달 수도 있겠지. 네가 지쳐 있을 것 같아서 생각할 시간을 주고 싶었다. 잊고 있었던 것들, 지나치고 만 것들, 그런 생각들 말야. 넌 지도가 뭐라고 생각하니?"

"삼촌, 그건 너무 어려운 질문이에요."

"이 녀석아, 내가 언제 쉬운 질문 한 적 있냐? 내가 어려운 질문을 해도 넌 꼬박꼬박 대답을 잘해 왔어."

"제가 그랬어요?"

"그럼, 그랬지. 네가 지도를 공부하고 싶다고 말했을 때 내가 뭐라고 했는지 기억나냐?"

"네, 그걸 어떻게 잊겠어요. 시시하게 세계 지도 따위 만들지 말고 은하계 지도나 한번 만들어봐, 그러셨잖아요."

"하하, 그래, 기억하는구나. 그때 네 대답이 걸작이었지. 그런 건 죽은 다음에 천국에 있는 지도 제작소에 가서 만들게요, 그랬잖니. 어찌나 그 대답이 재미있던지……."

"삼촌, 그때와 지금은 달라요. 많은 게 바뀌었어요."

"아니야. 별로 바뀌지 않았어. 이곳으로 와라. 나와 함께 있자꾸나."

"제가 거기 가서 뭘 할 수 있겠어요?"

"아무것도 하지 않아도 돼. 어떤 때는 공간을 옮기는 것만으로도 많은 게 바뀌는 법이란다. 네가 할 일은 거기에서 여기로 이동하는 것뿐이야."

"그런다고 뭐가 바뀌겠어요?"

"내가 연구하고 있는 곳이 어딘지 아니? 툴레란 곳이야. 세상의 끝이란 뜻이지. 세상의 끝에 와보는 것도 훌륭한 공부가 되지 않겠니?"

"잘 모르겠어요. 전 지금 여기가 세상의 끝 같은 걸요?"

"난 여기에서 에스키모를 연구한 다음 많은 걸 깨달았다. 에스키모들에게는 '훌륭한'이라는 단어가 필요없어. 훌륭한 고래가 없듯 훌륭한 사냥꾼도 없고, 훌륭한 선인장이 없듯 훌륭한 인간도 없어. 모든 존재의 목표는 그냥 존재하는 것이지 훌륭하게 존재할 필요는 없어. 에스키모의 나무 지도를 보는 순간 그런 생각이 들었다. 아, 이 지도에는 '훌륭한'이라는 수식어가 없구나. 이 지도 속에는 인간이란 존재가 스며 있지 않구나. 그냥 지도이구나. 지도를 전공하고 있는 네 앞에서 주제넘은 소리인지 모르겠지만 그런 생각이 들었단다. 나는 네가 에스키모의 지도를 연구해 보면 어떨까 하는 생각이 들었어. 그래서 그걸 보냈단다."

"무슨 얘길 하시려는 건지 알겠어요. 생각해 볼게요."

"네가 거기 혼자 있다고 생각하면 늘 마음이 아프단다."

나는 인사를 하고 전화를 끊었다. 머리 속에다 자동거품기를 넣고 골고루 휘저은 듯한 기분이었다. 모든 게 뒤섞여 있어서 정리하기가 쉽지 않았다. 나는 가만히 앉아서 거품이 차분하게 가라앉기만을 기다렸다. 책상 앞에 붙여놓은 나무 지도 그림을 보면서 나는 중얼거렸다. 이런 게 훌륭한 지도란 말이지. 아니, 훌륭한 지도가 아니라 그냥 지도란 말이지. 삼촌의 말은 설득력이 있었다. 어쩌면 내가 고민하고 있는 문제가 바로 그것이었는지도 모르겠다는 생각이 들었다. 하지만 세상의 끝으로 간다고 해서 모든 것이 바뀔 것이라고는 생각하지 않는다. 세상의 끝은 지구가 네모라고 생각했을 때에야 가능한 장소이다. 지구가 둥근 이상 모든 곳이 세상의 끝이다.

삼촌의 말은 귓속에 들어온 모기처럼 작은 소리로 끝없이 윙윙거리고 있었다. 아니야, 별로 바뀌지 않았어, 나와 함께 있자꾸나. 어쩌면 삼촌 말이 맞는지도 모른다. 아무것도 변한 건 없는지도 모른다.

나는 구석으로 밀어놓았던 상자를 꺼냈다. 그리고 그 위에 두

텁게 봉했던 테이프를 뜯었다. 테이프로 상자를 봉한 지 하루밖에 되지 않았는데 상자 속의 물건들은 몇십 년 만에 보는 것처럼 낯설었다. 나는 상자에서 나침반을 꺼낸 다음 팽이를 치듯 몇 바퀴 돌려보았다. 자침은 위태롭게 흔들렸지만 언제나 같은 방향을 가리키고 있었다. 도대체 자침을 붙드는 이 힘은 무엇일까? 무엇이 우리를 이끌고 가는 것일까? 나는 계속 나침반을 돌려댔다. 자침이 다른 방향을 가리킬 때까지는 멈추지 않겠다는 듯이.

멍청한 유비쿼터스

그런데 기묘하고 놀라운 것은
신이 실제로 존재한다는 사실이 아니라
놀라운 것은 말이다.
신이 반드시 필요하다는 그런 생각이
인간처럼 야만스럽고
사악한 동물의 머리에서 떠올랐다는 거야.
— 도스토예프스키

10:50 AM

사흘째다. 옷장에 있는 양복은 세 벌뿐이기 때문에 내일이면 다시 첫날의 복장으로 돌아가야 한다. 일곱 벌쯤이 있어서 요일에 맞는 양복을 입는다면 좋겠지만, 상관없다. 사람들의 기억력은 그다지 신통치 못하다. 첫날 입었던 짙은 회색 양복을 다시 입는다고 해서 경비가 다가와 '옷이 세 벌뿐이시네요, 하하하' 할 리 없다. 사람들은 다른 사람들에게 관심이 없다. 평범한 얼굴의 인간이 평범한 복장을 했을 때는 더더욱 관심이 없다. 이렇게 평범한 옷을 입고 사람들 곁에 서 있으면 마치 내가 사라져버린 듯한 느낌이 들 때도 있다. 나는 사라지고, 그들이 된다.

나는 사흘째 U사의 로비를 서성거리고 있는 중이다. 어디서든 언제든 수많은 사람들이 서성거리고 있다. 그러니 눈에 띄는 행동은 아니다. 게다가 U사의 로비는 넓다. 로비는 언제나 직원들과 방문객들로 북적거리고, 누군가와 누군가가 만나서 이야기를 나누고, 누군가가 누군가를 기다린다. 공항의 대합실 같은 곳이다. 하지만 이곳에는 공항의 대합실 같은 애절함이 없다. 사업과 속임수와 겉만 번지르르한 웃음이 있을 뿐이다. 나는 최대한 눈에 띄지 않을 표정으로 로비에서 화장실로, 다시 화장실에서 엘리베이터 앞으로 움직인다. 경비실을 지나고 안내 탁자를 흘낏 들여다본다. 아무도 신경 쓰지 않는다. 나는 마치 투명인간 같다. 사흘이라는 시간 동안 나는 로비와 한몸이 되었다. 나는 로비의 공기 같은 인간이 된 것이다. 아마 아무도 나를 기억하지 않을 것이다. 기억해 내려 해도 기억하지 못할 것이다. 이제 슬슬 일을 시작할 때가 된 것 같다.

나는 안내 탁자 앞을 지나쳐 걸어갔다. 세 발자국쯤 지나쳤다가 다시 돌아섰다. 문득 뭔가 생각났다는 듯 고개를 들어 안내 아가씨를 보았다.

"아, 뭘 좀 여쭤봐도 될까요?"

정면으로 걸어오면서 질문을 던지면 상대방은 방어 태세를 취하게 된다. 하지만 가던 길을 돌아서면서 질문을 던지면 방어 태세와 긴장감을 무너뜨릴 수 있다. 네, 그럼요, 무엇을 도와드릴까요? 라며 아가씨가 웃는다. 형식적인 웃음이다. 사흘 동안 지켜봤지만 언제나 저렇게 웃는다. 엄마의 뱃속에서 나오는 순간에도 저렇게 웃었을지 모른다. 엄마 아빠, 무엇을 도와드릴까요?

"저는 미국 본사의 인사관리팀에서 일하는 마크라고 합니다.

한국 이름은, 아니, 관두죠. 그냥 마크라고 불러주세요."

"네, 마크씨."

"11시 30분에 로비에서 마케팅팀의 김부장을 만나기로 했어요. 아시죠? 키 크고 멋지게 생긴 친구요. 중요한 고객을 같이 만나기로 했는데 제가 너무 일찍 도착했지 뭡니까. 살다 보니 이런 날도 있군요. 교통체증을 너무 심각하게 생각했나 봐요."

그녀는 대꾸할 말을 찾지 못하고 있었다. 당연하다. 교통체증이 갑자기 사라진 것이 자기 탓도 아니고, 약속 시간이 남았다고 말동무해 줄 처지도 아닌 것이다. 그녀는 도대체 무슨 소리를 하는지 모르겠다는 표정을 지으면서도 웃고 있었다.

"만나기 전에 서류 검토를 좀 하고 싶은데, 1층에 이메일을 확인할 수 있는 회의실 같은 곳이 없나 해서요. 일하고 있는 사람을 미리 불러 내리기도 그렇고……."

"인터넷만 가능하면 되나요?"

"그럼요. 이메일만 확인하면 되거든요."

"네, 안내해 드리겠습니다. 이 명찰을 달고 계시겠어요?"

그녀는 안내 탁자 안쪽에서 '방문객'이라고 커다랗게 적힌 명찰을 꺼내서 내게 건넸다. 그리곤 내 앞을 지나 성큼성큼 걸어갔다. 내 앞을 지날 때 그녀에게서 진한 향수 내음이 느껴졌다. 내 머리 속은 그녀의 향수를 분석하느라 분주해졌다. 꽃향기보다는 달착지근한 화이트와인의 향에 가깝다. 시원하지만 헤프게 보이지 않는 향이다. 그녀의 동작도 그랬다. 모든 게 미끈하고 절도 있다. 나는 그녀의 뒤를 따라가면서 걸음걸이와 보폭, 구두의 모양, 종아리의 형태, 엉덩이를 세심히 관찰했다. 모든 정보가 머리 속에서 하나로 합쳐지면 그녀가 어떤 사람인지가 더욱 분명해진다.

그녀는 복도 중간쯤의 문 하나를 열더니 오른손으로 문을 붙들고 왼손을 방향지시등처럼 움직이며 나를 사무실 안으로 안내했다. 군더더기 하나 없는 완벽한 동작이었다.

"혹시, 어디서 교육을 받으셨는지 여쭤봐도 될까요?"

나는 사무실 안으로 들어가면서 물었다.

"따로 교육을 받은 적은 없는데요. 그런데 그건……."

"이런 말이 실례가 될지는 모르겠습니다만, 뭐랄까, 이 조그만 건물 안내를 하고 있기엔 너무 아깝다는 생각이 들어서요. 아, 딴 뜻이 있는 것은 아닙니다. 잘 아시겠지만 우리 회사의 교육 프로그램이 사실 좀 엉망이잖아요. 어디 다른 데서 근무를 하셨나 해서 말이죠."

나는 그녀의 가슴에 붙어 있는 명찰을 빤히 들여다보았다. 마치 그 이름을 백 년 정도 기억하고야 말겠다는 듯이. 그리고 고개를 들면서 다시 말을 이었다.

"이혜민씨 같은 분 정도면, 글쎄요, 혹시, 미국 쪽에서 일하고 싶은 생각은 없으신가요? 공식적으로 드리는 말씀은 아니고, 그냥 여쭤보는 겁니다."

그녀의 얼굴은 복잡해졌다. 하지만 이미 나는 그녀의 얼굴에서 서너 가지의 감정을 읽을 수 있었다. 그녀의 얼굴에는 첫째, 이 사람이 인사관리팀이라고 했지? 둘째, 미국에 갈 수만 있으면 좋을 텐데. 셋째, 이 사람 내 영어를 들으면 실망할 거야, 와 같은 감정이 마구 뒤섞여 있었다. 하지만 쉽사리 입을 열지는 못했다.

"지금 미국 쪽 지사가 늘어나고 있다는 얘기는 들으셨을 거예요. 하지만, 서비스 교육을 담당할 만한 사람을 구하기가 힘들어요. 잘 아시겠지만 말예요, 우리 회사는 동양과 서양의 이미지를 모두 품고 있어야 하지 않습니까."

"네, 그렇죠."

그녀가 입을 열었다. 크리스탈 잔이 얇게 소리를 내는 정도로 그녀는 떨고 있었다. 들키고 싶지 않았겠지만 이미 나는 공기의 진동을 느꼈다. 평범한 사람이라면 쉽게 알아차리지 못할, 아주 가는 떨림이었다.

"제가 이혜민씨를 후보로 추천한다고 해서 실례가 되는 건 아니겠죠?"

"네, 그거야, 뭐……."

"다른 분들에겐 아직 얘기 안하시는 게 좋을 거예요. 아직 이쪽으로 공문도 넘어오지 않은 상태니까요. 아시죠? 가장 작은 속삭임에서 보안이 샌다."

"네, 그렇죠. 가장 작은 속삭임에서 보안이 샌다."

가장 작은 속삭임에서 보안이 샌다, 라는 것은 U사의 보안

캐치프레이즈 같은 것이다. U사의 홈페이지에는 그 말이 여러 번 언급돼 있었다. 그 한마디의 말이 그녀의 긴장을 더욱 풀어 놓을 것이다. 그녀는 고개를 돌리고 복도 쪽을 향해 걸어갔다. 그녀의 뒷모습을 보면서 나는 웃었다. 그녀의 보폭은 조금 넓어 졌고, 정확하게 십일 자로 걷던 발의 각도가 조금 더 벌어졌다. 보폭과 각도만으로 나는 그녀가 무슨 생각을 하고 있는지 안다. 그녀는 이미 긴장을 잃었다. 그녀는 지금 미국을 생각하고 있 다. 긴장을 잃으면 모든 게 끝이다.

11:00 AM

사무실에는 타원형의 기다란 탁자와 열 개의 의자가 놓여 있 다. 탁자 가운데에는 인터넷 선이 몇 개 늘어져 있고 한귀퉁이 에 프리젠테이션을 위한 하얀 스크린과 화이트보드가 세워져 있 다. 회의실로 쓰거나 손님을 맞는 응접실 같은 용도일 것이다. 이제 이곳은 안전한 내 작업실로 변했다. 11시에는 어느 누구도 회의 같은 걸 시작하지 않는다. 11시에 시작할 수 있는 일은 잡 담과 커피 마시기 정도다. 11시는 점심시간을 준비하는 시간일 뿐이다.

나는 탁자 밑으로 기어 들어가 무선 인터넷 링크를 설치했다. 링크만 설치하게 되면 이미 마라톤의 37킬로미터를 넘어선 것 이나 마찬가지다. 땀도 없이 고통도 없이 37킬로미터를 넘어서

게 되는 것이다. 모든 회사의 네트워크에는 방화벽이라는 거대한 장애물이 있다. 하지만 회사 내부에다 무선 링크를 설치해 두면 방화벽은 무용지물이 되고 만다. 이를테면, 트로이의 목마와 같은 것이다. 목마를 성 안으로 들여보내는 순간, 전쟁은 끝이 난다. 나는 무선 인터넷 링크 옆에다 작은 쪽지를 붙였다. 쪽지에는 '함부로 건드리지 마시오. 문의사항은 IT팀의 김대리에게 연락 바람'이라고 적혀 있다. 이젠 아무도 이 낯선 장비를 건드리지 못할 것이다. 세상에 존재하지 않는 IT팀의 김대리를 찾아낼 때까지는.

나는 무전기의 스위치를 켰다.

"파이버, 게임 끝이야."

전화기 저쪽에서 우지끈하면서 파이버가 움직이는 소리가 들린다. 파이버는 조만간 120킬로그램을 넘어설 것이다. 엄청나게 무거운 녀석이다.

"벌써 끝낸 거야? 젠장, 그놈의 회사, 문제가 많군."

"신호 잡히는지나 확인해 줘."

"잠깐만. 망할 놈의 컴퓨터, 잠깐만 기다려봐. 됐어. 이야, 신호가 아주 쩌렁쩌렁하네. 회사가 통째로 나 잡쉬줘, 하고 있구만? 어떻게 한 거야? 또 안내 데스크에서 여자한테 수작 건 거야?"

"고전적인 수법이지."

"그러다 너 언젠가는 혼인빙자 간통죄로 걸릴지도 몰라."

"이번엔 취업빙자 사기에 가까워."

"그거나 그거나."

"20분 후에 전화나 한 통 넣어줘."

"오케이, 난 그 사이에 다리 쩍 벌린, 이 헤픈 아가씨나 감상하고 있을게."

"흔적 남지 않게 살살 해."

"처녀 다루듯 말이지, 조심조심, 살살, 걱정 마, 시트에 피한 방울 묻히지 않을 테니까."

언제나 파이버의 비유가 마음에 들지 않는다. 녀석은 모든 것을 여자에 비유한다. 컴퓨터와 해킹을 여자에 비유하는 것은 명청한 짓이다. 아이비엠과 매킨토시 컴퓨터가 맞장을 뜨던 시절, 사람들은 우아한 매킨토시의 승리를 예감했었다. 무엇보다 매킨토시가 더 아름다웠기 때문이다. 하지만, 결과는 정반대였다. 이유는 간단하다. 컴퓨터를 처음으로 만든 사람은 애초에 여성의 자리를 만들어놓지 않았다. 이곳은 남성전용극장이다. 아름답고 귀여운 바비인형이 이 세계에 들어온다면, 아마 1시간을 버티지 못하고 감전사당하고 말 것이다. 아니면 그 고운 머리카락을 몽땅 태운 다음, 엄마를 부르며 울면서 집으로 돌아가거나…….

나는 가방에서 노트북을 꺼낸 다음 잠깐 U사의 시스템을 둘러보았다. 파이버의 말이 맞았다. 문제가 많은 회사였다. 가장 큰 문제는 아무도 문제의 심각함을 모른다는 것이다. 나는 노트북을 가방에 다시 넣고 주위를 둘러보았다. 그리고 화이트보드 앞으로 다가갔다. 화이트보드에는 희미한 흔적이 남아 있었다. 정확한 글자는 알아볼 수 없었지만 회사의 시스템 구조도를 그린 듯했다. 나는 디지털 카메라를 꺼내 화이트보드를 찍었다. 한쪽 귀퉁이에는 발제자의 이름이 적혀 있었다. 나는 그 이름을 외웠다. 흔한 이름이었다. 흔한 이름은 쓸모가 많다.

대부분의 사람들은, 해커란 컴퓨터에 미친 사람이라고 생각한다. 물론 그 말도 맞긴 하다. 컴퓨터를 잘 하지 못하면 불가능한 직업이다. 하지만 컴퓨터를 다루는 능력보다 더 중요한 것이 있다. 바로 관찰력이다. 컴퓨터 앞에 앉아 프로그램 몇 개를 돌려서 비밀번호를 알아내는 따위의 해커는 진정한 해커라고 할 수 없다. 그런 건 자판을 누를 수 있는 손가락이 달려 있고 글만 읽을 수 있다면 누구나 할 수 있다. 진정한 해커라면, 사람의 마음을 뚫고 들어가 심장 속에 들어 있는 핏줄기의 흐름까지 알아낼 수 있어야 한다. 그리고 그 핏줄기의 방향을 거꾸로 돌릴 수 있어야 한다.

11:30 AM

시계가 11시 30분을 가리켰을 때 나는 사무실 문을 열고 나왔다. 그리고 안내 탁자 앞으로 다가가 방문객 명찰을 반납했다. 그녀가 다시 웃는다. 이번에는 그녀에게 말을 걸지 않았다. 무슨 일이든 도가 지나치면 일을 망치게 된다. 명찰을 반납하고 돌아설 때 전화벨이 울렸다. 정확한 타이밍이다.

"아, 김부장, 어디예요? 나 지금 로비에 와 있는데?"

나는 양손을 이용해 휴대전화기의 마이크를 감싸쥐었다. 나의 대화를 알려주기 싫다는 듯한 동작이다. 또 공공장소에서 큰 소리로 통화를 할 정도로 예의 없는 인간이 아니라는 것을 알려주기 위한 동작이기도 하다. 안내 탁자의 그녀가 나를 보고 있을 것이다. 전화기 저쪽의 파이버가 버럭 소리를 질렀다.

"뭐야, 김부장은 얼어죽을……, 귀청 떨어지는 줄 알았네. 전화기에서 좀 떨어지든지 송신음을 좀 줄이든지……. 그런데 또 김부장이냐? 지겹다, 김부장. 김씨 아닌 사람은 부장 되기도 힘들대? 사기꾼 아저씨, 내 말은 잘 들려?"

"저런, 큰일이네요. 그럼 그 일부터 해결을 해야지. 고객한텐 약속을 좀 미루자고 해야겠군요."

"야, 그나저나 오늘 점심은 뭘 먹지? 배고파 죽겠다. 치즈버거나 사 가지고 빨리 와."

"그럼 두 시에 다시 만나기로 합시다."

"배고파 죽겠다고. 난 두 개 먹어야 될 것 같다. 치즈버거 두 개, 땡큐."

"그래요, 미안하긴."

시끄러운 파이버 녀석. 나는 전화기를 주머니에다 넣고 다시 안내 탁자 쪽으로 돌아섰다.

"아, 이혜민씨, 부탁이 하나 있는데요."

그녀는 나를 처음 만났을 때보다 더 밝은 표정으로 내 얼굴을 바라보았다. 그녀는 이미 나에게 익숙해져 있었다. 그녀는 나를 알고 있다고 생각한다. 저 사람이 누구이고, 어떤 사람인지를 알고 있다고 생각한다.

"약속이 잠깐 미뤄졌어요. 어디 가서 점심이라도 먹고 와야 할 텐데 이 가방이 영 번거롭군요. 이걸 좀 안전하게 맡길 데가 있을까요?"

물론 안내 탁자에서는 가방을 안전하게 보관할 수 없다. 그녀는 경비실에다 가방을 맡기는 방법을 나에게 제안할 것이다. 내가 바라는 바다.

"그럼요. 경비실에 맡기면 안전할 거예요. 이쪽으로 오시겠어요?"

사흘 동안 로비를 지키고 있다 보면 이 정도쯤은 예측할 수 있게 된다. 그녀는 경비실 앞으로 나를 안내했다. 경비의 교대 시간은 이미 알고 있었다. 내가 선택한 경비는 지금까지 만났던 경비 중 가장 집중력이 부족해 보이는 사람이다. 나이는 50대 중반쯤으로 보였지만 50대 중반의 나이가 지닐 수 있는 경험이나 연륜 같은 것은 보이지 않았다. 경비를 하고 있다는 것이 안쓰럽게 보일 정도였다. 그는 왜소한 몸에 어울리지 않게 커다란 모자를 쓰고 있었는데, 모자를 한번 푹 눌러주면 온몸이 땅 속으로 처박힐 것 같았다.

안내 아가씨는 경비에게 다가가 귓속말로 뭐라고 설명을 했다. '이분은 미국 본사의 인사관리 팀장님인데요, 약속이 미뤄져서……'와 같은 말을 했을 것이다. 스스로 누구인지를 설명하는 것보다 회사 내부의 누군가가 나를 설명해 주는 것이 훨씬 그럴 듯해 보인다. 그들의 머리 속에는 가상의 공간이 만들어진다. 그리고 나는 그 공간 속에서 미국 본사의 인사관리 팀장이 되는 것이다. 한 번도 본 적 없는 사람일지라도, 미국 본사가 어디에 있는지 몰라도 상관없다. 인간들의 믿음이란, 참으로 허망한 것이다.

인간들의 믿음이란 정보를 기반으로 생겨나는 것이 아니다. 이미지가 믿음으로 바뀌는 것이다. 의사는 돈이 많을 것이라는 이미지, 변호사는 말을 잘할 것이라는 이미지, 소설가는 담배를 많이 피울 것이라는 이미지, 해커는 지저분할 것이라는 이미지. 인간들은 그런 이미지를 자신의 머리 속에 차곡차곡 저장해 놓고, 그것을 사실이라고 생각한다. 그 사실이 모여 정보가 된다. 나는 그런 잘못을 정정해 주고 싶은 마음이 없다. 나는 그 이미지를 이용할 뿐이다.

나는 경비에게 가벼운 목례를 하고, 문을 향해 걸어갔다. 다섯 발자국쯤 걸어가다가 다시 발걸음을 돌렸다.

"가방에서 뭘 좀 꺼내야겠군요."

경비가 건네준 가방에서 서류 파일 하나를 꺼내들었다. 서류 파일 표지에는 U사의 로고가 큼지막하게 인쇄돼 있고, 그 아래에는 '인사관리팀'이라고 적혀 있다. 이런 걸 확인사살이라고 한다. 안내 아가씨와 경비는 커다랗게 인쇄된 U사의 로고를 똑똑하게 보았을 것이다. 그들이 쌓아올린 이미지의 모래성에다 확인도장을 찍어준 것이다. 나는 서류 파일을 들어 보이며 인사를 한 다음 U사를 빠져나왔다.

12:30 PM

밴(Van)의 뒷문을 열자 유령의 꼬리 모양을 한 담배 연기가 공기 속으로 빠져나왔다. 파이버는 구부정한 자세로 자판을 두드려대고 있었다. 모니터에 코가 닿을 지경이었다. 파이버의 옆모습을 볼 때마다 나는 컴퓨터에 미친 복어의 모습을 떠올린다. 머리 빼고는 모든 게 부풀어 있어서 그의 손이 키보드에 닿는다는 사실이 늘 신기했다. 커다란 손가락이 좁은 자판의 숲 속을 헤집고 들어가 정확한 지점에 도착하는 것 역시 신기한 일이다.

"먹고 해."

"오, 하나님의 식량이 당도하셨군."

"너 아무래도 살 좀 빼야겠어. 들어올 때 보니까 차가 한쪽으로 기울었더라."

"그러니까 무선 키보드를 사달란 말야. 컴퓨터를 차 오른편에 놓고 내가 왼편에 앉으면 균형이 딱 맞는다니깐."

"컴퓨터보다 네가 더 무거울 거야."

"오른편에다 컴퓨터 장비를 추가하면 되지."

"네가 살이 찔 때마다 컴퓨터 장비를 추가하란 말이지? 이 밴이 무슨 저울인 줄 알아? 결국 타이어가 터져버리고 말 거야."

"왼편에서는 내가 살이 찌고, 오른편에서는 컴퓨터 장비가 추가되고…… 결국 무선 키보드 같은 건 필요도 없어질 거야. 컴퓨터와 내가 딱 붙어버리게 될 테니까. 킥킥킥."

"타이어가 터진다니까."

"알았어, 알겠다고. 요 치즈버거 더블만 먹고 나서……."

"먹고 나서 뭐?"

"타이어에 바람을 채울게."

"관두자."

파이버는 컴퓨터 신봉자다. 해커라면 누구나 그럴지도 모른다. 나를 제외하곤 말이다. 나는 컴퓨터를 믿지 않는다. 내가 만약 파이버였다면, 컴퓨터 장비를 더 구하는 대신 살을 뺐을 것이다.

컴퓨터를 처음 대하는 사람들은 그 안에 전지전능한 신이 있다고 생각한다. 우리의 기도를 자판으로 입력시키면 곧바로 컴퓨터가 축복을 내려준다. 아멘이다. 하지만 컴퓨터가 고장나고, 수리를 하기 위해 뚜껑을 열어보는 순간 사람들은 깜짝 놀란다. 컴퓨터 안에 아무것도 없기 때문이다. 컴퓨터 안에는 신은커녕 먼지 쌓인 회로판과 이리저리 얽힌 케이블뿐이다. 그렇다면 뚜껑을 여는 순간 신이 사라진 것일까? 아니다. 신은 처음부터 없었다. 신이 존재할 것이라는 사람들의 생각만이 있었을 뿐이다. 사람들에게 컴퓨터 뚜껑을 열게 만든 다음 그 속에 신이 없다는 것을 일깨워주는 것이야말로 진정한 해커가 할 일이다. 하지만 그런 일을 겪고도 여전히 컴퓨터 속의 신을 섬기는 사람들도 있다. 그들은 고장난 신을 대체할 만한 더 강력한 신을 구한다. 파이버처럼 말이다. 그건 나로서도 어쩔 수 없는 일이다. 그들에겐 그들 나름대로 신이 필요한 이유가 있을 것이다. 아마 두려움 때문이 아닐까.

파이버는 자신의 농담이 즐거웠는지 키득거리면서 치즈버거를 베어 물었다. 나는 콜라의 마개를 열고 그에게 건넸다. 그때 모니터에서 램프가 깜빡였다. 파이버는 버거를 입에 문 채 자판을 두드렸다. 파이버는 간단하게 일을 매듭지었다. 마지막으로 엔터키를 두드렸다.

"이걸로 처녀 탐험은 끝. 봤지? 피 한 방울 안 묻힌다니까."

"그래, 잘났다, 뚱땡이."

"참, 아이디랑 비밀번호 하나가 필요한데⋯⋯."

"5분 내로 구해 줄게."

"5분이면 나도 구해. 오랜만에 게임 한번 해볼까. 3분 안에 구하지 못한다에 만 원."

"좋아, 3분. 후회하게 해주지."

나는 파이버가 해킹한 데이터를 뒤져 가장 최근에 입사한 사람을 골라냈다. 딱 어울리는 사람이 있었다. 나흘 전에 입사한 콘텐츠팀의 여사원이다. 1시 10분이면 거짓말하기엔 괜찮은 시간이다. 모두들 여유롭고 관대할 때이다.

"아, 며칠 전에 입사하신 분인가요?"

"네. 그런데요."

"저는 네트워크팀의 김상호 팀장입니다. 먼저, 입사를 축하드립니다."

조금 전 사무실 칠판에 희미하게 적혀 있던 이름을 얘기했다. 너무 흔한 이름이어서 거짓말을 한다는 생각도 들지 않았다. 언젠가 어디선가 한번쯤은 들어본 듯한 이름이다. 그런 이름을 듣고는 의심을 할 수 없다.

"혹시 네트워크팀으로부터 이메일 사용방법에 대해 주의사항 들은 적 있나요?"

"아뇨, 아직."

당연한 얘기다. 아무도 이메일 주의사항 같은 건 설명해 주질 않는다. 화장실이 어디에 있는지, 식당이 어디에 있는지, 월급이 어떻게 지급되는지는 설명해 주지만.

"내 그럴 줄 알았어요. 요샌 다들 너무 무관심하다니까요. 네트워크팀 녀석들도 마찬가지예요. 자, 잘 들으세요. 우선, 스팸 메일을 함부로 열어보시면 안 됩니다. 특히 모르는 사람에게서 온 첨부 파일이 있는 메일은 절대 안 됩니다. 그런 건 폭탄이나 마찬가집니다. 아시죠? 열었다 하면 회사 전체가 바이러스로 쑥대밭이 되는 거예요. 쾅, 쾅, 쾅. 기껏 한 사람 때문에 말예요. 김민지씨가 비극의 여주인공이 되지 않길 바랍니다. 각별히 신경 써주세요. 참, 메일 주소가 어떻게 되죠?"

그녀는 메일 주소의 스펠링 하나하나를 또박또박 읽었다. 조금은 낯간지러운 아이디였다.

"아, 여기 있네요. 김민지씨. 콘텐츠팀이시구요. 비밀번호는 숫자와 문자를 조합해서 하셨죠?"

"아, 아뇨."

"네, 참."

나는 수화기를 입에서 떼고 소리를 질렀다.

"야, 김대리, 내가 비밀번호 관리하라 그랬지? 숫자 문자 조합 안하면 비밀번호 받지 말란 말야. 몇 번을 말해야 알아듣냐?"

옆에 앉아 있던 파이버가 웃으면서 어깨를 으쓱했다. 성질 사나운 보안팀장, 꽤 어울리는 설정이다. 그녀는 나를 두려워하고 있었다. 두려움을 이용한다는 것은 사람들을 쉽게 속일 수 있는 단축키와 같다.

"지금 암호가 뭐죠?"

나는 화가 가라앉지 않은 목소리로 그녀에게 물었다. 그녀는 'weezer'라고 대답했다. 내가 좋아하는 밴드의 이름이었다. 키보드 왼쪽에 모두 모여 있는 글자들이니 비밀번호로 쓰기에 괜찮은 단어였다. 한손으로 비밀번호를 타이핑한다는 건 편리한 일이긴 하다.

"일단 그 뒤에다 숫자 하나를 달아서 쓰시는 게 좋겠네요."

"7로 할게요."

"알겠습니다. 비밀번호 관리 잘 하시구요, 1개월마다 비밀번호 바꿔주는 거 잊지 마세요. 좋은 하루 되십시오."

내가 전화를 끊는 순간 파이버가 손목시계의 스톱워치 버튼을 눌렀다. 그리고 웃었다. 3분 5초였다. 젠장, 말이 너무 많았다.

1:30 PM

한 달 전쯤 관공서 한 곳을 해킹한 적이 있다. 친구들에게 관공서를 해킹했다고 하면 '그래? 야, 화끈한데? 좋은 거 많이 건졌어?'라고 물어본다. 멍청한 녀석들이다. 돈이나 정보 따위는 관심 없다. 나는 관공서의 시스템이 얼마나 강력한지를 시험해 보고 싶었을 뿐이다. 돈이나 정보 같은 이익을 바라고 해킹을 한다면, 그건 삼류다. 모든 위대한 예술가들은 결과에 집착하지 않는다. 어떤 도구로 문제를 해결해 나가느냐, 어떤 과정으로 자신의 존재를 하나씩 증명해 나가느냐, 오직 그것만이 문제다. 해킹 역시 창조적인 예술의 한 분야다.

은행이나 관공서에 앉아서 직원들의 얘기를 듣고 있으면 재미난 정보를 많이 얻을 수 있다. 그들은 아무렇지도 않게 자신의 사생활에 대한 얘기를 한다. 어떤 음식을 좋아하는지, 좋아하는 배우는 누구인지, 좋아하는 노래는 무엇인지, 좋아하는 강아지의 종류는 무엇인지를 얘기한다. 언뜻 들으면 쓸모없는 정보 같지만, 그 모든 것들이 조합되면 한 사람을 이해할 수 있다. 그들이 가슴에 달고 있는 명찰과 책상 앞에 붙여놓은 포스트잇을 슬쩍 훔쳐볼 수만 있다면 더욱 완벽하다. 그렇게 그 사람을 완전히 이해하고 나면 아이디와 비밀번호를 알아내는 것은 그렇게 힘든 일이 아니다. 물론 상상력이 필요한 일이다. 사람들의 상상력이 갈수록 형편없어진다는 것이 우리들에겐 다행스러운 일이다.

"파이버, 직원 카드는?"

파이버는 자기 몫의 치즈버거 두 개와 내가 남긴 버거까지 해치우고 다시 자판을 두드리고 있었다.

"그거야 진작에 프린트해 뒀지. 네가 찍어온 사진이 좀 흐리더라고. 어제 회사에 들어가 잠깐 현장 체험 좀 하고 왔지. 야, 로비 무지하게 멋지더라."

"사이즈는?"

"약간 작을지도 모르는데, 얼추 비슷할 거야. 어떤 미친 자식이 줄자 가지고 덤비지 않는 이상 문제없어."

"덤비면?"

"평소 취미가 직원 카드 씹어먹는 거라 그래. 그래서 조금 줄었다고……. 야, 그런데 꼭 저 땅굴 속으로 기어 들어가야겠냐? 아이디도 하나 구했겠다, 회사로 들어가지 않아도 어지간한 건 대충 다 긁어올 수 있다고."

"알잖아. 난 모니터 앞에서 깔짝거리는 건 흥미 없어. 내일까지 갈 것 없이 오늘 끝내버리자. 알았지? 위치 탐지기 달고 가니까 엄호나 잘해 줘."

나는 파이버와 시간을 맞추고 밴 밖으로 나섰다. 빗줄기가 조금씩 떨어지고 있었다. 일기예보가 정확히 맞았다. 날씨가 흐리거나 비가 올 때 사람들의 경계심은 옅어진다. 이성적 판단보다는 감성적 판단이 앞서게 되고, 비난하기보다는 동정하게 된다. 나는 회사로 들어가기 전에 일부러 비를 맞았다. 빗줄기라고 부르기에도 힘든, 분무기로 뿌려대는 듯한 물방울들이 하늘에서 떨어지고 있었다. 10분이 지나자 비에 젖은 양복의 색이 조금씩 짙어졌다. 머리카락도 보기 좋게 젖었다. 물이 뚝뚝 떨어지지는 않지만 빗줄기 때문에 어느 정도 고생한 흔적은 역력할 것이다.

U사의 로비는 조용했다. 비가 내리기 때문인지, 점심을 먹고 난 직후의 나른함을 즐기기 때문인지 사람들의 말소리는 거의 들리지 않았다. 창가 쪽에 앉은 몇몇은 창문에 맺히는 빗방울을 멍하니 바라보고 있었다. 나는 경비실로 다가갔다.

"아까 가방을 맡겼던 사람입니다. 이거 귀찮게 해드려 죄송하네요."

"아이구, 같은 회사 직원들끼리 별말씀을 다하십니다. 미국 본사에 계시다면서요? 저희 아들 녀석도 지금 미국에 가 있는데……."

경비의 이야기에는 핵심이 없었다. 아들이 미국에 가 있기 때문에 서로 한번 만나보라든지, 아니면 직장이 없는 상태니 취직을 부탁한다든지 하는 메시지도 없었다. 그저 자신의 아들 자랑을 한번 해보려는 것이다.

"아 그러시군요. 미국에서 살아남는다는 게 쉬운 일은 아니죠. 자랑스러우시겠습니다."

"자랑스럽긴요, 그냥 밥벌이나 하고 있는 걸요. 선생님 같은 분이랑은 비교도 안 되죠. 비 맞으신 것 같은데 이 손수건으로라도……."

나는 가방을 들고 가볍게 고개를 끄덕이는 것으로 더 이상의 대화를 막았다. 경비의 아들 자랑이나 듣고 있을 정도로 한가하지 않다. 나는 안내 탁자 앞을 지나면서 그녀에게 인사를 했다. 그녀의 이름이 뭐였는지는 이미 잊어버렸다. 시간이 좀더 많았더라면 그녀와 점심식사라도 하면서 회사에 대해 꼬치꼬치 캐물어봤을 것이다. 하지만 이번 건은 그 정도로 깊이 들어갈 일이 아니었다. 그녀는 한 시간 정도의 도구일 뿐이다.

나는 엘리베이터 앞으로 걸어가면서 주머니에 있던 직원 카드를 목에 걸었다. 직원 카드의 디자인은 정말 터무니없을 정도로 멍청했다. 엄청난 크기의 사진이 직원 카드 3분의 2를 차지했다. 도대체 이따위 디자인은 누가 하는지 궁금하다. 이렇게 좋은 회사에 다니고 있다는 자긍심을 직원 카드로 표현하는 것인지도 모르겠다. 문이 닫히려는 엘리베이터에 올라타고 11층 버튼을 눌렀다. 나의 목표는 11층이다.

가끔 텔레비전의 광고에서도 해킹 아이디어를 얻곤 한다. 광고는 사람들의 생각을 가장 짧은 시간에 보여주기 때문에 해커들의 좋은 참고서가 될 수 있다. 반면에 영화나 드라마는 너무 길다. 긴 것은 질색이다. 최근에 본 광고에서도 한 가지 아이디어를 얻었다. 휴대전화기 업체의 광고였는데, 사람들이 백화점 문을 빠져 나올 때 뒷사람을 위해 문을 붙잡아주면 얼마나 행복한 세상이 되겠냐는, 교훈적인 내용이었다. 끝없이 이어지는 친절과 배려의 도미노 게임이라고나 할까. 뒤따라오는 사람이 없을 경우에는 사람이 나올 때까지 문을 붙들고 있어야 할 것 같았다. 광고를 본 사람들이 어떤 교훈을 얻었는지는 알 수 없지만, 나로서는 충분히 감동적이고 교훈적이며 게다가 교육적이기까지 한 내용이었다.

11층에서 내린 다음, 나는 사람들이 잘 볼 수 없는 구석 자리로 갔다. 그리고 미리 준비해 둔 종이 커피 잔 두 개를 가방에서 꺼냈다. 물론 그 안에 커피는 없다. 1분쯤 지나자 대여섯 명의 직원이 엘리베이터에서 내려 사무실 안으로 향하는 게 보였다. 나는 커피 잔을 들고 그들 뒤를 따라갔다.

나는 거리를 유지하면서 마지막 직원 뒤로 따라붙었다. 그가 사무실 안으로 들어서면서 뒤를 돌아다본다. 나는 손이 두 개뿐인 것이 원망스럽다는 표정을 짓는다. 그는 내 목에 걸려 있는 직원 카드를 본다. 직원 카드의 크기를 재기 위해 줄자를 꺼낼 생각도 하지 않고 문을 붙잡아준다. 나는 여전히 어색한 표정을 지으면서 문 안으로 들어선다.

인간의 동정심이란 때때로 어처구니없을 정도로 무한하다. 그 동정심을 잘만 이용한다면 직원 카드를 갖다대야 열리는 비밀의 문뿐 아니라 더 거대한 문도 열어제칠 수 있다. 그건 내가 처음으로 해킹을 하던 열두 살 때부터 이미 알고 있었던 것이다.

열두 살, 오락실에서의 그 장면은 지금도 눈앞에 생생하게 그려낼 수 있다. 비행선을 타고 우주의 괴물들을 격파하는 오락에 심취했던 나는 하루도 거르지 않고 오락실을 드나들었다. 아무리 격파해도 괴물들은 날마다 지구를 공격해 왔다. 덕분에, 지구방위군 대신 용돈이 전멸했다. 나는 다른 친구들의 전투를 응원하면서 어떻게 하면 돈 들이지 않고 오락을 할 수 있을 것인지만 궁리하게 됐다.

당시 나처럼 공짜로 오락을 하기 위해 온갖 노력을 기울이던 친구들이 있었다. 그들은 기술적 방법으로 접근했다. 10원짜리 동전을 50원짜리로 갈아넣기도 하고, 테니스 줄이나 라이터의 스파크를 이용하기도 했다. 그들의 기술은 훌륭했지만 불법이었다. 나는 그 방법을 택하지 않았다. 나는 새로운 오락실을 하나 찾아내 주인을 공략하기로 했다. 나에게는 가상의 형이 있고, 그 형은 가출해 버린 상태다. 나는 가출한 형이 오락실을 전전한다는 소식을 듣고 형을 찾아 나선, 가엾고도 착한 어린이다. 나는 그 안타까운 사연을 오락실 주인에게 얘기하고 구석 자리에 앉아 형을 기다려보면 안 되겠냐는 부탁을 했다. 오락실 주인은 마지못해 승낙을 했고, 나는 한동안 가만히 앉아 있기만 했다. 나흘이 지나자 오락실 주인은 나에게 50원짜리 하나를 건네면서 오락이라도 하면서 기다리라고 했다. 며칠 지나지 않아 나는 간단한 심부름도 해주면서 오락실의 기계를 마음껏 만질 수 있게 됐다. 결국 어머니가 오락실로 쳐들어오면서 모든 게 발각되고 말았지만 정말 짜릿한 시간이었다.

"파이버, 안으로 들어왔어. 내 위치 보여?"

나는 입구의 휴지통에다 커피 잔을 버렸다. 이어폰을 통해 파이버가 타이핑하는 소리가 들렸다. 묵직한 타자음이 생생하게 들렸다.

"거기서 10미터쯤 직진하다가 왼쪽으로 돌면 두번째 책상이 회계 담당자 자리야."

"쓸만한 건 대충 다 긁어놨어?"

"응, 대충. 회계 담당자 자리에 스파이웨어 하나 깔고 무선 조종기만 달면 완벽하게 끝나겠어. 위험해 보이진 않아?"

"전혀."

아무도 나 같은 건 신경 쓰지 않았다. 모두들 다른 세상에 가 있었다. 모니터를 들여다보거나 꾸벅꾸벅 졸고 있거나 누군가와 전화 통화를 하고 있었다. 11층을 선택한 것은 휴가 간 회계 담당자의 컴퓨터를 들여다보기 위한 이유도 있지만, 고객지원팀이 이곳에 있기 때문이기도 하다. 대체로 고객지원팀은 고객에게만 전념할 뿐 회사의 일에는 거의라고 해도 될 만큼 신경을 쓰지 않는 편이다.

회계 담당자의 자리에 가까워질수록 가슴이 쿵쾅거렸다. 아무리 대담한 해커라 해도 이 정도쯤이면 긴장할 수밖에 없다. 이 긴장을 즐기느냐 마지못해 버티느냐가 일류와 삼류를 판가름하는 기준일 것이다. 나로 말할 것 같으면 가슴이 쿵쾅거리기 시작하자마자 머리 뒤끝에서부터 이상한 전류가 흘러나오고 순식간에 그 전류에 감전되는 편이다. 나는 그 전류를 사랑한다. 빌어먹을, 발뒤꿈치가 저리도록 사랑한다.

"회계 담당자 자리가 어디죠?"

나는 자리를 뻔히 알고 있으면서 옆자리에 앉은 여자에게 물었다. 여자는 아주 느린 속도로 고개를 돌렸다. 전날 밤 잠자리에서 목이라도 삐끗했나 보다. 아니면 나른한 오후에 물들었거나.

"저긴데요, 왜 그러세요?"

"휴가 가기 전에 컴퓨터에 문제가 있었다면서요. 휴가 다녀올 때까지 고쳐달라는 메시지를 받았는데요."

그녀는 다시 그 게으른 고개를 내 가슴께로 움직이더니 직원 카드를 확인했다. 거기에는 물론 기술지원팀이라고 적혀 있다.

"또 고장이래요?"

"고장이 안 나면 그게 어디 컴퓨텁니까, 하나님이지. 컴퓨터 고장이라도 나야 저 같은 사람이 먹고살죠."

"어머, 잘됐다. 그러면 오신 김에 제 컴퓨터도 좀 봐주실래요? 갑자기 속도가 엄청 느려졌어요."

"저녁에 데이트가 있어서 오랜만에 양복 입고 왔더니, 비는 추적추적 내리고, 일이라곤 먼지구덩이에서 뒹구는 게 전부고…… . 에휴, 하는 일이 그런데 어쩌겠어요, 팔자지 팔자. 컴퓨터 먼저 봐드릴게요. 잠깐만 일어나시겠어요?"

그녀는 자리에서 일어나더니 세계 신기록에 도전하는 역도 선수처럼 천천히 팔을 올려 기지개를 켰다. 일의 능률을 위해서는 컴퓨터보다 그녀를 먼저 손봐야 할 것 같았다. 컴퓨터의 속도가 빠르면 사람들은 게을러지고, 컴퓨터의 속도가 느려지면 사람들의 성질이 급해진다. 정확히 반비례한다. 아마도 그녀에겐 더 느려터진 컴퓨터가 필요할지도 모르겠다. 나는 회계 담당자 컴퓨터의 스위치를 켜놓고 '느림보 그녀'의 컴퓨터를 대충 훑어보았다. 큰 문제는 없었지만 속도를 높이기 위해서는 한참을 들여다봐야 할 것 같았다. 그래서 눈가림용 처치만 간단하게 해두었다. 오늘만큼은 엄청나게 빠른 속도로 움직일 것이다. 내일이면 다시 원래의 속도로 되돌아가겠지만.

느림보 그녀는 기회다 싶었는지 이미 슬금슬금 다른 곳으로 가버렸다. 나는 회계 담당자의 컴퓨터로 가서 5초 만에 비밀번호를 알아냈다. 비밀번호는 모니터 옆 포스트잇에 가지런히 적혀 있었다. 비밀번호라는 말이 무색할 정도였다. 해커들에게 포스트잇만큼 유용한 도구가 없다. 포스트잇은 이제 인간의 뇌 역할을 하고 있다. 인간의 기억력은 점점 쇠퇴하고 포스트잇의 생산량은 점점 늘어날 것이다.

스파이웨어를 설치하고, 이것저것 데이터를 백업 받고 감시용 무선 조종기를 설치하고, 키보드와 컴퓨터 사이에 입력 감지 프로그램을 설치하고, 할 수 있는 모든 것을 해도 시간은 5분밖에 지나질 않았다. 너무 쉽잖아, 이건.

"파이버, 다 끝났어."

나는 느림보 그녀가 돌아오기를 기다리면서 파이버를 불렀다. 대답이 없었다. 아마 졸고 있거나 뭔가를 사먹으러 갔거나 아니면…… 뭔가를 사먹으러 갔다에 5만원 걸겠다.

3:30 PM

느림보 그녀는 30분이 지나고 나서야 돌아왔다. 기다리다 지친 나는 컴퓨터에 기본으로 설치된 카드 게임을 하고 있었다. 그냥 가버려도 상관없겠지만, 그냥 가버리면 마음이 개운치 않다.

"어머, 끝나셨어요?"

"1시간 전에 끝냈는데요?"

"에이, 농담도 잘 하시네. 제가 딱 10분 자리 비웠는데요."

그녀는 자리에 앉아 마우스로 여기저기를 클릭했다. 프로그램들은 마우스가 닿자마자 감전이라도 된 것처럼 깜짝깜짝 놀라며 빠른 속도로 제 몸을 열어제쳤다.

"우와, 실력 좋으시네. 엄청 빨라졌어요."

"그런데 휴가는 어디로 가셨대요?"

"몰라요. 어디 바다로 갔겠죠. 아유, 지금쯤 좋으시겠네."

"휴가 안 가세요?"

"가야죠. 요즘 어디로 갈까 생각 중이랍니다."

"좋은 데로 잘 다녀오십시오. 전 대충 시간 때우다가 데이트나 하러 갈랍니다. 수고하세요."

"네, 고마워요. 데이트 잘 하시구요."

그녀는 느릿느릿 고개를 돌려 모니터 앞으로 돌아갔다. 왼손으로는 금방이라도 아래로 내려앉을 것 같은 턱을 받치고, 오른손으로 마우스를 클릭했다. 저 모습을 박제로 만들어 박물관에 기증해도 될 정도였다. 제목은 '현대사회 회사인의 전형' 정도?

나는 왔던 길을 되짚어 나갔다. 이걸로 모든 작업이 끝났다. 3일 동안 모은 자료를 합하면 1톤 트럭 한 대 분량은 될 것이다. 나쁘지 않은 성과다. 나는 미사일 발사 단추처럼 생긴 파란 단추를 눌러 문을 열었다. 문밖에는 하얀색 반팔 셔츠를 입은 청년 한 명이 우두커니 서 있었다. 그는 나를 보자마자 미간을 찡그리더니 입을 삐죽 내밀며 말했다.

"카드를 안에다 두고 와서요."

나는 아무런 반응도 보이지 않고 그를 지나쳐 걸어갔다. 평소보다 조금 빠른 걸음이었다. 일이 모두 끝났다는 생각 때문에 방심했던 것 같다. 다섯 발자국 정도 걸어갔을 때 그가 나를 불렀다.

"저기 잠깐만요. 그 직원 카드 좀 보여주실 수 있나요?"

"네?"

나는 고개를 돌렸다. 그가 걸어왔다.

"직원 카드가 좀 이상한 것 같은데……."

너무 빨리 걸어나오다가 가슴에 있던 직원 카드가 뒷면으로 뒤집히고 말았다. 앞쪽은 정확하게 복사를 했지만 뒤쪽의 디자인이 달랐던 모양이다. 파이버, 이 망할 녀석. 나는 몸을 돌려 그의 정면에 섰다. 그리고 가방을 열어 서류 파일과 펜을 꺼냈다. 그리고 그에게 물었다.

"어느 부서죠?"

"저요? 고객지원팀인데요?"

"빌어먹을, 보안 교육 한 게 언젠데 벌써 이 모양인지 모르겠구만."

"네?"

청년은 아무 말도 하지 못하고 가만히 서 있었다.

"내가 이 엉터리 직원 카드를 목에 걸고 다섯 시간 동안 회사를 헤집고 다녔는데 이제 겨우 알아보는군. 이렇게들 무관심해서야……. 다섯 시간이라고요, 다섯 시간. 저는 본사 보안팀 소속입니다. 이름하고 직급이 어떻게 됩니까?"

"이승호 사원입니다."

"입사한 지 얼마나 됐죠?"

"6개월 됐습니다."

"쯧쯧, 다들 6개월 된 사원보다도 못하군."

나는 혼잣말처럼, 그러나 그에게 확실히 들리도록 중얼거렸다. 그리고 서류 파일을 연 다음 그 안에다 그의 이름을 적었다. 목에 걸려 있던 직원 카드를 벗어서 플라스틱 팩 안의 종이를 꺼냈다. 뒷면에다 아무렇게나 사인을 했다.

"이걸 가지고 있어요. 곧 연락이 갈 겁니다."

"아, 보안 감사를 하고 계시군요."

"본사에서 지금 이곳의 보안을 굉장히 심각하게 생각하고 있어요. 감사가 내일까지 진행되니까 내일까지는 입 다물고 계십시오. 모레쯤 아마 대형 징계가 있을 겁니다. 이승호씨에게는 아마 조그만 선물도 있을지 모릅니다."

"예, 그러시군요. 감사합니다."

"감사하긴요, 오히려 제가 고맙죠. 계속 열심히 일해 주십시오."

나는 닫히려는 엘리베이터에 올라타고 1층 단추를 눌렀다. 엘리베이터에는 아무도 없었다. 엘리베이터 문이 닫힌 후에 넥타이를 조금 풀었다. 목 주변에 식은땀이 맺혀 있었다. 이런 옷을 입고 어떻게 일을 하는지 알 수가 없다.

5:00 PM

나는 양복과 넥타이를 벗어 던졌다. 시동을 켜고 밴을 천천히 움직였다. 회계 담당자의 컴퓨터에 설치해 둔 프로그램만 있으면 집에서도 모든 일을 할 수 있다.

"나 또 나올 것 같다. 회사 화장실 한 번만 더 갔다올게."

"참아라. 그러니까 누가 버거를 세 개나 처먹으래? 작업 중 자리를 비운 벌이야. 집까지 꾹 참아봐."

"세 개는 무슨, 두 개 반이지. 야, 부글부글 끓어."

차는 이미 회사를 빠져나와 도로로 들어섰다. 파이버가 세 번씩이나 화장실을 다녀온 덕분인지 차가 가볍게 느껴졌다. 아직 도로는 한산했다. 사흘 동안의 작업이 모두 끝났다는 생각 때문인지 졸음이 왔다. 나는 하품을 하고 엑셀러레이터를 더 세게 밟았다.

7:00 PM

샤워를 마친 다음 중국 음식점에서 배달시킨 음식을 간단히 먹고 다시 컴퓨터 앞에 앉았다. 모든 게 정상적으로 움직이고 있었다. U사의 네트워크에 잠입시킨 프로그램은 과일 속의 벌레처럼 스멀거리며 여기저기를 배회하고 있었다. 벌레는 네트워크를 완벽하게 장악했다. 메신저에 접속하자 곧바로 메시지 하나가 날아들었다.

— 일은 모두 끝내셨나요?

— 예, 그럭저럭.

— 어때요? 할 만했습니까?

— 할 만했냐고요? 유치원에 다녀온 것 같습니다. 그 회사에는 꼬마들만 입사시키나 봐요. 전부 엉터리들입니다. 그래도 일을 마치니까 피곤하군요. 푹 쉬고 싶은 생각뿐입니다.

— 돈 문제는 내일 자료를 보고 결정하도록 하죠.

— 자료를 보시면 아마 깜짝 놀라실 겁니다. 미리 겁주는 건 아니지만.

— 그 정도로 형편없습니까?

— 네, 심하게 형편없던데요.

— 음, 어느 쪽이 제일 문제던가요?

— 역시 사람들이죠.

— 그럼 회사로 직접 들어왔다는 얘긴가요?

— 네. 깊숙한 곳까지 들어갔었죠.

— 어떤 방법으로 들어오셨습니까? 직원 카드는요?

— 그런 건 내일 말씀드리겠습니다. 하지만 창의적이고 독특한 방법은 아니었어요. 해커들 사이에서는 너무나 뻔한 방법들이죠. 저만의 노하우가 없었던 것은 아니지만……

— 그런 뻔한 방법에 대한 대처법은 미리 교육을 시켰는데……

— 모든 회사가 교육이란 걸 하죠. 하지만 실전에서는 달라

집니다. 제가 오늘을 공격일로 선택한 이유를 아십니까?

— 글쎄요.

— 비가 내리는 금요일입니다. 그리고 휴가 기간이죠.

— 그렇군요. 아무튼 이번 테스트가 끝나면 보안은 완벽해지겠죠?

— 다시 한번 말씀드리지만, 완벽한 보안이란 존재하지 않습니다.

— 이보세요. 그럼 왜 내가 당신을 고용했겠어요? 우리 회사는 유비쿼터스 컴퓨팅을 지향하는 곳입니다. 보안이 무엇보다 중요하단 말이에요.

— 모든 사물에 칩(chip)을! 가정에도 사무실에도 숲 속에도 칩을! 자동차에도 시계에도 냉장고에도 칩을! 유비쿼터스 만만세!

— 장난이 심하군요.

— 그만큼 멍청한 말이 없죠.

— 뭐요?

— 유비쿼터스 컴퓨팅이라는 말만큼 멍청한 말이 없단 말입니다.

— 도대체 무슨 소리를 하는 거요?

— 유비쿼터스라는 말의 어원이 뭔지 아십니까?

— 신이나 물이나 공기처럼 언제 어디서나 동시에 존재한다는 말에서 나온 것으로 알고 있소.

— 그럼 그게 말이 된다고 생각하십니까?

— 당신 무신론자요?

— 하하, 절 한 번 웃겨주시는군요. 맞습니다. 무신론자죠. 완벽한 보안을 꿈꾸신다니 제가 충고 하나 해드리죠. 해커들 사이에 이런 잠언이 있습니다. 가장 안전한 컴퓨터는 꺼진 컴퓨터이고, 가장 안전한 사람은 죽은 사람이다.

— 그래서요? 컴퓨터를 전부 끄라는 얘기요? 아니면 좀비들을 직원으로 고용하라고?

— 하하, 또 웃기셨습니다. 유머 감각이 있으시군요. 유머 감각이야말로 훌륭한 유물이죠.

— 당신이랑 이런 얘길 하고 있을 만큼 한가한 사람이 아니오.

— 좋습니다. 이쯤에서 끝내죠. 저야 뭐, 보안 리포트 작성해서 돈이나 받으면 그만이니까요.

— 내일 10시에 브리핑을 받도록 하겠습니다.

— 그러죠.

10:50 PM

와인 한 병을 모두 비우고 잠자리에 누웠지만 잠은 오지 않았다. 며칠 동안 잠들 수가 없었다. 눈을 감으면 끝을 알 수 없는 어둠이 온몸을 감싼다. 결국 다시 눈을 뜨게 된다. 졸리지만 잠을 잘 수는 없다. 잠이 들면 어떤 녀석이 내 머리 속에 들어와 그 속의 서랍을 송두리째 뒤집어엎을 것만 같다. 녀석은 머리 속의 스위치를 끄고, 문을 닫고, 번호가 달린 열쇠로 문을 잠근 다음 달아날 것이다. 나는 그 비밀번호를 절대 알아낼 수 없을 것이다. 그가 누구인지도 알아낼 수 없을 것이다. 깜깜한 어둠 속에 나는 갇힌다. 나는 무신론자가 아니다. 절대 그럴 수 없다. 나는 무엇인가가 언제나 두렵다. 그게 무엇인지 알아낼 수 있다 면 좋을 텐데……. 나는 알아낼 수가 없다.

깜빡 졸 때면 어김없이 똑같은 꿈을 꾼다. 꿈속에서 나는 전 류가 된다. 눈도 없고 발도 없지만 나는 빠르게 어딘가를 헤매 고 다닌다. 길은 수만 갈래고, 나는 늘 길을 잃는다. 꿈속에서 의 나는 눈에 보이지 않을 정도로 작다. 그곳이 컴퓨터 속인지 어디인지도 알 수 없다. 보이지 않는 어떤 힘이 나를 계속 떠밀 고 나는 길을 잃으면서도 계속 앞으로 달려간다. 빙글빙글 돌기 도 하고, 급회전하기도 한다. 그러다 갑자기 낭떠러지가 보인 다. 어째서 이런 곳에 낭떠러지가 있는 거지, 라고 생각하면서 나는 잠에서 깬다.

나는 에어컨디셔너를 끄고 창문을 열었다. 창을 열자 바깥 세 상의 팽팽했던 공기에 균열이 생겼다. 후끈한 공기와 함께, 멀 리 있던 소리들이 순식간에 방 안으로 밀려들었다. 그 속에는 수많은 소리들이 뒤섞여 있을 것이다. 사람들의 목소리, 벌레 우는 소리, 어디선가 불꽃놀이를 하는 소리, 트럭의 바퀴 소리, 담배가 타 들어가는 소리, 나무가 자라는 소리……. 하지만 그 모든 소리들이 합해지자 그냥 우우웅 하는 소리처럼 들릴 뿐이었다. 마치 거대한 컴퓨터 속 쿨러팬의 소음 같았다. 세상은 달그락달그락 잘도 움직이고 있었다.

나는 창문을 열어둔 채 다시 침대에 누웠다. 눈을 뜨고 가만히 귀를 기울였다. 소리가 들렸고 습기의 냄새를 맡을 수 있었다. 후텁지근한 물방울들과 속삭임 같은 소음들이 발소리를 죽인 채 가만히 창틀을 넘어오는 소리를 느낄 수 있었다. 그들은 내 곁으로 다가와서는 멈췄다. 그리고 우두커니 나를 지켜봤다. 방은 조금씩 더워지고 있었다. 두려워하지 마, 누군가 내게 그렇게 말하고 있는 듯했다. 어쩌면 그것은 내 목소리인지도 몰랐다. 시간이 지나도 그 목소리는 좀체 사라지질 않았다.

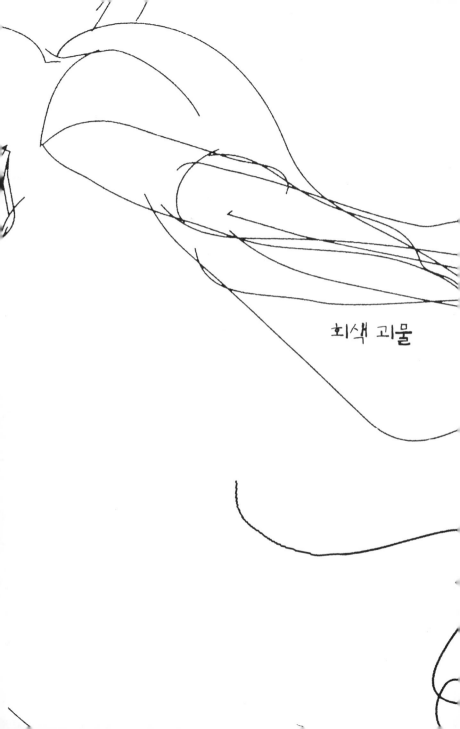

회색 괴물

1

"깜짝 놀랄 만한 물건이 하나 들어왔어요. 직접 보시면 아마 기절하실 걸요."

흥분한 목소리였다. 전자우편으로 사진을 전송해 달라고 할까 하다가 직접 가기로 마음을 고쳐먹었다. 말투를 보아 하니 사진을 보내줄 것 같지도 않고, 보내준다고 해도 물건의 상태를 확인하는 데는 직접 보는 것만큼 좋은 게 없으니까 말이다. 하지만 여느 때와 비교했을 때 가게 주인의 목소리는 확실히 흥분해 있었다.

나는 카디건을 걸치고 머리를 대충 손질한 다음 집을 나섰다. 토요일 오후 3시이므로 길이 막힐 게 뻔했지만 차를 가져가기로 했다. 가게는 먼 거리에 있었고, 지하철이나 버스를 이용하기엔 불편한 위치였다.

5분쯤 골목길을 신나게 달린 후 큰길로 들어서자 당연하다는 듯이 차가 막혔다. 약간 경사진 길 아래로 빼곡하게 차가 막혀 있는 도로가 보였다. 주말 분위기를 내고 싶은 누군가에게 고용된 아르바이트 자동차들 같았다. 평소에는 골목길에 몰래 숨어 있다가 주말만 되면 무작정 거리로 나와 차로를 점령한 후 그 대가로 누군가에게 돈을 받는 게 아닌가 싶었다. 그 차들은 어딘가를 가기 위한 차들이 아니라 그냥 거기에 서 있기 위한 차들 같았다.

낭비, 라는 생각이 들었다. 무엇을 어떻게 낭비하는 것인지는 모르겠지만 어찌됐든 낭비라는 생각이 들었다. 그렇다면 낭비하지 않기 위해서는 도대체 어떻게 해야 하냐고 물으면 전혀 할 말이 없지만 어쨌거나 그 단어가 머리 속에 떠올랐다. 머리 속에서 낭비라는 단어가 손안에 갇힌 물고기처럼 파닥거렸지만 생각은 더 이상 앞으로 나아가질 않았다. 어쩌면 이런 생각을 하는 것이야말로 낭비인지도 모른다.

나는 휴대전화기로 우주인에게 전화를 걸었다. 물론 화성이나 금성에서 지구인을 상대로 기념품 가게를 운영하고 있는 외계인 친구가 아니라 친구의 별명이 우주인이었다.

"뭐야, 이런 시간에 전화를 하다니, 미쳤군."

잠에서 덜 깬 목소리였다.

"낮잠은 그만 자고 얼른 나와. 새로운 게 하나 들어왔나 봐. 그 녀석 흥분해 있는 걸 보니 괜찮은 물건인 것 같은데……."

"그래도 그렇지, 뭐야, 이 시간에."

"1시간이면 도착할 거야. 가게에서 보자."

전화를 끊고 자동차 시디플레이어의 볼륨을 높였다. 비스티 보이스의 시디였다. 화끈한 랩이 스피커를 쿵쾅거리게 만들었지만 길은 좀처럼 뚫리질 않았다. 입 안의 혀를 비틀어 충치가 있는 어금니를 쓰다듬어보았다. 이빨 끝의 굴곡이 혀로 전해졌다. 계곡을 더듬는 것 같았다.

나는 사이드 브레이크의 레버를 위로 당긴 다음 뻣뻣해진 목을 이리저리 움직여 보았다. 목 주변에서 누군가 타자기를 치고 있는지 톡톡, 하는 뼛소리가 들려왔다.

2

우주인과 내가 골동품 가게, 줄여서 가게라고 부르는 그곳의 정식상호는 FOF다. 'Feeling Of Finger'의 약자인데 우리는 꽤나 촌스러운 이름이라고 생각했기 때문에 정식 명칭을 제대로 부르는 경우는 거의 없었다. '가게'라는 이름으로 충분했다.

FOF는 반지나 매니큐어부터 오래된 조립식 모형 권총, 권투 글러브에 이르기까지 손과 관련된 거의 모든 물건을 파는 곳이었는데, 한쪽 구석에는 성인용 코너를 꾸며 자위기구까지 팔고 있었다. 자위기구에 대해서는 의견이 분분했다. 한번은 가게의 주인—— 우리는 그를 얼굴빛이 노란 KGB 같다고 해서 YGB라 불렀다—— 과 우주인의 대논쟁도 있었다. 어째서 자위기구가 손과 관련된 물건이냐는 것이 우주인의 주장이었고, 자위기구 역시 손으로 움직이는 것이며, 손이 없으면 아무런 쾌락도 느낄 수 없다는 것이 가게 주인의 입장이었다. 한바탕 설전을 벌이던 두 사람이 내 의견을 물어왔을 때 나는 그냥 FOF의 이름을 중의적으로 사용해 'Feeling Of Fuck'이라고도 쓰라는 농담을 했고, 그 농담에 두 사람은 아무 말도 하지 않았다. 그걸로 끝이었다. 그런 건 아무래도 상관없는 일이었다. 내가 FOF에서 관심을 가지는 물건은 오로지 하나뿐이니까 말이다.

FOF는 몇 달 사이 많이 변해 있었다. 물건도 많이 갖춰놓았고 무엇보다 내부 전체에 화사한 페인트를 새롭게 칠했다. 흰색이라고 해야 할지, 베이지색이라 해야 할지, 아무튼 눈이 부실 정도로 밝은 색이었지만 솔직히 가게의 분위기와는 어울리지 않았다.

"야, 번쩍번쩍하네."

가게로 들어선 다음 조금은 과장된 목소리로 내가 말했다. 우주인은 이미 도착해 가게의 주인과 이야기를 나누고 있었다.

"뭐야, 1시간이면 도착한다더니."

가게 안쪽 책상 앞에 앉아 있던 두 사람은 나를 보더니 의자를 박차고 일어섰다. 그토록 나를 기다렸다기보다는 이제 슬슬 이야깃거리가 떨어지던 차에 내가 도착했기 때문일 것이다.

"새로 도착한 물건은 봤어?"

얼굴을 찡그리고 있는 우주인에게 물었다.

"아니, 이 친구가 보여주질 않네. 네가 도착해야지 볼 수 있 대."

가게 주인은 높은 선반에 있던 회색 플라스틱 가방을 아슬아슬하게 내렸다. 그의 손동작은 고귀한 보물을 옮기듯 섬세했다. 마치 살아 있는 물체를 다루는 듯했다. 조금이라도 충격을 가하면 천 년 넘게 그 안에서 잠들어 있던 날카로운 이빨의 전설 속 회색 괴물이 잠에서 깨어난 후 눈을 희번덕거리다가 우리를 차례차례 먹어치우고, 그것으로 부족해 가게 안의 물건들도 먹어치운 후 한쪽 구석의 자위용 도구를 발견하곤 그걸 이용해……, 까지 생각했을 때, 그가 플라스틱 가방을 열었다.

"와."

우주인과 나는 동시에 소리를 질렀다.

정말 '와', 라고 할 수밖에 없었다.

"이걸 어디서 구한 거야?"

우주인이 물었다.

"글쎄, 그런 건 사업상의 비밀이라니까요. 저도 그런 비밀통로 한두 개쯤 있어야지 이 장살 계속 해먹고 살죠."

가게 주인은 아무리 생각해도 자신이 대견스럽다는 듯 손을 어디다 둬야 할지 모르고 있었다. 책상을 짚고 있다가 팔짱을 끼었다가 지금은 오른손으로 턱을 만지작거리고 있다. 자랑스러워해도 될 만한 물건이었다.

"사실 거죠?"

"가격만 맞는다면……."

나는 회색의 기계를 보고 있다. 정말 그러고 보니 기계는 회색 괴물 같은 모습을 하고 있었다. 몸체는 플라스틱이었지만 세상 어느 물체보다도 단단해 보였고 조그맣게 벌어진 틈으로 은색의 쇳덩어리가 언뜻언뜻 보였다. 녀석은 49개의 이빨을 가지고 있었다. 그 안에다 손가락을 집어넣기라도 하면 덥석 물어뜯을 것처럼 날카로워 보였다. 녀석의 이빨은 치아 교정기처럼 가지런했고 전혀 빈틈이 없었다. 지금까지 본 기계와는 확실히 달랐다. 몸체로 얼굴을 가까이 하자 아릿한 기름 냄새가 났다.

"단골 손님인데 당연히 싸게 해드려야죠. 하지만 이 타자기는 좀 구하기가 힘든 거라서 말이죠. 아시는 분은 이 타자기 좋은 거 압니다. 이 타자기는 말이죠, 타자기 기술을 집대성한 최후의 걸작입니다. 게다가 이만큼 깨끗한 걸 구하기가 어디 쉽나요. 명품이죠, 명품."

"에이 참, 이런 구닥다리 타자기 하나 팔면서 명품은 무슨 명품. 괜히 가격이나 올리려고 하지 말고 적정 가격을 불러요, 적정 가격. 한두 번 거래할 것도 아니면서."

우주인이 나 대신 홍정을 시작했다. 나야 어떻게든 이 타자기를 꼭 가져야 하는 입장이지만 홍정 같은 것은 영 젬병이다. 그래서 홍정은 늘 우주인이 대신한다. 우주인을 이곳에 부른 이유도 그 때문이다. 5분 동안 신경전이 벌어지다가 결국 가게 주인이 제시한 적정 가격보다 조금 싼 가격으로 타자기를 살 수 있었다.

가게 주인이 돈을 주머니에 집어넣으면서 물었다.

"그런데, 어째서 그렇게 타자기를 좋아하는 거예요? 나중에 뭐 박물관이라도 하나 차리실려고?"

나는 웃었다. 우주인이 웃었고 우리의 모습을 본 가게 주인도 따라 웃었다.

가게 주인은 타자기를 조심스럽게 플라스틱 상자에다 넣었다. 그리고 타자기 외에 메이저리그 챔피언경기에서의 홈런볼과 유명한 권투 선수가 직접 사용했다는 권투 글러브를 추천해 주었지만 그건 내 관심 밖이었다. 우주인은 바스키아의 낙서화가 그려진 연필 한 자루를 샀다.

"저 녀석, 아무리 봐도 YGB라는 별명이 딱 어울린다니까. 어디서 저런 것들을 다 구하나 몰라. 사기꾼 같은 새끼."

우주인이 내 차에 올라타면서 중얼거렸다.

3

톡, 톡, 톡, 톡, 톡, 톡, 톡.

일요일 내내 나는 타자기의 자판을 두드렸다. 군데군데 기름

칠을 했고 헐거워진 나사를 조였다. 글자가 조금 희미하게 찍힌다는 것말고는 상태가 아주 좋았다. 글자가 희미하게 찍히는 것이야 먹지를 갈면 간단히 해결될 일이었다.

하루 종일 타자기와 붙어 있었더니 저녁 즈음에는 기름 냄새 때문에 속이 메슥거렸다. 게다가 나는 하루 종일 아무것도 먹지 않았다. 뱃속에서는 허기와 메슥거림이 점멸등처럼 번갈아 가며 반짝이고 있었다. 밖으로 나가서 뭐라도 사먹어야겠다는 생각이 들었지만 몸을 일으켜 세우기가 쉽지 않았다. 나간다, 밖으로 나간다, 밖으로 나가서 음식점으로 들어간다. 거실에 드러누운 채 허공에 있는 자판을 두드리며 '나간다'라는 문장을 만들었을 때 초인종이 울렸다.

문을 열자 그녀가 다짜고짜로 물었다.

"하루 종일 어떻게 된 거예요, 연락도 안 되고."

언제 내가 연락하기로 약속이라도 했나, 라고 되묻고 싶었지만 조용한 일요일을 유지하고 싶었기 때문에 휴대전화기 켜두는 것을 잊어버린 것 같다고 얼버무렸다. 실수는 용서받을 확률이 높다.

그녀는 거실 신문지 위에 널브러진 타자기 세트를 보면서, 그리고 싱크대 위에 쌓인 그릇들을 보면서 에휴, 하고 한숨을 지었다. 그런 한숨 소리를 듣고 있으면 숙제를 하지 않고 선생님 앞에 서 고개를 떨구고 있는 학생으로 되돌아간 것 같다. '그것이 실은, 이러이러해서……' 라는 변명을 늘어놓으면 '변명하는 건 더 나빠'라는 꾸짖음과 함께 회초리를 맞을 것만 같아서 나는 아무 말도 하지 않고 타자기 세트를 신문지째 끌어서 구석에다 옮겼다.

"아직 아무것도 안 먹었죠? 혹시 몰라서 좀 사 가지고 왔어요."

초밥이었다. 그녀가 사오는 초밥은 한결같이 맛이 없었다. 아마 그녀는 백화점에서 쇼핑을 하다가 문득 내 생각이 나서 전화를 걸었고 전화를 받지 않음에도 불구하고 계속 재미있게 쇼핑을 하다가 다시 문득 내 생각이 났고, 그래서 다시 전화를 걸었고, 그 상황이 계속 반복되면서 화가 나고, 홧김에 백화점의 간이 일식집에서 초밥을 사서 나를 찾아올 생각을 하게 되고──전화를 받지 않으면 백 퍼센트 집에 있는 거니까──, 그녀의 화가 난 표정 때문에 잔뜩 주눅이 든 초밥잡이가 눈치를 보며 초밥을 만들고, 그래서 초밥이 맛이 없는 것이라고, 나는 늘 생각했다. 하지만 언제나 나는 전화를 받지 않은 죄인이기 때문에 적당량보다 더 많은 초밥을 먹어야 했다. 곤혹이었다. 하지만 밥은 밥이므로 다 먹고 나면 배는 불렀다.

그녀와 나는 초밥을 다 먹은 후 당연히 그래야 하는 것처럼 섹스를 했다. 그건 일종의 법칙 혹은 후식 같은 것이었다. 초밥에는 당분이 부족하기 때문에 당분을 보충하기 위해 키스를 하면서 그녀의 입 속에 있는 당분을 모두 빨아먹은 후 내 정액 속의 당분을 그녀에게 투입해야만 한다, 라는 '후식의 법칙'이 요

리책 어딘가에 적혀 있을 것만 같았다. 정액에도 당분이 있는가? 그건 잘 모르겠다. 나는 화장실로 들어가 정액의 무게만큼 묵직해진 콘돔을 휴지에 싸서 버렸다.

손을 씻다가 고개를 들자 거울 속에는 당연하다는 듯이 내가 있었다. 머리카락들은 갈피를 잡지 못하고 있었고 눈 아래로는 검은색 구름이 엷게 퍼져 있었다. 곳곳에 있는 주름의 골도 전보다 깊어진 것 같았다. 보이지는 않지만 입 안은 충치 투성이다. 이빨의 계곡 곳곳에는 벌레들이 와글와글 텐트를 쳐놓고 야영을 하고 있다. 과연 이런 사람과 섹스 할 마음이 들까 싶을 정도로 형편없는 모습이었다. 머리카락들을 정리하고 나면, 눈 아래의 검은색 구름을 화장으로 지우고 나면, 아말감으로 이빨을 포장해 놓으면 이런 기분이 없어질까? 설마.

나는 거울 속의 나를 보면서 '낭비'라고 중얼거렸다. 어째서 다시 그 단어가 떠올랐는지 모르겠다. 입 밖으로 그 말이 흘러 나오자 정말 무엇인가를 낭비하고 있다는 생각이 들었다. 지금 이 순간이 전혀 불필요한, 낭비되고 있는 순간이라는 생각이 들었다. 하지만 무엇을 낭비하는 것인지는 전혀 알 수 없었다. 인생을 낭비하고 있는 것일까, 아니면 감정을 낭비하고 있는 것일까? 그것도 아니라면 휴지나 정액을 낭비하고 있는 것일까? 휴지통에 버려진 콘돔 덩어리를 보고 있으니 내 삶 중 어느 정도의 분량을 휴지에 싸서 버린 것 같은 기분이 들었다.

"이거, 글자가 잘 안 찍히네요?"

화장실에서 나오자 그녀가 물었다. 그녀는 엎드린 채 발가벗은 몸으로 타자기를 톡탁거리고 있었다.

"먹지만 갈면 돼."

나는 팬티를 입으면서 대답했다.

"이게 도대체 몇 번째 타자기예요? 아무리 일 때문이라고 해도 너무 많이 사는 거 아니에요? 게다가 글자도 잘 찍히지 않는 타자기를……."

"먹지만 갈면 된다니까."

내 목소리가 조금 컸던 모양이다. 그녀는 몸을 움찔하더니 타자기를 밀어냈다. 그리고 한구석에 흐트러져 있던 옷을 하나씩 하나씩 입었다. 그 모습이 어찌나 조용하던지 마치 인당수에 몸을 던지기 직전의 심청의 동작을 거꾸로 돌린 화면 같았다. 옷을 다 입고 난 그녀가 말했다.

"알아요? 나도 지겨워요. 이렇게 계속 반복되는 거, 이렇게 계속 돌고 도는 거. 일요일이 되고 다시 일요일이 되고, 또 일요일이 되는 거요."

"나도 노력하고 있다고."

노력을? 무슨 노력을? 나의 대답에 내가 반문했다. 그렇다, 나는 노력 따위 전혀 하고 있질 않았다. 나는 이제 서른다섯이고, 뭔가 내 삶에 획기적인 변화가 올 것이라곤 생각하지 않는다. 그러므로 노력은 하지 않는다. 노력하든 노력하지 않든 서른여섯은 온다. 서른여섯이라니, 생각해 보면 정말 끔찍한 나이다.

"이런 식으로 일요일이 반복되는 것도 싫고 당신이 타자기를
계속 사는 것도 싫고 이렇게 내가 초밥을 사오는 것도 싫고…….
왜 이렇게 인생을 낭비해요?"

그녀는 거기에서 말을 멈추었다. '그래, 결혼하자'라는 말이
목구멍까지 밀려 나왔다. 거의 말할 뻔했다. 하지만 나는 언제
나 그랬듯 인내심을 발휘하여 그 말만은 하지 않았다. 그녀는
가방을 챙겨 밖으로 나갔다.

나는 팬티만 입은 채 다시 타자기 앞에 앉았다. 타자기에 종
이를 끼우고 뭔가 쓰고 싶어졌다. 아니, 치고 싶어졌다. 말려
있던 종이를 꺼내고 프린트 용지함에서 A4종이 한 장을 꺼내
타자기에다 말아 넣었다. 어디에서부터 시작해야 할까. 나는,
이라고 시작해야 할까, 그녀는, 이라고 시작해야 할까. 나는,
나는, 이라고 쳤다. 글씨는 거의 보이질 않았다. 나는 낭비하고
있다, 고 쳐보았다. 역시 보이지 않는다. 역시 먹지가 문제다.
먹지만 갈면 된다. 먹지만.

4

먹지만 갈면 되는 게 아니었다. 월요일 아침 회사 입구에 있
는 문구점에 들러 전동 타자기용 먹지를 사서 대작업을 펼쳤지
만 결과는 실패였다. 수동 타자기용 먹지는 더 이상 생산을 하

지 않기 때문에 전동 타자기용 먹지를 동그랗게 말아 넣어야 하는데 그 작업부터 만만한 게 아니었다. 하루 종일 물감 장난을 한 아이처럼 손에는 온통 시커먼 물이 들었고 땀을 닦느라 코와 입 주위에도 까만 물이 들었다. 그런데 막상 먹지를 다 끼우고 보니 심각한 문제가 있었다. 글자가 찍히긴 하는데 정확히 반만 찍히는 것이다. 글자의 아래쪽은 찍히는데 위쪽은 희미하다.

"야, 얼굴 볼 만하다. 타자기는 어때, 좋아?"

옆자리에 있던 우주인이 물었다.

"안 찍혀."

"뭐가?"

"글자가 안 찍혀."

"글자가 찍히든 안 찍히든 그게 무슨 문제야."

"그래도 신경이 쓰이네. 안 찍히니까."

"나 원 참, 먹지 갈아봤어?"

"지금 갈았는데 정확히 반만 찍혀."

"그래, 어디 한번 볼까요? 우리 이쁜이가 왜 이렇게 말을 안 듣나."

우주인은 바퀴 달린 의자를 탄 채 발도 딛질 않고 단번에 내 자리로 미끄러져 왔다. 정말 우주인답다. 우주인은 드라이버로 타자기 밑면의 나사 네 개를 풀더니 회색의 플라스틱 몸체를 단번에 해체했다. 그리고 타자기의 몸을 뒤집어 그 안을 들여다보았다. 개구리 해부 장면과 흡사했다. 타자기는 벌렁 드러누워

제 속살을 보여주었다. 은색의 쇳덩어리들이 이리저리 얽혀 있었고 수십 개도 넘는 나사들이 그 접점을 잇고 있었다. 나로서는 절대 분해해 볼 엄두가 나지 않는 구조다.

"모르겠는데."

벌여놓은 꼬락서니치고는 허망한 대답이었다.

"이런 구닥다리는 나도 만져볼 기회가 없으니까. 글자가 반만 찍히는 건 말야, 먹지의 지지대가 한 글자를 칠 때마다 따라 올라와줘야 하는 건데 그게 안 돼서 그런 것 같거든. 그 지지대가 반만 올라오는 거야."

"그럼 어떻게 해야 하는데?"

"그걸 모르겠다는 거지. 야, 이거 만만하게 봤더니 되게 복잡하네. 내가 지금 만들고 있는 팜탑보다도 훨씬 복잡해. 휴……."

"그럼 어쩌지?"

"뭘 어째, 그냥 쓰면 되지. 네가 언젠 글 쓰려고 타자기 샀냐? 자판의 느낌만 알면 되는 거지. 어떻게 해? 다시 조립한다?"

우주인은 타자기를 원래대로 만들어놓곤, 자신이 타고 왔던 바퀴 다섯 개짜리 우주선을 타고 휙, 자기 자리로 돌아가버렸다. 그렇게 멋진 우주선을 타고 왔으면 뭐라도 하고 가야 할 것 아닌가, 우주인. 지구를 멸망시킨다든지 아니면 표본용 인간을 대여섯 명 잡아간다든지 아니면 적어도 타자기라도 고쳐놓고 간다든지.

나는 화장실로 가서 손과 얼굴에 묻은 잉크를 정성스럽게 닦아냈다. 책상 앞에 다시 앉은 나는 글자 찍는 걸 포기하고 타자기를 꼼꼼히 살펴보기로 했다. 기역 자판을 지그시 눌러보았다. 숨어 있던 손이 부드럽게 올라와 기역을 찍고는 다시 제자리로 돌아간다. 이번엔 좀더 강하게 1을 눌러보았다. 재빠른 동작으로 종이 위에다 1을 찍는다. 권투의 잽을 보는 것 같다. 물론 1의 위쪽은 여전히 희미하다.

선반 위에 있던 1950년 산 레밍톤 표준형 타자기를 꺼내 둘의 느낌을 비교해 보았다. 레밍톤과 비교했을 때 새로 산 타자기— 상표는 없고 DLX1000이라는 모델명만 적혀 있다— 는 훨씬 부드러웠다. 무작정 종이를 두드려대는 것이 아니라 뭔가 자신만의 생각과 리듬이 있는 것 같았다. 그게 가능할 것이라고 생각하지는 않지만 확실히 놈은 살아 있는 괴물에 가까웠다. 올리베티 렉시콘 타자기나 IBM의 타자기와도 비교해 봤지만 DLX1000의 부드러움을 따라갈 만한 타자기는 없었다.

인터넷으로 DLX1000을 검색해 봤지만 이렇다 할 정보는 찾지 못했다. 사이버 타자기 박물관에도 그런 모델은 없었다. 나는 FOF에 전화를 걸기로 했다. 가게 주인의 시끌벅적한 목소리는 유쾌하지 않지만 그러면 뭐라도 조금은 알 것 같았다.

"토요일에 타자기를 사갔던 사람인데요."

"아, 타자기 마니아님. 어쩐 일이세요? 그 기계 써보셨죠?

어때요? 끝내주죠?"

"예. 아주 좋아요. 그런데 하나 물어볼 게 있어서요."

"그러세요."

"그 타자기 먼지에 약간 문제가 있어서요. 타자기를 어디서 구했는지 알려주실 수 없겠습니까? 그걸 판 사람이라면 뭔가 방법을 알고 있지 않을까 해서……."

"아, 그래요? 그런데 그것 참……. 그건 곤란합니다. 말씀 드릴 수가 없어요. 하지만 제가 한 가지는 확실하게 말씀드리 죠. 아마 그걸 팔았던 사람도 답을 가지고 있진 않을 겁니다."

"그럴까요?"

"확실합니다."

"어떻게 확신하죠?"

"아, 답답하시네. 타자기가 사라진 지 몇 년이나 된 줄 아십 니까? 그리고 요새 누가 타자기 같은 걸 씁니까? 제가 이 장사 하기 전까진 타자기가 뭔지도 몰랐어요. 그런 타자기가 어디 박 물관에 소장됐다가 툭 튀어나오겠습니까? 창녀처럼 이놈 저놈 똥구멍 핥다가 어찌어찌 이쪽으로 흘러 들어온 겁니다. 그러니 까 그 타자기를 판 놈도 타자기로 누구 대가리를 쳤으면 쳤지 글이란 걸 쓸 인간은 아니라 이겁니다. 무슨 애긴지 아시겠죠?"

"잘 알겠습니다."

나는 전화기를 내려놓았다. 화가 났다. 아무리 그래도 타자기 를 창녀에다 비유한 것은 참을 수가 없었다. 뭐라고 한마디쯤

쏘아붙였으면 좋았을 텐데……. 타자기 이빨에 물려 뒈져라? 아마 비유를 이해하지도 못할 것이다. 종이처럼 타자기에 말려서 쥐포가 돼버려라? 그건 나름대로 잔인하게 들릴 것 같았다. 나는 다시 수화기를 들었다가 내려놓았다. 어느 글에서 읽었던 타자기에 대한 경구가 생각났다.

한번 지나간 이상 종이를 구기지 않고는 되돌아갈 수 없다.

그렇다. 이미 나는 글쇠를 눌러버린 것이다.

5

타자기 뒷면에서 작은 붙임 딱지를 발견한 건 퇴근 시간이 가까워졌을 때였다. 오랜 시간이 지나면서 붙임 딱지는 마치 동물의 보호색처럼 타자기 몸체의 색깔에 가까워져 있었다. 거기에는 타자기를 만든 회사와 전화번호가 적혀 있었다. 제조 연월일도 있었지만 그 부분은 거의 지워져 있었다.

타자기를 만든 회사라면 적어도 어떻게 해야 제대로 된 글자를 찍을 수 있는지 정도는 알려줄 수 있을 것이다. 하지만, 타자기 회사가 지금까지 살아남아 있을 리가 없다. 자금난에 시달리던 경영주가 자살했을지도 모르고, 사장의 자살에 충격을 받은 직원들은 창고에 남아 있던 타자기로 엿을 바꿔 먹었을지도 모르고, 월급도 받지 못하고 엿 먹는 자리에도 참석하지 못한 어떤 직원은 마지막으로 남은 타자기를 이용해 친구에게 장문의 편지를 썼을지도 모른다. 그 편지는 아마도 이렇게 시작할 것이다. '친구여, 타자기의 시대는 갔다네. 낭비된 내 젊음과 함께. 운운……'

그래도 나는 전화를 걸어보기로 했다. 혹시 엿을 먹고 힘을 낸 직원들이 타자기 대신 컴퓨터 만드는 회사를 차렸을지도 모르는 일이니까 말이다. 나는 전화국에 전화를 걸어 이전의 국번이 어떻게 바뀌었는지를 물어보았다. 안내원은 오랜 시간 무언가를 검색하더니 바뀐 국번을 알려주었다.

신호는 갔지만 아무도 전화를 받지 않았다. 5분 후 다시 전화를 걸었지만 역시 아무도 받지 않았다. 다시 5분 후 전화를 걸었지만 역시, 또다시 5분 후, 역시, 역시, 아무도 받지 않는다. 역시, 나의 가설이 맞았던 모양이다.

타자기에 필요 이상의 시간을 쏟았기 때문에 오늘의 업무량을 마치기 위해서는 밤늦게까지 일을 해야 할 판이었다. 하지만 타자기 때문인지 마음은 봄날의 꽃가루처럼 어수선했고, 도무지 일할 기분이 나질 않았다. 옆자리의 우주인은 책상 앞으로 몸을 숙인 채 무언가에 몰두하고 있었고 다른 섹터에서 일하는 직원들은 대부분 퇴근한 것 같았다. 사무실 전체가 겨울의 눈밭처럼 조용했다.

나는 의자를 뒤로 젖히고 헤드폰을 낀 다음 비스티보이스의 음악을 들었다. 때로는 정신없이 빠른 음악이 오히려 마음에 위안을 줄 때가 있다. 때로는 그렇다. 하지만 오늘은 그때가 아닌지 머리 속에 랩이 가득 차는 순간 랩 속의 문장과 단어들이 모두 부서지면서 마치 타자기의 자판처럼 허공에 떠 있는 듯했다. 나는 음악을 끄고 책상 위의 물건들을 대충 정리한 다음 가방을 챙겼다.

"갈려고?"

우주인이 고개를 들면서 물었다. 나는 대답 대신 고개만 잠깐 끄덕였다.

"이거 잠깐만 봐줄래? 1분이면 돼."

그는 요즘 새로 개발 중인 팜탑의 내부 디자인 때문에 머릿골을 혹사시키는 중이다. LCD는 어디에 배치하고 칩은 어느 구석에 처박아야 효과적인가 등을 고민하는 일이다. 인간에 비유하자면, 오장육부를 어떻게 배치해야 소화가 잘 되며 의사들이 복부 절제 수술을 할 때 보기에도 좋을 것인지를 디자인하는 작업이므로 나름대로 중요한 일이라 할 수 있다. 하나님이 인간을 만들 때 이 정도로 고민했을까 싶게 우주인은 새로운 프로젝트에 열정적이었다.

"셋 중에 어떤 게 나은 것 같아?"

그는 책상 위에다 세 가지 모델을 늘어놓았다.

"1번? 아니, 3번이 좀 낫나?"

솔직히 나는 뭔가를 선택하는 데는 자신이 없다. 선택에 자신이 없다기보다 선택에서 제외된 나머지 것들의 무가치를 자신할 수 없다.

"어째서?"

"글쎄, 뭐랄까, 두번째 모델은 쓸모없는 공간이 너무 많은 것 같다. 그냥 내 느낌이야. 첫번째도 좋긴 한데 너무 빡빡해서 숨 쉴 여유가 없는 것 같기도 하고."

"숨쉴 여유라……. 알았어. 참고할게. 아무튼 3번이라 이거지."

"내일 아침엔 치과에 들러야 하니까 아마 좀 늦을 거야."

"우와, 결국 치료하기로 한 거야? 어차피 죽을 목숨 충치는 왜 고치냐더니?"

"이젠 아파서 못 견디겠어. 대신에 치아 이식 수술이란 걸 하기로 했어. 사랑니를 뽑아서 충치가 있는 어금니 쪽으로 옮겨 심는 거야."

"옮겨 심으면?"

"거기에서 뿌리를 내리는 거지."

"야, 그게 말이 되냐? 옮겨 심은 이빨에서 뿌리가 생긴다고?"

"의사 말로는 그렇대. 어차피 사랑니야 쓸모없는 거니까 밑져야 본전이지 뭐."

그렇게 말했지만, 그리고 내내 그렇게 생각하고 있었지만, 사랑니가 어금니로 변신해 살아남을 수 있다는 의사의 말을 진심으로 믿은 적은 한 번도 없었던 것 같다. 어쩌면 나는 충치를 치료하는 대신, 사랑니로 어금니를 대체할 수 있다는 그 터무니없는 사실에 매료됐던 것 같다.

"자세히는 모르겠지만 이름만 들어도 거창한 수술 같네. 공사장에서 쓰는 기중기나 대형 드릴 같은 것도 총동원되는 거 아냐?"

"야야, 겁주지 마. 의사 말로는 간단한 수술이래. 마취하고 눈감고 일어서면 끝나버리는……."

"그게 말이 되냐. 마취하고 눈감고 일어서면 그냥 마취가 돼 있겠지."

그때 전화벨이 울렸다. 전화벨이 울리지 않았더라면 나는 아마 대형 드릴이 내 잇몸을 구멍내고 기중기가 내 이빨을 들어올리는 상상을 하고야 말았을 것이다.

"저어, 전화, 번호가, 찍혀, 있어서요. 여러 번 찍혀 있길래……."

전화기 건너편에서 들려온 남자의 목소리는 아주 조용했고, 조심스러웠다. 맹인의 지팡이 같은 목소리였다. 톡, 톡, 톡, 맹인의 지팡이 같은 남자의 목소리는 타자기처럼 톡탁거렸다. 전화의 목소리만 듣고도 그 사람의 생김새나 취미, 혹은 생활을 알 수 있을 것 같았다. 나이는 40대 중반, 눈이 조금 작고 입 역시 조금은 작지만 귀는 아주 클 것 같았다. 취미는 뜨개질이나 십자수—그것도 아주 커다란 사이즈의—, 아니면 영화 감상. 생각이 너무 많아서 늘 손해를 보는 타입의 남자가 아닐까, 싶었다.

'전화번호가 몇 번이신가요?'라고 묻다가 나는 타자기를 떠올렸다. 여러 번 전화를 건 곳은 그 곳밖에 없다. 나는 미안하다고 얘기를 시작한 후 남자에게 상황을 설명했다.

"타자기 회사는, 아닙니다."

남자가 대답했다. 당연하다고 생각했다. 나는 다시 한번 미안하다고 했다.

"하지만, 전화는, 제대로 거신 겁니다."

남자가 다시 말했다. 그 얘기를 듣는 순간에도 내 머리 속에는 지팡이를 두드리며 천천히 걷고 있는 맹인의 이미지가 어른거리고 있었다.

6

남자는 타자기의 모델 번호를 물어보더니 자신이 타자기를 고칠 수 있을 것이라는 얘기만 반복했다. 어째서 내가 전화를 제대로 건 것인지, 타자기를 고칠 수 있다면 혹 타자기 회사의 직원은 아닌지, 그렇다면 타자기 회사의 사장은 정말 자살을 했는지 등의 궁금증에 대해서는 끝내 얘기해 주지 않았다. 당장 만나자는 이야기뿐이었다. 어쩌겠는가. 만나는 수밖에.

우주인에게 남자와의 통화 내용을 이야기했더니 '사기꾼 아니냐?'라며 의심했지만 나는 아직 그런 식으로 더듬거리는 사기꾼을 보지 못했다. 우주인이 그 사람의 목소리나 말하는 방식을 직접 들었다면 그런 의심은 하지 않았을 것이라고 생각한다. 물론, 세상에는 사기꾼의 종류도 많아서 그런 식으로 말하는 사기꾼도 있겠지만 적어도 그 남자는 아닌 것 같았다. 그리고 설사 사기꾼이라고 해봤자 얻을 수 있는 것이라고는 고작 타자기 하나뿐 아닌가. 타자기 하나를 얻기 위해 사기를 친다는 것은, 참으로 비효율적인 일이다.

나는 DLX1000을 플라스틱 상자에다 넣고 드라이버와 송곳을 챙긴 후 집 근처의 카페로 향했다. 거기에서 남자를 만나기로 했다. 커피 맛이 훌륭하지는 않지만 무엇보다 조용하니까 이야기하기에는 좋을 공간이다. 게다가 가게 주인과 약간의 친분도 있으니 탁자에서 타자기를 분해하고 있어도 뭐라고 핀잔을 주지는 않을 것이다.

아무래도 차가 조금은 막힐 것이라고 예상했지만 생각보다 차가 더 많았다. 남자의 휴대전화기 번호를 아는 것도 아니고 카페의 전화번호도 몰랐기 때문에 연락을 할 수 있는 처지도 아니었다. 전화국에서 카페의 전화번호를 알아낸 다음 십자수나 뜨개질을 잘할 것 같은 남자를 바꿔달라고 하는 것도 말이 안 되고, 내 이름을 얘기한 다음 나를 기다리는 사람을 바꿔달라는 것도 불가능한 일이었다. 남자는 내 이름을 모른다. 헐레벌떡이면서 카페에 들어섰을 때는 정확히 30분 늦어 있었다.

카페에는 혼자 앉아 있는 사람이 꽤 많았지만 남자를 찾기란 너무나 쉬운 일이었다. 그는 카페에 앉아 있을 만한 사람이 아니었다. 그의 몸 전체에는 자기장 같은 것이 형성돼 있어서 카페의 공기로부터 자신을 완벽하게 차단하고 있었다. 남자는 체크무늬 점퍼와 하얀색 티셔츠, 갈색 면바지를 입고 통유리 바로 앞자리에 앉아──내가 자주 앉아 있는 자리다── 밖을 내다보고 있었다. 그는 나의 예상대로 40대 중반 정도의 나이였지만 마치 잊혀진 옛 시절의 옷을 전시해 둔 박물관의 모델 같은 모습이었다.

"저, 타자기……, 맞으시죠? 좀 늦었습니다."

내가 알은체를 하자 남자는 벌떡 일어나더니 그렇다고 했다. 나는 남자의 옆에 앉았다. 창밖에는 초콜릿 케이크 같은 어둠이 내려앉아 있었다. 건너편에 커다란 트럭 하나가 세워져 있었다. 나는 커다란 트럭 때문에 보이지 않는 건너편에 무슨 가게가 있었는지를 잠깐 생각했다. 생각이 나질 않았다. 남자가 입을 열었다.

"좀, 볼 수 있을까요?"

"그럼요, 물론이죠."

나는 플라스틱 상자 속의 타자기를 꺼내 탁자에다 올렸다. 남자는 주문한 식사가 도착한 것처럼 점퍼의 주머니에서 드라이버와 작은 기름병을 꺼냈다. 그리고 곧장 타자기를 향해 돌진했다. 뼈를 발라내고 지방질을 걷어내고 소스를 뿌려 게걸스럽게 타자기를 먹어치웠다, 는 것은 나의 공상이지만 그와 비슷한 동작으로 나사를 풀고 플라스틱 틀을 걷어내고 기름을 칠해 가며 타자기를 분해했다. 그는 가끔 고개를 주억거리면서 뭔가 비밀을 알아낸 것 같은 표정을 지었다. 글쇠를 몇 번 쳐보더니 나사를 풀었다가 조이고, 다시 글쇠를 쳐보더니 타자기 밑바닥의 무엇인가를 조정했다. 나는 그 자리에서 완벽히 소외된 것 같았다. 종업원이 자리로 왔다.

"아직 주문 안하셨죠?"

내가 남자에게 물었다. 남자는 잠깐 고개를 돌려 '저는 커피로……' 라는 짧은 말을 하고 다시 타자기에게로 돌아가버렸다. 나는 아메리칸 커피 한 잔과 에스프레소 한 잔을 주문했다.

커피가 도착하고, 내가 두번째 에스프레소를 주문할 때까지도 남자는 커피 잔에 눈길을 주지 않고 타자기에 몰두해 있었다. 두번째 에스프레소를 다 마셨을 때쯤 그가 허리를 펴면서 구석에 있던 커피를 한모금 마셨다. 아마 냉커피가 되어 있겠지. 식어버린 아메리칸 커피만큼 맹맹한 게 또 없다.

"보관이, 아주 잘 되어 있었군요."

"어떻습니까? 고칠 수 있겠습니까?"

"고친다고요? 어떤 걸?"

남자는 처음 듣는 소리라는 듯 눈을 깜빡이며 커피를 홀짝였다.

"먹지의 지지대가 올라오지 않는다고 말씀을 드렸잖습니까."

나는 답답했다. 답답한 남자였다.

"아, 그건 처음, 그러니까 아까 고쳤습니다. 나사만 조금, 조금만 조이면 되는 거였습니다. 나사 하나가 뻑뻑해져서……."

"그럼 문제가 다 해결된 건가요?"

"한번 쳐보시죠."

남자가 내 쪽으로 타자기를 밀었다. 나는 '비스티보이스'라는 글자를 쳐보았다. 그 단어에는 받침이 없기 때문에 리듬을 살려 그 단어를 치는 것만으로도 기분이 좋아지곤 했다. 타자기는 확실히 달라져 있었다. 글자가 제대로 찍히는 건 물론이며 이전보다 훨씬 부드러웠다. 적당한 부드러움과 적당한 절도가 적당한 비율로 녹아 있었다.

"정말 달라졌네요. 마치 타자기가 살아서 말을 거는 것 같은 느낌입니다. 이거 고마워서 어떡하죠?"

남자와 눈이 마주쳤다. 카페에 들어온 후 그의 눈을 제대로 본 건 처음이었다. 그의 눈은 작지 않았다. 그는 사랑 고백이라도 하려는 듯한 눈빛으로 나를 바라보더니 어렵게 입을 뗐다.

"혹시, 혹시 말입니다. 그냥 드려보는 말씀입니다만, 혹시, 이 타자기를 파실 생각은, 없으신가요?"

7

그제야 남자는 자기의 얘기를 시작했다. 어째서 자신이 이 타자기를 사야만 하는지에 대한 이야기라고 했다. '이런 얘기, 흥미 없으시겠지만'이라는 단서를 붙인 후 남자는 오렌지 주스를 추가로 주문했다. 이야기를 시작하기도 전에 목이 말랐던 모양이다.

"오래된 영화를 보면, 혹시 영화를 좋아하시는지 모르겠습니다만, 가끔 경찰서 장면이 나옵니다. 형사들이 범인을 심문하는 장면이 있죠. 이름, 탁탁탁, 주소, 탁탁탁탁, 주민번호, 탁탁탁탁, 전과, 탁탁탁탁탁탁. 그런 장면을 보면서 묘한 리듬감을 느꼈습니다. 형사의 질문과 범인의 대답과 타자기의 톡탁거리는 소리가 돌림 노래를 부르는 것 같은, 그런 이상한 생각이 들 때도 있습니다. 그래서, 저는, 타이피스트가 되기로 한 겁니다. 그게 스물두 살 때였습니다. 형사가 될까도 생각했지만 저는 몸이 약한 데다 형사가 된다고 해도 하루 종일 타자를 치는 것도 아닐 테고, 그래서 타이피스트가 되기로 했습니다. 학원에도 다녔고, 타자기를 하나 사서 모조리 분해도 해봤습니다. 타자기의 원리를 알자, 그런 생각이었죠. 어쨌거나 저는 타이피스트가 됐습니다."

오렌지 주스가 도착했다. 그는 스트로를 뽑아 가지런히 눕혀

놓은 뒤 단숨에 3분의 2 이상을 마셨다. 처음엔 타자기처럼 툭툭 끊어지던 그의 말이 조금씩 부드러워지고 있었다.

"처음엔 집에서 일거리를 받아 타자를 쳤습니다. 대학원생들의 논문이나 회사의 서류 같은 것들이 많았죠. 재미있는 일이었습니다만 수입은 별로였어요. 그래서 전문 타자 대행사에 취직을 하게 됐죠. 그 사무실에 붙어 있던 사훈이 아직도 생각이 납니다. 쉬고 있는 손가락 사이로 돈이 새어나간다. 지금도 정확하게 기억하고 있습니다. 저는 조금씩 재능을 인정받았습니다. 무엇보다 저는 타자 치고 있을 때가 제일 행복했으니까요. 마지못해 일을 하는 다른 사람들과는 달랐죠. 저는 목표를 하나 세웠습니다. 최고의 타자수가 되자, 세계에서 가장 빠른 타자수가 되자, 그게 제 목표였습니다."

나는 벌써 세번째 에스프레소 잔을 비웠다. 세번째 에스프레소는 커피를 태웠는지 훨씬 썼고 크레마도 거의 보이질 않았다. 심장이 조금 빨리 뛰는 것처럼 느껴지기도 했지만 그건 아마 기분 탓이었을 것이다. 나는 맥주를 주문했고, 남자도 같은 맥주를 주문했다. 어쩐지 맥주를 마시며 들어야 어울릴 얘기인 것 같았다.

"괜찮으십니까? 제가 주절주절 말이 많군요."

나는 괜찮다고 했다. 타자기에 대한 이야기라면 언제든 들을 준비가 되어 있다고 했더니 그의 표정이 조금 밝아졌다.

"저는 목표를 이루기 위해 온갖 노력을 했습니다. 체력을 단련하기 위해 달리기도 매일 했고, 손목 강화 훈련도 따로 했습니다. 아시겠지만, 타자수는 손목이 생명이니까요. 타자기의 구조에 관한 책도 읽었고, 회사에 있던 책들을 보면서 매일 타이핑 연습을 했습니다. 저의 타자 속도는 점점 빨라졌습니다. 나중에는 그런 기분이 들었어요. 제 눈이 타자기도 아닌, 원고도 아닌, 4차원의 세계를 응시하고 있다는, 그런 기분이 들었습니다. 이해가 안 되시리라 생각합니다만."

그의 말은 점점 빨라지고 있었다. 점점 빨라지는 타이핑처럼 리듬의 폭이 좁아졌다. 진폭도 점점 작아지고 있었다. 나는 맥주를 한 모금 마신 다음 안주로 내온 땅콩을 하나 집어먹었다. 그는 오른쪽 집게손가락으로 맥주병에 맺혀 있는 물방울을 지우고 있었다.

"이 녀석을 만난 게 그 즈음이었습니다. 가지고 있던 타자기가 아무래도 마음에 들지 않게 된 거죠. 저의 재능에 비해 타자기의 성능이 너무 뒤처진다는 생각이 들었습니다. 나에게 어울리는 타자기를 사자, 그런 마음을 먹고 타자기 가게에 갔죠. 진열대에 있던 녀석을 보는 순간 정말 아름답다는 생각이 들었습니다. 잠깐 타이핑을 해봤는데 그 감촉이란 정말…… 처음엔 모든 일이 순조로웠습니다. 제가 원하는 대로 타자기는 움직여주었습니다. 그러던 어느 날 저는 문득 깨달았습니다. 타자기가 저를 받아들이지 않는다는 것을요."

"받아들이지 않는다고요?"

그의 말에 처음으로 내가 끼어들었다.

"네, 받아들이질 않았습니다."

"그러니까 그게 어떤 식으로 받아들이질 않았다는 말씀이신지……."

"처음에는 경쾌하게 느껴지던 타자기가 갈수록 이상해졌습니다. 글쇠 하나를 두드리면 마치 나락으로 떨어지는 것처럼, 늪에 빠진 것처럼 다음 자판으로 이동하기가 힘들었습니다. 누군가 제 손가락을 붙잡고 있는 것 같았습니다. 처음엔 몸이 이상해서 그런 것이려니 생각했지만 그게 아니었습니다. 다른 타자기를 두들기면 그런대로 예전의 속도가 나왔으니까요."

나는 그의 말에 고개를 끄덕였지만 '받아들이지 않는다'는 것이 도대체 어떤 느낌인지는 이해할 수 없었다. 어쩌면 이해하지 못하는 것이 당연하다는 생각이 들었다.

"시간이 지나자 타자기가 제게 말을 거는 것 같았습니다. 서두르지 마, 서두르지 마, 그런 말을 하는 것 같았습니다. 저는 타자기의 말을 무시하고 힘껏 손가락을 휘둘렀지만 마음이 급했던 탓인지 제대로 타자를 칠 수 없었습니다. 속도도 느린 데다 오자 투성이였죠. 어느 날 저는 그 녀석 때문에 기분이 너무 상해서 집에 있던 야구 방망이로 몸통을 내려쳐 버렸습니다. 타자기는 철컹 하는 소리를 내면서 책상 아래로 떨어졌습니다. 플라스틱 틀은 깨졌고 글쇠 몇 개도 산산조각이 났습니다. 그걸로 이 녀석과 저의 인연은 끝난 겁니다."

그는 맥주를 들이켜더니 한동안 아무 말도 하지 않았다. 두번째 맥주를 주문했고, 두번째 맥주의 반을 마신 후에야 다시 말을 이었다.

"그 즈음에 회사가 망해 버렸어요. 컴퓨터의 시대가 온 거죠. 저는 아르바이트 일을 받아서 타자수 생활을 계속 했지만 그것도 얼마 지나지 않아 끊어졌습니다."

남자는 오래전 일을 생각하는지 오른손으로 맥주병을 쥐고 창밖을 바라보고 있었다. 그는 창밖에 세워진 커다란 트럭을 바라보고 있었다, 는 것은 나의 생각일 뿐 뭔가 다른 것을 보고 있었을 것이다. 트럭 아래로 도둑고양이 한 마리가 지나가다 이쪽을 흘끔 바라보았다.

"그럼 그 목표는 결국 이루지 못하셨겠군요."

내가 물었다. 남자는 나를 보더니 웃었다.

"그렇죠. 대신 다른 목표가 생겼습니다."

"어떤?"

"그런 말 아십니까? 칼과 포크를 들고 있으면 뭐라도 잘라야 한다. 저는 타자수를 그만두고 먹고살 수 있는 일이면 뭐든지 했습니다. 타자수였을 때의 꿈은 잊어버린 지 오래였습니다. 그러던 어느 날 창고에서 박스 몇 개를 발견했어요. 박스 안에는 제가 타자를 연습했던 종이들이 수북하게 쌓여 있었습니다."

"그걸 다 모아두셨어요?"

"네, 오타가 나면 빨간 펜으로 체크를 해두고 종이 한 장에서 오타가 얼마나 있는지를 매일 확인했었습니다. 저는 할인매장에서 타 매장과의 할인폭 차이를 조사하는 일을 하고 있었는데 당장 사표를 내고 그 다음날부터 종이들을 읽기 시작했습니다. 저축해 둔 돈도 조금 있었기 때문에 아무 일도 하지 않고 한 달 정도 그 종이만 읽었습니다. 그 종이에는 온갖 글이 다 모여 있었습니다. 전자제품 매뉴얼, 소설, 시, 고양이 키우는 법, 호신술 등 정말 잡다한 내용들이 다 있더군요. 저는 타이핑을 하면서도 거기에 도대체 무슨 내용이 있었는지는 하나도 몰랐던 겁니다. 그 글들을 읽고 있으니 정말 기분이 묘해지더군요. 한동안 그걸 읽고 나니 이상하게 제 글을 쓰고 싶었습니다. 제가 생각한 것을 제 손으로 타이핑하고 싶었습니다. 그때부터 그게 제 목표가 되었습니다."

"예를 들면 소설 같은 거요?"

"소설이든 시든 매뉴얼이든 상관없었어요. 그런데 그 목표에는 중대한 문제가 있었습니다."

"글을 쓸 타자기가 없었군요?"

"네. 맞습니다. 어렵게 타자기를 구하긴 했지만 아무 글도 쓸 수 없더군요. 타자기가 문제였던 게 아니라 바로 그 타자기가 문제였던 겁니다. 그래서 그때부터 녀석을 찾기 시작했습니다. DLX1000만 구하면 새롭게 뭔가 시작할 수 있다, 이런 기분이 드는 겁니다. 녀석을 구해 보려고 전국을 뒤졌지만 정말 찾을 수가 없더군요. 잘 아시겠지만 더 이상 타자기를 쓰는 사람이 없으니까요. 게다가 이 녀석은 타자기 시대의 거의 마지막 제품이어서 일찍 단종됐습니다. 전화국에 아는 친구가 있어 어렵게 회사 전화번호를 구해서 전화를 걸어봤더니 오래전에 망해 버렸더군요. 처음부터 기대도 하지 않았습니다만."

"아, 그럼, 그 회사 전화번호를 사서……."

"네, 혹시 하는 마음에 마지막 끈을 산 거죠. 어쩌면 누군가 이 번호로 전화를 할지 모른다. 누군가 타자기를 쓰는 사람이 있다면, 그래서 타자기를 고쳐야 할 일이 있다면, 어쩌면 전화를 할지도 모른다. 어쩌면, 어쩌면, 하고 있었던 겁니다. 그게 4년 전 이야기입니다. 그 타자기만 있으면 예전의 나로 돌아갈 수 있을지도 모른다, 그런 바보 같은 생각을 하고 있었죠."

나는 오른쪽 집게손가락으로 내 허벅지를 두드리고 있었다. 달리 할 말이 없었다. 어쩐지 마음이 숙연해졌다. 고개를 숙여 집게손가락을 보았을 때 손등에 비치는 힘줄의 가느다란 선이 타자기의 부속 같았다.

8

"지금은 컴퓨터 대리점을 하나 하고 있습니다. 그렇게 정이 안 가던 컴퓨터인데 그래도 먹고살려니 배우게 되더군요."

"타이핑만큼은 지금도 빠르시겠네요."

그가 웃었다. 나도 따라 웃었다.

"컴퓨터 하는 사람들은 타자기가 종이를 낭비한다고 하는데 그건 정말 웃기는 소리입니다. 종이를 버리면서 생각을 정리하는 게 낭비입니까, 아니면 컴퓨터처럼 종이를 아끼면서 생각을 지우는 게 낭비입니까. 어떻게 생각하십니까?"

"네, 그렇죠. 저도 그렇게 생각합니다."

남자는 약간 흥분해 있었다. 타자기를 좋아하는 사람을 오랜만에 만났으니 당연한 일인지도 모른다. 그는 오랜 시절 맹인이었다가 방금 눈을 뜬 사람 같았다. 지팡이는 없어졌고 거침없이 얘기를 늘어놓고 있었다.

"이거 참, 제가 오랜만에 타자기 얘기를 하다 보니, 죄송합니다. 계속 제 얘기만 했습니다. 선생님은 어떤 일을 하시길래 타자기를 쓰십니까?"

"선생님이라뇨, 그러지 마십시오. 저는 컴퓨터 자판을 연구하는 사람입니다. 전문용어로 센서러(sensoror)라고 부르는데, 소비자들이 가장 편하게 느낄 수 있는 자판을 연구해서 그걸 컴퓨터에 접목시키는 일입니다. 일을 하다 우연히 타자기에 관심을 가지게 됐습니다. 타자기를 칠 때의 그 느낌을 컴퓨터에 접목할 길이 없을까, 하고요."

"아, 어쩐지……."

침묵의 시간이 이어졌다. 허공 어딘가에서 타자기의 한 줄이 끝났을 때 울리는 '땡' 하는 소리가 들리는 것 같았다. 그도, 나도, 더 이상은 할말이 없었다. 물론 타자기에 대한 이야기를 하자면 밤을 새도 모자라겠지만 말이다.

"이 타자기를 드리고 싶습니다."

내가 말했다. 고개를 떨구고 있던 남자가 얼굴을 들었다.

"아닙니다. 그런 일을 하고 계시다면 더더욱 타자기가 필요하실 텐데요. 저는 괜찮습니다. 오랫동안 정말 간절히 이 타자기를 갖고 싶었지만 막상 만나고 보니 무서운 생각도 드는군요. 타자기 앞에 앉았는데 아무것도 달라지는 게 없으면 어떻게 합니까."

남자는 손사래를 치면서 웃고 있었다.

"좋습니다. 그렇다면 빌려드리는 걸로 하죠."

나는 주머니에 있던 명함을 꺼내 그에게 건넸다. 그는 명함을 받아들고 오랜 시간 그걸 들여다봤다. 명함에 오자라도 있는지 찾고 있는 것 같았다. 나는 일어서서 계산대로 갔다. 뒷주머니에 있는 지갑을 꺼내려는 순간 그의 목소리가 들렸다.

"아닙니다. 그러시면 안 되죠. 제가 계산하겠습니다. 타자기도 주셨는데, 아니 빌려주셨는데……."

나는 순순히 자리를 비켜주었다. 물러서지 않고 내가 돈을 내겠다고 버틸까 싶기도 했지만 어쩐지 돈을 내는 것이 그를 무시하는 것일지도 모른다는 생각이 들었다. 나는 계산대에 있는 카페 주인에게 눈짓을 했다. 깎아달라는 메시지 같은 것이었다. 카페 주인은 웃음으로 답신을 보내주었다. 그가 계산하는 사이,

나는 회색 타자기를 플라스틱 상자에 넣었다. 짧은 만남이었다.

차가운 바깥으로 나오니 정신이 번쩍 들었다. 계산을 마치고 나온 그에게 타자기를 건넸다.

"오늘 정말 고맙습니다. 이렇게 타자기를……."

"아뇨. 별말씀을요. 다음에 만나서 타자기 얘기나 더 하시죠."

"아, 영광입니다. 다음에 꼭 연락 주십시오. 전화번호는 아시죠?"

"네. 잘 알고 있습니다."

그는 몇 번이나 인사를 하더니 돌아서서 어둠 속으로 들어갔다. 초콜릿 케이크 같던 어둠은 이미 커피 찌꺼기 같은 어둠으로 바뀌어 있었다.

"혹시, 블라디미르 호로비츠라는 피아니스트를 아십니까?"

내가 그의 등에 질문을 던졌다. 그는 걸음을 멈추고 고개를 돌려 나를 보았다. 그는 모른다고 했다.

"그 피아니스트는 초당 13타의 속도로 피아노를 쳤다더군요. 물론 타자기가 아니라 피아노였지만 말예요."

그는 평행이었던 입술을 약간 사선으로 만들더니 이렇게 말했다.

"저는, 그것보다, 더 빨랐습니다. 물론 비공인 기록이지만요."

그는 가던 길을 다시 갔다. 그는 체크무늬 점퍼를 입고 오른

손으로 타자기를 들고 쓰디쓴 커피 찌꺼기 사이를 헤집고 걸어
갔다.

한참 동안 그 뒷모습을 바라보다가 그제야 그가 다리를 절고
있다는 사실을 알았다. 처음에는 술 때문에 비틀거리는 것인 줄
알았는데 그는 아주 미세하게 다리를 절고 있었다. 왼쪽 다리가
불편한 모양이었다. 왼쪽 발바닥에 작은 가시가 하나 박혀 있
어, 걸을 때마다 깜짝깜짝 놀라는 것처럼 보이기도 했다. 오른
손에 들고 있는 타자기가 그의 몸에 중심을 잡고 있었다. 옆에
서 타자기를 낚아채면 남자는 힘없이 왼쪽으로 넘어질 것 같았
다. 나를 만나기 위해 카페로 올 때의 모습을, 그러니까 타자기
를 들지 않은 그가 어떻게 걸었을지를 생각해 보았지만 도무지
상상이 가질 않았다. 그가 모퉁이를 돌았을 때 나도 집을 향해
걸어갔다.

9

다음날 아침 거실에서 눈을 떴을 때 천장의 무늬가 낯설게 느
껴졌다. 천장의 무늬 같은 것은 한 번도 제대로 본 적이 없기 때
문인지도 모른다. 어쨌거나 천장은 낯설었다. 새벽까지 술을 마
시고 다음날 아침 친구의 집에서 눈을 뜨던 스무 살 무렵의 내
가 생각났다. 여기가 어디지? 나는 누워서 낯선 천장을 보면서

그런 생각을 했었다. 기억이 천천히 되살아나고 옆에 누워 있는 친구의 모습이 익숙해지면, 나는 일어나서 집으로 돌아왔다. 대개 그 시간은 새벽 5시나 6시쯤이었다. 도무지 다른 사람의 집에서는 편안하게 잠을 잘 수가 없었다. 그때나 지금이나 그것만은 변하질 않았다. 아니, 그것만 빼고 모두 변해 버렸는지도 모른다. 나는 손목시계를 찾아 시계를 봤다. 9시였다.

나는 욕실에서 20분에 걸쳐 꼼꼼하게 이빨을 닦고 샤워를 했다. 이상한 의자에 드러누워, 있는 힘껏 입을 벌리기 위해서는 모든 준비를 꼼꼼히 해야 했다. 모든 준비를 꼼꼼하게 한다고 해서 마음이 안정되는 것도 아니지만.

아침의 치과는 평온했다. 그 흔한 드릴 소리도 들리지 않았고, 환자는 아무도 없었다. 이건 마치 전투 직전의 참호 같다. 환자가 아무도 없었기 때문에 나는 곧장 수술실로 끌려갔다. 간호사는 의견을 묻지도 않고 내 가슴팍에 이상한 천을 하나 둘렀다. 그리고 의자가 천천히 뒤로 젖혀졌다. 진정한 공포가 어떤 것이냐고 묻는다면, 바로 이 순간의 움직임이라고 대답할 것이다. 어린 시절부터 학교에 등교하듯 치과를 들락거렸지만, 이 순간의 공포만큼은 적응이 되질 않는다. 마스크를 쓴 의사가 다가왔다. 아마 의사는 훗날 내게 복수당하는 것이 두려워 얼굴을 가릴 목적으로 마스크를 썼을 것이다, 라는 것은 나의 공상이지만, 일이 잘못되기라도 하면 정말 복수를 할지도 모른다.

'따끔할 겁니다'라는 말이 끝나지도 않았는데 입 천장에서 주

사기 바늘이 살을 찌르는 게 느껴졌다. 일종의 기습인 모양이다. 나는 눈을 찔끔 감았을 뿐 소리는 내지 않았다. 의사는 곧 아래쪽 잇몸에다 두번째 바늘을 찔러 넣었다.

"한 10분 있다 마취가 되면 시작하겠습니다."

마스크 너머에서 의사의 말소리가 들려왔다.

"성공할 확률이 얼마나 되는 겁니까?"

내가 물었다.

"글쎄요, 지난번에 말씀드렸듯이 확실하게 몇 퍼센트라고 말씀드리기는 힘들고요, 사랑니의 상태가 어떠냐에 따라 다릅니다. 현재로선 사랑니가 전혀 쓸모없는 자리에 있으니까 상태가 좋을 것 같긴 하지만, 뽑아봐야 알겠죠. 환자분 나이도 있으니까 장담은 못합니다. 그래도 시도해 보는 편이 낫겠죠. 어차피 사랑니는 쓸모가 없는 거니까요."

"성공만 하면 씹는 데는 전혀 지장이 없습니까?"

"그렇다고 봐야겠죠."

의사는 언제나 확실한 대답을 하지 않는다. 의학 공부를 해보지 않아 알 수는 없지만 의과 대학 1학년 첫 시간의 교재 첫 페이지에는 이런 말이 적혀 있을 것 같다. '언제나 얼버무려라, 만약 계속 질문을 던지는 환자가 있다면 마취시켜라.' 마취약의 기운이 서서히 입 안에 퍼지고 있어서 더 이상 말하기가 힘들었다.

하얀색 치과 천장에는 아무런 무늬도 없었다. 나는 무늬도 없는 천장을 계속 바라보았다. 할 일도 없었고 할 말도 없었고 말할 수도 없었다. 나는 계속 천장을 바라보았다. 계속 천장을 바라보고 있으니 평면이었던 천장의 모습이 조금씩 일그러졌다. 평면에 조금씩 굴곡이 생기더니 그림자가 생기고 물결 같은 무늬가 생겼다. 눈을 감았다가 다시 떠보았지만 물결 무늬는 그대로 남아 있었다. 약 기운이 점점 얼굴 왼쪽을 마비시켰고 좀더 시간이 흐르자 내가 없어지는 것 같은 느낌이 들었다. 나는 혀를 비틀어 어금니와 사랑니를 더듬어보고 싶었지만 혀 역시 마비되어 있었다. 의사는 이제 곧 나의 쓸모없는 사랑니를 어금니로 탈바꿈시키는 수술을 시작할 것이다. 얼굴이 조금씩 사라지는 느낌이 들자 어쩌면 모든 것이 다 잘 될지도 모른다는 생각이 들었다. 나는 눈을 감고 의사를 기다렸다.

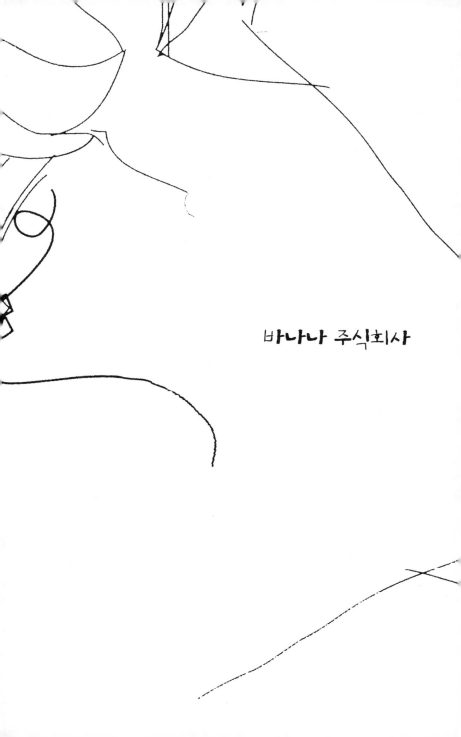

바나나 주식회사

지구에 사는 누군가 문득 생각했다.
'모든 생물의 미래를 지켜야 한다.'
— 이와키 히토시

딱 한 번만 쓰고 부숴버려라
— 커트 코베인

자전거

나는 지금 자전거 박물관에서 크랭커-31이라는 자전거에 대한 설명을 듣고 있는 중이다. 박물관에는 하루에 한 번 자전거의 역사를 설명해 주는 시간이 있는데, 운 좋게도 그 시간에 도착한 것이다. 설명을 듣는 사람은 나를 포함해 봤자 세 명뿐이다. 하긴, 평일 한낮에 자전거의 역사 따위를 듣는 사람이 이상한 것이다. 나머지 두 사람은 60대 노부부인데, 설명은 거의 듣지 않고 연신 귓속말로 대화를 주고받고 있었다. 귓속말이라고는 하지만 박물관은 컸고 사람은 적었기 때문에 가끔 노부부의 말소리가 안내원의 설명보다 더 크게 들리기도 했다. 하지만 '제발 좀 조용히 해주세요'라고 말하기보다는 '그 연세에도 다정한 모습이 보기 좋네요'라고 해야 할 분위기였다. 당연히 안내원의 눈빛이 나를 향하는 경우가 많아졌다. 안내원의 조용한 목소리와 유머가 섞인 말투가 싫지 않았기 때문에 나 역시 안내원의 눈을 똑바로 쳐다보면서 설명을 들었다. 균형 잡힌 얼굴이라고는 할 수 없지만 립글로스를 살짝 바른 입술만큼은, 특히 입술의 주름만큼은 굉장히 매력적이었다. 말을 오랫동안 많이 하다 보면 입술도 아름답게 단련이 되는 것일까?

초창기 모델이 많은 제3전시실에 이르렀을 때는 안내원의 눈빛 중 90퍼센트가 나를 향하게 됐고, 크랭커-31을 설명할 즈음에는 1대1 자전거 개인 교습을 받는 것 같은 분위기로 바뀌었다.

"크랭커-31은 MTB를 최초로 만든 게리 피셔의 작품입니다. MTB에 대해서는 들어보셨죠? MTV가 아니라 MTB입니다. Mountain Bike, 즉 산악용 자전거를 뜻하는 말이죠. MTB는 1970년대 초, 미국 샌프란시스코 부근의 마린 카운티라는 곳에서 처음 만들어졌습니다. 마린 카운티에는 모래 둔덕이 많았는데 그 모래 둔덕을 달릴 때 탔던 자전거가 '비치 크루저'라고 불리는 1단짜리 자전거입니다. 게리 피셔는 그 비치 크루저를 개조해 MTB를 만들어낸 것이죠."

막힘이 없는 말투였다. "MTV가 아니라 MTB입니다"라는 대목에서 'B'발음을 할 때에는 하얀 이빨을 드러내며 살짝 웃기까지 했다. 늘 똑같은 대사를 하고 같은 시기에 웃는 것인지, 아니면 오늘 갑자기 생각난 유머에 자신도 모르게 웃게 됐는지는 알 길이 없지만 웃는 모습을 보니 마음이 푸근해졌다.

"이 크랭커-31이 지금까지 사람들의 입에 오르내리는 이유는 게리 피셔가 만든 자전거 중 유일하게 1단 자전거이기 때문입니다. 그리고 프레임을 주목해 주시기 바랍니다. 크랭커-31의 프레임은 특이하게 마그네슘으로 제작됐습니다. 크랭커-31 이후에는 마그네슘 프레임이 자취를 감추고 맙니다. 시장성이 없었던 거죠."

크랭커-31은 프레임과 휠만 앙상하게 남아 있어 한때 자신도 자전거였음을 나타내고 있을 뿐 전혀 자전거처럼 보이질 않았다. 바퀴도 없고 페달도 없고 안장도 없다. 자전거라기보다는 설치 미술 작품에 가까운 모습이었다. 노부부는 안내원의 설명을 듣지도 않고 크랭커-31 옆에 설치돼 있던 BMX 자전거를 보면서 여전히 귓속말을 나누고 있었다.

전시실 안내가 모두 끝나자 노부부는 서둘러 박물관 밖으로 나갔다. '뭐 이런 시시한 박물관이 다 있어?' 하는 표정이었다. 시시하다면 시시할 수도 있겠다. 하지만 자전거 박물관에는 시시하다고만 할 수는 없는, 단순한 우아함이 깃들여 있었다. 자전거 박물관의 구조와 전시 품목, 전시품들의 배치는 자전거를 닮아 있었다. 자전거는 밟으면 앞으로 갈 뿐이다. 브레이크를 잡으면 설 뿐이다. 단순하다. 더 이상 필요한 건 없다.

노부부는 박물관 밖으로 도망치듯 나갔지만 나는 아직 할 일이 남아 있었다. 안내 책상 앞에 서서 매력적인 입술을 뽐내고 있는 안내원에게로 갔다.

"여기서 자전거를 빌릴 수 있다고 들었습니다만……."

"네, 물론이죠. 어떤 모델을 원하세요?"

"그냥 자전거면 됩니다. 페달을 밟으면 앞으로 가는……."

"하하, 그러세요? 페달을 밟았는데도 앞으로 가지 않으면 자전거가 아니죠. 이쪽으로 와보시겠어요?"

안내원은 말을 끝내자마자 성큼성큼 앞으로 걸어나갔다. 치마를 입고 있었는데도 보폭이 굉장히 넓었다. 그녀는 전시실 구석의 작은 쪽문을 열고 안으로 들어갔다. 문이 너무 작아서인지 전혀 다른 차원으로 통하는 비밀의 문 같은 느낌이 들었다. 문을 열고 들어서면 안내원은 온데간데없이 사라져버리고, 되돌아가는 문도 절대 찾을 수 없는, 그런 세계.

"여기서 골라보세요."

안내원이 왼손으로 방 안을 가리켰다. 그녀가 가리킨 것은 자전거들이었다. 운동장이라고 불러도 괜찮을 넓은 방 안의 벽에는 수백 대의 자전거가 가지런히 걸려 있었다. 마치 정렬을 마친 군대 같았다. 자전거의 형태는 모두 달랐지만 빼곡하게 모여 있으니 한 치의 빈틈도 보이지 않았다. 여기서 한 대를 고르라니. 무엇이든 너무 많으면 선택은 더 어려워진다.

나는 벽을 따라 걸으며 자전거를 살펴보았다. 모든 자전거들은 아름다웠다. 그 중에는 조금 전에 보았던 크랭커-31 모델을 모방한 듯한 자전거도 있었다. 나는 한참을 망설이다가 푸른색 MTB를 가리켰다. 다른 어떤 자전거보다 견고해 보였고 차가워 보였다. 사람으로 따지자면 냉혈한에 가까운 듯한 표정을 지니고 있었다.

"의외인데요? 그런 스포티한 모델을 고르시다니. 하지만 훌륭한 자전거예요. 티타늄 프레임에 50단까지 변속기 미세 조정이 가능하고 사이클로 컴퓨터가 달려 있어요. 자전거용 GPS도 달려 있죠. 만족하실 거예요."

안내원은 문 옆에 달려 있는 LCD에다 145라는 숫자를 입력한 다음 실행 버튼을 눌렀다. 대형선풍기가 돌아가는 듯한 소리가 들리더니 커다란 집게발이 내가 가리켰던 그 자전거를 정확히 내 발끝에다 내려놓았다. 자전거를 손으로 쓰다듬어보았다. 볼 때와 마찬가지로 차가운 느낌이었다. 투정 같은 건 절대 부리지 않을 성격 같다. 그게 마음에 들었다.

"자전거는 탈 줄 아시죠?"

안내원이 내게 물었다.

나는 그게 무슨 소리인가 싶어 그녀의 눈을 똑바로 쳐다봤다. 자전거를 탈 줄 아느냐고? 당연한 일 아닌가. 나를 배려하는 말이었는지는 모르겠지만 자전거를 빌리러 온 사람에게 어울리는 대사는 아니었다. 나는 아무런 대답도 하지 않고 그저 웃어 보였다.

"탈 줄 모르신다고 해도 상관없어요. 정말 간단한 일이니까요. 자전거만큼 배우기 쉬운 게 없죠. 넘어지려는 쪽으로 핸들을 꺾으면 되니까요. 그것만 기억하시면 돼요. 넘어지는 반대쪽이 아니라 넘어지려는 쪽으로 핸들을 꺾는다."

안내원은 주문을 외우듯 그 문장을 반복했다. 넘어지려는 쪽으로 핸들을 꺾는다. 넘어지려는 쪽으로 핸들을 꺾는다. 맞는 말이다. 하지만 '넘어지려는 쪽으로 핸들을 꺾는다', 라고 머리 속에 문장을 떠올려보면 반드시 옆으로 넘어질 것만 같다.

쓰레기

샴페인처럼 상큼한 바람이 입으로 들어가서 귀로 흘러나왔다. 페달을 힘껏 밟을수록 바람이 나를 관통하는 속도도 빨라졌다. 내 몸은 활짝 열려 있었다. 차가운 초겨울 공기의 기포가 샴페인 거품처럼 귓전에서 터졌다. 나는 안내원에게서 얻은 K시의 지도를 보면서 '쓰레기호수'로 향했다. 하지만, 안내원에게서 받은 지도는 엉터리였다. 지도 속에 표시된 큰 건물의 위치를 보면서 어찌어찌 쓰레기호수를 찾아갈 수는 있겠지만 지도 속의 비율과 기호와 건물은 제멋대로였다. 거리 표시도 엉망이었고 지명 표기도 혼란스러웠다. 지도라기보다는 건물과 다리와 호수를 그려놓은 그림에 불과했다. 하긴 지도에서 이 정도의 오차는 오차도 아니다. 1960년대 초 미국 자동차 협회에서 발간한 도로 지도에 미국에서 두번째로 큰 도시인 시애틀이 빠진 적도 있으니까.

지도가 엉망진창이 된 것은 컴퓨터 그래픽으로 지도를 처리

하면서부터다. 원본이란 건 이제 어디에도 없다. 파일을 복사한 파일, 그 파일을 또 복사한 파일이 있을 뿐이다. 안내원이 건네 준 K시의 지도 역시 수만 개의 잘못된 파일 중 하나를 다시 복 사한 파일임이 분명하다. 나는 지도를 접어서 뒷주머니에 구겨 넣고 자전거에 부착돼 있던 GPS를 켰다. GPS 역시 엉터리 지 도를 기본으로 제작됐기 때문에 제대로 길을 찾는 데 썩 도움이 되진 않지만 현재 내가 어디쯤 와 있는지를 알려준다는 점에서 는 지도보다 낫다. 나는 도착 지점에다 '쓰레기호수'라고 입력 한 다음 GPS를 작동시켰다. 화면에서 빨간색 램프가 깜빡이기 시작했다. 내가 가야 할 곳이다. 그 아래에는 파란색 램프가 깜 빡이고 있었다. 내가 서 있는 곳이다. 지도야 어찌됐든 길이야 어찌됐든 저 램프만 따라가면 되는 것이다. 파란색이 빨간색과 만나면 되는 것이다. 나는 다시 페달을 밟았다. 한 시간 동안 페달을 밟았다. 그랬더니 결국 파란 램프가 빨간 램프를 만났 다. 아무리 멀어 보여도 열심히 달리다 보면 언젠가는 도착하게 되는 것이다. 누군가의 노래처럼 '지구는 둥그니까' 말이다.

쓰레기호수에 도착하자 날이 어두워졌다. 하지만 실제로는 날이 어두워진 것이 아니었다. 그렇게 보이는 것일 뿐이었다. 어두워졌다고 느낀 것은 하늘 때문이 아니라 쓰레기호수의 꺼무 끄름한 색깔 때문이었다. 고개를 들어보니 하늘은 아직 밝았다. 어두운 하늘이 투명한 물을 잠식하듯 쓰레기호수가 밝은 하늘빛 을 삼켜버린 것이다. 어떤 사람이 쓰레기호수라고 이름을 붙였는지 모르겠지만 쓰레기호수는 정말 쓰레기호수였다. 끝을 가늠할 수 없을 만큼 거대한 호수는 호수가 아니라 거대한 진흙탕 같았다. 호수 주변에는 나무 판자, 각목, 깨진 형광등, 종이팩 등이 널브러져 있었다. 나는 유리 조각을 피해 가며 호수 주변을 따라 자전거를 운전했다. 타이어가 두꺼운 MTB를 고른 것이 그나마 다행이라는 생각이 들었다.

페달을 밟으며 호수 주위를 기웃거리고 있을 때 커다란 공터가 눈에 들어왔다. 하지만 공터라고 하기엔 비어 있는 공간이 거의 없었다. 주차장으로 쓰였을 것 같은 공터에는 군데군데 커다란 쓰레기 더미가 화산 분화구처럼 솟아 있었다. 나는 그나마 쓰레기가 적은 곳에 자전거를 세워놓고 쓰레기 더미 위로 올라가 보았다. 어린 시절 마을 뒤쪽에 있던 동산을 오르는 기분이었다. 아주 낮지만 경사는 가파르다. 쓰레기 더미를 밟을 때마다 발 아래에서 소리가 들렸다. 부서지는 소리, 찌그러지는 소리, 덜거덕거리는 소리가 화음을 이뤄 정체불명의 소리로 변했다. 기분 좋은 소리는 아니었다.

"어이, 거기 뭐하는 거야?"

거의 기어오르다시피 해서 쓰레기 더미 정상에 이르렀을 때 뒤에서 소리가 들렸다. 나를 부르는 소리가 분명한 것 같았지만 고개를 돌리기가 힘들었다. 나는 쓰레기 더미 위에서 판자 하나를 밟고 간신히 중심을 잡고 있었다.

"뭐하는 거냐니까, 내 말 안 들려?"

나는 선서를 할 때처럼 오른손을 들어 보였다. 알겠다는, 곧 내려가겠다는 표시였다. 나는 오른손을 든 채 상체를 천천히 왼쪽으로 돌렸다. 하지만 뒤는 보이지 않았다. 겨우 45도 정도 비틀어진 것 같다. 눈앞에는 거대한 진흙탕처럼 생긴 쓰레기호수만이 보일 뿐이었다. 나는 상체를 조금 더 왼쪽으로 돌려보았다. 이번에는 옆쪽으로 쌓여 있는 쓰레기 더미가 보였다. 여전히 뒤는 보이지 않았다. 왼쪽 옆구리의 살이 겹쳐지는 듯한 느낌이 들었다. 몸이 비틀어진 상태에서 무엇인가 얘기를 꺼내고 싶었지만 아무런 말도 할 수가 없었다. 숨이 막혔다.

"빨리 내려와, 어이, 내 말 안 들려?"

나는 몸을 왼쪽으로 최대한 비틀며, "내려갈게요"라고 소리를 질렀다. 그 순간 중심을 잃고 말았다. 목소리가 입 밖을 빠져나오는 순간 몸 어딘가의 균형이 무너져버린 것이다. 나는 '아악' 하는 비명을 지를 틈도 없이 아래로 미끄러져 내려갔다. 다리가 먼저 아래로 미끄러졌고 머리와 팔이 그 뒤를 따랐다. 눈앞으로 철근, 종이 쪼가리, 유리컵, 나무 막대, 전기밥솥, 부서진 오디오, 찌그러진 LP레코드가 빠른 속도로 스쳐갔다. 어딘가를 붙들고 싶었지만 모두 날카로운 물건들이었기 때문에 손을 뻗을 수가 없었다. 나는 그저 속도에 몸을 내맡겼다. 그리고 잠시 후에 '쿵', 하는 소리가 났다. 쓰레기 더미 산을 출발한 내가 지구에 착륙하는 소리였다.

바나나

"괜찮아?"

나는 괜찮은 것 같았다. 그런 것 같았다. 눈을 떴을 때 제일 먼저 눈에 들어온 것은 플라스틱 CD케이스였다. 어떤 금발의 여가수가 앨범 재킷 속에서 웃고 있었다. 웃는 모습을 보고 있으니 그 통통한 볼을 한대 쥐어박아 주고 싶은 생각이 치밀어올랐지만 몸이 제대로 움직이질 않았다. 어딘가 부러진 데는 없는 것 같지만 여기저기가 따끔따끔했다. 미끄러지면서 날카로운 곳에 여기저기를 긁힌 것 같다.

"어이, 괜찮냐고."

내 다리를 발로 툭툭 차며 목소리의 주인공이 말했다. 나는 고개를 들어 상대방을 올려보았다. 굉장한 거인처럼 느껴졌지만 흙을 툭툭 털고 일어서서 다시 보니 실제로는 키가 작은 노인일 뿐이었다. 노인이라고는 하지만 쉽게 나이를 가늠할 수 없는 얼굴이었다. 60대 초반쯤? 아니면 60대 후반? 모르겠다. 얼굴의 반은 수염이 뒤덮고 있었고 꾀죄죄한 검은색 파카를 입고 있었다. 파카는 얼마나 오랫동안 입고 있었는지 속털이 모두 달아나버린 홀쭉한 모습이었다. 지하도 근처에서 대접 하나를 놓고 구걸을 한다면 딱 어울릴 듯한 외모였다.

"빨리 내려오라고 했더니 정말 굉장히 빨리 내려왔네. 허허."

노인은 나를 비웃고 있었다. 오른쪽 손바닥이 따끔거렸다. 피가 흐르고 있었다. 어딘가에 긁힌 모양이다. 나는 주머니에서 손수건을 꺼내 상처 부위를 감았다.

"병원에 가봐야 할 거야. 그냥 긁힌 게 아니고 쓰레기에 긁힌 거니까. 쓰레기란 게, 거 참, 무섭거든. 그나저나 왜 여기서 어슬렁거리는 거야?"

반말이 계속 거슬렸지만 그런 걸 따질 상황은 아니었다.

"뭘 찾고 있습니다."

"뭘 찾아?"

"바나나 주식회사요."

"무슨 주식회사?"

"바나나요."

"뭐야, 바나나를 파는 회사야?"

"그건 잘 모르겠습니다."

"모르면서 어떻게 찾아?"

나는 외투 안주머니에서 명함을 꺼내 노인에게 건넸다. 노인은 미간을 잔뜩 찡그리고 입술을 삐죽 내밀면서 명함을 받아들었다. 입술 근처의 수염이 바람이 부는 숲처럼 흐느적거렸다. 노인은 명함을 자세히 들여다봤다.

"바나나 주식회사? 주소는 이 근처가 맞군."

"아십니까?"

"모른다고 했잖아. 거짓말이나 하는 노인네로 보여?"

"그럼 그 주소가 정확히 어디일까요?"

"주위를 한번 둘러봐. 뭐가 보여? 여긴 아무것도 없어. 이런 곳에 주소 따위가 무슨 소용이 있어?"

"그럼 아실 만한 분이 없을까요? 이 근처에 오래 산 분이라든 가."

"몰라, 그딴 거. 게다가 명함에 회사 이름은 있고 사람 이름 은 없잖아. 이런 명함이 어딨어."

노인은 명함을 나에게 집어던졌다. 명함은 팔락거리면서 땅 으로 떨어졌다. 나는 명함을 집어 먼지를 털었다. 명함에는 노 인의 말대로 회사 이름만 있을 뿐 사람 이름은 없었다. 오늘에 서야 그 사실을 알았다. 바나나 주식회사라는 특이한 이름 때문 에 사람 이름이 없다는 걸 눈치채지 못한 것이다. 하지만 세상 에는 이름이 적혀 있지 않은 명함도 꽤 많다. 가게 홍보용 명함 이거나 샘플일 경우에는 사람의 이름이 없는 경우가 많다.

"이 근처에 그런 건 없으니까 어슬렁거리며 돌아다니지 마. 알겠어?"

"여기가 어르신 땅입니까?"

"왜? 내 땅이 아니면 어쩔 거야?"

"여기에 오래 사셨나 해서요."

"살 만큼 살았지."

나는 명함을 주머니에다 넣고 약도가 그려진 종이를 꺼내서 노인에게 건넸다. 노인은 여전히 못마땅하다는 듯한 얼굴로 나를 쳐다보고 있었다. 이번에는 종이를 받아들지도 않았다.

"이건 또 뭐야?"

"친구가 그린 약도인데 좀 봐주세요."

"글쎄, 모른다니까."

"약도를 보고 대략 위치만 가르쳐주세요."

노인은 내 손에 들려 있던 약도를 낚아채 갔다.

"글씨가 엉망이잖아? 뭘 가르쳐달란 말야?"

"그 엑스 자 표시가 되어 있는 곳이 어딘지 알 수 있을까요? 쓰레기호수를 중심으로 그려져 있잖습니까. 이 근처 어디일 것 같은데……."

"거리 표시가 돼 있잖아. 직접 찾으면 되겠네. 거리 표시대로."

"거리 표시가 아닙니다. 미터나 킬로미터 같은 단위가 아닙니다."

"그럼 뭐야?"

"그걸 모르겠습니다."

"자네가 모르는 걸 내가 어찌 알겠어? 보아하니 나보다 훨씬 많이 배운 녀석 같은데 그 정돈 알아서 할 수 있겠지. 아무튼 이 근처 얼쩡거리지 마. 여기가 지뢰밭이라는 건 모르지?"

"지뢰밭이라고요?"

나는 땅을 보았다. 지뢰 같은 게 묻혀 있을 것 같지는 않았다. 이런 곳에 지뢰 따위가 묻혀 있을 이유가 없지 않은가.

"지뢰보다도 더 무서운 게 묻혀 있지. 쓰레기들 말야. 땅에 묻혀 있던 쇠꼬챙이가 발을 관통하면 어떨 거 같나? 기분이 아주 더러워. 바나난지 토마톤지 그런 거 찾지 말고 어서 병원에나 가보라고."

노인은 그 말을 던지고는 휙, 돌아서서 걸어갔다. 나는 손수건을 풀어 오른손을 보았다. 피는 멎어 있었다. 5센티미터 정도의 기다란 생채기가 보였다. 피는 멎었지만 여전히 손바닥이 따끔거렸다. 병원에 가야 할 정도는 아니었다. 그냥 살짝 긁힌 것뿐이니까. 아마 괜찮을 것이다. 아닐지도 모르지만. 아무튼 병원에는 가지 않기로 했다.

색연필

약도는 친구 B가 그린 것이다. B는 이니셜이 아니라 별명이다. 언제나 자기를 B로 불러달라고 했다. B연필을 좋아했기 때문이다. B는 나를 H라고 불렀다. 내가 H연필을 좋아하기 때문은 아니다. 나는 연필을 쓰지 않는다. 지도 제작을 할 때는 가끔 연필을 쓰기도 하지만 연필보다는 만년필을 쓰고, 만년필보다는 컴퓨터를 이용하고, 컴퓨터보다는 아무것도 쓰지 않는 쪽이 좋다. H연필은 B연필보다 딱딱하고 날카롭다. '2H나 4H로 부를 정도로 날카로운 성격은 아니지만 그래도 B보다는 날카롭다'고 B가 얘기했다. 그래서 날 H라고 불렀다. 하지만 나를 H라고 부르는 건 싫었다. '에이치'라고 나를 부르는 소리를 듣고 있으면 어쩐지 내가 감기 환자처럼 느껴졌다. 더구나 H라고 불릴 만큼 내 성격이 날카롭다고는 생각하지 않는다. 하지만 B는 정말 B 같았다. 마음속으로 'B' 하고 발음하면 정말 B라는 친구가 머리 속에 그려진다.

B는 한 달 전에 죽었다. 자연사나 사고가 아니라 자살이었다. 자살이라니, 젠장, 그는 겨우 서른네 살이었다. 다시 떠올리고 싶지도 않지만 B가 선택한 자살 방법은 잔인했다. 스스로에게도 잔인했겠지만 그 소식을 듣는 사람에게도 굉장히 잔인한 방법이었다. 주방용 칼로 자신의 가슴을 그은 것이다. 그 이야기를 들었을 때 내 귀에는 가슴이 짜개지는 소리가 들리는 듯했다. 쩍, 하고 그의 가슴이 벌어지면서 피가 솟구쳐 나왔을 것이다. B는 도대체 그 고통을 어떻게 참을 수 있었을까? 어떻게 자신의 가슴을 칼로 그을 생각을 한 것일까? B의 죽음을 떠올릴 때마다 '쩍' 하는 소리가 배경음악처럼 들린다. 그리고 칼에 깎여 나가는 B연필이 떠오른다. 연필의 나무껍질처럼 B의 살도 그렇게 아무렇지도 않게 깎여 나갔을까? 그런 생각을 하고 있으면 피로 물든 빨간색 색연필이 떠오른다. 아마 평생 B연필은 쓰지 못할 것 같다. 나는 그저 가끔 마음속으로 'B'라고 발음해 본다.

B는 자살하기 직전 편지 한 통을 내게 보냈다. 편지에는 아무런 내용도 없었다. 봉투 안에는 약도 한 장과 명함 한 장뿐이

었다. 그외에는 아무것도 없었다. '잘 있어'라거나, '세상이 싫어서'라거나, '빚이 너무 많아서'라거나 그런 흔한 이유 한 줄쯤은 있을 법도 한데 단 한 마디도 없었다.

약도에는 쓰레기호수라는 지명만 명확하게 표시되어 있을 뿐 나머지는 모두 방향과 숫자뿐이었다. 문제는 그 숫자가 거리를 표시한 것이 아니라는 것이다. 26(300), 26(186), 26(120) 이런 식의 숫자만 약도 안에 그득했다. 26이란 숫자가 도대체 무엇을 의미하는 것인지 알 수가 없었다. 영문을 알 수 없기는 명함 역시 마찬가지였다. 바나나 주식회사라는 이름을 명함에서 봤을 때 바나나를 수출하거나 바나나를 판매하거나, 적어도 바나나 우유라도 파는 회사일 줄 알았는데 전화번호부 어디에도 그런 이름의 회사는 없었다. 망한 회사일지도 몰라 옛날 신문과 경제잡지를 모두 검색해 봤고 심지어 성인용품 판매 회사까지 뒤져봤다. 그 어디에도 바나나 주식회사라는 이름은 없었다. B가 죽고 난 다음 한 달 동안 거의 매일 약도와 명함을 들여다봤지만 답을 얻을 수는 없었다. 어째서 곧바로 오지 않고 한 달이 지나서야 K시를 찾았는가, 라는 질문에 대해서는 사실 할 말이 없다. 문제는 어쨌거나 나는 살아 있었다는 것이다. 살아 있는 사람은 살아 있기 위해서 무엇인가 하지 않으면 안 되는 법이다.

나는 세워두었던 자전거를 끌고 쓰레기호수를 벗어났다. 거리는 알 수 없지만 방향은 알 수 있다. 만약 정확한 방향으로만 움직인다면 엑스 자 표시를 해놓은 목표 지점을 찾을 수 있을지도 모른다. 지금 할 수 있는 방법은 그것밖에 없었다. 나는 자전거 안장에 올랐다. 엉덩이가 욱신거렸다. 쓰레기 더미 아래로 곤두박이친 이후로 몸의 균형이 망가져버렸다. 몸은 겨울 내내 방치해 뒀던 봄날의 고물 자전거처럼 삐걱거렸다. 나는 자전거에 부착된 GPS의 스위치를 켠 다음 나침반 기능을 작동시켰다. 그리고 B가 그린 약도를 자전거 앞에다 붙였다. 약도에 그려진 방향대로만 움직이면 된다. 나는 자전거 도로 위로 올라섰다. 그리고 다시 페달을 밟았다.

페달을 밟고 있으니 예전에 B와 나눴던 대화가 떠올랐다. 내가 그렇게 물었었다. "어째서 자전거를 그렇게 좋아하는 거야?" B는 시큰둥한 표정을 지으면서 이렇게 대답했다. "뒤로 가지 못하잖아." 나는 B의 이야기를 듣고 푸하하, 웃었다. 내가 "그게 다야?"라고 묻자 B는 "그럼 뭐가 더 필요해?"라고 되물었다. B가 죽어버린 지금 다시 생각해 보니 B가 자전거를 좋아했던 이유를 어렴풋하게 알 것 같다. 자전거란 인생을 닮아 있었다. 뒤로 갈 수 없는, 뭐랄까, 전진할 수밖에 없는 삶의 비애랄까, 뭐 그런 게 닮지 않았나 싶다. 물론 이런 얘기를 B에게 했더라면 "웃기지 마, 그냥 뒤로 가지 못하는 게 좋을 뿐이야. 인생이나 뭐 그런 것과 비교하진 말라고"라며 핀잔을 주었을 것이다. 하긴, 인생이나 뭐 그런 구차한 것과 비교할 필요도 없이 한쪽 방향으로밖에 갈 수 없다는 생각을 하면 마음이 편안해지긴 한다. 페달을 뒤로 밟는다고 해서 자전거가 뒤로 가는 것은 아니다. 뒤로 갈 필요도 없고 뒤로 갈 수도 없다. 그런데 정말 그런 게 인생이 아닌가? 아닐지도 모르지만, 어쨌거나 나는 페달을 밟으며 앞으로 전진했다.

나침반

한 시간이 지난 후 나는 길을 잃었다는 사실을 받아들이기로 했다. 이미 날은 어두워졌고, 나는 도대체 어디에 있는 건지 알수가 없었다. K시의 외곽 지역이었기 때문에 지나다니는 자동차나 사람은 거의 없었다. 간혹 커다란 트럭이 지나가긴 했지만 굉장히 무서운 속도로 도로를 질주했기 때문에 무엇인가 물어본다는 것은 불가능했다. 주변은 폐허에 가까웠다. 형태를 제대로 유지하고 있는 건물은 거의 없었다. 전쟁이 난 것인지 의심스러울 정도였다. 건물들의 크기와 밀도로 짐작컨대 한때 공장지대가 아니었나 싶다. GPS에서는 빨간 램프와 파란 램프가 끊임없이 깜빡이고 있었다. 파란 램프는 내가 서 있는 곳이다. 빨간 램프는 쓰레기호수다. 하지만 지금 내가 어디에 있는지는 알 수가 없다.

나는 자전거 앞에 붙어 있던 B의 약도를 뽑아 GPS의 불빛에다 비춰보았다. 어디서부터 잘못된 것인지 알고 싶었지만 알아낼 방법이 없었다. 아마 모든 것이 잘못됐는지도 모른다. 쓰레기호수에서 북서쪽으로 26(186), 그리고 다시 거기에서 동쪽으로 26(120), 그리고 다시 거기에서 북쪽으로 26(210), 도저히 알 방법이 없다. 쓰레기호수에서 북서쪽을 향해 가다가 동쪽으로 난 길이 있으면 무조건 방향을 바꿨으니 분명 어디선가 길을 잘못 들었을 것이다.

종아리에서 미세한 경련이 일어났다. 하루 종일 자전거를 탔으니 당연한 일이다. 차가운 날씨 때문일는지도 모르겠다. 종아리가 숨을 쉬는 것처럼 규칙적으로 팔딱거렸다. 내가 알지 못하는 생물체가 종아리에 기생하고 있다는 느낌이었다. 나는 자전거에서 내려 왼손으로 종아리를 어루만졌다. 종아리는 딴딴하게 굳어 있었다. 가만히 내버려두면 금방이라도 얼음으로 변할 것 같았다. 나는 자전거를 세워놓고 바닥에 쪼그려 앉은 다음 두 손으로 열심히 종아리를 마사지했다. 10분쯤 종아리의 근육을 풀어주자 조금씩 부드러워졌다. 하지만 이번에는 귀가 시렸다. 자전거를 탈 때는 몰랐는데 자전거에서 내리자마자 온몸이 마비돼가는 느낌이 들었다. 이제 겨우 7시인데 주위의 어둠과 추위는 한밤중 같았다.

"오늘은 이만 포기해야겠어."

나도 모르게 혼잣말이 나왔다. B가 나를 쳐다보고 있기라도 한 것처럼 그런 말이 튀어나왔다. 나는 도로의 갓길로 자전거를 옮긴 다음 온몸을 쭉 뻗으며 바닥에 드러누웠다. 그리고 두 팔로 베개를 만들어 머리 뒤에 받쳤다. 차가운 바닥에 드러누워

있으니 금방이라도 심장이 얼어버릴 것 같았다. 하늘에 별이라
도 몇 개쯤 있었다면 조금 더 누워 있고 싶었겠지만 하늘은 쓰
레기호수처럼 새까맸다. 어디가 하늘의 시작이고 어디가 하늘
의 끝인지 가늠할 길이 없었다.

그때 자전거 바퀴살 몇 개가 유성처럼 반짝, 빛을 냈다. 곧이
어 커다란 불빛이 내 쪽으로 쏟아졌고 굉음이 들려왔다. 트럭이
었다. 도로에서 벗어나 있었기 때문에 굳이 트럭을 피해야 할
이유는 없었지만 불안한 마음에 몸을 일으켰다. 트럭은 굉장한
속도로 나를 스쳐 지나갔다. 바닥에 떨어져 있던 낙엽 몇 장이
온몸을 뒤틀며 길 바깥쪽으로 날려갔다. 바퀴가 보였다. 트럭의
바퀴는 구르는 것이 아니라 마치 정지된 채 트럭을 따라가는 것
처럼 보였다. 트럭이 지나간 다음 나는 자전거의 바퀴를 쳐다보
았다. 보통 자전거보다 훨씬 두껍고 단단한 MTB 바퀴였지만
트럭의 바퀴에 비한다면 반지로 사용해도 될 만큼 아담했다. 순
간 무언가 전기 같은 것이 어깨에서부터 뒤통수로 흘렀다. 그
래, 바퀴, 어쩌면, 바퀴일지도 모른다. 나는 주머니 속에서 자
전거 박물관의 안내 팸플릿을 꺼냈다. 박물관의 관람시간은 저
녁 7시까지였다. 시계를 들여다보니 7시 20분이었다. 나는 휴대
전화를 꺼내 박물관으로 전화를 걸었다. 스무 번 정도 벨이 울
렸지만 아무도 받질 않는다. 팸플릿에 담당자의 휴대전화 번호
가 있는지 살펴봤지만, 없었다. 당연한 일이다. 개인의 휴대전
화 번호를 그런 데다 인쇄해 놓을 리가 없다. 나는 다시 전화를

걸었다. 다시 스무 번 정도 벨이 울렸다. 그때 목소리가 들렸다.

"자전거 박물관입니다."

분명히 나에게 자전거를 설명해 주던 그녀의 목소리였다.

"네, 자전거 박물관이죠? 뭘 좀 여쭤보려고 하는데요."

"죄송합니다만 개관시간은 7시까지입니다."

"네, 알고 있습니다. 아까 자전거를 빌려간 사람인데요."

"아, 아까 푸른색 MTB요."

"네, 맞습니다. 목소리만 듣고도 아시네요."

"그럼요, 알죠. 그런데 자전거에 무슨 문제라도 생겼나요?"

"아뇨, 그런 게 아닙니다. 자전거에 대해서 물어보려고요."

"그러세요? 아, 어때요? 타보니까 쉽죠? 넘어지려는 쪽으로 핸들을 꺾으니까 쉽죠?"

그녀는 어째서 계속 내가 자전거를 탈 줄 모른다고 생각하고 있는 것일까? 다른 사람이 보기엔 내 몸의 어느 부분이 굉장한 불균형처럼 느껴질지도 모르겠다는 생각이 들었다. 도대체 몸의 어느 곳이 문제일까.

"그게 아니라 자전거의 바퀴에 대해 궁금한 게 있습니다. 자전거 바퀴의 크기는 어떻게 표시하죠?"

"바퀴의 지름을 인치로 표시하죠. 어린이용은 16인치에서 20인치 정도고 성인용은 20인치에서 27인치 정도까지예요. 요즘 유행하는 폴더형 자전거는 작은 바퀴를 쓰기도 하는데…… 그건 왜요? 혹시 타이어에 펑크가 난 거예요? 그렇다면 바퀴를 바꾸는 게 아니라……"

"제가 오늘 빌려온 자전거가 어떤 사이즈죠?"

"MTB였으니까 26인치겠죠. MTB는 대부분 26인치예요. 27인치는 아마 도로용 사이클밖에 없을 걸요. 그리고 펑크가 났을 때는요, 타이어 안쪽에 있는 고무 튜브의……"

"고마워요."

나는 그녀의 말을 다 듣지 못하고 전화를 끊었다. B가 그린 약도를 GPS의 불빛에 비춰보았다. 26이라는 숫자가 자전거의 크기를 나타내는 표시일지도 모른다. 그렇다면 그 뒤의 숫자는? 그건 아마도 바퀴가 회전한 숫자를 적어놓은 것이겠지? 나는 자전거에 올라탄 다음 쓰레기호수를 향해 페달을 밟았다. 처음부터 다시 출발해 보는 거다. 문제를 풀었다는 생각이 들자 페달을 밟는 속도가 빨라졌다. 입으로는 어떤 노래까지 흥얼거리고 있었다.

찰그랑 왈츠

바퀴가 한 바퀴 회전했다는 것을 어떻게 아느냐 하는 것이 문제였다. 페달을 한 번 회전시키는 것과 바퀴가 한 번 회전하는 것은 전혀 다른 문제다. 내리막에서는 페달을 밟지 않아도 자전거는 움직인다. 나는 고민 끝에 자전거 바퀴 한쪽에다 끈을 매달기로 했다. 그리고 그 끈에다 열쇠 하나를 매달았다. 얼마 전까지 살았던 원룸의 열쇠였다. 물론 지금은 아무짝에도 쓸모없는 열쇠였다. 집주인에게 돌려줘야 하는 걸 깜빡 잊고 여전히 열쇠고리에 매달아두고 있었다. 바퀴가 한 바퀴 회전할 때마다 열쇠가 '찰그랑' 하는 소리를 냈다. 100퍼센트 정확할 수는 없겠지만 '찰그랑' 소리를 몇 번 놓친다고 해도 결과에는 큰 지장이 없을 것이다. 다행히 이쪽은 다니는 차도 별로 없고 게다가 저녁이니 열쇠 소리를 듣는 것은 어려운 일이 아니다. B는 어떤 방법으로 자전거 바퀴의 회전수를 알아냈을까? 나와 비슷한 방법이 아니었을까? 어쩐지 그랬을 것만 같다.

나는 열쇠 소리에 집중하며 페달을 밟았다. GPS의 나침반을 켠 채 페달을 밟았다. 나뭇잎이 펄럭거리는 소리나 바람 소리 때문에 몇 번인가 열쇠 소리를 놓치긴 했지만 바퀴가 회전하는 속도가 거의 일정했기 때문에 시간이 지나면서 소리를 듣지 않고도 대략의 회전 횟수를 알아낼 수 있었다. 가끔 나뭇잎과 바람의 소리가 들렸지만 주위는 조용했다. 마치 내가 열쇠 소리를 잘 들을 수 있도록 주위의 모든 것들이 숨을 죽이고 있는 것 같았다. 페달이 삐걱거리는 소리, 바퀴가 지면에 마찰하는 소리가 조용히 들린다. 그 사이로 가끔 바람 소리가 들린다. 그리고 그 뒤를 이어,

찰그랑, 찰그랑, 찰그랑, 찰그랑, 찰그랑

하는 열쇠 소리가 규칙적으로 울린다. 마치 박자를 제대로 맞춘 스네어드럼 같은 소리였다. 아무리 들어도 기묘한 리듬이었다. 나는 그 리듬에 매료되어 몇 번인가 열쇠 소리를 놓치기도 했다. 자전거에서 내려 춤이라도 춰야 될 것 같았다. 물론 자전거에서 내리게 되면 그 리듬도 사라지고 없겠지만. 나는 그 리듬을 계속 듣고 싶은 마음에 규칙적으로 페달을 밟았다. 규칙적이지 않으면 리듬도 사라지고 말 것이다.

쓰레기호수에서 북서쪽으로 출발한 이후 180번 정도의 열쇠 소리를 들었을 때 동쪽으로 자그마한 길이 하나 나타났다. 나는 B의 약도를 보았다. 26(186)이라고 돼 있었다. 내 추측이 맞았던 것이다. 나는 동쪽길로 접어들었다. 자세히 보지 않으면 쉽게 지나칠 길이었다. 한낮이라 해도 찾기가 쉽지 않을 것 같았다. 동쪽으로 난 길은 이전의 길보다 훨씬 좁았다. 자전거 두 대 정도가 간신히 지나갈 수 있는 넓이였다. 길 양쪽으로는 단풍나무들이 줄지어 서 있었고 바닥에는 낙엽이 수북하게 쌓여 있었다. 자전거가 지나갈 때마다 잘 마른 낙엽들이 바스락거리는 소리가 들렸다. 그래서 열쇠가 찰랑거리는 소리를 듣는 게 쉽지 않았다. 한참 자전거 페달을 밟다가 나는 다시 길의 처음으로 돌아가야 했다. 소리를 놓친 것이다. 그리고 다시 소리를 놓치고 또다시 소리를 놓쳤다. 낙엽을 모두 쓸어낸 다음 가야 하는 것일까, 하고 생각했지만 그건 불가능한 일이었다. 나는 조금 전에 느꼈던 리듬을 떠올려보았다. 굳이 소리를 듣지 않아도 그 리듬을 기억해 낸다면 정확하게 길을 찾을 수 있을 것 같았다. 이번에는 낙엽이 바스라지는 소리까지 추가됐지만 할 수 있을 것 같았다.

나는 페달을 밟으며 그 리듬을 기억해 봤다. 먼저 페달이 삐걱거린다. 바퀴가 지면에 마찰하는 대신 낙엽이 바스라진다. 그리고 찰그랑, 열쇠 소리. 다시 페달 소리, 낙엽 소리, 찰그랑. 정확할지 어떨지는 알 수 없지만 나는 그 리듬을 믿고 계속 페달을 밟았다. 약도에 쓰여진 만큼 마음속으로 숫자를 셌더니 자전거 헤드라이트 앞으로 다시 작은 길이 나타났다. 이젠 열쇠 소리를 들을 필요도 없다. 그 리듬은 이미 내 몸에 입력돼 있었다. 나는 자전거를 세우지 않고 곧바로 북쪽으로 난 작은 길로 달려갔다. 몸은 정확한 리듬을 외우고 있었다. 그러고 보니 왈츠 같기도 하다. 페달 소리, 낙엽 소리, 하나, 페달 소리, 낙엽 소리, 둘, 페달 소리, 낙엽 소리, 셋……

완벽한 연필

엑스 자 표시가 된 지점에 도착한 시간은 밤 9시쯤이었다. 약도에는 엑스 자 표시가 되어 있었지만 실제의 땅에는 엑스 자가 없다. 당연하다. 혹시 땅에 뭘 묻어두었다고 하더라도 커다랗게 엑스 자 표시를 할만큼 B가 멍청하지는 않을 테니까 말이다. 그러니까, 나는 이 근처 어딘가에서 B가 엑스 자 표시를 해야 할 정도로 특별하게 생각했던 무엇인가를, 찾아내야 하는 것이다. 나는 랜턴이나 성냥이나 라이터 같은 것이 전혀 없었기 때문에 할 수 없이 눈에 불을 켜고 주위를 돌아보았다. 사방이 깜깜했다. 어디가 어딘지 여기가 저긴지, 혹은 저기가 여긴지 전혀 알 수가 없었다. 이래 가지고선 엑스 자는커녕 세워두었던 내 자전거가 어디에 있는지도 찾기가 힘들 지경이다.

무엇인가가 발끝에 걸렸다. 부드러운 느낌은 아니었다. 뭔가 날카로운 물건이 분명했다. 나는 오른발을 내밀어 무엇이 있는지 더듬어보았다. 쇠꼬챙이 같은 게 땅 위로 삐죽 올라와 있었다. 이건 혹시 지뢰? 하지만 지뢰였다면 내 발이 닿은 순간 벌써 폭파해 버렸을 것이다. 자세히 살펴보니 그건 텐트의 지주핀이었다. 그제야 어두운 공기 사이로 희미한 텐트의 윤곽이 눈에 들어왔다. 지금까지 보아온 텐트보다 훨씬 크긴 했지만 분명히 텐트였다. 나는 텐트의 문이라고 할 수 있는 천을 위로 들어올리고 안으로 들어섰다. 텐트 안 역시 지독하게 어두웠다. 시간이 지나면 어둠에 익숙해지게 마련인데 텐트 안은 시간이 지나도 여전히 어두웠다. 나는 텐트 안을 더듬으며 조금씩 걸어나갔다. 책상이 있다는 걸 느낄 수 있었다. 책상 위를 더듬다보니 랜턴이 있었다. 성능이 좋은 것은 아니었지만 겨우겨우 주위를 비추어볼 수는 있었다.

텐트 안의 물건들을 살펴본 결과 나는 '누군가 살고 있는 곳이다'라는 결론을 내렸다. 구석에는 간이침대가 놓여 있었고 또다른 구석에는 책상과 의자가 있었다. 그게 다였다.

"어라, 잘도 찾아왔네?"

나는 깜짝 놀라 목소리가 나는 곳으로 랜턴을 비추었다. 랜턴의 동그란 불빛 안으로 낮에 보았던 그 노인의 얼굴이 드러났다. 반갑다고 해야 할지, 놀랐다고 해야 할지, 여긴 웬일이세요라고 해야 할지, 아무튼 나는 할 말이 없었다.

"이 불빛 안 치워? 남의 랜턴으로 남의 얼굴이나 비추다니, 고약한 버릇일세."

나는 노인의 말에 얼른 랜턴을 껐다. 다시 사방이 깜깜해졌다. 노인은 어둠 속에서 움직이기 시작했다. 정확히 어떤 일을 하는지는 보이지 않았지만 마치 불이 켜진 것처럼 행동하고 있었다. 나는 랜턴을 켜서 주위를 비춰볼까 생각했지만 그러지 않는 게 좋을 것 같다는 생각이 들었다. 노인은 책상 앞에 놓여 있던 촛불에다 불을 밝혔다. 아주 작은 초였는데도 주위가 대낮처럼, 이라고는 할 수 없어도 많이 밝아졌다. 나는 랜턴을 책상 위에다 올려놓았다.

"좀 앉지 그래? 손님이니까 말야. 대접할 건 하나도 없지만 앉기라도 하라고."

나는 노인이 가리킨 간이침대 위에 앉았다.

"아까는 왜 모른 척하셨어요?"

"뭘 모른 척해?"

"여기가 어딘지 모른다고 하셨잖아요?"

"그따위 엉터리 약도를 들이미니까 그렇지. 어떤 놈이 그따위 약도를 만들었는지 모르겠지만 아주 엉터리야, 엉터리."

"그 약도를 만든 사람은 죽어버렸어요. 얼마 전에."

"그랬어? 거 잘됐네. 그따위 엉터리 약도는 더 이상 만들지 못하겠군."

노인은 B에 대해서 아무렇게나 말하고 있었지만 이상하게 화가 나지는 않았다. 노인은 '잘됐군, 잘됐네'를 중얼거리면서 책상 위에 있던 촛불을 끌어당겼다. 그리고 책상 위에 놓여 있던 연필 한 자루를 집었다. 그리고 연필을 깎기 시작했다. 노인은 작은 칼로 정성스럽게 연필을 깎았다. 마치 조각이라도 하고 있는 듯한 모습이었다. 다 깎은 연필을 연필꽂이에 가지런히 꽂았다. 그리고 다음 연필을 집어들었다. 같은 자세로 세 자루인지 네 자루인지의 연필을 계속 깎았다.

"뭘 찾는다고 했잖아? 찾았어?"

노인이 고개도 돌리지 않고 연필을 깎으면서 물었다. 굽은 등이 어쩐지 조금 처량해 보였다.

"모르겠어요. 뭘 찾고 있는지."

"똑똑한 줄 알았더니 바보 같은 녀석이네. 뭘 찾는지도 모르고."

"그러게요. 바나나 주식회사는 모른다고 하셨죠?"

212

노인은 연필을 다 깎았는지 칼을 접어놓고 책상 위에 흐트러져 있던 연필 껍질과 흑연 가루를 훅, 불었다. 그리고 오른손으로 허리를 두드렸다.

"망할 놈의 연필들 같으니."

"연필을 좋아하시나 봐요?"

"완벽한 연필이라는 거 알아?"

"완벽한 연필이요?"

"그래, 완벽한 연필. 오늘 이렇게 열심히 연필을 깎아도 내일 자세히 보면 다시 울퉁불퉁한 면들이 보이거든. 그걸 다듬고 다듬고 다듬다 보면 언젠가는 더 이상 손을 댈 수 없는 지경에 이르는 거야. 그게 완벽한 연필이지. 물론 어떤 연필들은 끝내 완벽한 연필에 이르지 못하고 자신의 생명을 마감하는 거지."

"여기가 너무 어두워서 연필이 잘 보이지 않는 건 아니에요?"

"바보 같으니라고. 보이고 보이지 않고는 중요한 게 아니야. 모든 연필들은 만들어질 때부터 운명이 결정돼 있어. 나무결에 이미 연필의 운명이 숨어 있단 말이야. 물론 그 결을 제대로 찾아낼 줄 아는 사람이 필요하긴 하지만 말야."

"인간의 삶하고 비슷하네요."

"멍청한 놈. 무슨 얘기만 하면 꼭 인간에 비유하는 녀석들이 있다니까. 그냥 연필이면 됐지, 그걸 꼭 인간하고 연결해야 돼?"

어쩐지 B와 얘기하고 있는 듯한 기분이 들었다. B가 나이를 먹어 늙었다면 이런 모습이지 않았을까?

"죄송합니다."

"내가 옛날 얘기나 하나 해줄까?"

"네. 재미있는 건가요?"

"재미는 별로 없을 거야. 암튼 옛날에 말야. 어떤 남자가 살고 있었는데⋯⋯."

일회용 인간

"그 사람이 문득 그런 생각을 했어. '모든 생물의 미래를 지켜야 한다'고 말야. 뭐야, 당연한 얘기잖아? 할지 모르지만 그때만 해도 사람들이 그런 생각을 하지 못할 때였거든. 그래서 그 사람은 인간을 진화시킬 계획을 세웠어. 어쨌거나 인간이 늘 문제였거든. 그 사람의 계획이 뭐였냐 하면 모든 물건을 일회용으로 바꾸는 거였어."

"모든 게 일회용이면 쓰레기가 굉장히 많아질 텐데요? 그렇게 되면 생물의 미래는커녕 생물의 현재도 못 지키게 될 걸요?"

"그런 일회용이 아니야. 모든 게 한 번 쓰고 나면 사라져버리는 거지. 컵도, 컴퓨터도, 종이도, 자동차도, 자전거도 한 번 쓰고 나면 모두 사라져버리는 거야. 흔적도 없이."

"인간을 진화시킨다면서요?"

"그렇지. 그 사람은 도구의 진보가 인간의 진화를 막는다고 생각했던 거야. 그래서 모든 도구의 진보를 막는다면 인간이 진화할 수 있을 거라고 생각했지. 모든 걸 일회용으로 만든다면 물건들이 진보해 나갈 도리가 없잖아. 모든 진보라는 건 과거를 베끼는 것에서 시작하니까 말야. 그래서 그 사람이 최초로 만든 게 뭐였냐 하면 얼음 호텔이었어."

"얼음 호텔이요?"

"그렇지, 얼음 호텔. 거대한 일회용이었지. 거긴 모든 걸 얼음으로 만들었어. 건물도 얼음이고 휴지통도 얼음이고 컵도 얼음이고 전부 얼음이야."

"창문은요?"

"얼음이지."

"책상은?"

"그것도 얼음이지. 팔꿈치가 좀 시려웠겠지?"

"설마 침대도?"

"그것도 얼음이었어. 이불만은 얼음으로 만들질 못했지. 아무튼 그 사람의 얼음 호텔은 많은 사람들의 관심을 끌었고 그 얼음 호텔로 돈도 많이 벌었어. 그래서 본격적으로 사업을 확장했지. 얼음 호텔 체인점을 여러 곳에 만들었어. 그 더운 아프리카에도 얼음 호텔을 지을 수 있을 정도로 기술도 많이 좋아지게 됐고 무엇보다 새로운 걸 좋아하는 사람들의 관심을 끌었던 거지. 그런데 커다란 문제가 하나 생겼어."

"그랬겠죠. 어디에나 문제는 있으니까."

"맞아. 문제는 어디에나 있지. 뭐가 문제였냐 하면 그 사람의 아들이 사고로 죽어버린 거야. 사고였는지 자살이었는지는 밝혀지지 않았지만 아무튼 확실한 것은 죽어버렸다는 거야."

"그게 얼음 호텔과 무슨 상관이 있죠?"

"자신의 사업이 무의미하다는 걸 깨달은 거야. 세상의 모든 걸 일회용으로 만들고 싶어했는데 정작 인간이 일회용이라는 사실을 까맣게 잊고 있었던 거지. 그 사람은 아들의 죽음이 그토록 가슴 아플 줄은 몰랐던 거야. 말하자면 자신의 논리에 딜레마가 생긴 거지."

"그래서 어떻게 됐어요?"

"그 사람은 체인점을 돌아다니며 자신의 얼음 호텔을 모두 녹여버렸어. 점점 미친 사람처럼 행동했지. 그러다 그 사람은 그런 생각을 했어. 인간의 진화란 불가능하다, 라고."

"어째서요?"

"만약 하나님이 인간을 진화가 가능한 현명한 존재로 만들 작정이었다면 삶을 한 번만 주지는 않았을 거라는 생각을 한 거지. 삶이 두 번 주어진다면 실수도 줄어들 테고 만회할 여유도 생기겠지만 아쉽게도 기회는 딱 한 번뿐이라는 사실을 깨닫게 된 거야. 그리고 그 남자는 어디론가 사라져버렸어."

"얘기가 그걸로 끝나는 거예요? 좀 싱거운데."

"그렇지. 나도 싱겁다고 생각해. 그래서 미리 경고를 했잖아.

재미있는 얘기는 아니라고."

"일회용 인간이라……. 어쩐지 좀 무시무시한데요."

"참, 그 사람이 만든 회사 이름이 좀 특이했어."

"뭐였는데요?"

"내 기억이 정확하다면, 그 이름이 아마, 바나나 주식회사였
지."

"바나나 주식회사를 모른다고 하셨잖아요?"

"내가 그랬어? 그랬나? 그랬을지도 모르지. 늙으면 말야, 모
든 게 오락가락하거든. 중요한 건 잊어버리지 않지만 중요하지
않은 것들은 아주 쉽게 지워져버리거든."

자전거

눈을 떴을 때 어젯밤의 일은 꿈이라고 생각했다. 꿈이 아니라
고 하기에는 너무 비현실적이라는 생각이 들었다. 하지만 내가
눈을 뜬 곳은 텐트 안이었다. 꿈이 아니었다. 책상도 있고 의자
도 있고 침대도 있다. 책상 위의 연필꽂이에는 매끈한 연필들이
가지런히 꽂혀 있었다. 하지만 노인은 보이지 않았다.

나는 책상 앞으로 가서 연필을 하나 집어들었다. 미끈하게 빠
진 연필 앞머리며 잘 다듬어진 칼날처럼 날카로운 흑연이며 내
가 보기에는 완벽한 연필이었다. 나는 연필 하나를 바지 주머니

속에 집어넣었다. 연필 한 자루 정도는 기념품으로 가져가도 될 것 같았다. 무엇을 위한 기념인지는 알 수 없지만 말이다. 나는 외투를 입고 텐트 문을 위로 들어올렸다. 낯선 풍경이었다. 주위엔 나무들이 빼곡했고 텐트는 숲 한가운데 난 옴폭한 곳에 자리잡고 있었다. 텐트 뒤쪽에는 온갖 쓰레기들이 차곡차곡 쌓여 있었다. 아마 노인은 쓰레기호수에서 쓰레기를 주워와 여기에서 뭔가를 하고 있는 모양이었다. 쓰레기를 팔아 겨우겨우 생활을 이어가고 있는지도 모른다.

그래, 어젯밤엔 바나나 주식회사 얘기를 했었지. 망원경을 거꾸로 잡고 볼 때처럼 모든 것이 아득하고 멀게 느껴졌다. 겨우 어젯밤의 일이었는데 모든 것이 아주 작게 느껴졌다. 정확히 언제인지는 기억나지 않지만 '바나나 현상'이라는 용어를 배웠던 기억이 났다. 'Build Absolutely Nothing Anywhere Near Anybody', 즉 어디에도 아무것도 짓지 말라, 는 구호다. 바나나 현상은 환경오염 시설을 자신의 집 앞에 설치하지 못하게 하는 지역 이기주의, 라고 배웠다. 그다지 긍정적인 의미는 아니었다. 바나나 주식회사의 바나나는 먹는 바나나가 아니라 바나나 현상의 그 바나나였다. 노인의 옛이야기 속의 그 남자는 모든 사람들이 '바나나'를 외친다면 그건 지역 이기주의가 아닌 전지구적인 혁명이 될 것이라고 믿었던 것이다. 어쨌든 그 남자는 그 남자고, 나는 자전거를 반납하러 돌아가야만 한다.

자전거에 올라탔을 때 B의 약도가 없어졌다는 것을 깨달았다.

바람에 날려갔거나 어딘가에 떨어뜨렸을 것이다. 나는 GPS를 켰다. 쓰레기호수의 위치를 확인한 다음 무작정 내려가기로 했다. 그 방향으로만 가기만 하면 되는 것이다. 나는 페달을 밟았다. 새로운 길이 나타날 때마다 쓰레기호수의 위치를 확인한 다음 그쪽 방향으로 핸들을 꺾었다. 어젯밤에 비한다면 너무 쉬운 일이었다. 무조건 페달만 밟으면 된다. 길을 한참 내려가고 있을 때 찰그랑거리는 열쇠 소리가 귀에 거슬려 열쇠를 자전거 바퀴에서 떼어냈다. 자전거 바퀴가 몇 번이나 회전했는지 따위는 이제 중요하지 않다. 나는 자전거를 타고 내려온 길을 보았다. 여전히 어디가 어딘지를 알 수 없었다. 어젯밤에 머물렀던 천막을 다시 찾아보라고 한다면 나는 1분도 지나지 않아 포기하고 말 것이다. 이제는 숫자가 씌어진 약도도 없으니까. 나는 상처에 감긴 손수건을 조금 더 바싹 동여매고 다시 자전거에 탔다.

쓰레기호수가 눈앞에 보이자 노인을 다시 만날지도 모르겠다는 생각이 들었다. 호수를 한바퀴 빙 둘러보다 보면 만날 수 있을지도 모른다. 나는 잠깐 망설이다가 그냥 가기로 했다.

길 양편에는 여러 종류의 집이 있었고 여러 종류의 마당이 있었다. 어제는 지도에 몰두하느라 그런 것들이 전혀 보이지 않았다. 나는 자전거의 핸들을 왼쪽, 오른쪽으로 크게 꺾으면서 S 자 모양으로 달려보았다. 자전거는 금세라도 넘어질 것 같았지만 유연하게 앞으로 미끄러져 갔다. 자전거 박물관에서 만났던 안내원의 말처럼 '넘어지려는 쪽으로 핸들을 꺾으면' 절대 넘어지지 않는다. 나는 커다란 원을 그리며 앞으로 계속 달려갔다. 왼쪽 페달을 밟을 때마다 주머니에 넣어두었던 연필심이 허벅지를 콕, 콕, 찔렀다.

사백 미터 마라톤

— 그래, 씨바, 존나 달려보는 거야

축구 골대 뒤쪽에 서 있던 나는 스톱워치의 스위치를 눌렀다. 스위치를 누른 게 먼저였는지 녀석이 출발한 게 먼저였는지 모르겠다. 그만큼 빨랐다는 얘기는 아니고 내 시선이 다른 곳에 가 있었기 때문이다. 나는 녀석의 출발 따위는 신경도 쓰지 않고 운동장 중앙에서 마악, 골키퍼와의 일대일 상황에 직면한 초등학생 스트라이커의 발을 물끄러미 쳐다보고 있었다. 하지만 언제나 그렇듯 내가 스톱워치를 누른 타이밍은 정확했을 것이다.

골대는 넓지만 선택은 둘뿐이다. 공을 찰 수 있는 방향은 거의 무한대로 많지만 언제나 선택은 둘뿐이다. 이거냐, 저거냐, 혹은 차느냐, 차지 않느냐, 혹은 왼쪽이냐, 오른쪽이냐. 불행하게도 그 외의 선택은 존재하지 않는다. 초등학생 스트라이커는 결국 둘 중의 어느 하나도 선택하지 못했다. 공을 빼앗은 골키퍼는 자랑스러운 듯 공을 머리 위로 치켜들었다. 키 작은 골키퍼의 뒤쪽 트랙에서는 녀석이 우아한 모습으로 달리고 있었다. 스톱워치의 디지털 화면은 막 30초를 지나고 있었다. 스톱워치에는 최근 열 번의 레이스 기록을 비교할 수 있는 LCD창이 달려 있다. 뭐랄까, 기억을 되살린 후 그 힘으로 좀더 뛰게 하려는 것이다. 나는 녀석의 지난번 기록과 지금 뛰고 있는 랩타임을 비교해 봤다. 1초 정도 늦다. 1초는 긴 시간이다. 1초 만에 사랑에 빠질 수도 있고 1초 만에 죽을 수도 있다. 나는 녀석에게 마음속으로 중얼거린다. '새꺄, 목숨도 사랑도 벌써 물 건너갔어.'

녀석은 욕까지 섞어가며 거창한 다짐을 했지만, 존나 달려보겠노라고 선언했지만 아마 곧 쓰러질 것이다. 그것도 400미터쯤에서. 어째서 꼭 400미터여야 하는지는 잘 모르겠다. 100미터, 아니 10미터라도 조금은 더 뛸 수 있지 않았어? 라고 물을 수도 있겠지만 소용없는 얘기다. 그런 걸 어쩌겠는가. 꼭 400미터여야 하는 걸. 녀석은 학교의 육상 대표 선수다. 주종목은 400미터다. 가끔씩 200미터와 100미터를 뛰기도 하지만 그건 과외 활동에 불과한 정도고 400미터를 뛰어야만 그 진가가 발휘된다. 내가 살고 있는 지역에서 녀석을 능가하는 400미터 주자를 본 적이 없다. 몇몇 라이벌이 있었지만 모두 200미터나 10,000미터로 주종목을 바꿨다. 모두들 녀석의 스피드에 겁먹은 것이다. 변변한 라이벌도 없었던 탓에 고등학교 3년 동안 녀석은 400미터 15연승이라는 기네스북에 오를 만한 진기록을 세웠다. 아, 생각해 보니 단 한 번 녀석이 우승을 놓친 적이 있다.

녀석은 결승점 코앞에서 쓰러지고 말았다. 앞으로 고꾸라져서
는 일어날 줄을 몰랐다. 그런데 어떻게 15연승이냐고? 그 대회
의 기록은 모두 무효 처리됐다. 빌어먹을 거리측정원이 400미
터를 잘못 측정한 것이다. 측정원은 410미터에 결승점을 만들
어놓았고 녀석은 10미터를 앞두고 쓰러질 수밖에 없었다.

아무튼 기네스북 기록 조사위원회가 이런 작은 소도시에 그
런 멋진 기록이 있다는 걸 안다면 얼마나 기뻐할까. 아직 고등
학교 3년이 끝나지 않았으니 좀더 좋은 기록을 세울 수 있을는
지도 모른다. 아직 두 번의 대회가 더 남아 있으니까. 고등학교
3년을 마치고 죽어버린다 해도 400미터 15연승이라는 기록이
있으니 외롭지는 않을 것이다. 녀석의 묘비명은 이렇게 시작하
겠지. '어째서 400미터냐고 묻지 마시길, 15번이나 우승했으
니.' 언젠가 녀석은 이렇게 말한 적이 있다.

— 난 좀더 멀리, 400미터보다는 더 멀리 달리고 싶어.

— 그래 봐.

— 안 돼.

— 왜 안 돼?

— 400미터만 뛰면 다리가 내려앉아. 달릴 수가 없어. 지친
것도 아니고 숨도 차지 않아. 그래도 젠장, 달릴 수가 없어.

나는 여러 가지 대안을 내놓았다. 올림픽 400미터 경기에서
우승한 후 팬 서비스 차원으로 국기를 흔들며 달리는 상상을 해
보라고도 했고 악천후 때문에 순연된 더블헤더를 치르는 투수의

심정으로 800미터를 달리는 상상을 해보라고도 했다. 그리고 이런 제안도 했었다.

— 네가 1600미터 계주에 세번째 주자로 참가한 거야. 너는 세번째야, 알겠지? 그런데 갑자기 네번째 주자 허벅지에 쥐가 나버렸지 뭐야. 세상에.

— 그냥 멍하니 서서 기다리다가?

— 맞아. 살다 보면 그런 일도 생기는 거야. 흔해 빠진 일이야. 너무 긴장을 한 거지. 원래 마지막 주자란 긴장을 벗삼아 사는 법이잖아. 말하자면 그 놈이 결과거든. 계주라고 해봤자 언제나 덤탱이를 쓰는 놈은 한 명뿐이니까 말야. 아무튼 그래서 너는 바톤을 넘기지 않고 800미터를 뛰게 된 거야. 이겨야 하니까 말야. 뭔지 알겠지. 이겨야 되는 거거든.

— 이겨야 되는 거라고? 난 이기기 위해서 달리진 않아.

— 어쨌든, 그럼 넌 달리겠지? 달리고 이기느냐, 달리지 않고 지느냐, 둘 중 하나란 거지. 이거냐, 저거냐.

— 아니, 그렇게 달리면 반칙일 게 뻔해.

쌍, 물론, 반칙이다. 하지만 난 반칙 얘길 한 게 아니었다. 어떻게 하면 지긋지긋한 400미터를 벗어날 수 있는지에 대해서 얘기한 것일 뿐이다. 녀석과 나의 대화는 언제나 이런 식으로 조금씩 빗나갔다. 빗나갔다기보다는 서로 다른 곳을 향하고 있는 거다. 빗나갔다는 건 서로를 겨냥하고 있어야 하는 거니까. 맹세컨대 단 한 번도 내 생각을 녀석의 생각에 겨냥한 적이 없다. 근처에도 얼씬거리지 않았다.

　녀석이 순간, 자기부상열차처럼 내 곁을 지나쳤다. 마치 허공에 발을 딛는 것처럼 가뿐한 몸짓이었다. 옆이나 뒤도 보지 않는다. 녀석의 털끝 하나까지도 몸이 뛰고 있는 것을 느끼면서 제 스스로 누워 속도에 지장을 주는 일은 하지 않을 것만 같다. 100여 미터를 계속 달리던 녀석이 드디어 쓰러졌다. 녀석이 쓰러지는 몸짓만큼 드라마틱한 장면이 또 있을까? 자기부상열차가 여행을 마치고 철로 위로 내려오듯 녀석의 침몰은 천천히 그리고 부드럽게 진행된다. 어깨가 앞쪽으로 흐른다, 몸 역시 45도로 기운다, 무릎이 꺾인다, 손을 짚는다, 기울었던 몸은 자연스럽게 아래로 처진다, 그걸로 끝이다. 뒤쪽에서 녀석의 침몰을 바라보고 있다는 건 그나마 다행스런 일이다. 앞쪽에선 녀석의 참담한 표정을 차마 지켜볼 수 없을 것이다.

　녀석이 달린 거리는 물론, 400미터다. 그렇게 긴 게 있을지는 모르겠지만 줄자를 가지고 와서 그 거리를 꼭 재봐야 할까? 그럴 필요 없다. 정확히 400미터일 게 뻔하다. 하지만 문제는 그게 아니었다. 녀석은 점점 느려지고 있다. 녀석이 쓰러지자마자 나는 스톱워치의 스위치를 눌렀다. 너무나 계산이 빠른 스톱워치는 잔인하게도 녀석의 최근 아홉 번의 기록과 오늘의 기록을 같은 화면에서 보여준다. 어제에 비해 3초 늦었고, 그저께보다는 4초 늦었다. 녀석은 점점 느려지고 있다. 이유는 알 수 없다. 슬럼프라는 걸까? 아니면 녀석의 말대로 400미터가 지긋지긋해

졌기 때문일까?

50m

내가 녀석을 사랑하는 이유는 단 한 가지뿐이다. 항상 움직인
다는 것, 뛴다는 것. 스포츠 TV밖에 보지 않는 나로선 횡재를
한 셈이다. 녀석은 스포츠 중계방송을 종일 방송하는, 살아 있
는 브라운관이나 마찬가지니까. 채널을 돌릴 필요도 없고 볼륨
을 높일 필요도 없이 그저 바라보고만 있으면 된다. 해설이나
아나운서 중계따위는 사양이다. 내 스타일이 아니다. 말 많은
건 딱 질색이니까.

녀석과 나는 말없이 걷고 있다. 각자의 PDA를 들여다보며
그동안 도착한 전자우편이 없는지 살펴보고 있다.

— 없어.

— 나도.

라고 말했지만 거짓말이었다. 민영에게서 전자우편이 도착해
있었다. 스포츠 일간지 헤드라인과 흡사한 제목의 편지였다.

— 먼저 가, 난 잠깐.

— 어딜? 오늘 400미터 세계선수권대회 중계하는 날인데?

— 그보다 400배는 더 중요한 일.

— 매니저가 뭐 그래?

— 네가 점점 느려지고 있어서 말야, 그것 때문에 교장선생

과 긴급회의가 있거든. 너를 퇴학시킬 건가, 낙제시킬 건가 그걸 결정해야 돼. 낙제가 낫겠지. 안 그래? 낙제해서 400미터 20연승 기록을 세워봐.

— 알았어. 그만해.

녀석이 손을 휘저으며 포기한다는 백기를 흔들었다. 이런 순간마다 녀석이 하는 말이 있다. '내가 단거리 주자라면 넌 장거리 떠벌이야. 운운.' 동의하지는 않는다. 그저 녀석의 비유가 재밌을 뿐이다. 내 머리 속에 떠오르는 말을 다 쏟아낸다면 녀석은 아마 단 1초도 얘기할 틈이 없을 것이다. 나 나름대로는 제법 압축의 묘를 살린 문장만 입 밖으로 출판하는 것이다. 무릇, 압축할 줄 모르는 녀석들은 벌받을지니 천국에서의 그 많은 수다가 다 저희들 것이라.

일요일이어선지 DVD 감상실에는 제법 사람들이 들끓고 있었다. 나는 곧바로 69번 방으로 갔다. 어둑한 공간 속에서 민영은 DVD의 스페셜 피처 메뉴를 눈으로 훑고 있었다. 나를 보더니 웃었다.

— 내가 뭐 빌렸게?

— 로맨틱 섹시 블록버스터 포르노.

— 그건 네 스타일이고 이번 건 내 스타일이야. 레이지 어게인스트 더 머신 멕시코 라이브 디렉터스 컷.

— 뭐야, 이름이 너무 길잖아. 긴 것들치고 제대로 된 걸 본 적이 없어. 쌍.

— 좀 오래되긴 했지만 제법 쿵쾅거린다구. 요즘 추세가 복고 핌프록 리바이벌이잖아.

— 뭐, 어차피.

— 어차피 뭐?

— 아냐.

압축 생략된 내 나머지 문장은 이렇다. '어차피 보지 않을 거니까 상관없지, 뭐.' 민영이 DVD 플레이어의 플레이 버튼을 누른 게 아니라 나의 손을 움직이게 한 듯 레이지 어게인스트 더 머신의 베이스 소리에 맞춰 내 손이 민영의 가슴을 더듬기 시작했다. 제목이 'Bombtrack'이었던가? 베이스가 제법 멋진 곡이었다. 붕붕, 거리는 베이스 소리가 너무 빨라 처음엔 손이 꼬이더니 시간이 지날수록 손에 꼭 맞았다. 마치 가슴을 더듬기 위한 배경 음악 같았다. 나는 발바닥으로 드럼의 비트를 쫓으면서 손가락으론 베이스의 리듬감을 민영의 가슴에 전달했다. 'Burn'이라고 소리칠 때는 내 손이 더욱 뜨거워졌다. 아니면 민영의 가슴이 벌써 데워진 것이든가.

— 씨발, DVD 좀 보자. 또 왜 이래?

— 아깐 존나 멋진 이메일 제목 날리두만. 왜 그새 식었어? 뎁혀줘?

— 첫번째 트랙에서부터 더듬는다는 건 좀 심하다고 생각하지 않냐? 이 색마야.

— 그럼 몇 번째가 적당한데? 좋아, 네가 원하는 트랙 번호

대봐. 바로 포워딩시켜 줄게.

　― 만나기만 하면 그 생각밖에 안 나?

　― 그게 어때서?

　― 내가 하는 말엔 관심도 없지?

　― 관심?

없다. 물론이다. 민영에게 끌린 건 종아리 때문이었고 마음에 들었던 건 가슴이고 가장 사랑스런 곳은 입술이고 매일 건드리고 싶은 곳은 팔꿈치며 만지면 내 심장이 폭발할 것처럼 흥분되는 것은 엉덩이 쪽이다. 그런데 그게 뭐 어때서?

　― 품위 있는 사람들은 대화라는 걸 한다더라.

　― 따로따로 말이지?

　― 사랑의 말도 주고받고…….

　― 90퍼센트는 이빨 까는 걸걸?

　― 10퍼센트가 어디야?

　― 아흔아홉 마리 양을 내버려두고 한 마리 양을 찾아나서시겠다?

　― 또 궤변.

너무나 어울리게도 DVD의 화면 속에서는 잭 드 라로차라는 괴이한 이름의 보컬리스트가 'No More Lies'를 외치고 있었다. 「Take The Power Back」이란 노래였다. 앞으로 이 그룹을 좋아하기로 마음먹었다.

　― 넌 행운을 통째로 건진 거야. 난 어딘가 켕기는 구석이 있

는 새끼들하곤 다르거든, 질적으로.

내가 말했다. 제법 진지하게. 믿지 않을 걸 알면서.

— 거짓말.

그럴 줄 알았다. 믿지 않을 줄. 하지만 이것 하나만은 분명하다. 진실이 아닐지는 모르겠지만 적어도 진심이긴 했다.

— 난 만지고 싶으면 만져. 멋지잖아? 가면 같은 거 덮어쓰는 그런 새끼들하곤 달라. 다 벗잖아.

— 옷도 그래서 벗는 거구?

— 기본이지, 그거야.

농담기가 90퍼센트 이상 함유된 내 말이 떨어지기가 무섭게 민영이 눈을 일그러뜨리며 곁눈질로 나를 본다. 그 순간, PDA의 벨이 울렸다. 이 진실된 순간을 깨뜨리기 싫어서 곧바로 채팅모드로 바꾸었다. 녀석의 목소리가 곧바로 문자로 바뀌었다. 찾았어, 찾았어, 라는 문자가 순식간에 찍히는 걸로 봐서 굉장히 다급한 목소리인 것 같다. 하지만 직접 목소리를 대하고 싶지는 않았다. 민영이 내 PDA를 흘낏거렸다. 도대체 이런 심각한 상황에도 통화를 할 수 있다는 게 신기해, 너 같은 애는 정말, 이라는 표정이었다. 나는 녀석에게 심드렁하게 대꾸했다.

— 무언데에 그래애?

녀석의 문자보다는 내 말의 문자가 천천히 찍혔다. PDA에 문자가 인쇄되는 속도에는 '도대체 뭘 찾았길래 그렇게 숨 넘어가는 목소리야?'라는 내 비아냥까지 포함되어 있었다. 속도에도 표정이 있다는 걸 나는 조금씩 깨닫고 있었다. 나는 내 속도에 익숙해지고 있었다. 내가 걷고 있는 속도, 말하는 속도, 달리는 속도, 민영과 가까워지는 속도, 그 모든 것에 조금씩 익숙해지고 있었다. 하지만 각자에겐 자신만의 속도 감각이 있을 것이다. 몸 어딘가에 분명 자신만의 속도계가 있을 테지. 그렇다면 400미터를 빠른 속도로 달리는 녀석에겐 어떤 속도 감각이 있을까? 그건 도무지 상상이 되지 않는다. 녀석이 다시 칭얼댄다.

— 통화모드로 바꾸면 안 돼?

— 안돼, 채팅모드가 좋아, 도대체 뭘 찾았는데 그래? 그런데 네가 찾던 게 있었나? 니네 집 강아지?

— 이씨, 농담 말고. 지금 우리 집으로 좀 와.

— 갈게, 하지만 좀더 있다가.

— 최대한 빨리, 매니저.

PDA의 통화 종료 버튼을 누르고 민영을 보았다. 민영의 속도계는 녀석과 통화를 시작하던 그 시점에 이미 고장이 나 있었다. 최저 속도와 최고 속도를 오르내리며 나를 다그치던 그녀의 속도계는 매캐한 냄새를 풍기며 연소되고 있었다. 그녀의 속도계와 나의 속도계는 다른 회사 제품인 게 분명하다. 민영은 자전거나 오토바이 같은 이륜구동차와 비슷한 인간형이어서 절대 후진을 하는 법이 없다. 뒤로 돌아오기 위해서는 아주 커다란 둥근 원을 그리며 돌아야만 한다. 그리고 그 반환점은 늘 내가 만들어주어야 한다. 내가 우두커니 서 있어야만 나를 기점으로 유턴이 가능한 것이다. 그게 얼마나 고통스러운 일인지는 당해 본 사람만이 알 수 있다. 나란 인간은 태생적으로 후진이 자유로운 자동차형 인간이어서 잠깐만 시간을 들여 기어를 후진으로만 바꾸면 곧 뒤로 갈 수 있다. 그러니 나로선 얼마나 번거로운 일인가. 하지만 달리 생각해 보면 그녀에게도 장점은 있다. 절대 뒤를 돌아볼 필요가 없다는 것.

― 드가가 존나 멋진 말을 했었는데 들어볼래? 듣기 싫으면 거절해도 돼. 상처받지 않을게.

민영이 내 얼굴을 정면으로 쏘아본다. 이빨로 밧줄을 물고 1톤 트럭을 끄는 차력사라도 된 것처럼 앙다문 모습으로 나를 쏘아본다. 아니 5톤쯤 되겠다. 그러곤 이렇게 말했다.

― 난 네가 한 번이라도 상처받는 모습을 봤으면 좋겠어. 진심이야.

― 알았어. 그게 불만이었다면 미안해. 나도 무쇠인간은 아니라구. 가끔씩은 막 부어놓은 젖은 시멘트처럼 살짝만 긁혀도 평생 자국이 남는 그런 인간이야.

― 그만해. 변명하지 마. 드가 얘기나 해봐.

― 드가가 그랬어. '나의 여자들은 매우 단순하고 정직합니다. 그들은 자신들의 신체를 움직이는 일 이외에는 아무런 다른 생각을 하지 않으니까.'

드가의 얘기를 꺼내고 나서 나는 곧 후회했다. 어쩌면 그 말을 하는 도중에도 나는 스스로 후회할 것을 알고 있었는지도 모르겠다. 일종의 가속도였다. 내가 나를 어쩔 수 없는 순간, 떨어질 것을 알면서도 점프하는 힘, 침몰할 것을 알면서도 탐닉하는 순간. 문제는 드가의 말이 너무나 모호했다는 점이다. '나의 여자'는 분명 드가가 캔버스에 담았던 무용수를 일컫는 것이었지만 그 말이 재생되는 순간의 상황에 따라 의미는 180도 이상 틀어질 수 있다는 사실을 나는 잊고 있었다.

— 내가 그렇게 됐음 좋겠어? 네 앞에서 다리 벌리고 아무 생각 없이 누워 있음 좋겠어? 내가 섹스머신이야? 너 같은 새끼하곤 정말 말이 안 돼. 너랑은 끝이야, 개새끼.

그런 얘기가 아니잖은가, 라는 나의 해설을 듣기도 전에 민영은 자리를 박차고 일어섰다. 민영 역시 해설이나 중계 따위는 필요없는 인간이었는지도 모르겠다. 민영은 가방을 황급히 챙겨서는 곧장 일어섰다. 엄청난 속도였다. 그러곤 나가버렸다. 결론적으로 나는 녀석의 바람을 들어줄 수 있게 됐다. 최대한 빨리, 곧장 오라는 녀석의 요구는 들어줄 수 있게 되었다. 살다 보면 모든 사람을 충족시켜줄 수는 없는 거니까, 라고 스스로를 위안했다. 이거냐, 저거냐를 고르기 전에 내 의지와는 상관없이 상황 종결되는 순간도 가끔씩은 생기는 법이니까, 하고 자위했다. 하지만 나의 멋진 해설을 듣지 못했다는 점에서 불행한 건 민영뿐이다.

100m

— 인생이 뭔지 알아?

녀석이 난데없이 물었다.

— 힌트.

— 뛰는 종류야.

— 장애물 경주.

— 틀렸어, 마라톤이었어, 인생은 마라톤이었다구. 하하, 마라톤. 2000년도에 유행하던 말이었으니 지금은 어떨지 몰라도 그게 인생이었다구.

'인생이 뭔데?'라고 물어보려다 질문을 바꾸기로 했다. 그건 너무 거창한 질문이니까 먼저 순서를 지켜야 했다. 녀석의 문장에서 내가 모르고 있는 건, 순서대로 따지자면 마라톤이 먼저였다. 그래서 나는 이렇게 물었다.

— 마라톤이 뭔데?

녀석은 대답하지 않았다. 대신 기다렸다는 듯 DVD 플레이어의 플레이 버튼을 눌렀다. 입가에는 회심의 미소가 번쩍이고 있었고 눈은 마냥 웃고 있었다. 녀석의 웃음이 의심스러웠다. 무슨 꿍꿍이일까? 프로젝션 TV에 희미한 신호가 감지되더니 곧 지글거리는 화면이 나타났다. 화면 속에서는 누군가 도로 위를 뛰고 있었다. 도로는 군데군데 색이 바래 있었고 어떤 부분은 지구의 환경따위엔 눈곱만큼도 관심없는 수백 명이 캠프파이어를 한 자리처럼 새카맣게 그을려 있었다. 저렇게 더러운 도로

위를 도대체 왜 뛰고 있는 것일까? 화면 속의 남자는 거의 쓰러질 것처럼 보였다. 온몸은 땀으로 번들거렸다. 하지만 남자는 넘어지지 않았다. 한 발이 땅에 닿자마자 기계적으로 나머지 한쪽 다리가 땅을 박차고 튀어올랐다. 일그러지고 있는 얼굴과는 대조적으로 경쾌한 몸놀림이었다. 두 다리는 마치 티격태격하는 연인 같아 보였다. 남자가 달려들면 여자가 앙탈을 부리고 여자가 유혹하면 남자가 도망쳐버리는 기괴한 연인 사이처럼. 가끔씩 스쳐지나갈 뿐 영원히 함께 서 있지 못할 것처럼 보였다. 저 남자는 두 다리로 땅을 지탱하고 서 있는 방법을 알기나 할까? 잠을 잘 때도 항상 두 다리는 멀리 떨어져 있을 것만 같았다. 2분여 동안 남자는 화면 속에서 줄곧 뛰었다. 그 남자에게도, 나에게도 지루한 시간이었다. 남자의 경우는 알 수 없지만, 저렇게 계속 뛰는 게 지루하지 않을 리 없다. 드디어 남자가 멈췄다. 달리기를 멈춘 게 아니라 화면이 정지됐다. 남자는 오른손으로 막 땀을 닦아내고 있던 중이었다. 아니 정지 화면 상으론 마치 울고 있는 것처럼 보인다. 왼발은 앞으로 쭉 뻗어 있고 오른쪽은 경쾌하게 허공을 박차고 있지만, 그리고 왼팔은 자신을 앞으로 곧장 밀어낼 것처럼 팽팽하게 곤두서 있지만 남자는 마치 울고 있는 것처럼 보였다. 오른쪽 손목 사이로 얕게 드러난 그의 입은 일그러져 있었고 눈가 아래로 땀이, 아니 눈물이 흐르고 있었다. 그는 정말 울고 있는 게 아니었을까? 화면 아래서부터 천천히 자막이 올라왔다.

— 자신과 싸워보고 싶습니까? 그렇다면 마라톤을 선택하십시오. 잊혀진 스포츠, 마라톤을 부활시킵시다. 제1회 해협터널 마라톤 대회에 여러분을 초대합니다.

나는 녀석을 쳐다보았다. 도대체 이 화면을 내게 보여주는 이유를 알 수 없었다. 녀석은 계속 웃기만 했다. 그러곤 다시 화면을 가리켰다.

— 42.195킬로미터에 당신의 심장을 맡기십시오. 인생이란, 아주 길고 긴 마라톤입니다.

젠장, 몇 킬로미터라고? 42킬로미터에다 다시 195미터를 더 뛴다고? 도대체 그게 가능한 얘기란 말인가.

— 정말 끝내주지 않냐? 42.195킬로미터를 뛴단 말야. 아까 TV에서 저 광고를 보고 심장이 멎는 줄 알았어. 그래서 얼른 녹화해 놨지.

녀석은 DVD 플레이어의 일시 정지 버튼을 누르며 흥분한 목소리로 그렇게 말했다. 나로 말할 것 같으면 도무지 이해가 가지 않는다. 간단한 얘기다. 도대체 그 긴 거리를 왜 뛰느냐는 것이다.

— 자신과 싸우기 위해서라잖아.

— 좆같은 놈들하고 싸우기도 힘들어 죽겠는데 나하곤 왜 싸워? 썅.

— 뭐가 어쨌든 난 저 대회에 꼭 참가할 거야. 내가 찾던 바로 그거라구.

— 400미터밖에 못 뛰는 주제에?

녀석의 얼굴이 순식간에 굳었다. 심한 말을 할 생각은 없었지만 42.195킬로미터라는 거리를 떠올리다보니 그렇게 됐다. 내가 아는 범위 내에서 가장 긴 5미터짜리 줄자로 42.195킬로미터를 몇 번이나 재보았지만 계산이 나오지 않았기 때문이다.

— 그런데 40킬로미터면 40킬로미터지 42.195킬로미터는 대체 뭐야. 구질구질하게. 내 스타일이 아냐.

내 스타일이 아니라고 말은 했지만 나 역시 궁금했다. 도대체 42킬로미터라는 건 어떤 거리일까? 나도 자기부상열차나 공중택시를 타고 그만큼의 거리를 이동해 본 적이 있다. 하지만 그 거리를 뛴다는 것은 어떤 느낌일까? 직접 그 긴 거리를 뛰고 싶은 생각은 전혀 들지 않았지만 마지막 골인 지점을 통과할 때의 느낌은 궁금했다. 살아 있을 수 있을까?

— 매니저, 도와줄 거지?

— 응?

도대체 뭘 도와줄 수 있을까. 오토바이를 타고 마라톤을 뛰고 있는 녀석의 옆으로 가서는 '이제 거의 다 왔어. 넌 곧 죽을 거야. 벌써 35킬로미터거든.' 이따위 말을 해주는 것 외에 달리 무슨 말을. 그게 아니라면 '운이 좋아 식물인간이 된다 하더라도 꼬박꼬박 물 주는 건 잊지 않을게.' 이런 말들을? 웃음도 나지 않는다.

마라톤은 압축을 모른다는 점에서, 달려야 하는 거리를 길게 늘여놓았다는 점에서, 내 스타일이 아니었다. 죽을 힘을 다해서 400미터를 달리고 말지 왜 구질구질하게 힘을 아꼈다가 그 먼 거리를 뛰는지 이해가 가지 않는다. 그건 말하자면 20세기형 컴퓨터 같은 거다. 압축이 안 되는, 구질구질한. 그런데 만약, 정말 만약에 말이다. 좀전에 보았던 TV 녹화 화면의 '인생은 길고 긴 마라톤이다'라는 문구가 진실이라면 그건 참 괜찮은 압축이라는 생각이 든다. 100년이란 시간을 42.195킬로미터에 담을 수 있다는 생각은 기상천외하게 엉뚱하긴 하지만, 그게 사실이라면 만약에 정말 사실이라면 그건 좀 멋지다. 제법 멋지다.

200m

다음날 나는 녀석과 정식으로 계약을 맺었다. 나는 녀석이 마라톤을 완주할 수 있도록 도와주고 녀석은 나에게 달리는 법을 가르쳐준다는 것, 이게 계약의 전부다. 나 역시 마라톤을 한번 해볼까 싶기도 했지만 어떤 일이든 단계가 필요할 것 같았다. 100미터를 제대로 뛴 후 400미터를 뛰고 400미터 이상은 도저히 뛸 수 없을 때 마라톤을 뛰어야 하지 않을까, 그런 생각이 들었다. 녀석과 나는 수업이 끝난 후 운동장에서 만나기로 했다.

졸업식까진 앞으로 석 달, 그러니 학교 수업이 제대로 진행될 리 없었다. 아이들은 앞으로 어떻게 살 것인지, 뭘 해서 어른들을 골탕먹일 것인지 그런 궁리들을 하고 있었다. 나는 창밖을 내다보며 민영을 생각하고 있었다. 역시, 나답게 민영의 몸을 생각하고 있었다. 몸을 생각한다는 건 정말 짜릿한 일이다. 그녀의 웃음이나 목소리나 향기, 그딴 게 아니라 몸만을 생각하는 것이다. 가슴에 내 손이 닿았을 때의 그 물컹한 느낌이나 도톰한 귓불을 만지작거렸을 때의 그 두께감이 느껴지는 것이다.

언젠가 민영은 내게 '몸 중독자'라는 표현을 쓴 적이 있었다. 비아냥거리는 말투였지만 난 그 단어가 맘에 들었다. 몸이라는 단어와 중독이라는 단어는 마치 자웅동체처럼 어울렸다. 중독 돼도 괜찮은 게 있다면 그건 몸뿐이다, 라고 나는 생각했다. 수업 종료를 알리는 벨이 울렸다. 아이들이 환호했다. 모니터 화면을 통해 수학 강의를 하던 선생의 얼굴이 점멸됐다. 투명인간이 돼버리듯 순식간에 선생의 얼굴은 날카로운 빛덩이로 변하고 곧 사라졌다. 어째서 저렇게 빨리 사라져버리는 것일까. 아이들은 수학 문제를 풀던 서브노트북을 가방에 쑤셔 넣고 재빨리 교실 밖으로 뛰쳐나갔다. 마치 어딘가 갈 곳이 있는 놈들처럼. 그래봤자 다 알고 있다. 어디 갈 데가 있는 게 아니라 여기 앉아 있기가 힘든 것이다. 그게 이동의 법칙이자 운동의 법칙이다. 이 지긋지긋한 수업 시간이라는 힘이 작용하지 않았다면 아이들은 저렇게 빠른 속도로 교실 밖으로 뛰쳐나가진 못할 것이다. 물리 시간에 배웠던 운동의 법칙에 꼭 새롭게 추가해야 할 부분이다. 지루함이 속도의 힘일지도 모르겠다는 생각이 들었다.

창밖 운동장에 녀석의 모습이 보였다. 아마 수업이 끝나기도 전에 교실 밖으로 나왔을 것이다. 녀석은 육상부이기 때문에, 400미터 15회 연속 우승의 주인공이기 때문에 그 정도는 멋대로 해도 된다. 운동장은 녀석 차지다. 나는 그게 당연하다고 생각한다. 녀석은 순수한 속도의 힘으로 교실 문을 박차고 나온 것이다. 녀석은 지루함을 견디지 못해서가 아니라 속도를 즐기고 싶어 운동장으로 나온 것이다. 그러니 운동장을 차지하는 건 녀석이어야 한다, 마땅히. 녀석은 운동장을 천천히 걸어다닌다. 가끔씩 스트레칭을 하고 또 가끔씩은 내가 앉아 있는 교실로 고개를 돌린다. 나를 기다리고 있는 것이다. 멀리서 지켜보고 있으니 녀석의 몸이 참 낯설어 보인다. 녀석은 너무 고요하고 평화로워 보였다. 녀석의 몸은 산보 나온 늙은이처럼 한가로워 보였다. 곁에서 지켜볼 때와는 딴판이었다. 나는 얼굴을 창 쪽으로 바싹 당기고 녀석을 느껴보기로 했다. 이런 것도 달리기의 연습 중 하나가 분명할 거야, 라고 생각하며 몇백 미터는 족히 떨어져 있는 녀석을 조금 더 끌어당겨 보기로 했다. 디지털 줌 렌즈 스위치를 누르듯 내 몸의 촉각을 곤두세웠다. 착각이었을까? 녀석이 조금씩 나에게로 당겨졌다. 당겨졌다기보다는 녀석의 몸이 느껴졌다. 그건 팽팽한 긴장감이었다. 주위의 모든 삐걱거림이 묵음으로 바뀌고 녀석 주위의 풍경은 모두 포커스 아웃됐다. 녀석과 나 둘뿐이었다. 내가 스위치를 살짝 건드리기만 하면 갈기갈기 찢어져 산산조각날 것처럼 녀석의 몸은 팽팽했다. 발목을 휘휘 돌리고 있을 땐 뼈마디가 우두둑거리며 긴장을 푸는 소리가 들리는 듯했다. 녀석의 몸을 느끼자마자 나는 교실 밖으로 뛰어나가고 싶어졌다. 녀석을 보면서 나도 모르게 목 운동을 하고 있었다. 내 목에서도 뚝, 뚝 마디 꺾이는 소리가 들렸다. 내 몸 안의 스피드가 밖으로 뛰쳐나오고 싶어 안달이 나 있었다. 난 몸 안의 스피드를 최대한으로 만들어놓고 싶었다. 잔뜩 약올린 후 내가 몸을 열어젖히기만 하면 녀석들이 몸밖으로 뛰쳐나와 지상 최대의 스피드로 내 몸을 어딘가 다른 곳으로 데려가도록 만들고 싶었다. 녀석을 계속 보고만 있었다. 녀석과 나 둘만이 존재하는 세상처럼 느껴졌다.

— 왜 이렇게 늦었어, 매니저.

녀석은 여전히 발끝으로 땅을 짚은 후 발목을 돌리며 내게 물었다. 너를 느끼고 있었어, 라는 어감은 그다지 명쾌해 보이지 않았다. 그 말이 끝나고 나면 더 이상 설명할 길이 없으니까 뭔가 부족하다는 느낌이 들었다. 한 문장으로 내 느낌을 설명하고 싶었다. 뭐랄까, 그건 섹스의 느낌과 비슷한 걸까? 아니, 잘 모르겠다. 녀석은 대답을 요구하진 않았지만 이상하다는 듯 나를 쳐다보았다.

— 뛰자.

녀석은 뛰기 시작했다. 뒤도 돌아보지 않고 뛰어나갔다. 하지만 녀석이 달려나가는 모습을 보고서도 나는 움직일 수가 없었다. 머리 위에서 굉장히 묵직한 뭔가가 나를 누르고 있었다. 고개를 들 수도 없었다. 나는 축 처진 내 손끝과 발끝만을 보고 있었다. 녀석은 벌써 운동장 한 바퀴를 뛰고 내게로 왔다. 녀석은 상체를 굽힌 후 두 손을 허벅지에 올려놓는다. 그리고 나를 올려다보았다.

— 너, 뛸 수가 없는 거구나?

그랬다. 나는 뛸 수가 없었다. 창피했다. 어떻게 뛰어야 할지를 몰랐다. 온몸은 팽팽하게 달아올라 있었지만 뛸 수 없었다. 녀석의 눈을 제대로 볼 수가 없었다. 나를 비웃고 있을 것 같았다. 쌍, 움직일 수가 없다.

— 어쩌면 달릴 수 없는 게 당연한 건지도 몰라. 첫날이니까.

녀석의 위로에도 마음이 가라앉질 않는다. 머리 속에는 온통 달려, 달려, 라는 말뿐이었지만 그 말의 의미가 몸으론 전달되지 않았다. 몸은 뭔가 다른 생각을 하고 있는 게 분명하다.

— 오늘은 종쳤으니까 뛰어야겠다는 생각하지 말고, 그냥 천천히 걸어. 내가 재미있는 곳에 데려가줄 테니까 긴장 푸시라고.

녀석이 내 뒤로 돌아와 어깨를 꾹꾹 눌러주자 몸이 조금씩 풀렸다. 냉동실에 들어 있던 살코기가 녹듯 내 몸은 조금씩 야들야들해졌고 몇분이 지나자 손끝과 발끝도 자유롭게 움직일 수 있었다. 하지만 여전히 입은 움직일 수 없었다. 어떻게든 나의 몸을 설명하고 싶었다.

— 흔한 일이야, 달릴 수 없는 거. 출발 지점에서 경련을 일으켜 식물인간이 된 녀석도 있었어. 너 정도면 약과야.

어쩐지 평소 녀석과 나의 역할이 뒤집힌 듯했다. 내가 위로하고 녀석이 고개를 끄덕거리는 풍경이 정상이었다. 장거리 떠벌이의 체면이 말이 아니었다. 나는 어렵게, 더듬더듬 입을 열었다.

— 좀전만 해도 뛸 수 있는 준비가 끝났었단 말야. 누군가 등을 살짝 밀어주기만 했어도 달릴 수 있었을지도 몰라. 그것도 반칙이겠지만 말야.

— 웃기지 마, 출발이 네 생각처럼 그렇게 쉬운 게 아냐. 그만큼 중요한 거야. 오래전 중국에 장자라는 이름의 굉장한 장거리 달리기 주자가 있었어. 한 번도 1등을 먹어본 적은 없지만 모든 선수들이 그 선수를 존경했지. 그 사람이 이렇게 말했어. '손가락은 장작을 지피는 일을 할 뿐 불이 전해지면 그 불은 꺼짐을 모릅니다.' 어때? 이해가 가? 스타트에 관한 한 정말 최고의 교본이지.

— 맞아, 나한테 그 손가락이 없었던 거야.

— 그래, 그 손가락이 뭔진 잘 모르겠지만 말야.

녀석은 가방에다 신발을 꾸겨 넣고 짐을 꾸렸다. 우린 운동장을 나란히 가로질러 갔다. 오늘따라 녀석의 몸이 더욱 멋져 보였다. 평평한 어깨선은 끝 쪽에 이르러 울퉁불퉁하던 바위를 거쳐 아래로 떨어졌고 녀석의 허리는 두툼한 등 때문에 마치 동굴로 들어가는 길처럼 보였다. 손목은 비현실적으로 가늘었고 무릎은 계단처럼 여러 개의 층이 나 있었다. 녀석이 무언가 생각났다는 듯 반 발자국 뒤로 따라가고 있던 나를 돌아보았다. 창문틈 사이로 발가벗은 여자의 몸을 보다 들킨 사람처럼 나는 깜짝 놀랐다. 녀석은 나를 보며 피식, 웃더니 가운뎃손가락 하나만 남겨둔 채 모두 접었다.

— 이 손가락 아닐까?

나 역시 피식, 웃을 수밖에 없었다. 나는 가운뎃손가락 대신 엄지손가락을 녀석의 눈앞에 치켜올렸다. 녀석은 나의 칭찬이 어색했던지 가운뎃손가락을 슬그머니 주머니에 집어넣고는 트랙에 박아놓은 플라스틱 라인을 발로 툭 건드렸다. 녀석은 직선 코스의 끝을 멍하니 바라보고 있었다.

— 마지막 100미터를 달리면서 무슨 생각을 하는지 알아? 아, 씨발 또 끝나는구나. 저기까지만 달리면 또 다음 연습을 시작하겠구나. 그런 생각을 해.

녀석이 점점 느려지는 이유를 알 수 있을 것 같았다. 어쩌면 녀석은 400미터를 완성한 것이 아닐까, 하는 생각이 들었다. 더 이상 도전해 볼 어떤 계기도 생기지 않은 채로 그저 달리고 있는 자신을 바라보고 있으면 그런 생각이 들 법도 하다. 그러니까 녀석은 적어도 400미터에 안주하는 타입은 아니란 얘기다. 하지만 어째서 400미터 이상은 달릴 수 없는 것일까.

— 달리기 중에선 400미터가 최고로 멋지다고 생각했었어.

나 역시 정말 그렇다고 생각한다. 나는 아직까지 400미터만큼 멋진 경기를 보지 못했다. 100미터는 너무 짧다. 100미터는 마치 조루증 환자의 섹스 같아서 여운이 남질 않는다. 잔뜩 흥분하지만 쉽게 흥분이 가라앉는다. 하지만 400미터는 다르다.

400미터에는 적당한 긴장, 적당한 여유, 적당한 여운이 있다. 그리고 100미터와 400미터의 결정적인 차이는 코너를 도느냐 그렇지 않느냐에 있다. 트랙의 코너를 돌 때 몸이 휘는 것을 본 적이 있는 사람이라면 절대 100미터 편을 들 수는 없을 것이다. 10,000미터도 코너를 돌긴 한다. 하지만 전력질주는 아니다. 400미터는 전력질주해서 달릴 수 있는 최고의 거리이며 가장 빠른 속도로 코너를 도는 종목이다. 400미터 경기 TV 중계를 볼 때 가장 멋진 순간은 선수들이 마지막 코너를 도는 순간이다. 서로 어긋나 보이고 순위를 알 수 없던 레이스가 천천히 윤곽을 잡아간다. 그리고 직선 트랙에 들어서는 순간 모든 것이 결정난다. 누가 우승이고 누가 꼴찌인지는 뛰는 사람도, 중계를 보는 사람도, 모두 안다. 가끔 엉터리 드라마 같은 역전 레이스가 일어나기도 하지만, 그건 흔히 있는 일이 아니다. 이유는 간단하다. 400미터는 전력질주의 레이스이기 때문이다.

400m

녀석이 재미있게 해주겠다며 나를 데려간 곳은 폐허가 된 자동차 정비소였다. 예전에는 제법 큰 자동차 정비소였지만 지금은 말 그대로 폐허가 돼버리고 만 곳이다. 자동차가 기름으로 움직이던 시절, 자동차는 정기적으로 몸을 검사해 주어야만 그나마 움직이는 귀찮은 존재였다. 요즘은 아무도 정비 같은 건

받지 않는다. 자동차의 동력원이 전기로 바뀌고 나서 자동차는 가전제품 같은 형편없는 꼴로 전락하고 말았지만 누구나 쉽게 사용할 수 있다는 장점이 생겼다. 오랫동안 자동차는 스피드의 상징이었다. 하지만 이젠 아니다. 자동차는 그저 이동수단일 뿐이다. 고장이 나면 전원을 껐다 켜본다. 그러면 다시 움직인다. 정비 같은 건 받지 않는다. 그러니 정비소가 폐허가 된 것은 당연한 일이다.

거대한 철제문이 녀석과 내 앞을 가로막고 서 있었다. 그 철제문은 뭐랄까, 구질구질한 옛 세대의 표상 같은 것이었다. 군데군데 흠집이 나 있고 기름 얼룩투성이였지만 여전히 굳건하다. 말하자면 한 치의 후퇴도 허락하지 않는 전역장교 같은 모습이다. 기름투성이의 더러운 얼룩을 훈장처럼 여기면서 말이다. 날은 이미 어둑해지고 있었다. 약간의 남은 빛마저 걷혀가자 철제문은 더욱 흉악한 몰골로 변해 갔다.

건물 안쪽에서 희미한 소리가 들렸다. 외마디 비명 같기도 하고 음악소리 같기도 했다. 녀석은 가벼운 미소를 짓더니 철제문 앞으로 성큼성큼 걸어갔다. 손잡이를 비틀더니 그 거대한 문을 조금씩 움직였다. 문틈으로 빛이 새어나왔다. 빛과 함께 음악소리도 새어나왔다. 아니 음악소리이긴 한데 뭔가 이상했다. 음악이라고 하기엔 비트가 너무 간헐적이었다. 숨죽인 비트랄까, 도무지 그 박자의 세기를 감지할 수 없는 그런 비트. 그 소리는 마치 불치병에 걸린 거대한 괴물의 맥박처럼 들렸다.

녀석은 얼굴을 약간 찡그리며 옆으로 문을 밀었다. 철제문은 육중한 몸을 움직이면서 비명을 질렀다. 끼이익, 하는 소리와 음악소리가 뒤섞이고 말았다. 어떤 게 음악소리인지 알 수 없었다. 나는 귀를 막았다. 눈도 감아버렸다. 내 손가락 사이로 여전히 비명소리가 들린다. 눈을 뜨면 거대한 괴물의 이빨이 내 앞에 있을 것만 같았다. 몇 초가 지났을까, 녀석이 내 어깨를 가볍게 두드렸고 나는 눈을 떴다.

문이 열리고 내가 본 것은 괴물의 배배 꼬인 몇십 미터 길이의 내장이 아니라 수십 명의 아이들이었다. 아이들은 음악에 맞춰 춤을 추고 있었다. 내 귀에 들려오는 소리는 음악이라기보다 음향에 가까웠다. 사이렌 소리와 전기 기타 소리와 샘플링 음원이 뒤범벅되고 그 아래로 굉장한 노이즈가 흐늘거리고 있었다. 도대체 어떻게 이 소리에 자신을 맡길 수 있는 것일까, 의아했다. 나 역시 발을 몇 번 굴러 보았지만 이내 포기하고 말았다. 불규칙적으로 움직이다가 어느 순간 박자를 놓친 내 발은 겸연쩍어 박자를 버리고 말았다. 이건 박자에 맞춰 발을 구르는 게 아니라 숫제 불안에 못 이겨 다리를 떠는 꼴이었다. 이건 나로선 도저히 받아들일 수 없는 비트였다. 하지만 아이들은 춤을 추고 있었다. 아이들의 몸짓도 제각각이었다. 전기 기타의 지글거리는 노이즈가 들릴 때면 엉망진창으로 바닥에 몸을 내던지는 아이들이 보였고 사이렌 소리가 들릴 때면 벽에 손을 짚으며 마구 달리는 아이가 보였다. 가만히 서서 아래를 응시하고 있는 아이, 계속 점프하는 아이, 덤블링을 하는 아이, 늘어뜨린 손에 맥주병을 들고 빙글빙글 도는 아이도 있었다. 모두 제각각이었지만 이상하게도 내 눈엔 아이들 모두 박자를 제대로 타고 있다는 느낌이 들었다. 그러니까 그들은 모두 음악과 어울려 보였다. 그러면서도 그 음악을 자기 것으로 만들고 각자의 스피드로 춤을 추고 있었다. 지금 이곳에는 수많은 스피드가 한꺼번에 뒤섞여 있다. 그 스피드에 몸을 맡기지 못하는 사람은 오직 나 하나뿐이란 생각이 들자 어떻게든 몸을 움직여보고 싶었다. 하지만 이런 음악으론 도저히 어쩔 수 없었다. 나로서는 역시, 받아들이기 힘든 비트였다.

도대체 이 음악은 누가 틀고 있는 거지? 음악소리의 진원지를 찾으려 주위를 둘러보았지만 눈에 띄질 않았다. 그때 녀석이 폐차된 디젤식 지게차의 꼭대기를 가리켰다.

지게차 꼭대기에서 여러 개의 턴테이블을 분주하게 오가는 사람은 바로 민영이었다. 민영은 나를 보더니 비닐레코드 한 장을 손가락에 끼우고 빙글 돌렸다. 인사였을까? 하지만 나는 인사를 할 수 없었다. 옆구리에 카운트 펀치를 제대로 한방 맞은 느낌이었다.

— 스피드클럽이야.

제대로 들리지 않았지만, 입 모양이 제대로 보이지 않았지만 나는 고개를 끄덕였다. 스피드클럽이었는지, 스피드포럼이었는지, 스피드당이었는지 알 수 없었지만 중요한 게 아니었다. 녀석과 함께 걸어들어가자 몇 명이 아는 체를 해왔다. 녀석은 몇 명과 포옹을 했다. 누군가 내게 맥주병을 건넸다. 차가운 맥주병을 잡았다. 내 손의 열기 때문에 맥주병이 금세 뜨거워질까봐, 그게 걱정됐다. 나는 지게차 꼭대기에서 몸을 흔들며 비닐 레코드를 들여다보고 있는 민영을 바라보았다. 그리고 맥주를 마셨다. 다른 아이들과 얘기를 나누던 녀석이 내 쪽을 보며 씩, 웃었다. 나는 손을 흔들었다. 괜찮다는 표시였다. 걱정하지 말라는. 맥주 한 병을 다 비울 때까지 2배속 화면 속으로 잘못 끼여 들어간 정지 화면처럼 나는 우두커니 서 있었다. 녀석이 두번째 맥주를 가지고 돌아왔다. 먹고 싶지 않았다. 속이 울렁거렸다. 음악 때문인지 제각각으로 움직이는 아이들의 현란한 동선 때문이었는지 모르겠다. 녀석은 내 손을 잡고 밖으로 나갔다. 대여섯 명의 아이들이 녀석과 나를 뒤따라 나왔다.

끽,끽, 거리는 철제문을 열고 나오자 맥주병만큼이나 차가운 바람이 나를 맞았다. 뒤따라나온 아이들이 손을 내밀었다. 학교에서 몇 번 마주친 얼굴들이었다.

— 환영해. 네 속도를 찾길 바래.

한 아이가 손 대신 헬멧을 내밀었다. 뒤를 돌아다보니 민영도 나와 있었다. 민영은 웃고 있었다.

— 입으로만 달리지 말고 진짜 한번 멋지게 달려보라구. 등신아.

민영이 소리를 질렀다. 나는 헬멧을 쓰고 헬멧을 내밀던 아이의 오토바이 뒷좌석에 올라탔다. 좁고 불편했다. 엉덩이를 몇 번 옮긴 후 자리를 잡았다. 자동차 정비소의 열린 철제문 사이에 선 레이지 어게인스트 더 머신의 음악이 흘러나오고 있었다. 「Know Your Enemy」였다. 아마 민영이 틀어놓은 음악일 것이다. 오토바이의 시동이 걸렸다. 굉음 때문에 귀가 멍했다. 다시 뒤를 돌아보았다. 호기심으로 가득 찬 얼굴들이 나를 보고 있었다. 오토바이의 운전대를 잡은 아이는 나를 돌아보며 무표정하게 말했다. '네 스피드는 선물이야'라고. 이건 레이지 어게인스트 더 머신을 인용한 것이 분명했다. 원문은 이렇다. '너의 분노는 선물이다.' 분노와 스피드는 닮은 데가 있다. 분노 때문에 스피드를 즐기기도 하니까. 그리고 분노와 스피드라는 말에는 어느 정도 '과잉'의 느낌이 포함되어 있다. 제어가 불가능한 어떤 것 말이다. 덜컹, 한 후에 오토바이가 출발했다. 나는 헬멧의 비닐 턱패드 끈을 조였다. 민영의 말이 귓전을 맴돌았다. 민영의 말을 생각하는 것만으로 얼굴이 화끈거렸다. 불꽃보다도 붉은 내 얼굴 때문이었는지 오토바이는 가속도의 힘을 얻었다. 약간 가슴이 울렁거렸다. 심호흡을 크게 해봤다. 움직이던 공기 몇몇이 내 입 속으로 빨려 들어왔다. 상쾌했다. 나는 입 안에서 공기를 굴리고 씹었다. 그리곤 길게 내뱉었다. 야아아아아— 하는 내 목소리가 금세 저 뒤쪽으로 날아가버렸다. 풍경들은 점점 희미해지고 포커스 아웃됐다. 명확하게 보이는 것은 앞에 앉은 아이의 등짝에 새겨진 '너의 스피드는 선물'이라는 문구뿐이었다. 내가 처음 겪는 속도에 이르렀다. 그걸 느낄 수 있었다. 이건 생전 처음 대하는 스피드다, 라고 생각하는 순간 머리가 어지럽고 가슴이 쿵쾅거렸다. 죽음에 대한 걱정은 이미 사라진 지 오래다. 나는 다시 아아아아아아, 소리를 질렀다. 나는 두 팔을 날개처럼 뻗었다. 팔이 등뒤로 꺾일 것만 같았다. 빨랐다. 빨랐다고 생각하자 숫자 따위는 사라져버렸다. 시속 몇 킬로미터인지 궁금하지 않았다. 누군가 '얼마까지 달려봤어?' 라고 물어본다면 이렇게밖에 말할 수 없다. '그냥 빨랐어'라고. 살갗이 아팠다. 살갗이 벗겨지고 나서 속살로 이루어진 또 다른 얼굴의 내가 될 것 같았다. 눈이 아팠다. 눈을 부릅떴다. 절대 지지 않으려고 스피드란 녀석을 노려보았다. 헬멧의 고글 부분을 내리면 간단했지만 지고 싶지 않았다. 아주 긴 시간이라고 느꼈지만 실제론 몇 분밖에 아니 어쩌면 몇 초밖에 지나지 않았을지도 모르겠다. 오토바이가 멈추자마자 나는 곧바로 뛰어내렸다. 나는 고개를 숙이고 토악질을 하기 시작했다. 내장 깊은 곳에서 끊임없이 무언가가 꾸역꾸역 올라왔다. 스피드 때문이었다고는 생각하지 않는다. 아마도 맥주 때문이었을 것이다. 분명.

42.195km

— 어제 너 오토바이 타고 간 다음에 생각해 봤어. 왜 나는 400미터밖에 달릴 수 없는지 말야.

― 그랬더니?

― 중학교 체육 선생한테 그런 얘길 들었었거든.

― 아구통?

― 맞아, 그 아구통이 그랬어. '야, 너 존마이, 네 발목은 400미터를 위해 만들어졌어. 딴 생각 하지 말고 400미터만 뛰어, 넌 딱 그 체질이야.' 그랬어.

― 조까, 그거랑 뭔 상관이야?

― 발목도, 몸통도, 내 심장도 모두 400미터에 맞게 개조된 느낌이었어. 그때부터 400미터가 끝이다, 이렇게 생각하고 뛰기 시작했어.

― 아무나 개조시키진 않겠지. 넌 재능이 있으니까 개조된 거야.

― 아냐, 누구나 뛸 수 있을 거야. 400미터가 끝이라고 생각하면.

― 씨발, 생각을 안하면 되잖아. 좆같은 400미터 따위 머리에서 깡그리 지워버리면 되잖아.

― 몸이란 건 말야, 의외로 기억력이 좋아. 한 번 입력되고 나면 삭제 버튼이 잘 안 먹혀. 자전거 타는 법을 알아버린 뒤처럼.

― 에이 씨발, 그럼 평생 400미터만 좆나게 달리다가 뒈져버려.

― 나 마라톤을 뛰고 싶어. 뛸 수 있을까? 있을 거야, 그치? 왠지 이번엔 달릴 수 있을 것 같단 말야.

— 네가 더 잘 알겠지. 마법을 푸느냐 마느냐는 너한테 달렸으니까.

— 이번엔 느낌이 좋아. 마라톤 보면서 생각난 건데 말야. 난 늘 400미터 이상을 달리려고만 했어. 하지만 이번엔 정확한 목표가 생겼잖아. 그건 엄청나게 다르게 느껴져. 그냥 400미터 이상이 아니고 42킬로미터하고도 195미터를 더 뛰는 거라고. 어쩜 마라톤이란 것도 400미터와 똑같을 거야. 400미터엔 400미터에 알맞은 전력질주가 있듯이 마라톤엔 마라톤에 알맞은 전력질주가 있을 거 아냐. 그걸 찾기만 하면 돼. 빠르거나 느리거나 그런 건 상관없어.

— 너 요즘 많이 느려진 거 알아?

— 맞아. 어쩌면 좋은 징조일 거야. 점점 느려진다는 거.

— 다시 한 번 달려볼래?

— 너도 달릴 수 있겠어?

녀석의 질문에 나는 힘있게 대답할 수 없었다. 400미터냐 마라톤이냐를 놓고 고민하는 녀석 앞에서 달릴 수 있느냐 없느냐를 말하는 게 좀 부끄러웠다. 하지만 녀석의 말을 듣고 나니 오늘은 어쩐지 달릴 수 있을 것 같았다. 녀석의 스피드보다 몇백 배는 빠를 오토바이의 스피드를 겪어보았기 때문은 아닌 것 같다. 녀석의 말대로 빠르거나 느리거나 그런 게 소용없는 거라면 뭐, 어떻게 뛰어도 상관없는 거니까. 그냥 전력질주하면 되는 거니까. 내 스피드를 찾으면 되는 거니까. 그건 단순한 거니까.

나는 녀석에게 말했다.

— 나한테 좋은 생각이 있어. 좀 다르게 뛰어보는 거야.

좋은 생각인지 덜 떨어진 생각인지 확신이 들지 않았지만 우린 한번 해보기로 했다. 어차피 한 번 달리고 말 것도 아니니까.

녀석은 신발끈을 묶었다. 내가 스톱워치를 꺼내 들자 녀석이 웃었다. 나도 웃었다. 나는 스톱워치를 가방 속에 다시 집어넣었다. 스톱워치 같은 건 애당초 필요없는 것이었다.

녀석이 내 어깨를 툭, 쳤다. 녀석은 온몸을 긴장시키기 시작했다. 온몸의 세포들을 하나씩 깨우기 시작했다. 천천히 10미터를 달리던 녀석이 속도를 내기 시작했다. 나는 깍지를 끼고 손가락의 마디를 꺾어보았다. 두둑, 하는 경쾌한 소리가 들렸다. 녀석이 최고 속도로 달리기 시작했다. 발뒤꿈치가 땅에 닿지 않았다. 운동장의 흙이 아래로 밀리며 녀석을 도왔다. 녀석이 달리는 모습은 그 어느 때보다도 멋졌다. 팽팽한 종아리, 경쾌하게 움직이는 어깨, 쭉 뻗은 손가락, 당당한 상체, 모든 게 완벽했다. 운동장 커브를 도는 녀석의 모습을 보면서 내 몸이 조금씩 달아오르기 시작했다. 녀석의 근육들이 나를 흥분시켰다. 200미터쯤 지나자 녀석은 웃고 있었다. 얼굴 근육이 흔들리고 있었지만 멀리서 봐도 알 수 있었다. 운동장엔 녀석의 발끝이 땅을 차는 소리가 끊임없이 메아리치고 있었다. 발자국 소리가 조금씩 가까워지고 있다. 드럼 소리 같았다. 녀석의 발소리는 내 귀로 가지 않고 가슴을 두드리고 있었다. 내가 클래식을 듣지 않는 이유가 뭔지 알아? 클래식엔 비트가 없거든, 너무 정직해, 넌 비트를 느끼기만 하면 돼, 그러면 나머진 몸이 알아서 하는 거야. 자, 머리 속에 전기 기타와 노이즈와 드럼을 그려봐, 그리고 거기서 나오는 비트를 심장 소리에 맞게 튜닝하는 거야. 쿵, 쾅, 후, 하, 푸, 후, 녀석의 발자국 소리가 점점 가까워질수록 머리는 뛸 수 있을까, 걱정하고 있었다. 하지만 내 몸은 녀석이 400미터에 가까워지기를 기다리고 있었다. 300미터를 지나자 녀석의 얼굴이 보였다. 환하게 웃고 있었다. 나는 두 다리를 모으고 제자리 뛰기를 시작했다. 점점 머리 속이 빈 공간으로 바뀌었다. 눈으론 녀석이 뛰는 모습을 보고 귀로 녀석의 숨소리와 발자국 소리를 듣는다. 녀석의 입은 흔들렸지만 웃고 있었다. 녀석의 웃음이 내 곁을 스쳐지나려는 바로 그 순간 내 몸이 움직이기 시작했다. 녀석이 들려주는 리듬에 몸을 실었다. 다리가 저절로 움직였다. 나는 달렸다. 녀석이 나보다 빠를까? 상관없다. 이제 녀석의 심장 소리와 내 심장 소리는 함께 울리도록 튜닝되었다. 내 귀는 녀석의 발자국 소리와 내 발자국 소리를 구분하지 못했다. 함께 숨을 쉬고 있었다. 세상 그 어느 것보다도 나는 빠르다. 우리는 빠르다. 나는 지금 내가 달리고 있는 나의 속도를 느끼고 있다.

— 그래, 존나 달려보는 거야, 쌍.

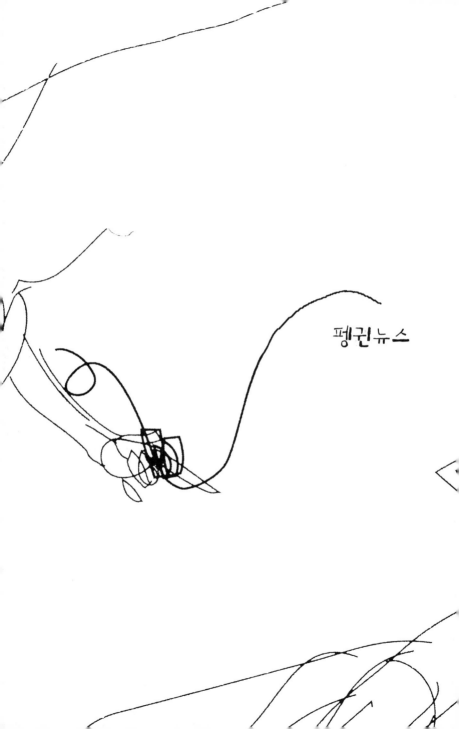

펭귄뉴스

1. 비트 마니아

게으른 오후가 천천히 창문 밖을 어슬렁거리고 햇빛은 30도 정도의 각도로 스며들고 있었다. 무수하게 많은 먼지들이 햇빛 사이사이로 날아다니는 것을 보고 있자니 제법 평화로운 기분이 들었다.

나는 지금 조용히 텔레비전 앞에 앉아 있다. 텔레비전은 눈을 감은 채 조용히 나를 응시하고 있다. 텔레비전 화면 위로 비스듬히 앉아 있는 내 모습이 비친다. 나는 어릴 때부터 텔레비전 앞에 조용히 앉아 있는 것을 좋아했다. 로봇이 등장하는 만화영화 같은 것은 별로 좋아하지 않았다. 텔레비전에서 방송하는 모든 프로그램들 중에서 그나마 마음에 들어했던 것은 스포츠 중계, 그 중에서도 마라톤 중계였다. 풀타임 재방송을 다 본 적이 있을 정도였다. 삶이란, 따분하고 따분하고 따분한 것이라는 것을 오래전부터 알고 있었던 것인지도 모르겠다.

켜지지 않은 텔레비전 앞에 앉아 있으면 늘 어떤 긴장감이 느껴진다. 텔레비전 주위로 아직 선택받지 못한 전파들이 맴돌고 있는 것이 보인다. 나의 의지로 그 전파들을 모두 불러모으는 것이다. 심령술사처럼 말이다.

여전히, 텔레비전을 켜서 보고 싶은 프로그램은 없다. 어릴 때나 지금이나 마찬가지다. 긴장감이라고는 눈곱만큼도 없고 차라리 텔레비전을 거울 삼아 그 속에 비쳐진 내 얼굴을 보고 있는 편이 훨씬 재미있다. 텔레비전 화면 위로 몇 권 되지 않는 내 책이 비치고 오래된 영화 포스터도 보이고 작은 오디오도 보인다. 그런 게 오히려 더 재미있다.

그것보다 더 간단한 얘기도 있다. 텔레비전에 재미있는 프로그램이 전혀 없는 이유는 지금이 전쟁 중이기 때문이다. 전쟁이라고 해보았자 폭탄이 여기저기서 터지거나 사람들이 신문지 조각처럼 날아다니거나 하는 일은 거의 없다. 모두 텔레비전에서 본 것이긴 하지만 섬광이 사람 머리 위로 슈웅, 하고 지나가는 베트남전과는 조금 다르다. 원폭이 메뚜기처럼 떨어지던 2차대전과는 엄청나게 다르다.

이런 걸 전쟁이라고 불러도 좋을지 어떨지 모르겠지만 어쨌든 텔레비전에서는 늘 전쟁 속보가 방송된다. 전쟁이 시작되고 1년 동안 거의 매일 방송하고 있는 이 속보는, 이젠 전혀 속보답지 않다. 거기에는 비트가 없다. 햇볕을 받고 한없이 늘어진 엿 같다. 지금 어딘가에서 누군가 싸우고 있다는 생각을 하고 있어도 정말 기분이 엿 같다.

— 전쟁 중인데 뭐해?

찬기는 전화하면 늘 이렇게 물어본다. 찬기가 말하는 전쟁 중이라는 말의 분위기는 늘 휴가 중처럼 들린다. 휴가 중, 인데 그렇게 따분하게 앉아서 도대체 뭘 하고 있는 거야? 이렇게 들리는 거다. 아무도 그만큼 전쟁 중이라는 것을 깨닫지 못하고 있다. 어딜 가나 모두 마찬가지일 것이다.

전쟁 중이라면 적어도, 뭔가 조금은 변해야 되는 게 아닐까? 적어도, 텔레비전 프로그램 같은 거라도 말이다.

술에 취하면, 나는 늘 찬기에게 이렇게 묻는다.

— 이제 돌아가야지?

그러면 찬기는 늘 이렇게 대답한다.

— 응, 그래, 돌아가야지. 그런데 어디로 돌아가지?

돌아갈 곳이 없기 때문이 아니다. 어느 곳이든 다 지루하고 재미없기 때문이다.

2

이런 식으로 말하고 싶진 않지만 인생에게도 자기 나름대로 가치관이 있고 생각이 있나 보다. 찬기가 어째서 성공하지 못할까, 하는 생각을 하면 그렇다. 언제나 열심인 것과 성공한다는 것 사이에는 뭔가 인간이 알아낼 수 없는 다른 것이 숨어 있는 것 같다. 그걸 운이라고 말하는 사람도 있고 그게 인생이라는 사람도 있다. 어쨌든 찬기와 나는 운이 좋은 인생은 아니었다. 지금껏.

균등하게 배분된 비트 속에서 찬기는 열심히 노래하고 있다. 건물 전체가 일정한 속도로 헤드뱅잉을 하고 있었다. 찬기는 이제 곧 노래를 마친 다음 기타를 내팽개치고 내가 앉은 자리 쪽으로 비틀거리며 걸어올 것이다. 그리고 늘 그랬던 것처럼 이렇게 말할 것이다.

— 젠장, 끝났어. 아무것도 안 느껴져.

그리고 찬기와 나는 맥주를 벌컥, 마신 다음 밖으로 나갈 것이다. 그리고 전쟁 중인 도시의 한가운데를 걸어갈 것이다. 차들은 거의 없을 것이고 우리는 노랗게 뻗어 있는 중앙선 위로 균형을 잡으며 걸어갈 것이다. 외나무다리를 건너가는 것처럼 아슬아슬하게 건너갈 것이다. 그러다 대형 멀티비전을 만날 것이다. 거기에서 우리는 지긋지긋한 전쟁 속보를 잠깐 본 다음 함께 살고 있는 집으로 돌아갈 것이다.

내일이 정말 오긴 오는 걸까?
오지 않는다면? 오지 않는다 해도
부르러 갈 힘이 지금 내겐 없어

결국 어제의 시간 속에 남은 사람은

오직 나, 나밖에 없는 거지

하지만 과연, 정말,

내일이 꼭 와야만 하는 걸까? 그렇게 물었지만

아무도 대답해 주지 않았어

그들에게는 내일이 필요할 테니까

찬기는 기타 소리의 잔향이 사라지기도 전에 기타를 바닥에 내팽개치고는 내가 앉아 있는 탁자로 걸어 내려왔다. 귤 속에 가득 들어찬 알갱이들처럼 찬기의 얼굴에 땀방울이 맺혀 있었다. 탁자 위에 있던 맥주를 벌컥, 들이마신다.

— 젠장, 다 끝났어. 아무것도 안 느껴져.

3. 라디오의 비트

비트가 없다면 우리도 없다.
우리가 없다면 세상의 미래도 없다.
— '펭귄뉴스 선언문' 중에서

차작, 차작, 차작, 하고 시계가 움직이기 시작했다. 갑자기. 눈을 뜨지 않고 시계 초침 소리를 세어보았다. 시계는 단 한 번도 제 박자를 놓치는 일이 없었다. 시계라면 마땅히 그래야 하는 것이겠지만.

3시였다. 다시 눈을 감았더니 시계가 움직이기 시작했다. 눈을 뜨면 시계 소리 대신 윙, 하는 소리가 머리 주위를 맴돌았다. 아무래도 더 이상 누워 있기는 힘들다.

찬기는 아직도 돌아오지 않았다. 분명 어딘가에서 "다 끝났어" 하고는 술을 마시고 있을 것이다. 찬기의 말이 사실이라면, 이미 5년 전에 찬기는 끝나 있어야 했다. 하지만 이해할 수 있다. 마지막이란, 언제나 조금 길게 느껴지니까.

나는 일어나서 벽에 걸려 있는 시계를 꺼내 건전지를 뽑아냈다. 건전지를 끼우고 뽑아낼 때면 늘 소총에다 총알을 장전시키고 있는 듯한 기분이 된다. 하지만 한쪽은 생명을 연장시키는 것이고 나머지 한쪽은 생명을 멈추게 하는 일이다.

건전지가 뽑힌 시계를 다시 제자리에다 걸었다. 시계는 정확히 3시 5분에 멈춰 있었다. 포터블 카세트의 전원 스위치를 누르자 잡음이 들려왔다. 잡음도 가끔씩은 외로움을 달래줄 때가 있는 법이다. 어렴풋하게 사람의 목소리가 들렸다 사라졌다 한다. 아주 먼 산에서 메아리가 들려오는 것 같은 기분이 들었다. 누구를 부르는 것일까? 아니면, 그저 '야호' 이렇게 외치고 있는 것일까? 다이얼을 천천히 돌리며 사람의 목소리를 찾아보았다. 생각해 보니 라디오를 듣는 것이 꽤 오랜만이었다. 아마 전쟁 후로는 한 번도 듣지 않은 것 같다. 1년 동안 라디오를 듣지 않았다고 생각하니 그동안 도대체 뭘 하며 지낸 거지? 나는?

하고 스스로에게 묻게 되었다. 마땅한 대답이 떠오르지 않았다.

— 방금 들으신 곡은 「우리가 세상을 사랑하는 이유」였습니다. 가슴이 따뜻해지는 곡이죠? 자, 이제 여러분의 전화를 받아볼까요?

젠장, 우리가 세상을 사랑하는 이유 따위는 없다. 왜냐면, 사랑하지 않으니까.

채널을 다른 곳으로 돌리려고 했지만 손이 말을 듣질 않는다. 무엇인가가 내 손을 가로막고 있다. 바로 DJ의 목소리였다. 이상한 느낌이다. 그녀의 목소리는 소름이 돋을 만큼 낮았다. 산꼭대기에서 '야호' 하고 외치는 목소리라기보다는 귓속에다 대고 무언가 중얼거리는 목소리였다. 그 뭐랄까, 동굴 속에서 들려오는, 디스토션이 잔뜩 걸린 펜더스트래토캐스터 기타 소리 같다고나 할까. 뭔가 음침하지만 메아리가 오래 울리는 그런 목소리였다. 그 목소리에는 이상한 리듬 같은 게 있었다.

— 새벽에 깨어 있는 당신의 목소리를 듣고 싶어요. 빨리 수화기를 들어요.

DJ의 목소리는 마치 나를 향한 것 같았다. 오직 나만을 위해 말을 하는 것 같았다. 전화기를 끌어당겨 번호를 눌러보았다. 라디오를 듣고 전화한다는 게 내키지 않는 일이었지만 그녀의 목소리를 조금 더 가깝게 듣고 싶어졌다.

이런 시간에 깨어 있는 사람이 흔치 않은 것인지, 아니면 이 따위 프로, 듣는 사람이 없어서인지 쉽게 연결이 되었다. 프로듀서인 것 같은 목소리의 남자는 이름과 주소, 전화번호 따위를 물어보았다. 나는 생각나는 대로 아무렇게나 대답해 주었다. 내 알 바 아니다. 이제, 그녀와 대화를 나눌 차례다. 그녀의 음침한 목소리가 들렸다.

— 자, 전화 연결이 되었군요. 먼저 노래를 신청해 주세요. 얘기를 나누는 동안 준비해 둘 수 있게요.

전화로 듣는 그녀의 목소리는 더욱 동굴 속에서 들려오는 목소리 같았다. '박쥐 인간의 최후' 같은 노래가 있다면 딱 어울릴 텐데, 하고 생각했다. 멋진 노래를 신청해서 그녀의 마음을 사로잡고 싶다는 생각이 들었다.

— 벨벳 언더그라운드의 노래를 듣고 싶은데요. 「시스터 레이」 같은 곡은 어떨까요?

말하고 나니 너무 시끄러운 곡을 고른 것이 아닌가, 하는 생각이 들기도 했다. 어쨌든 좋은 곡이니까 뭐, 하고 중얼거리고 있는데 수화기와 라디오 저편에서 잠시 웅성거리는 소리가 들리는 것 같았다. 너무 시끄러운 곡이라서 그런 것인가? 그렇다면 「히어 쉬 컴스 나우」 같은 곡도 괜찮지.

— 네, 하지만 그 곡은 곤란하군요.

— 아무래도 너무 시끄럽겠죠?

이해할 수 있다. 살다 보면, 정말 아무것도 아닌 것 같은 일에 신경을 곤두세워야 할 때가 많은 법이다. 게다가 방송을 하는 입장이라면 그런 식으로 지켜야 할 것들이 많을 것이다.

— 시끄럽다뇨? 시끄럽거나 조용하거나 그런 문제가 아니에요.

— 네? 그럼 왜죠?

나를 꾸짖는 것 같은 그녀의 목소리를 들으니 나도 모르게 부아가 돋았다. 내 목소리가 시비조로 변했다.

— 어째서냐고요? 이상한 질문을 하시네요. 당연한 것 아닌가요? 방송 금지된 곡이니까요.

— 어쩌다가 그런 노래가 방송 금지되어버린 걸까요? 착오겠죠.

아주 몰인정하게, 잔인하게, DJ인 그녀는 전화를 끊어버렸다. 몰인정한 여자, 라는 노래가 떠올랐다. 이렇게 시작하는 노래였다. '당신은 내게 너무나 몰인정한 여자, 바늘끝도 부러지고 말아, 어쩌면 내게 그럴 수 있어.' 정확하지는 않다.

라디오에서는 갑자기 클래식 음악이 흘러나오고 있다. 나로서는 뭐가 어떻게 된 건지 이해할 수가 없지만 라디오 방송국은 적잖이 당황한 듯한 모습이다.

나는 전화기의 리다이얼 버튼을 눌렀다. 통화중이었다. 그녀와 다시 통화하고 싶었다. 라디오에서는 다시 그녀의 목소리가 흘러나왔다. 아직까지 나에 대한 감정이 식지 않았는지 목소리에서 작은 떨림이 느껴졌다.

리다이얼 버튼을 계속 누르다 20분쯤이 지나고 다시 연결이 되었다. 나는 할 수 있는 대로 목소리를 바꾸어보았다. 꽤 늙은 사람의 목소리를 낼 수 있었다.

— 네, 다음 전화를 받도록 하겠습니다.

다시 수화기에서 몰인정한 그녀의 목소리가 흘러나왔다. 뭐라고 말하지?

— 오늘따라 그 톰 웨이터의 노래가 듣고 싶구먼, 아가씨.

그녀는 잠시, 아무 말도 하지 않았다. 분명, 프로듀서와 눈짓을 주고받고 있을 것이다.

— 톰 웨이츠를 말씀하시는 건가요? 그 가수라면 비트가 너무 강해서 방송할 수가 없는데요. 어떡하죠? 비트 한계선을 넘어버린 가수거든요.

— 아, 그런가? 그런데 아가씨 목소리에서 흘러나오는 그 교묘한 비트는 도대체 뭐지? 아가씨 목소리의 비트도 한계선을 넘은 것 같은데?

4

새벽에는 편안하게 잠들 수 있었다. 모두 다 그녀 때문이라고 해도 좋다. 제대로 기억은 나지 않지만 그녀의 꿈을 꾼 것 같은 기분이 든다. 만약, 꿈에 그녀가 등장했다면 얼굴에는 아무것도 그려 있지 않은 채 목 주변만 아주 깊게 클로즈업되어 있었을 것이라고 생각한다. 그렇지 않고서는 달리 그녀를 떠올릴 만한 아무것도 없으니.

— 어떻게 된 일이야. 얼굴이 아주 좋아 보이는데?

찬기는 커다란 접시에 계란 프라이를 가득 담고 다른 손에는 우유를 들고 나를 빤히 쳐다보고 있다. 아침마다 계란 9개를 먹는 것이 찬기의 아침식사다. 예전엔 10개 이상도 먹곤 했지만 어느 날부터 9개로 바뀌었다. 어떤 자폐아들은 음식에 특별히 집착하는 경우가 있는데, 계란을 먹는 경우 10개 이상을 먹기도 한다, 라는 신문기사를 본 후였다. 10개와 9개가 얼마나, 어떻게, 많이 다른지는 잘 모르겠다.

— 꿈속에서 별과 나무가 보이기라도 했어?

찬기가 자주 하는 아침 인사다. 1년 전쯤 찬기와 함께 점집을 찾아간 적이 있었다. 20대로 보이는 아주 젊은 여자가 앉아 있었다. 그 여자는 내게 다짜고짜 소리를 질러댔다. '한눈에 반하는 여자가 생기고 그녀와는 죽을 때까지 함께한다'는 것이 점괘의 요지였다. 그리고 그 여자를 만날 때 별과 나무가 보이게 된다는 것이다.

나는 아직까지 한 여자와 평생을 함께할 것이라는 생각 같은 건 해본 적이 없다. 난데없는 저주를 받아 한 여자와 평생을 함께 살아야 하는 벌이 내려진다면 아주 고통스러울 것이다, 라고 생각하고 있었다. 그리고 웬 별과 나무람, 하며 무시해버렸다. 그 따위가, 제대로 맞을 리 없다.

— 그런데, 나 말이야.

포크로 입술 근처를 찔러대며 찬기가 말했다.

— 입대하기로 마음먹었어.

나는 매트리스 옆에 있던 담배 한 개비를 꺼내 물었다.

— 어제 군대에 있는 친구에게 편지가 왔는데, 아주 괜찮은
가 봐, 지루한 것 빼고는.

어느 쪽 군대인데? 하고 물어보려다가 그만두었다. 세상에는
수많은 군대들이 있지만 굳이 어느 편이냐를 따져볼 만큼 가치
있는 군대는 존재하지 않는다.

— 지금 벌고 있는 돈의 다섯 배 이상은 벌 수 있을 거야. 사
람을 죽여야 하는 일도 없을 테고 말야. 진압군이라고는 하지만
별로 진압할 일도 없지 않겠어?

찬기는 나의 동의를 바라며 말한 것 같지만 나는 아무 말도
하지 않았다. 할 말이 별로 없었다. 서운한 감정과는 다른 것
같은, 슬픈 감정 역시 아닌 것 같은, 이상한 기분이 들었다. 찬
기는 아무 말 없이 커다란 접시 위에 있는 계란 프라이를 조금
씩 뜯어먹었다. 가끔씩 덜 익은 노른자가 피처럼 입술에 묻었
다. 외계인들이 피를 흘린다면 아마도 저런 노란색일 것이다.

— 저녁에 일찍 들어와. 술이나 한잔 하자.

찬기가 나가고 난 후에도 한동안 멍하니 누워 있었다. 갑자기
조금 쓸쓸해졌다.

5

오후 내내 그녀의 목소리를 듣는 일만 계속 반복했다. 그녀의 목소리는 녹음을 한 후에 들어도 여전히 묘한 여운이 있다. 그녀의 목소리에는 정말 교묘한 비트가 숨어 있다. 듣는 사람들의 심장 소리를 모두 하나의 주파수로 맞추어버리는 것 같은 숨결이 살아 있다. 어째서 이런 일이 가능한 것일까, 하고 오후 내내 생각했다. 8월의 오후가 느릿느릿 기어갔다.

전화벨이 울리자 방 안의 모든 것들이 잔뜩 긴장한다.

— 여보세요?

— 이동재 씨 집 아닌가요?

— 제가 이동재인데요.

— 나야, 소희. 너 목소리가 왜 그래? 다른 사람인 줄 알았잖아.

소희는 아무런 감정도 실리지 않은 무생물의 목소리를 내고 있었다. 나 역시 소희에게는 그런 목소리밖에 낼 수 없었다.

— 7시, 알았어.

전화를 끊고 그녀의 목소리가 담긴 테이프를 뒤로 감아 두 번을 더 들었다. 아주 먼 곳에서 아기 울음소리 같은 짧은 메아리가 들려왔다. 귀가 아주 예민해져 있었다.

테이프를 다시 처음으로 돌리고 반바지의 지퍼를 내렸다. 모든 살갗이 곤두서 있었다. 나는 천천히 그녀의 목소리를 되짚으면서 손가락을 움직였다. 혈관들이 도드라지고 몸 깊은 곳에서 무엇인가 천천히 솟구치기 시작했다. 내 몸에서 냄새가 맡아졌다. 그녀의 목소리가 울리는 비트를 따라 손가락들이 살아 움직였다. 나는 손을 더 빠르게 움직이며 그녀의 모습을 머리 속에 떠올렸지만 아무것도 떠오르지 않았다. 눈을 뜨고 카세트 레코더를 바라보았다. 마치 그곳에 그녀가 있는 것처럼. 온몸을 거쳐 짧게, 짧게 쾌감이 전해져왔다. 손이 빨라질수록 그녀의 목소리는 마치 섹스를 하고 있는 여자의 목소리처럼 들려왔다.

내 안에 있던 모든 것이 빠져나가는 것처럼 카세트 레코더 위로 정액이 흩뿌려졌다. 노란색의 장판 위로도 정액이 뿌려졌다. 정액이 다 빠져나간 후에도 여전히 쿵쾅거리며 자지는 그녀의 비트를 따라 움직이고 있었다. 계단을 두 칸씩 뛰어내릴 때처럼 비트가 아래로 곤두박질치고 있었다. 그녀의 목소리와 함께 모든 것이 멈추자 갈증이 몰려왔다.

6. 비트 없는

발기가 제대로 되지 않자 소희는 이상한 생각을 하고 있는 모양이다.

— 다른 여자 생겼어?

— 그런 소리 하지 말랬지? 너도 다른 여자 중 한 명이잖아.

— 쳇, 또 그 소리.

침대 주위로 소희의 개가 어슬렁거린다. 핑키라고 했던가, 이름은 확실하게 기억나지 않는다.

— 아무래도 저 개새끼 때문이야.

머리를 겨냥하고 실내화를 집어던졌더니 끼깅, 하는 개소리를 내며 구석으로 달아난다. 가끔씩 소희의 침대에 앉아 있으면 뗏목을 타고 있는 느낌이 든다. 침대를 벗어나면 개새끼가 달려든다. 달려들어서는 종아리며 발목을 미친 듯이 핥아댄다. 그건 정말 귀찮은 일이다. 개새끼가 달려드는 것을 참아내는 것보다는 물속으로 빠지는 쪽이 훨씬 더 속편할지도 모르겠다. 그래서 소희 방에 오면 섹스밖에는 할 게 없다. 침대 위에서 할 수 있는 것이 그닥 많지는 않으니까. 사실, 개가 없다고 해도 다른 할 일은 별로 없다. 음악을 듣는다거나 라면을 끓여 먹는 정도, 아니면 컴퓨터로 때 지난 오락을 하는 것뿐이다.

소희는 화장실에다 개를 던져놓고 문을 꼭 닫는다. 더 확실하게 하기 위해 얇은 수건을 문틈에 꽉 끼워놓는다.

— 이제 됐어?

소희는 스누피가 그려진 분홍색 잠옷을 입고 있다. 온 사방에 개밖에 없군, 빌어먹을 개새끼들. 도대체 이런 생각을 하고서 흥분될 리가 있겠는가.

소희는 침대에 누웠다. 나는 다시 힘을 내어 소희의 젖가슴을 빨아보았다. 소희는 500원짜리 동전을 먹은 자동신음기처럼 금세 낮은 탄성을 지른다. 신음소리로 나를 북돋워주려는 것이다. 머리 위로 원피스 잠옷을 벗겨냈다. 팬티뿐이다. 아담한 젖가슴을 손으로 가리고 다리를 꼰 채 누워 있다.

— 불 좀 꺼줘.

스위치는 저기 멀고 먼 방문의 입구에 있었기 때문에 나는 다시 침대에서 일어나 방바닥을 지나 문으로 갔다. 스위치를 끄고 다시 방바닥을 지나 핑킨지, 핑큰지 그 개새끼가 들어가 있는 화장실 문을 잠깐 쳐다본 후 침대에 도착하자 그 사이에 다시 작아져버리고 말았다. 한껏 발기해 있었던 것은 아니지만 어쨌든 다시 쪼그라들고 말았다. 게다가 화장실에 갇힌 개새끼는 낑낑거리고 있었다. 발톱으로 목욕탕의 유리를 마구 긁어대고 있었다.

— 저 개자식, 입을 틀어막을 수는 없는 거야? 아니면 발톱을 모조리 뽑아버리든지.

— 그만둬, 왜 핑키 핑계를 대고 그래, 발기 부전인 주제에.

소희는 침대 옆에 있던 담배를 꺼내 물었다. 복숭아 캔을 재떨이로 쓰고 있었다. 발, 기, 부, 전, 이라는 단어가 계속 귓속을 맴돌았다.

— 미안, 괜한 소리를 해서. 조급하게 생각하지 마, 안 될 때도 있지 뭐.

소희가 뒤에서 나를 껴안는다. 소희의 작은 젖가슴이 느껴졌다. 그런데 이상하게 심장은 느껴지지 않았다.

— 요즘도 기타 쳐?

— 아니.

— 그럼 뭐 해?

— 그냥, 아무것도 안해.

아무것도 안한다는 것은 거짓말이지만, '나 요즘은 편의점에서 격일제로 일하고, 또 가끔 시간날 때면 파트 타임으로 앙케트 아르바이트도 하고, 또' 이렇게 말하기가 귀찮았던 것이다.

— 입으로 해줄까?

소희는 담배를 비벼 끄고 내 팬티를 아래로 내렸다. 이상하게 누군가 바라보고 있는 것만으로도 움츠러든다. 게다가 담배를 피우던 입으로 내 자지를 문다는 것도 신경쓰이는 일이었다. 소희의 딱딱한 이빨이 느껴진다. 소희는 아주 능숙하게 나를 구석까지 몰고 간다. 혀로 귀두를 쓸어내릴 때면 가슴이 얼어붙는 것 같다. 허벅지에는 그녀의 젖가슴이 바싹 달라붙어 있다.

— 거봐, 되잖아.

소희는 편안한 의자에 앉기라도 하는 것처럼 웃는 얼굴로 나를 깔고 앉았다. 그러고는 곧바로 끝까지 들어왔다. 갑자기 내 몸 어디에선가 밸런스가 맞지 않아 버림받았다가 되살아난 것 같은 힘이 생겨났다. 끝까지 뚫어버릴 수도 있을 것 같은 힘이었다. 소희는 내 위에 엉거주춤하게 앉아 제 가슴을 애무하고 있다. 나는 누워서 좀더 빨리 허리를 움직였다. 상체를 일으켜 젖가슴을 물어뜯으면서 그녀의 엉덩이를 양손으로 넓혔다. 플래시 하나만을 들고 아주 깊은 동굴로 들어서는 느낌이다. 아주 축축하고 온 곳에 습기뿐인, 박쥐 몇 마리가 후두둑 어디선가 솟구쳐오를 것 같은 느낌의 동굴. 아주 작은 목소리로 말해도 온 곳에 울림이 퍼지는 동굴.

그녀의 목소리가 떠올랐다. 다시 그녀의 목소리가 듣고 싶어졌다. 소희는 눈을 감은 채 내 목을 꼭 끌어안고 소리를 질러대고 있다. 소희의 신음소리가 들리자 갑자기 화가 났다. 내 허벅지 위에 앉아 허리를 빙글거리고 있는 소희를 침대로 눕히고, 깊은 곳으로 거칠게 처넣었다. 그리고 욕정이 바짝 올라 단단해진 젖꼭지를 물어뜯는다. 아아아, 최고야. 최고.

소희가 고개를 뒤쪽으로 젖힐 때 몸의 어느 구석에서 생겨났던 힘이 갑자기 사라지고 말았다. 힘은 모두 없어져버리고 갈증이 몰려왔다. 물이 먹고 싶어졌다. 나는 소희에게서 몸을 떼고 냉장고 쪽으로 갔다. 생수병을 들고 마구 들이켰다. 소희는 꿈에서 막 깬 것 같은 눈으로 나를 멍하니 바라보았다.

— 넌 개새끼야.

그녀의 책장 위에 벨벳 언더그라운드의 시디가 보였다. '로디드'라는 앨범이었다. 3분의 1쯤 남은 생수를 다 마시고 청바지와 티셔츠를 입은 다음 벨벳 언더그라운드의 시디를 가방에 집어넣었다. 그리고 서랍을 열어서 만 원짜리 한 장을 꺼냈다.

— 이 시디 좀 빌려 갈게. 그리고 나 만 원만 빌려줘.

문을 닫자 뒤에서 와장창 부서지는 소리가 났다. 아마 전화기나 시디, 둘 중의 하나를 집어던졌을 것이다. 이런 일들은 물거품과 같아서, 하루만 지나면 가라앉는다. 흔히 있는 일이었다. 길을 가다 미끄러져 생긴 생채기처럼, 아프지만, 간지러워지다가, 금세 잊혀진다.

7

　아직 찬기는 돌아오지 않았나 보다. 어두운 집이 멀리 보였다. 불빛 없는 집으로 돌아가는 것, 바람이 아주 많은 날 혼자서 잠드는 것, 이런 일은 하나도 외롭지 않다. 오히려 더 즐거울 때가 많다. 아마도 전생에 사람들을 아주 많이 죽여버린 테러범이었거나 사랑을 너무 많이 받아 자살해 버린 문제아였거나 둘 중의 하나였을 것이라고 늘 생각해 왔다.

　소희에게서 빌린 만 원으로는 시디를 한 장 샀다. 별로 유명하지 않은 70년대의 록큰롤 그룹이었다. 보컬리스트가 교통사고로 죽고 해체된 그룹이었다. 모두들 그런 식으로라도 가는 거다. 어떻게 죽고 왜 해체되었는지 내 알 바 아니지만 음악은 흥겨웠다. 기분이 좋아질 정도였다.

　대문을 열고 들어서려는데 우편함에 편지가 있었다. 분명, 집을 나올 때까지 우편함에는 아무것도 들어 있지 않았었다. 봉투를 열어보았다.

8月 4日 00:00

190.24.390.6969

Vunder로 접속 (6969)

펭귄뉴스로부터

단 네 줄의 글뿐이다. 펭귄뉴스라고?

누군가 장난친 것이 아닐까, 싶었지만 편지를 써서 장난칠 만큼 한가한 인물을 나는, 알지 못한다. Vunder라는 아이디를 보자 그녀의 목소리가 떠올랐다. 벨벳 언더그라운드라는 그룹을 아는 사람은 많으니까 우연의 일치라고밖에는 생각할 수 없었다. 그녀가 나의 주소를 어떻게 알아냈으며 또 난데없이 펭귄뉴스는 뭐란 말인가. 하지만, 어쨌든 무슨 일인지 궁금했다.

이상한 숫자들은 아마 IP주소를 나타내는 것일 테지만 내게는 컴퓨터가 없다. 주위에 컴퓨터를 가진 사람이 누가 있을까, 아무리 생각해도, 빌어먹을, 단 한 사람밖에는 떠오르지 않는다. 소희뿐이다.

집에는 들어가지 않았다. 대문 앞에 서서 한참 집을 바라보다가 그냥 돌아섰다. 거리를 어슬렁거리다가 다시 소희에게 가기로 했다. 이젠 정말 돌아갈 곳이 없다. 지루하고 따분하더라도 돌아갈 곳이 있다는 것은 행복한 일이다. 찬기가 사라진 후, 나에게는 돌아갈 곳이 없어졌다.

소희의 집으로 다시 돌아가는 길에 고층 빌딩의 대형 멀티비전에서 속보를 보았다. 저따위 뉴스를 속보라고 방송하고 있는 것은 얼마나 괴롭고 지겨운 일일까, 하는 생각이 들었다. 여전하고 변함없고 그대로였다. 가끔씩은, 지금이 전쟁 중이었던가, 하는 착각을 할 때도 있다. 지나치게 모든 것이 제대로 돌아가는 듯한, 모든 톱니바퀴들이 1밀리미터의 오차도 없이 맞물려 나가는 듯한 착각에 빠져들 때가 있다. 아마도 착각이겠지만 나에게 해당되는 전쟁은 그런 것일 뿐이었다. 어쩌면 누구에게나 그럴지도 모를 일이다. 모두가 그렇습니까? 하고 길거리에다 대고 묻고 싶은 심정이다.

소희는 집에 없었다. 아니면 문을 꼭 걸어 잠그고 수면제를 먹으며 자살을 시도하고 있거나(절대 그럴 리 없다) 그것도 아니면 문을 꼭 걸어 잠그고 다른 놈팽이와 그 짓을 하고 있거나(그럴지도 모른다) 그것도 아니면 문을 꼭 걸어 잠그고 나를 그리워하면서 자고 있을지도(설마 그럴 리 없다) 모른다. 어떤 이유이든 문은 열리지 않았다. 문을 쾅, 쾅, 쾅 세 번 두드려보았다. 일정한 간격과 일정한 세기를 유지했다. 역시 문은 열리지 않았다.

나는 지하 1층 105호, 소희의 방 앞에서 1시간을 기다렸다.

하지만 소희는 돌아오지 않았다. 시계는 삐걱거리며 11시 30분을 막 지나가고 있다. 휴대용 시디플레이어를 꺼내 벨벳 언더그라운드의 시디를 넣었다. 그리고 다시 10분이 지났다. 신경이 곤두서 있어 더 들을 수가 없었다. 이어폰을 귀에 꽂고 있으면 세상과는 완전한 차단이다. 아무런 소리도 들을 수 없다. 지금은 그럴 때가 아닌 것 같다. 그리고 다시 10분이 지났다. 담배를 두 개비 피우고 계단을 발로 툭탁거리자 다시 10분이 지났다. 정확히 12시가 되었다.

소희는 집에 찾아온 것이 기적적으로 보일 만큼 취해 있었다. 12시 25분이었다. 현관문을 열고 계단 하나를 내려서더니 그만 벽을 타고 주저앉아 버렸다.

— 소희야, 나 왔어.

눈이 부셔 도저히 똑바로는 쳐다보지 못하겠다는 듯 비스듬히 나를 올려다보았다. 한쪽 손으로 눈언저리를 가리면서.

— 오호, 이동재, 네가 웬일이냐. 이 나쁜 새끼.

그러고는 더 이상 말하지 않았다. 잠들어버린 것이다.

8. 비트통신

풍선껌(Vunder) 저를 어떻게 아시죠?

잭케루악(PNEWS)　먼저 /no-00159 이라고 입력해 주시겠습니까?

풍선껌　　/no -00159

　　　　　　(secured on, programmed by PNEWS)

풍선껌　　이제 됐나요?

잭케루악　네.

풍선껌　　먼저 제 대답에 답해 주시죠. 저를 어떻게 아시죠?

소희는 침대 위에 보기 좋게 엎어져 있다. 스탠드 불빛을 흐릿하게 뒤에서 받은 곡선이 제법 아름다웠다. 특히 어깨죽지에서부터 엉덩이까지. '누구나 모로 누워 있으면 뒷모습은 아름다워 보이는 법이야.' 소희는 그렇게 말했었다. 아주 오래전 일이다. 정말 누구나 아름다운 것일까?

잭케루악　많이 늦으셨군요. 벌써 1시가 다 돼가는데.

풍선껌　　네. 사정이 생겼습니다.

잭케루악　그럼 짧게 말씀드리도록 하죠. 며칠 전⋯⋯.

풍선껌　　컴퓨터를 구하기가 힘들었거든요.

잭케루악　이제부터 제가 질문할 때만 답하십시오. 괜찮겠습니까?

풍선껌　　그러죠.

잭케루악　며칠 전 라디오 방송국에 전화하신 적이 있죠?

풍선껌   *네.*

잭케루악   *그녀에 대해 어떻게 생각하십니까?*

풍선껌   *그녀라면?*

잭케루악   *DJ 말입니다.*

풍선껌   *왜 제가 그 질문에 대답해야 하죠?*

잭케루악   *안하셔도 상관없습니다. 그럼 한 가지만 말씀드리죠.*

풍선껌   *…….*

잭케루악   *더 이상 관심을 가지지 마십시오. 다시 한 번 그녀에게 관심을 갖게 된다면 당신의 신상에 좋지 않은 일이 생길지도 모릅니다.*

풍선껌   *그게 무슨 소리요?*

잭케루악   *경고라고 해두지요. 경고는 단 한 번뿐일 것입니다. 그럼 이만.*

잭케루악 님이 퇴실하셨습니다.

젠장, 알 수 없는 녀석이다. 컴퓨터의 파워 스위치를 내리고 모니터를 껐다. 모니터는 빛을 한가운데로 끌어모아 저 깊은 곳으로 순식간에 사라져갔다. 모두들 가버렸다.

모니터에는 어둠만이 남아 있다. 모니터의 왼쪽 귀퉁이로 어떤 물체가 어른거렸다. 나는 깜짝 놀라 뒤로 고개를 돌렸다. 초점이 엉성한 눈빛으로 소희가 나를 바라보고 있었다. 나는 남의 집 창문을, 그것도 신음소리가 기어나오는 창문을 바라보다 들킨 아이처럼 눈빛을 가눌 수 없었다. 소희의 눈빛은 아무 데도 바라보지 않는 것 같다. 그래서 더욱 피할 곳이 없었다.

— 미안, 종료 버튼 누르는 걸 잊어버렸네.

— 지금 뭐 하고 있었어?

— 아냐, 아무것도.

— 네가 뭘 하든 말든, 관심없어.

가방을 들고 일어서자 목욕탕에 가두어놓았던 개새끼가 다시 짖는다. 유리문을 부술 기세다. 다음 생에 만약 개로 태어난다면, 정말 자살해 버리고 말 것이다. 그리고 다음번에 시간이 있으면 꼭, 저 개새끼를 냉동실에다 넣어볼 생각이다. 꽁꽁 언 다음에는 어떻게 유리창을 긁을 것인지 확인해 볼 것이다.

신발을 신으려는 순간 소희가 비틀거리며 뛰어와 허리를 잡는다. 팔을 둘러 나를 완전히 감싼다. 등으로도 술 냄새를 맡을 수 있는 것인지 소희 몸에 있던 온갖 종류의 알코올들이 나를 움켜쥔다. 소희의 볼이 내 등을 느끼게 한다.

소희는 갑자기 내 등에 감겨 있던 팔을 풀고 화장실로 걸어갔다. 약간 비틀거리면서. 그리고 거기서 강아지 핑크를 꺼냈다. 그리고 다시 창문을 향해서 천천히 걸어갔다. 역시 약간 비틀거리면서. 그렇게 해서 불쌍한 강아지 핑크는 창문 밖으로 버려졌다. 하지만 뭐, 그래 봤자 지하실의 창문일 뿐이다. 30층 정도의 높이였다면 내가 더 기뻤을 텐데.

소희는 침대에 주저앉으며 중얼거렸다.

— 가지 마.

9. 비트 동시상영관

며칠째 집 근처에는 가지 않았다. 소희가 가지 말라고 해서는 아니고 왠지 가기가 싫었다. 찬기를 피하고 싶은 마음 때문인지도 모르겠다. 찬기가 어디론가 가는 것을 보고 싶지 않았다. 시간이 더 지난 후에 집에 돌아가 빈 집을 보고는 '가버렸군', 하고 중얼거리고 싶었다. 편의점 일도 동료에게 대충 떠넘기고 도망치고야 말았다.

그저 지하실의 창문일 뿐이었기 때문에 우리 용감한 강아지 핑크는 다시 집으로 돌아왔다. 소희는 나를 위해서 핑크를 당분간 포기하기로 하고 친구 집으로 피신시켰다. 포기하지 않았다면 아마도, 내가 죽여버렸을지도 모른다. 어쨌든 개의 입장으로는, 냉동실은 피할 수 있었다.

어쩌면, 라디오에서 들었던 그녀의 목소리로부터 벗어나고 싶어서인지도 모르겠다. 그녀의 목소리가 두려워졌다. 마치 오래전 다락방에서 귓속으로 들어갔던 날벌레 한 마리처럼 처음 그 소리를 들은 후 단 한 번도 내 귀를 벗어난 적이 없다. 늘 윙윙거리고 있다.

10

아주 큰 소리, 여태껏 단 한 번도 질러본 적이 없는, 내가 지를 수 있는 최고의 목소리로 오디오에서 나오는 노래를 따라 불렀다. 소희는 침대 옆에서 드럼이랍시고 탁자를 두드려대고 있다. 소희가 가지고 있는 악기는 오직 드럼 스틱뿐이다. '그게 무슨 악기야?' 하고 반문하면 그녀는 픽, 웃고는 제법 괜찮은 리듬을 만들어낸다. 총잡이처럼 늘 스틱을 가지고 다닌다.

— 나하고 밴드라도 하나 만들어보는 게 어때?

소희는 티셔츠와 팬티만을 걸친 채 내 위로 올라탔다. 드럼 스틱으로 가슴을 콕콕 찌른다. 땀 때문인지 젖꼭지의 색이 까맣게 바깥으로 번져 있었다.

— 나하고는 음악성 차이가 너무 많이 나서 안한댔잖아.

나는 장난 반, 시큰둥한 분위기 반으로 대답했다. 만약에 소희나 나에게 음악성이라는 것이 있다면 말이다.

— 가령, 생각해 봐. 내가 기타를 치고 노래를 하고, 소희 넌 드럼을 치고, 그러면 베이스 치는 녀석을 구해야 돼. 그룹이라면 적어도 세 명은 되야잖아? 그러면 아마도 넌 공연 중에 드럼 스틱으로 베이스 녀석을 찔러버리고 말걸. 왜냐면, 넌 드럼을 방해하는 그 누구도 용서할 수 없을 테니까. 어쩌면, 나도 위험하겠지. 그런 위험한 일은 사양이야. 천만 원을 준다고 해도.

— 겨우 천만 원?

— 천만 원은 혼자 들고 도망가기에도 그렇고 목숨을 걸기에도 좀 애매한 돈이거든.

— 1억이면 들고 튀게?

— 그럴지도 모르지.

— 나 밴드 이름까지 20개 정도 정해 뒀었는데 말야.

20개 정도라면 그 중에 10개 이상은 내가 맞힐 수 있을 것이다. 그녀의 이야기는 늘 반복이고 리메이크이고, 스스로에 대한 표절이다. 아마 다섯 살 때쯤에도 이런 식으로 말하고 있었을 것 같은 그녀의 모습이 그려진다. 하지만, 소희의 가장 큰 매력은 아무렇지도 않게, 전혀 신경쓰지 않고 미안해하지도 않으면서 그 많은 이야기를 단숨에 해버린다는 데 있다. 처음 소희를 지하의 클럽에서 만났을 때 역시 그랬다. 내가 세 마디 할 때 그녀는 드라마 한 편을 만들어낼 정도의 분량을 떠들어댔다. 그녀의 모습을 가만히 들여다보자 얼굴이 빨개지면서 아무런 말도 하지 않고 고개를 숙였었다. 참 사랑스러웠던 소희였다.

나른한 오후가 되고, 천천히 햇살이 자리를 옮겨가는 방 안에서 시시콜콜한 이야기를 하고 있는 순간이 나쁘지만은 않았다. 1인용 침대의 양쪽에 나란히 앉아 벽에 등을 기대고 계속, 아무 곳에도 쓸데없을 것 같은, 정말 시시콜콜한, 예를 들면 전쟁에서 누가 이길 것 같은가에 관한, 야구경기에서 포수가 던진 공이 관중석으로 넘어가버리면(하지만, 그게 도대체 인간인가?

라는 의문도 빠뜨리지 않고) 어떻게 처리할 것인지에 관한 그런 이야기를 계속 주절거렸다.

— 난 동시상영관이란 단어가 참 맘에 들어.

— 어째서?

— 동시라는 말, 함께 있다는 말 같지 않아?

— 그렇지만 동시상영관이라고 해서 두 편의 영화를 함께 볼 수 있는 건 아냐. 그렇다면 참 좋을 텐데. 왼쪽 화면에선 텔레비전 크기로 「바람과 함께 사라지다」를, 그리고 오른쪽에선 대형화면으로 「영웅본색」을 상영하는 거야.

— 나른한 평일 오후여야 하고, 관객은 영사기 돌리는 아저씨를 합해 겨우 열 명 정도.

— 다섯 명.

— 좋아, 다섯 명.

— 그리고, 또.

— 쥐들도 조금은 뛰어놀고 있어야겠지.

— 그래, 그런 것들을 믹서기에 함께 처넣고 갈아버리는 거야.

— 나른한 오후와 주윤발과 비비안 리를 뼈까지 갈아버린다. 멋지겠는데.

— 쥐도 함께.

— 응, 쥐도 함께. 빠뜨리면 섭섭하지.

— 맛이 안 나지.

— 아, 벌써 그 역겨운 냄새가 맡아지는 것 같아, 그럼 어떤

게 나올까?

― 그게 바로 우리겠지, 뭐.

-1. 오프비트

낮은 둔덕에서 보는 밤 풍경은 하나의 찌꺼기도 없는 완전한 어둠이었다. 두 사람은 눈이 보고 있는 것을 완전히 믿지 않았다. 보이는 것도 전혀 없었으며 보려고 해도 볼 수 없었다. 오직, 귀로만 그리고 온갖 감각으로만 전방을 주시하고 있었다.

가끔, P253 무전기의 주파수 긁히는 소리만이 조금씩 들려왔다. 무전기 안에서는 누군가와 누군가가 끊임없이 이야기를 하고 있었다. 심심하지는 않을 것이다, 라고 찬기는 생각했다.

상황이 별로 좋지 않았기 때문에 찬기는 아무런 훈련 과정 없이 곧바로 전투에 투입되었다. 찬기가 입대한 날이 지하군의 총반격이 시작된 날이었다. 찬기의 첫 근무는 지하군의 진지로 예상되는 언덕의 통로를 차단하는 임무였다. 만일 있을지 모를 지하군들의 폭도를 막는 것이 찬기의 임무였다. 하지만 이런 어둠 속에서 누가 누구인지 구별해 낼 수 있는 방법은 전혀 없다. 찬기는 곁에서 총을 내버려둔 채 누워 있는 이 병장만을 믿고 있을 뿐이다. 찬기는 왼손으로 K4 소총을 꽉 움켜잡았다.

― 정 이병

— 예, 이 병장님

— 적이 어디에 있다고 생각하나?

— 저 어둠 속 너머 어딘가에 있겠죠.

— 상당히 문학적인 표현을 쓰는군. 시를 썼었나?

— 아뇨, 글 쓰는 것하고는 거리가 멀었습니다.

이 병장은 몸을 뒤척였다. 참호 속은 너무 좁아서 이 병장이 몸을 뒤척일 때마다 찬기가 피해 주어야 할 정도였다. 이 병장은 야전복 윗도리에서 담배를 꺼냈다.

— 한 대 줄까?

— 아뇨, 괜찮습니다.

지포 라이터의 불빛은 유연하게 피어올랐다. 주위가 갑자기 밝아졌다. 사방 10미터 주위에 있는 물체들이 갑자기 또렷해지자 찬기는 갑자기 두려워졌다. 너무 밝은 것도 가끔씩 두려울 때가 있는 법이다.

— 담배를 피워도 괜찮은 겁니까?

— 적은 말야, 오직 한 군데밖에 없어. 이걸 꼭 기억해 두게.

이 병장은 손가락 사이에 담배를 낀 채 찬기를 향해 손을 휘저었다.

— 적이라는 건 아무 데도 없어. 만약 적이라는 게 있다면 따분함 속에만 있는 거야. 그것만 이긴다면 전쟁에서 이긴 거나 마찬가지지.

— 그런가요?

뒤쪽에서 풀잎들이 서걱거렸다. 누군가 몸을 낮게 한 채 참호를 향해 걸어오고 있었다. 찬기는 총구를 뒤쪽으로 향했다. 자신도 모르게 소리를 지르고 말았다.

— 손 들어, 움직이면 쏜다.

이 병장은 찬기의 총구를 아래쪽으로 툭, 치고는 철모를 썼다.

— 흥분하지 마. 보초 교대일 거야.

11. 사라져버린 비트

나는 소희를 안아서 침대로 뉘어주었다. 아주 가벼웠다. 섹스를 할 때도 소희는 아주 가볍다. 소희를 내 위에 앉힌 채 엉덩이를 쥐고 흔들면 공기와 섹스를 하고 있는 게 아닐까, 하는 생각이 들 정도로 가볍다. 팬티와 티셔츠 사이로 배꼽이 들여다보였다.

3시가 되면서부터 그녀의 목소리를 들을 것인가, 아니면 잠이나 자버릴 것인가 고민하게 되었다. 잠이 오지 않을 것은 분명하다. 듣는 것쯤이야, 괜찮겠지?

오디오의 전원 스위치를 켜고 라디오 선택 버튼을 눌렀다. 그런데, 채널이 기억나지 않는다. 수십 개의 채널 중에서 어떻게 그녀의 목소리를 찾아낸단 말인가. 천천히 튜닝을 해보아도 클래식밖에는 들리지 않는다. 그리고, 그녀의 목소리가 음악도 없이 계속 들려올 리도 없을 테니 찾는다는 것은 거의 불가능한 일이다. 3시 20분쯤 되었을 때 포기해 버리고 말았다.

소리가 나지 않게, 조용히 문을 열고 밖으로 나왔다. 멀리서 반짝이는 것은 십자가와 점점이 박힌 가로등뿐이었다. 가끔씩 새벽의 차들이 도로를 질주하고 있다. 공기는 한여름답지 않게 서늘하다.

방에 도착하니 4시가 지나 있었다. 불은 여전히 꺼져 있다. 우편함 역시 텅텅 비어 있다. 방 안은 깨끗하게 청소되어 있었고 하얀 봉투가 방 한가운데 놓여 있다. 크레디트 카드와 찬기의 편지였다.

네가 없어서 좀 불안하지만 별일 없겠지? 또, 소희에게 가 있는 건가? 이번 여자는 꽤 오래 가는걸. 그렇지만, 소희를 만났을 땐 별도 나무도 없었잖아. 이젠 좀 지겨워진 농담인가? 난 오늘 훈련소로 간다. 마음은 아주 편안하고, 아무런 걱정도 없다. 카드에 아마 50만 원쯤은 들어 있을 거야. 난 별로 쓸 일이 없을 테니. 비밀번호는 알지? 그럼 연락할게. 잠깐 여행 가는 거라고 생각하고 있어. 안녕.

아주 큰 소리로 휴, 하고 한숨을 쉬고 싶었다. 안도가 아니라, 나로부터의 책망이 뒤섞인 자기 멸시랄까, 그런 의미에서. 왠지 찬기가 떠난 것은 돈이나 그런 것 때문이 아니라 바로 나 때문이라는 생각을 하자 아주 큰 소리로 휴, 하고 싶었던 것이다. 찬기가 나를 버텨온 것은 벌써 10년이 넘었다. 아주 오랫동안 옆에서, 서로가 어떻게 살아가는지를 유심히 지켜보았다. 그저 지켜볼 뿐이었다. 찬기와 나에 대해서만 말하자면 너무 조용하게 지내와서 3일 정도 지낸 룸메이트가 아닌가, 하는 생각이 들 때도 있다. 이번에도 역시 조용하게 떠났지만 3일 정도 지낸 룸메이트라고 생각하기에는 마음이 너무 무거웠다.

라디오의 채널은 159로 고정되어 있었다. 그녀의 목소리가 들리던 방송이다. 나는 카세트 데크에서 녹음 테이프를 꺼내고 마음속으로 159, 159를 읊조리면서 방문을 나섰다. 계속 159, 159를 되뇌다 보니, 이건 위급상황 신고번호잖아, 하는 착각이 들었다. 혼자 있고 싶은 기분이 아니었다. 지금 소희마저 없다면, 아마 많이 외로웠을 것이다. 나는 천천히 걸어서 소희 방으로 돌아갔다. 그 거리는 벨벳 언더그라운드의 「쿨 잇 다운」을 딱 열 번 들을 수 있는 거리였다.

12

소희는 아이들을 가르치러 나가고 나는 하루 종일 혼자 집에 누워 있다. 창문을 열고 가끔씩 아아아아아아, 하고 소리를 질러보았다. 심심했다. 혼자서 재밌게 놀 수 없다면 이미 늙어버린 것이다. 벌써 늙어버린 건가? 아무것도 할 게 없고 심심했다.

우리들 삶도 리필될 수 있는 걸까?

13

새벽 3시, 그녀는 사라지고 없다. 채널 159에서는 낯선 남자가 아주 기분 나쁜 목소리로 클래식 음악을 틀어대고 있었다. 너희들 같은 것이 클래식의 클, 자라도 알아? 이런 투의 목소리로 1시간을 진행하고 있어 그다지 기분 좋은 방송은 아니었다. 1시간 동안 그 고역을 참았던 것은 혹시 그녀에 대한 소식을 들려주지 않을까, 하는 기대 때문이었다. 하지만 슈베르트, 바하 어쩌구 하는 이야기 외에는 아무 말도 하지 않았다. 누군가 옆에서 총을 들이밀고 슈베르트와 바하 이외에는……, 알겠지? 라고 협박하고 있는 것 같았다. 정말 그럴지도 모를 일이다. 전쟁 중이니까 말이다. 예전 어느 전쟁이었던가 방송국에서 총을 들이밀며 무언가를 강제로 읽게 했다는 이야기를 들은 적이 있는 것 같다. 그때는 적어도 슈베르트와 바하는 아니었을 것이다.

짧은 광고가 지나고 4시 10분이 되자 다시 그 남자가 나타났다. 다시 슈베르트와 바하, 그리고 또 바하와 슈베르트, 계속 이런 식이다. 누군가 관자놀이에다 총을 들이밀고 있는 것이 분명하다.

라디오를 꺼버리고 그녀의 목소리가 담긴 카세트 테이프를 데크에 넣고 아련한 목소리를 들었다. 이젠 너무 많이 들어서 그녀의 말을 모두 외울 수 있을 지경이다.

−2. 오프비트

— 무슨 이따위 군가가 다 있담?

찬기는 이 병장에게만 들릴 만큼 작은 목소리로 투덜거렸다. 이 병장이 찬기를 물끄러미 바라보았다. 근무를 서지 않는 병력들은 모두 교육실에 모여 앉아 새로운 군가가 그려진 종이를 들여다보고 있었다.

외지에서 초빙된 성악가와 악사들은 아주 열심히, 그리고 진지하게 연주하고 있었다. 어딘가에서 누군가가 끊어주지 않으면 영원히 계속해야만 할 것 같은 군가였다.

— 아주 유명한 음대 교수가 작곡한 거라고 하더군. 전쟁 시작 1주년 기념으로 말야.

— 도대체가……, 이 병장님은 이 군가에 대해 어떻게 생각하십니까?

— 난 어릴 때부터 늘 이 음이 고민거리였어. '라'말이야. 꼬랑지를 내려야 하는 건지 올려야 하는 건지 언제나 헷갈렸거든. 이걸 보니 확실히 알 수 있겠군. 그 점에서는 도움이 많이 되는 군가야.

— 다른 점에서는요?

딴에는 위문공연이라고 생각했던지, 교육실에 앉은 모두에게 초코파이와 요쿠르트 하나씩을 나누어준다. 찬기 앞 책상 위에 초코파이를 얹던 40대의 아저씨는 고생이 많으십니다, 라는 인사와 함께 두 사람을 향해 고개를 숙였다. 별말씀을 다하십니다, 라고 이 병장이 대꾸해 주었다. 이 병장의 대꾸에 힘을 얻었는지 40대의 아저씨는 조금 더 가깝게 다가왔다.

— 꼭 이 전쟁에서 이겨주십시오. 사실은 제 아들놈도 이 전쟁에 참가하고 있습니다. 하지만 안타깝게도 지하군 쪽이지요. 하지만 아들 하나 버린 셈치기로 했습니다. 이 전쟁에서는 꼭 이겨야 한다고 생각하기 때문이죠.

— 네, 그러시겠죠.

이 병장은 초코파이를 뜯어 한 입을 베어물었다. 40대의 아저씨는 전쟁이라는 것이, 운운 하더니 찬기와 이 병장이 더 이상 대답을 하지 않자 다른 곳으로 자리를 옮겨갔다. 이제 합창의 순간이 되었다. 3백여 명의 병사들은 모두 입을 모아 한목소리로 군가를 불러댔다. 라라, 랄라랄라……. 한참을 부르다보면 자신이 어느 지점을 부르고 있는지조차 알 수 없다. 1절인지 아니면 93절쯤인지 분간할 수 없어진다. 어차피 상관없는 일이다. 1절이나 93절이나 마찬가지이다.

— 아주 좋은 군가야. 진압군의 성격을 적나라하게 표현한 군가가 아닌가 싶어.

군가를 다 부르고 난 이 병장이 낮은 목소리로 찬기를 향해 이야기했다.

— 진압군의 성격이 어떤 건데요?

찬기는 군가를 따라 부르지 않았다. 멍하니 앉아 있는 것은 아무래도 좀 뭣해서 그저 입을 아, 하고 벌리고 있었던 것이다.

— 아주 따분하잖아.

곧이어, 대대장의 연설이 시작되었다. 아주 짙은 선글라스를 끼고 왼손으로는 지휘봉을 꽉 쥐고 있다. 연단의 뒤편에는 각 중대장들이 뻣뻣한 자세로 도열해 있다. 아주 상기된 표정이다.

— 우선, 여러분들의 노고를 치하합니다. 잘 싸워주고 있습니다. 하지만 이대로라면 우리측이 훨씬 불리합니다. 최근 사회의 분위기가 지하군 쪽으로 끌리고 있다는 정보가 흘러들고 있습니다. 주의해야 할 때라고 생각합니다. 이 전쟁에서는 질 수 없습니다.

이 정도에서 대대장은 강조를 의미하는 행동으로 책상을 한 번 꽝, 친다.

— 우리는 저들의 저질스런 행태로부터 어린이들과 청소년들을 보호해야 할 의무를 짊어지고 있습니다. 아주 힘든 일이란 것은 알고 있습니다. 하지만 역사적 사명입니다. 역사적 사명을 저버린다면 우리가 무슨 낯으로 후손들을 볼 수 있겠습니까? 저는 건전한 정신은 승리한다고 생각합니다.

또, 대략 이쯤에서 대대장은 아주 슬픈 얼굴을 지어 보인다.

특히 '무슨 낯'이라고 표현하는 순간에는 아주 복합적이고도 알 수 없는 표정을 짓는다. 그 표정이 3백여 명의 병사들에게 전달되지는 않지만 대대장은 혼자서 아주 열심히 자신만의 연기를 하고 있으며 마음속으로는 흐뭇한 얼굴로 자신의 연기를 되짚어본다. 대대장의 연설이 끝나고 병사들과 악수를 할 때쯤에 카메라 플래시가 여기저기서 터진다. 이번에는 아주 관대한 표정으로 흐뭇한 웃음을 짓는다.

찬기는 모든 교육이 끝나고 PX 곁에 있는 공중전화 부스로 달려갔다. 교육이 끝나고 달려온 병사가 벌써 다섯 명. 길게 줄을 서 있다. 아직 취침시간까지는 30분이 남아 있기 때문에 전화를 걸 수 있는 시간은 충분했다. 부대 막사 주위를 아주 희미한 불빛이 감싸고 있다.

14. 100만 배의 비트

— 찬기 오빠한테서 전화왔었어.

방문을 열고 들어서자 소희의 목소리가 들렸다. 소희는 샤워 중이다.

— 언제?

나는 가방을 내려놓고 침대에 걸터앉으며 물었다. 욕실 앞에는 소희가 벗어놓은 옷가지들로 어질러져 있었다. 위로부터 팬티, 브래지어, 티셔츠의 순일 것이다. 소희는 늘, 모두 벗은 채 욕실로 들어간다. 어째서 꼭 팬티, 브래지어, 티셔츠의 순일까? 어떻게 하면 그 순서가 바뀔 수 있을까 생각하는데 소희가 소리를 질렀다.

— 10분쯤 지났나? 어쨌든 잘 지내고 있대.

— 어쨌든은 뭐야? 잘 지내면 잘 지내는 거지.

— 뭐라고? 잘 안 들려.

물방울 떨어지는 소리가 소희의 목소리를 죄다 삼켜버린다. 욕실 안에서 아주 촘촘하게 물방울 떨어지는 소리가 들린다. 그 소리는 악기처럼, 묘한 리듬감을 가지고 있다.

욕실 문이 열리고 젖은 소희의 머리칼이 삐쭉 나온다.

— 뭐라 그랬어?

— 아냐, 아무 말도 안했어. 목욕이나 해.

— 금방 나갈게.

나는 버스 안에서 읽고 있었던 『프로야구 20만 배는 재밌게 보는 법』을 마저 읽으려는 마음으로 침대에 누웠다. 3분의 2쯤 읽었지만 어느 정도의 기준에서 20만 배가 재밌는지는 아직 가늠하지 못했다. 어쩌면 형편없는 거짓말일지도 모른다는 생각에서 책을 사들었지만 나름대로의 기대가 있었다. 그리고, 다른 책들의 그 상습적인 방법 10배, 100배 식의 소탈함보다는 장난 반 허풍 반의 자신감이 마음에 들었다. 어쩌면 재미있을지도 모른다, 고 기대했다. 프로야구가 재미없는데 어떻게 보는 법을

20만 배씩이나 키울 수 있을 것인가?

지금 내가 보고 있는 장은 '마운드는 왜 높은 것인가?'라는 제목의 51장이다. '마운드가 다른 땅보다 높았던가?'라고 되물을 정도로 나에게는 소용없는 질문이었다. 차라리 『49회 말 투 아웃의 기적』이라는 소설을 사는 것이 현명했을지도 모른다는 생각이 들었다. 그 책은 『나로서는 영원히 도달할 수 없을, 그리운 스리 아웃 체인지』라는 시집까지 부록으로 끼워주고 있었다. 값은 비슷했다.

— 오늘은 웬일로 일찍 들어왔네?

나뭇잎 하나 걸치지 않은 알몸으로 소희가 욕실에서 나왔다. 뭐랄까, 아주 차가운 몸이었다. 만져보아서 아는 것이 아니라 그냥 눈으로 보기에 차가운 몸이었다. 소희가 예전보다 더 말라 보여서 그런 것인지도 모르겠다. 어쨌든 차가웠다.

— 나 오늘부터 편의점에 다시 다니기로 했어. 아주 가까운 곳이야.

『프로야구 20만 배는 재밌게 보는 법』을 옆으로 던져두었다.

— 이제 기타는 영원히 안 치는 거야? 넌 기타 칠 때가 제일 멋있어 보여.

— 그 얘긴 이제 그만 좀 해라. 나 같은 게 무슨 기타를 친다고 그래.

— 네가 「파리에서의 마지막 밤」을 연주해 줄 때 그때가 제일 좋았어. 그 가사도 너무 재미있었고. '사랑하는 그대여, 파

리에서의 마지막 밤을 기억하나요. 우린 빗속을 걸었고 당신은 흠뻑 젖었죠. 나만 우산이 있었으니까.' 푸하하, 걸작이야.

— 그거 베낀 거야. 내가 그런 가사를 어떻게 쓰겠어, 젠장. 나 이제 그만 가봐야 될 것 같다. 첫날부터 지각할 순 없잖아. 아침 7시쯤 돌아올 거야. 잘 자.

소희는 아무것도 입지 않은 차가운 몸으로 담배를 집어들었다. 어쩌면 불빛이 그녀를 따뜻하게 데워줄 수 있을지도 모른다.

15

베스트셀러가 되었으리라고는 도저히 생각할 수 없는, 스테디셀러라고는 더더욱 상상할 수 없는, 아무도 사지 않을 것 같은 책이 편의점에 꽂혀 있다. 내가 조금 전 서점에서 본 『49회 말 투 아웃의 기적』이 바로 그 책이다. 물론 부록 역시 함께 있다. 이렇게 구석진 편의점에 어떻게 이런 책이 꽂힐 수 있었는지 의문이다. 아주 많이 팔렸거나 전혀 팔리지 않거나 두 가지 중 하나일 것이다.

새로 조성되는 아파트 단지의 편의점이어서인지 손님은 거의 없었다. 차들도 아주 가끔씩, 신호등이 한 번 바뀔 정도의 간격으로 편의점 앞을 지나간다. 근무시간은 12시부터 6시 30분까지, 손님들이 거의 없기 때문에 물건을 파는 일은 별로 없고 가게를 정리하거나 새벽에 물건을 받는 일이 전부다. 그리고 쌓여 있는 쓰레기를 치워야 한다. 12시까지 가게를 보던 사장은 집으로 돌아갔고 나와 함께 일할 녀석은 아직 나오지 않았다.

세상에서 가장 초라한,
게다가 비극적이기까지 한 일은
마무리 투수로서
마무리를 하지 못하는 것
어쩔 수 없이, 나는,
세상의 끝까지 이 게임을 밀고 간다
포수는 나를 만나러 28번 마운드로 올라왔고
감독 역시 10번이나 나를 찾아왔다
인기 있다는 것과는 분명,
다른 일이다
승부는 아무런 상관 없다
내가 원하는 것은, 오로지
스리 아웃 체인지
하지만 나는 알고 있다
그곳에 영원히 이를 수 없으리라는,
이곳 마운드에서 숨을 멈출 것이라는,
나로서는, 영원히 도달할 수 없을
아, 그리운 스리 아웃 체인지

편의점 카운터에 비스듬히 기대어 왕년에 일본 리그의 명투수였다는 다카하시 겐이치로라는 시인의 가장 짧은 시를 소리내어 읽어보았다. '그리운 스리 아웃 체인지'라는 대목을 읽을 때는 나도 모르게 묘한 감동이 생겨나 가슴이 찡해졌다. 마운드에 서서 아주 고독하게 공을 던지고 있는 시인의 모습이 떠올랐던 것이다.

역시, 왕년의 명타자였다는 토마스 핀천의 소설 『49회 말 투아웃의 기적』은 처음부터 너무 따분했기 때문에 읽을 마음이 생기지 않았다. 책 표지에는 '스포츠와 스릴러를 혼합시켜 놓은, 공포로맨틱서스펜스환타지아 소설'이라는 문구가 어설프게 씌어 있었다. 49회 말이었다면 아마도 상당히 지루했을 것이라는 생각이 들었고, 그래서 더욱 볼 마음이 생기지 않았다. 더군다나 소설의 두께는 사전에 버금갈 만한 것이었다.

시집을 다시 꽂아두고 라디오의 스위치를 눌렀다. 오늘은 159채널을 끝까지 다 들어볼 생각이다. 그녀가 진행하는 프로그램의 방송 시간이 바뀌었을지도 모르는 일이니까. 초등학교를 졸업하고는 아주 오랫동안 만나지 못한, 몇 번 짝을 했던 여자친구처럼 그녀가 보고 싶어졌다. 그녀의 얼굴이 생생히 그려지는 것 같은 착각이 들기도 했다.

16

12시 30분쯤이 되었을 때 첫번째 손님이 왔다. 양복이 아주 느슨해진, 하루의 모든 삶을 겉모습에 그대로 묻힌, 피곤해 보이는 남자였다. 맥주 세 병과 과자 한 봉지를 카운터 위에 올려놓고는 내게 말을 걸어왔다.

— 학생, 오늘 프로야구 봤어?

나는 학생이 아니지만 남자가 너무 피곤해 보였기 때문에 시비를 걸지는 않았다. 바코드를 찍으며, 보지 못했다고 말해 주었다.

— 젠장, 프로야구도 안 보면 무슨 재미로 살아?

질문인 것은 분명했지만 대답을 바라는 것 같지는 않았다. 그저 혼자말처럼, 화장실에서 내뱉는 말투처럼 중얼거렸다. 그는 다시, 이놈의 전쟁은 언제나 끝이 날려고 그러나, 라고 중얼거리고는 맥주 세 병과 과자 한 봉지를 담은 비닐을 들고 문을 나갔다.

17. 온 더 비트

두번째 손님은 마치 평행 에스컬레이터를 타고 있는 것처럼 발자국 소리도 없이, 조용히 미끄러져 들어왔다. 머리카락이 어깨 근처를 뒤덮고 있는 여자였다. 어울리지 않게 선글라스를 끼고 있었다. 검은색의 짙은 머리칼이 과자 봉지 사이로 언뜻언뜻 보이다 냉장고 앞에서 멈춰 섰다.

라디오에서는 채널 159의 1시 뉴스를 방송하고 있었다. 첫번째 뉴스는 물론, 전쟁에 관한 것이다. 이틀 후면 전쟁 시작 1주기가 된다는 소식, 그리고 나머지 역시 모두 들으나마나한 것들.

선글라스를 낀 여자가 차가운 캔 커피를 들고 카운터로 올 때 두 명의 손님이 더 들어왔다. 제기랄, 지금이 햇볕 쨍쨍한 한낮이라도 되는 것처럼 두 명 모두 선글라스를 끼고 있다. 가게 안에 있는 사람은 모두 네 명, 그 중에 선글라스를 끼지 않은 사람은 나밖에 없다는 생각이 들자 내가 비정상적으로 느껴졌다. 선글라스를 낀 두 남자는 주위를 한번 휙 둘러보더니 곧바로 카운터 쪽으로 왔다. 한쪽은 아주 기분 나쁜 얼굴을 하고 있었고 다른 쪽은 그런대로 잘생긴 얼굴이다. 선글라스를 낀 두 남자는 양쪽에서 여자를 에워싸고 팔짱을 끼었다.

— 튀어도 아주 멀리는 못 가는군, 개 같은 스파이년.

오른쪽에 서 있던 기분 나쁜 쪽의 남자가 선글라스를 약간 내리며 여자를 비웃듯 바라보았다. 아주 기분 나쁜 얼굴이었다. 여자는 체념한 듯 팔을 내려뜨리고 고개를 숙였다. 팔을 굽히고 고개를 내밀며 힘들게 선글라스를 벗었다. 아주 아름다운 눈이었다. 검은 바위로 틀어막아 놓은 동굴 같은 눈이었다. 아주 깊었다. 핸드백을 들고 있는 오른쪽 손이 떨리고 있었다. 그녀의 손가락은 비정상적으로 길었다. 아마 손등의 길이와 비교해 본다면 두 배쯤은 될 것 같았다. 게다가 손등 위로 뼈가 군데군데 드러나 있다.

— 젊은 친구, 별일 아니야. 우린 이런 사람들이니까 신고 같은 건 하지 않아도 될 거야.

잘생긴 쪽의 남자가 지갑을 꺼내 무언가를 보여주었다. 증명서를 자세히 들여다보니 사진보다는 실물이 훨씬 나았다.

첫날부터 이게 무슨 꼴이람. 나와 상관없는 일이지만 기분 좋은 일은 아니다. 세 명은 아주 절친한 친구들처럼 팔짱을 꼭 끼고 돌아섰다. 그룹 섹스라도 하고 싶어하는 자세들이다. 세 명이 침대 위에 누워 있는 모습이 떠올랐다. 남자 위에 여자, 여자 위에 남자, 아마도 그런 자세일 것이다.

— 젠장, 커피는 안 사는 겁니까?

— 뭐라고?

— 커피는 안 사는 거냐고요.

기분 나쁜 얼굴을 한 오른쪽 사내가 한심하다는 듯 웃었다. 고개를 아주 조금만 뒤로 돌린 채 말했다.

— 하하, 웃기는 개새끼구만. 너나 많이 처먹어.

— 댁들이 아니라 저 여자분이 사려고 했던 거잖아요.

여자가 고개를 돌렸다.

— 아주 겁 없는 친구로구만. 우리가 누군지 모르겠어?

물론, 알고 있다. 실물보다 형편없는 사진을 증명서에 달고 다니는 사람들. 오른쪽의 기분 나쁜 남자가 앞으로 나서려고 하자 왼쪽의 남자가 팔로 가로막았다. 그때 그녀가 입을 열었다.

— 나, 커피 마시고 싶어. 커피 한잔 정도는 마실 수 있잖아?

그녀의 입에서 흘러나온 음절, 나, 커, 피, 마, 시, 고, 싶, 어, 라는 말이 쇠망치로 머리를 치는 것 같았다.

분명 그녀였다. 테이프에 녹음된 목소리와 약간의 차이가 있기는 하지만 분명 그녀의 목소리라는 것을 알 수 있었다. 그날 녹음된 방송에서도 커피라는 단어를 발음한 적이 있다. 커피를 저런 식으로 발음할 수 있는 여자는 단 한 명밖에는 없을 것이라고 생각하고 있었다. 그녀가 분명했다. 그녀가 아니라면 동생이거나 쌍둥이이거나 친척이거나 친구이거나 애인이거나 아무튼 그녀와 아주 가까운 사이일 것이다. 아니면 적어도 다방에서 함께 일했던 동료일지도 모른다.

— 그래, 커피로 욕조를 가득 메운 다음에 네년 얼굴을 담가주지. 커피 마시는 틈틈이 숨도 쉬어야 할 거야.

기분 나쁜 남자는 커피를 들고 천 원짜리 한 장을 카운터에 던진다. 그녀의 입이 다시 열렸다.

— 그 정도면 행복한 죽음이겠는걸?

— 닥쳐, 세상에서 최고로 쓴 블랙커피로만 가득 채울 테니까.

그녀가 분명했다. 잘생긴 쪽의 남자가 '잔돈은 가져'라고 말하며 돌아선다. 머리 속이 갑자기 하얗게 변했다. 어떻게 해야할 것인가. 어쨌든 멈추게 해야 한다는 생각밖에는 들지 않았다.

— 저기, 아저씨.

기분 나쁜 남자가 돌아보았다.

— 커피는 1,200원인데요. 잔돈을 더 주셔야······.

주머니를 뒤지더니 동전 두 개를 꺼내 내 쪽으로 던진다. 바닥에 동전 떨어지는 소리가 생생하게 울린다. 영화에서 이런 장면이 등장할 때는 언제나 슬로우 모션이다. 그러고는 뭔가 비극적인 일들이 암시되는 것이다.

나는 다시 그 남자들을 불렀다. 어떻게든 막아야겠다는 생각뿐이었다.

— 아저씨, 빨대도 가져가셔야죠.

별 미친 녀석 다 보겠다는 듯 그냥 가버린다. 이런 식으로는 잡을 수 없을 것이다.

자동문을 나설 때 그녀의 눈이 내 눈을 잠깐 스쳐 지나간다. 뭐랄까, 도움을 청하고 싶지만 당신도 날 어떻게 구할 수는 없을 거야, 라는 표정이었다.

아무 데도 가지 못하게 해야 한다.

나는 밖으로 뛰어나갔다. 기분 나쁜 쪽의 남자는 앞쪽의 차문을 열고 있었고 잘생긴 남자는 그녀의 머리를 차 속으로 밀어넣고 있었다.

— 아저씨.

남자가 돌아보았다.

— 여기 뭐가 떨어져 있는데 아가씨 거 아녜요?

차는 편의점에서 15미터 정도 되는 거리에 세워져 있었다. 두 남자는 서로 무언가를 중얼거리더니 기분 나쁜 쪽의 남자가 편의점 쪽으로 걸어왔다. 나머지 사내는 그녀와 함께 뒷자석으로 들어간다. 갑자기 가슴이 쿵쾅거렸다. 나는 안으로 들어와 무엇인가 손에 잡을 수 있는 것을 찾아보았다. 서랍 속에 있던 가스총이 떠올랐다. 가스총을 주머니 속에 넣고 맥주병을 쥐었다.

— 뭐야? 뭐가 떨어졌다고 그래?

— 저기 뒤쪽에 뭔가 떨어져 있던데요.

바깥에서는 잘 보이지 않는 쪽을 가리키며 태연한 표정을 지으려고 애썼다. 나는 남자의 뒤쪽을 조심스럽게 따라갔다.

'어디 말야?' 하며 고개를 돌리는 순간 남자의 얼굴에다 가스총을 발사했다. 모기를 향해 에프킬라를 뿌리는 것처럼 아주 간단한 일이었다. 풍선에서 한꺼번에 바람이 빠져나가는 것 같은 소리가 났다. 남자는 옆에 있던 나무 빗자루를 쥐어들고 흔들어댔다. 과자봉지와 껍들이 퍼벅, 퍼벅, 하는 소리를 내며 옆으로 나자빠졌다. 비틀거리는 남자를 향해 맥주병을 내리쳤다. 남자의 옆머리를 내리치는 순간 나 역시 나무 빗자루에 한 방 맞고 말았다. 아주 둔탁한 소리가 났다. 이마 쪽이었는데 순간적으로 정신이 멍해졌다. 별 모양이 머리 주위를 맴도는 만화 같은 상황이 벌어지고 말았다. 나는 비틀거리는 별들을 보며 그만 피식, 웃고 말았다.

남자는 짧게 신음소리를 내더니 내 앞으로 쓰러졌다. 아주 기분 좋은 일이었다. 권투에서 KO시키는 기분이 이런 것이 아닐까, 깨진 맥주병 목 부분을 버리고 자세를 낮추었다. 다음에는 어떻게 해야 할까를 생각하고 있자니 심장소리가 점점 더 빨라졌다.

다음은 나머지 녀석을 차 안에서 끌어내는 것이 문제야, 하고 마음속의 누군가가 대답해 주었다. 아마도 내 안에 다른 어떤 녀석이 살고 있었나 보다. 아주 침착하고 잔인한 녀석이다.

편의점의 자동문이 열리고 흰 티셔츠에 모자를 쓴 젊은 남자 한 명이 들어왔다. 이건 계획에 없는 일인데 말야, 하고 내 안의 그 녀석이 낮게 중얼거린다. 나는 빠른 걸음으로 문을 향해 갔다.

— 아, 오늘부터 일한다는 사람이군요. 늦어서 미안해요.

아마도 내 얼굴은 피보다도 빨갈 것이라고 생각했다. 머리가 RPM 100 이상의 속도로 회전하고 있다. 이제 어떻게 해야 하는지 알겠지? 라고 얘기하고 있다. 물론, 내 안에 있는 그 녀석 말이다.

나는 카운터 안쪽에 쭈그리고 앉아 편의점 로고가 찍힌 앞치마를 벗어서 내려놓았다. 그리고 남방을 벗어 서랍 속으로 구겨 넣었다.

— 나 잠깐 갔다올 데가 있는데 말예요. 모자 좀 빌려주겠어요? 그리고, 방금 경찰이 왔다갔는데 바깥에 있는 탁자 말예요, 지금 당장 안 치우면 죽여버리겠대요.

나는 앞치마를 녀석의 몸에다 씌워주고는, 잘 어울리는데요, 하며 어깨를 두드려주었다. 얼떨떨해하는 녀석의 머리에서 모자를 벗겨냈다. 머리카락이 잔뜩 헝클어져 있었다. 모자를 꾹 눌러 쓰고는 문 쪽으로 걸어갔다. 저기, 하며 뒤에서 부르는 소리가 들렸지만 못 들은 척하고 문을 나섰다.

검은색의 아주 큰 차였다. 차를 지나치면서 슬쩍 안을 들여다보았다. 남자는 계속 편의점 쪽을 바라보고 있었다. 아직 눈치채지 못한 것이 분명하다. 나는 어두운 골목길 쪽에 서 있는 전봇대 뒤쪽으로 몸을 숨겼다.

만약, 편의점의 그 젊은 녀석이 쓰러져 있는 남자를 먼저 발견해 버린다면 일이 곤란해진다. 그때 편의점의 자동문이 열렸다. 앞치마를 두르고 있는 것이 멀리서도 보인다. 그때 차문이 열리고 나머지 한 남자가 바깥으로 나왔다.

— 뭐 하고 있는 거야? 그 녀석은?

편의점에서 나와 의자와 탁자를 접고 있는 젊은 녀석은 자신의 일이 아니라는 듯, 아니면 소리를 듣지 못했는지 이쪽을 바라보지는 않는다. 기분이 나쁘지 않던 남자 역시 기분이 나빠졌는지 편의점 쪽으로 성큼성큼 걸어간다. 나는 전봇대에서 나와 조심스럽게 차 쪽을 향해 걸어갔다. 모든 것이 아주 조용했기 때문에 내 발소리가 공룡 발자국 소리라도 되는 것처럼 크게 느껴졌다. 차문은 열려 있었다.

— 아가씨, 차에서 내려요. 도와줄 테니 빨리 도망갑시다.

312

그녀는 왼손을 들어 보였다. 제길, 차의 손잡이에 수갑이 채워져 있다. 남자는 편의점 녀석의 어깨를 두드리고 있었다.

— 이걸로 해보세요.

그녀가 내민 것은 자동차 키였다. 자동차 키라고는 하지만 일반적인 자동차 키와는 조금 다른 아주 독특한 모양이었다. 나는 고개를 숙인 채 시트에 얼굴을 바짝 붙이고 자동차 키를 밀어넣었다. 오른쪽으로 돌리자 계기판에 불이 들어왔다.

— 운전할 줄 알아요?

지금, 그녀의 목소리를 가지고 이렇다저렇다 할 형편은 아니지만 사뭇 감격스러웠다. 그녀의 목소리가 지금 나를 향해서 말하고 있는 것이다. 그것도 나의 도움을 필요로 하는 것이 분명한, 흥분된 목소리로.

오른쪽으로 조금 더 돌리자 시동이 걸렸다. 편의점 안에서 남자가 뛰어나오고 있었다. 얼굴이 자세히 보이지 않지만 분명 아주 화난 얼굴일 것이다. 화난 얼굴이든 말든 그런 건 생각하지 않는 게 좋아, 라고 내 안에서 다시 말하고 있다. 사이드 브레이크를 내리고 기어를 드라이브로 바꾸는데 아마 0.1초밖에 걸리지 않은 것 같다. 그보다 더 빨랐을지도 모른다. 액셀러레이터를 밟자 부드럽게 앞으로 밀려나간다. 뒤쪽에서 펑, 하는 소리가 들렸다. 나도 모르게 고개를 앞으로 숙이며 몸을 움츠렸다. 총소리였다.

빌어먹을, 어떻게 되든지 알게 뭐람, 갑자기 소희의 말투가 되어버렸다. 어떻게든 되겠지. 내 알 바 아니다. 속도감과 함께 차가 점점 빨라지자 이상하게 심장은 정상 수치로 되돌아왔다. 우두커니 총을 든 채 서 있는 남자의 모습이 백미러 속으로 멀어지고 있다. 얼굴이 보이지는 않지만 아주, 많이, 화난 얼굴일 것이다. 나는 모자를 벗어서 창문 밖으로 던졌다. 시원한 바람이 머리카락을 건드렸다.

18

— 커피 때문에 그런 거예요?

— 뭐가요?

— 캔 커피 하나 때문에 절 구하신 거냐고요.

— 아뇨, 빨대 때문이었어요.

하고는 웃으면서 룸미러로 뒤를 슬쩍 보았다. 그녀의 얼굴은 얼음장처럼 차가웠다.

— 농담이에요. 그게, 얘기하자면 길겠네요.

시속 120킬로미터로 달리고 있는 차 안은 아주 평화로웠다. 전혀 120킬로미터 같지 않았다. 차의 계기판에 문제가 있거나 내게 문제가 있거나. 그녀가 수갑에 묶여 있다는 것만 빼면 모든 것이 완벽하게 평화로웠다. 뒷좌석에서 울리는 그녀의 목소리가 나를 더욱 편안하게 만든다. 이제 그녀의 수갑을 어떻게 풀 것인가만 해결하면 모든 것이 더욱 평화로워질 것이다.

— 어디로 가는 거예요?

그녀는 궁금해 죽겠다는 듯한 목소리로 내게 물었다. 그녀가
하는 모든 말은 참을 수 없어 입 밖으로 나온 말 같다. 배고파
죽겠어, 라고 말했다면 아마 모든 슈퍼마켓을 털어서라도 그녀
를 배부르게 해주었을 것이다. 꼭 그래야만 될 것처럼 사람을
이끄는 목소리, 그것이 그녀의 매력이다. 그게 바로 그녀의 비
트이다.

— 모르겠어요, 나도.

— 그럼 제가 아는 곳으로 가죠. 괜찮겠죠?

물론. 어디든.

만약 지금 100톤짜리 트럭이 우리를 덮쳐버린다면, 그렇게
내가 너의 곁에서 죽을 수만 있다면 그 죽음은 내 최후의 기쁨,
내 최고의 특권일 텐데, 라고 노래했던 가수가 떠올랐다. 아니,
10톤이었던가?

어쨌든.

0. 펭귄뉴스 속보 제99호

우리 시대의 비트마니아를 찾아서(5회) — 닐 캐시디

1926년 유타의 솔트레이크 시티에서 태어나 1968년 멕시코

의 산 미구엘에서 죽다.

잭 캐루악의 「온 더 로드」의 주인공이자 토마스 울프의 「일렉트릭 쿨에이드 애시드 테스트」의 주인공인 닐 캐시디는 비트 제네레이션의 숨은 비트마니아이다. 자신의 계산에 의하면 21살까지 약 500대 정도의 차를 훔쳤고(흔히들 400대라고 알고 있지만) 한 번도 법대로 살아본 적이 없는 말 그대로의 비트마니아이다. 그는 평생 모든 곳을 돌아다녔고 단 한순간도 비트를 잊은 적이 없었다. 1968년 비가 퍼붓던 날, 버려진 철도를 배회하다 쓰러진 닐이 마지막으로 남긴 말은 6만 159였다. 수많은 비트연구가들이 분석하고 있지만 아직도 그 말의 정체를 아는 사람은 없다. 펭귄뉴스는 이 숫자가 아마도 펭귄뉴스의 모체인 50년대 비밀결사조직 '매드 비트닉스(Mad Beatniks)'의 비밀 암호일 것으로 추정하고 있다. 더 자세한 것은 켄 케세이의 멋진 글 「슈퍼맨이 죽은 다음날」과 펭귄뉴스 28호 「비트 제네레이션 특집호」를 참고하시길.

-3. 오프비트

찬기의 옆에는 녹색과 적색, 그리고 파란색 포탄이 가지런히 쌓여 있다. 이 병장은 M-80 격발기 스위치를 아래위로 누르며 신기해하고 있었다. 포탄 위에는 노란색 딱지가 붙어 있다.

'M-80 제대로 발사하는 법'이라는 문구가 커다란 글씨로 쓰여 있었다.

이 병장은 연신 입가를 히죽거리며 찬기에게 말을 건다.

— 이게, 정말 날아갈까?

— 처음이에요? 이런 거 만져보는 거?

— 물론이지, 난 3년 내내 보초만 선 사람이야. 그것도 쉬운 일은 아니지만 말야.

찬기는 시큰둥한 얼굴로 정면을 바라보고 엎드렸다. 짙은 어둠밖에는 아무것도 없었다.

— 이 병장님은 어렸을 때 꿈이 뭐였어요?

이 병장은 M-80을 내려놓고 잠시 생각에 잠긴 듯했다.

— 꿈이라, 오랜만에 듣는 얘기로군.

오랜만에 듣는 얘기야, 라고 한 번 더 반복하고는 상의에서 담배를 꺼내 물었다. 그러고는 너무 많았어, 라고 이어 말했다.

— 난 뛰는 걸 무척 좋아했었지. 하루라도 뛰지 않으면 몸이 욱신거리곤 했지. 그런데 자라면서 뛰는 것도 참 종류가 많다는 걸 알게 되었지. 마라톤도 있고, 100미터도 있고, 400미터도 있고, 장애물 달리기도 있고, 정말 너무 많지. 너무 많은 게 문제였어.

담뱃불의 분홍색 점이 옅어졌다 다시 밝아지곤 했다. 아주 뚜렷한 분홍색이었다.

— 그래서 테니스를 시작했지.

— 그래서라뇨?

— 너무 많아서 말야.

— 너무 많아서 테니스를 시작했다, 라는 건 이해가 안 되는데요?

— 선택을 해야 한다는 거지. 그중에서 도대체 무얼 고르란 거야. 뛴다는 건 모두 마찬가지인데 말야. 매일매일이 다르잖아, 어느 날은 100미터를 뛸 수도 있고 계속 뛰다보면 마라톤이 될 수도 있는 거지. 그래서 테니스를 선택한 거야. 그것도 뛰긴 뛰는 거니까.

그때 P253 무전기가 울렸고, 이 병장이 무전기를 들었다. 금일 훈련 상황 종료, 라는 짧은 메시지 내용이었다. M-80을 쏠 수 있는 기회는 없어져버린 셈이다. 이 병장은 '알았다, 이상', 이라는 짧은 말로 응답했다.

— 나는 테니스의 완전한 스코어가 마음에 들었어. 배구나 야구 같은 것과는 기분이 달라. 6이라는 숫자가 아주 마음에 들었거든. 예를 들자면 말야.

이 병장은 어깨 위에 걸려 있던 플래시를 꺼내 바닥에 비추었다. 동그란 원이 생겨났다. 막대기를 하나 꺼내더니 바닥에 무엇인가 그리기 시작했다.

테니스 시합의 스코어보드였다. 위쪽에는 모두 6이라고 적혀 있고 아래쪽에는 모두 0이다.

— 건전지와 마이클 창의 시합을 본 적 있나? 이 스코어와 아

주 비슷한데 말야.

찬기는, 보지 못했다, 라고 대답했다. 찬기는 시계를 들여다보았다. 아직 보초 시간이 30분이나 남아 있었다. 이 병장의 말이 지루했던 것은 아니지만 오늘따라 시간이 더디게 가는 것 같았다. 찬기는 점점 지루함이 몸속 깊숙이 박히는 것은 아닐까, 하고 생각했다.

— 인간은 누구나 선택을 해야 해, 그렇지? 그런데 완벽한 선택이란 것이 있을까? 두 가지 중 하나를 선택해야 한다, 그럴 때 완벽한 선택이란 없는 거야. 10중에 6을 택하면 나머지 4는 버려야 한다고.

— 4가 두려워요? 이 병장님께 복수할까 봐?

— 하하하, 너 농담도 하네? 아냐, 맞아, 두려워, 그게 두려워.

찬기는 빙빙 돌려대는 이 병장의 말투에 약간 신경질이 나 있었다.

— 그래서 꿈이 뭐였다는 말씀이에요?

— 아, 꿈 얘기를 하던 중이었던가? 꿈이라. 이상하게 들리겠지만 말야, 내 꿈은 단 한 번만이라도 아무런 미련 없이 6을 선택하는 거야. 4 따위는 생각하지 않고 완벽하게 6을 생각하는 거야. 그럼 그게 10이 되지 않을까? 내가 그럴 수 있을까?

— 되겠죠, 언젠가는.

찬기는 몸을 엎드렸다. 찬기의 얼굴로 갑자기 졸음이 몰려왔다. 차가운 바닥에 배를 깔고 엎드려 있으니 찬기의 머리 속으로 동재의 얼굴이 떠올랐다. 한겨울 할 일이 없을 때면 둘이서 차가운 방바닥에 따뜻한 배를 깔고서 킥킥거리며, 만화책을 읽던 시절을 떠올렸다. 어쩌면 만화책을 읽었던 것이 아니라 따분함을 공유하던 시절, 아니면 지루함을 상습 복용하던 시절.

19. 1969년의 비트

— 핸드백을 열어보세요.

놈들이 트렁크에 던져둔 그녀의 핸드백에는 온갖 잡동사니들의 박물관처럼, 없는 게 없었다. 찾아보면 다이너마이트나 포클레인 같은 것도 있을지 모르겠다는 생각이 들었다. 나는 그녀가 가리키는 쇠꼬챙이를 집어주었다. 15분 정도가 지나자 수갑을 벗어버렸다. 어떤, 훈련을 받지 않고서는 불가능한 일이었다.

— 당신 목소리를 늘 듣고 있었어요.

고해성사를 하는 죄인, 은밀한 프로포즈, 그 사이 어딘가였다.

— 그랬나요?

그녀는 시큰둥했다. 그딴 것, 난 상관 안해, 라고 말하는 듯한 표정이었다. 어딘지 모르게 몰인정한 여자라는 노래의 한 구절처럼 느껴졌다. 감정도 없는. 그녀는 창문 밖 어딘가를 뚫어지게 바라보고 있다.

— 예전에 당신 방송에서 벨벳 언더그라운드와 톰 웨이츠를

신청한 적이 있었는데, 기억나요?

그녀의 눈에 이상한 빛이 스쳐 지나간 후 갑자기 고개를 휙, 엑, 돌려 나를 바라본다.

— 그게, 당신이라고?

아니다, 라고 해야 할 것 같았지만 아니다, 라고 할 수는 없었다. 아니지 않으므로.

그게 뭐 어쨌다는 건가? 그녀의 갑작스런 반응에 핵폭탄 스위치를 누르기라도 한 사람처럼 덜컥 겁이 났다. 그래, 그게 바로 나였다. 그게 뭐 어쨌다는 건가?

— 이제 와서 뭐, 이런 말 해봤자지만.

그녀는 마치 창문에 비친 자신의 얼굴과 대화를 나누고 있는 것처럼 보였다. 절대 나를 바라보지는 않았다. 어쩌면 그저 독백이었는지도 모른다.

— 당신 때문에 난 많은 걸 잃었어요.

— 나 때문에 말예요?

— 예, 당신 때문이죠.

— 그래, 뭘 잃었죠?

그녀는 담배 있어요? 하며 내게 고개를 돌렸다. 담배를 잃어버렸다는 건가? 하고 생각하며 담배 한 대를 그녀에게 건네주었다. 계속 뒷좌석 쪽으로 고개를 돌리고 있었더니 목 뒤쪽이 뻐근해지고 있다. 주위에는 아무것도 보이지 않았다. 시속 120킬로미터로 30분을 달려 이곳에 도착했다. 그러니까 60킬로미터 떨

어진 곳이다. 100미터 앞에 보이는 별장 한 채가 전부, 아무것
도 없다. 심지어 나조차 없는 것처럼 느껴진다. 그녀는 차 앞을
보며 한숨을 크게 쉬었다. 그녀의 한숨 때문에 차가 조금 앞으
로 밀려 나가는 것 같았다.

— 난 펭귄뉴스 사회자가 되고 싶었단 말예요.

그 한 문장을 주문처럼 내뱉고 나더니 그녀는 자동차의 유리
창에 머리를 기대고 헉, 흑, 울기 시작했다. 울고 있는 사람에
겐, 참으로 미안한 말이지만, 아름다워 보였다.

흑, 흑, 흑, 슈—읍, 흑, 흑, 흑, 슈—읍 (끊임없이)

대충 이런 리듬이었다. 콧물이 말려들어가는 소리인 슈—읍은
일종의 비트에 가까웠다. 그녀는 과연, 리듬 감각이 뛰어났다.
그녀의 리듬에 빠져버린 나는, 손수건을 건네줄 정신도 없었고
물론 왜 우는지를 물어볼 만한 정신도 없었다. 갑자기 그녀의 말.

— 당신 펭귄뉴스가 뭔지 알아? 흑, 흑.

— 펭귄뉴스? 아, 편지를 받은 적이 있죠, 인터넷에서 대화
를 잠깐 나누기도 했고요.

— 역시 그랬군. 흑, 흑.

그러더니, 다시 이번에는 약간 숨죽인 비트로 훌쩍이기 시작
했다. 나는 차 앞좌석에 있던 휴지를 한 장 꺼내 그녀에게 건네
주었다. 도움이 되었으면 좋겠다.

왠지 멋쩍어, 카스테레오의 다이얼을 돌렸다. 쇤베르크의 「정화된 밤」이라는 곡이 흘러나왔다. 물론, 내가 아는 곡은 아니다. DJ가 그렇게 말해 주었기 때문에 안 것이다.

온몸에 총알 자국이 30개 정도 난 상태에서 친척도 한 명 없이, 섹스 같은 것도 한 번 해본 적 없이 죽어간 사람의 장례식에나 어울릴 만한 노래였다. 아주 비극적이었다. 첼로 소리가 섬뜩하게 느껴진다.

— 빌어먹을, 음악 좀 꺼버려, 클래식은 지겨워 죽겠단 말야. 흑, 흑, 슈-읍.

그녀는 핸드백을 뒤지더니 보물찾기라도 하는 것처럼 테이프 한 개를 꺼냈다. 분홍색의 표지로 둘러싸인 예쁜 모양의 테이프였다. 테이프를 내게 건네주었다. 데크에 밀어넣자 생생한 드럼 소리가 몰려나왔다. 여자와 남자가 함께 노래를 부르고 있었다.

— 이 노래 제목이 뭔지 알아?

— 모르겠는데요.

왜 반말이야, 이런 항의는 하고 싶지 않았다. 뭘 잃어버렸는지 모르지만 나 때문에 무엇인가를 잃어버렸다면, 20분 동안이나 울어야 할 정도로 중요한 것을 잃어버렸다면 반말 좀 하는 것쯤은 별 문제가 아니라고 생각했다. 나 역시 그녀가 반말을 하자 좀더 마음이 편해졌다.

— 치보마토의 사이드 프로젝트인 버터08의 노래야. 존 스펜서 블루스 익스플로젼의 사이드 프로젝트라고 할 수도 있겠지만

말야. 존 스펜서가 없다고는 하지만 어쨌든 러셀 시민스와 유카 혼다, 또 하토리 등이 등장하지. 내가 생각하기엔 치보마토보단 좀더 그루브감이 덜한 것 같아 좀 유감이지. 제목은 '69년의 버터'야. 뭔가 떠오르는 게 있어?

그녀는 마치 백과사전의 한 챕터를 클릭한 것처럼 말을 뱉어냈다. 그녀에게는 모든 것이 입력되어 있는 것처럼 보였다. 클릭만 한다면 1969년에 죽은 아티스트의 이름을 100개 정도는 얘기할 수 있을 것처럼 보였다. 100명 이상이 죽었다면 말이다.

— 브라이언 아담스의 '69년의 여름'은 들어본 적이 있지만. 그런데 그게 69년이 맞던가?

생각해 보니 정확하게 맞다. 다른 해도 아닌 분명 69년이다. 그 앨범의 재킷과 이름까지 기억한다. 가사 몇 줄도 기억할 수 있다. 이런 가사였다.

난 처음으로 진짜 여섯 줄짜리 기타를 샀어, 5달러 10센트를 주고. 내 손가락에서 피가 흐를 때까지 기타를 연주했지. 바로 1969년의 여름이었어.

— 당신도 제법이군?

나야 물론, 제법이다. 한때는 밴드에서 기타를 치기도 했으니 그 정도야 당연히 아는 거지. 그녀와 이렇게 어두운 차 안에서 69년에 관한 이야기를 하고 있다는 것이 행복했다. 69년이라면 아직 내가 태어나기도 전의 일인데 말이다. 69년에는 어떤 일이 있었을까? 69년에 무슨 일이 있었든 간에 나는 69년의 버터와 69년의 여름만을 생각하기로 했다. 69에 관한 노래들이 떠올랐다. 소닉유스와 리디아 런치가 함께한 '죽음계곡 69'도 있었고 베이브스 인 토일랜드의 '스위트 69'도 있었다. 그게 연도를 말하는 것인지 어쩐지는 모르겠지만 알이엠의 노래 중 'Star69'라는 노래도 있다. 하지만 브라이언 아담스 이외에는 말하지 않았다.

아, 맞아, 69년은 우드스탁이 있었던 해였지, 하고 그녀를 돌아보았을 때 그녀는 잠들어 있었다.

20

— 나는 3년 동안이나 교육을 받았어. 전쟁이 시작되기 전부터지.

이것이 별장에 들어와 그녀의 입에서 들려온 첫번째 문장이었다. 차 안에서 들었던 목소리와 방 안에서 들리는 그녀의 목소리는 다르다. 물론, 기본적인 어떤 것에는 변함이 없지만 그 울림의 정도가 다른 것이다. 선택하라면, 차 안에서의 울림이 더 마음에 든다. 하지만 차에서 밤을 새울 수는 없다.

별장 안에는 가구가 거의 없었다. 거실에는 갈색 소파 하나뿐이었고 두 개의 방에는 옷걸이가 하나씩 있을 뿐이었다. 황량하기 이를 데 없는, 서부의 선술집을 떠올리게 하는 그런 집이었다.

— 3년 동안 뭘 배웠는지 궁금하지 않아?

— 궁금해요.

— 3년 동안 비트만 배운 거야. 세상에 있는 모든 비트를 알고 있어. 하나도 빼놓지 않고.

— 하나도 빼놓지 않고?

— 응.

— 그걸 배워서 뭐하는 거예요?

정말 궁금한 문제였다. 비트라는 것은 나이처럼, 점점 익숙해지는 것이라고 알고 있었다. 점점 익숙해지긴 하지만 역시 나이처럼, 다음 나이로 지나가버리면 다시 익숙해져야 한다, 고 나는 생각하고 있었다.

— 비트를 전파하는 거지, 창녀처럼.

— 전도사나 뭐 그런 게 아니라?

— 난 태생이 창녀래. 그래서 어쩔 수 없이 창녀처럼 전파하는 거래. 에이즈를 퍼뜨리는 것처럼 말야.

그녀는 소파에 비스듬히 누워 내 얼굴을 뚫어지게 바라보았다. 아름다운 눈이 나를 관통하고 있다는 느낌은, 정말, 대단한 것이었다. 나와 아주 비슷한 나이처럼 보이지만 그녀는 상대방을 압도하는 힘을 가지고 있다. 비트 때문이 아닐까, 하고 생각했다.

― 그런데, 너 때문에 다 틀려버린 거야.

― 이해가 잘 안 가는데요?

― 난 159채널에 위장 취업해 있었어. 말하자면 스파이였던 거지. 라디오 방송국은 아주 영향력이 큰 곳이거든. 말하자면, 우리 펭귄뉴스의 핵심 공작이지. 나는 태생 때문에 어쩔 수 없어. 내가 할 수 있는 거라곤 창녀나 스파이 그 정도야. 조금만 더 159채널에서 스파이를 했다면 펭귄뉴스 사회자가 될 수 있었는데 너 때문에 다 글러버렸어.

― 제가 뭘 잘못한 거죠?

― 네가 그날, 벨벳 언더그라운드와 톰 웨이츠를 신청하면서 내 신분이 들통나버린 거야. 뭐랄까, 비트에 대한 나의 평형감각이 일시에 와해되어 버린 거지. 억제하고 있었던 비트의 본질이 한계선을 넘어버린 거야. 네가 그렇게 말했었지? 나의 목소리에 있는 교묘한 비트는 도대체 뭐냐고. 문제는 바로 그거였어.

나는 여전히 문제가 뭔지 알아차릴 수가 없었다. 그저 그녀가 그렇게 말하니 그런가 보다, 하고 있었다. 내가 문제였다면 어쨌든 그녀를 도울 수 있는 일을 찾고 싶었다.

― 난 처음부터 다시 시작하지 않으면 안 돼. 지금 펭귄뉴스로부터 문책을 받는 중이었어. 아까 그 짭새들한테 잡혀가는 쪽이 훨씬 낫지 않았을까, 하고 생각되기도 해. 어쨌든 펭귄뉴스로 다시 돌아가기 위해서는 처음부터 시작하지 않으면 안 돼.

― 처음?

— 그래, 처음. P-칩 제거반. 말하자면 전선줄 게릴라지. 아마, 난 펭귄뉴스로 다시 돌아가게 될 거야. 왜냐하면 난 비트에 너무 깊이 중독되어 있거든. 너무 멀리 와버린 거야. 이제 내가 선택할 수 있는 미래는 없어. 아주 많은 미래 중에서 내가 선택할 수 있는 미래는 고작, 하나뿐이라구.

그녀는 소파에 드러누워 허망한 눈빛을 천장으로 보냈다. 뭔가 회한에 가득 찬 눈빛이었다. 나 역시 중독되고 싶어, 라고 그녀의 눈을 향해 속삭였다. 그녀는 P를 만나게 해줄게, 라고 낮게 중얼거렸다. P가 누구인지는 묻지 않았다. 그녀가 나를 안아주었기 때문이다. 그녀의 따뜻하고 폭신한 가슴 위로 얼굴을 묻었다.

그녀의 가슴에서 쿵쿵쾅, 쿵쿵쾅, 하는 떨림이 전해져왔다. 어쩔 수 없는 것이라 생각한다, 비트는 어쩔 수 없는 것, 이라고 생각한다. 비트는 그녀의 가슴에서부터 시작되었다. 그녀의 입술에서도, 그녀의 다리에서도, 그녀의 허벅지에서도, 그녀의 무릎에서도, 그녀의 깊은 곳에서도 비트를 느낄 수 있었다. 그녀의 몸 전체는 비트 그 자체였다. 비트뿐이었다. 오직 비트.

21. 비트를 찾아서

P를 만나는 것이 쉬운 일은 아니었다. 그 지겨웠던 과정을

일일이 밝히자면 다음과 같다.

1. 그녀와 함께 별장을 나섰다. 차는 근처의 공원에다 버렸다.

2. 우선, 펭귄뉴스 제작단 회의 실무 담당 프로듀서라는 사람을 만나기 위해 전화를 했다. 전화를 했지만 없었다. 없었지만 일단, 무작정 찾아가 보기로 했다. 물론, 그녀의 생각이었다.

3. 무작정 찾아가 본 결과 펭귄뉴스 제작단 H본부는 이미 다른 곳으로 옮긴 후였다. 근처에 U본부가 있었지만 그곳에는 그녀와 별로 관계가 좋지 않은 프로듀서가 근무하고 있기 때문에 별로 갈 마음이 생기지 않는다, 고 그녀가 말했다. 그런 걸 따질 만한 상황이 아니지 않느냐, 하고 내가 말했다. 우리는 꽤 멀리 떨어져 있는 C본부를 찾아가기로 했다.

4. C본부에 도착해서 우리는 한 시간을 기다려야 했다. 한 시간을 기다린 이후에는 신분증 검사를 해야 한다는 이유로 다시 40분 정도를 기다렸다. 그리고 나서는 사무직원에게 우리가 왜 P를 만나고 싶어하는지 설명하는 데 20분 정도가 걸렸다. 정말 멍청한 녀석이었다.

5. P는 몹시 바쁜 인물이기 때문에 당신 같은 조무래기들을 만날 시간이 없다, 라고 말하는 멍청한 녀석을 설득하자 도대체 P가 누구인가, 하는 의문이 들었다. 나로서는 당연한 의문이었지만 그녀에게 모든 것을 맡기는 것이 내가 할 수 있는 일의 전부였다. 그리고 드디어 P가 나타났다.

P는 사무실 안에 있는 우리를 보더니 아주 놀랍다는 표정을 지어 보였다. 아마, 우리라기보다는 그녀 때문에 놀란 듯하다. 그녀는 고개를 떨어뜨렸다.

— 미안해요.

그녀가 먼저 입을 열었다. P는 의자에 앉자마자 책상 위에 있는 스케줄 리스트를 체크했다. 우리 같은 건 안중에도 없는 듯한 눈치였다. 10분쯤 방 안에서는 아무런 소리도 나지 않았다. 가끔 P가 넘기는 책장 소리만이 방 안의 침묵을 사각거리며 갉아먹고 있었다. 나로서는 어떤 말도 할 형편이 아니고 그녀로서는 무엇인가 미안한 마음이 입을 닫게 만든 것 같다. P가 입을 열기 전에는 누구도 이 무거운 공기를 바꿔놓진 못할 것이다.

— 몸은 좀 어때?

— 괜찮아요. 이 사람이 절 구해 주었어요.

그녀는 손바닥을 내밀어 나를 가리켰다. 나로서는 뭐 마땅히 할 말도 없고 해서 어깨를 으쓱해 보였다.

— 일을 상당히 복잡하게 만들었더군.

다시 그녀가 고개를 숙인다. P는 책상에서 일어나 그녀의 앞으로 갔다. 키는 그다지 크지 않은 편이지만 얼굴에는 무언가 살기가 느껴지는, 그런 종류의 인간이었다. 나이는 30대 후반 정도.

— 이번 한 번만은 넘어가 주겠어. 옛날 일도 있고 하니까 말야.

그녀가 고개를 들자 P는 지긋한 눈으로 그녀를 바라보았다. 지긋한 눈이라는 건 아마도 오랜 시간 함께 눈길을 건넸고 감추어야 할 것, 드러낼 것, 추억에 싸여야 할 것, 혹은 표현하지 않아도 알 수 있는 것들을 서로 잘 알고 있는 두 사람 사이에서만 가능한 것이리라. 어쨌든 나로서는 그 복잡 미묘한 눈길을 지켜보고 있는 것이 괴로웠다.

그녀는 P의 가슴에 안겼다. 그리고 곧바로 울음을 터뜨렸다. 나는 의자에서 일어나 흠, 흠, 하며 사무실 주위를 훑어보았다. 머쓱해진 것이다. 키는 그녀쪽이 조금 더 큰 편이어서 그녀의 얼굴이 P의 어깨 위에 걸쳐지는 꼴이 되었다. 어깨가 다 젖을 것이라고 생각했다. 하지만 이런 자리에서 흠, 흠 거리며 주위를 맴도는 것보다는 어깨에 홍수가 나는 편이 훨씬 더 행복할 것이다.

— 오랜만이야.

P가 다시 입을 열었다.

— 네. 일을 제대로 처리하지 못해서 미안해요.

— 펭귄뉴스에 계속 남아 있겠어?

— 그러고 싶어요.

— 아마 P–칩 일을 다시 해야 할 텐데.

— 어쩔 수 없잖아요.

그녀는 잔뜩 젖은 눈가를 닦으며 환하게 웃어 보였다. 돌아오게 되어 기쁘다, 라는 표정이었다. P는 드디어 내가 서 있는 쪽으로 고개를 돌렸다. 내게 손을 내밀었다. 내게, 만나서 반갑다, 라고 말을 건넸다. 그리고 잠시 후에 오겠노라며 문 밖으로 사라졌다.

나는 그녀와 함께 P-칩 제거라는 임무를 맡았다. 그녀는 아주 유능한 스파이지만 단 한순간에 가장 낮은 자리로 떨어져버린 것이다. 그건 마치 성냥개비로 탑을 쌓아올리다가 이상하게 생긴 성냥개비 하나 때문에 모두 다 무너져버리고 마는 그런 식이었다. 처음부터 다시 쌓지 않으면 안 된다. 그게 룰이라고 한다. 세상 어디든 룰이라는 것은 참 가혹한 것이다.

아무리 P라는 사람이 그녀와 가까운 사이였다 하더라도, 푹 젖은 눈길을 보내는 사이라 할지라도 룰에 어긋나는 일은 절대 하지 않는다, 고 그녀가 강조했다. 어쨌든 나는 그녀와 함께 일할 수 있다는 것이 기뻤다. 그녀와 함께라면 P-칩 아니라 원자폭탄 뇌관도 제거할 수 있을 것 같았다.

P-칩 제거에 관한 아주 얇은 매뉴얼을 한 권 받았다. 그녀는 오래전에 이 일을 해본 적이 있기 때문에 필요없다고 했다. 매뉴얼을 아무렇게나 넘겨 보았다.

P-칩 제거에 관한 일반적 주의사항들

1. 주위를 살피는 것이 급선무, 위험하면 시도하지 말 것.

2. P-칩을 찾는 데 걸리는 시간이 짧을수록 제거할 수 있는

시간이 길어진다.

3. P-칩의 종류는 두 가지뿐이다. 먼저 기종을 파악하라.

4. 제거가 불가능하다면 폭파시켜라.

5. 제거 후 일지에 기록할 것.

— P-칩이라는 건.

그녀가 어느새 내 곁에 바싹 서 있었다. 기분이 좋아졌는지 그녀의 목소리에서 확연한 비트가 느껴졌다. 비트라는 것 역시 어느 정도 기분과 관계가 있는 것이구나, 하는 생각이 들었다. 그녀의 몸에서 아주 은은한 향기가 났다. 눈물에서 맡아지는 향기일지도 모른다.

— P-칩이라는 건, 음……, 우리에겐 최대의 적이라고 할 수 있지.

그녀의 말에 의하면, P-칩은 진압군들이 모든 TV에 장착한 시스템의 한 종류이다. 풀어서 말하자면 미디어용 비트 제거 소형칩이라고 할 수 있다. 이 P-칩을 설치한 TV에서는 비트에 관한 어떠한 소식이나 화면도 보이지 않는다. 모든 주파수를 차단해 버리고 오직 하나의 주파수만을 볼 수 있게 만드는 것이다. 지하군들이 방송하는 펭귄뉴스는 물론이고 지방에서 공공연하게 방송되는 포르노 화면, 록 음악을 주로 방송하는 화면 등이 P-칩이 제거하는 주요 방송들이다. 그래서 지하군들의 가장 커다란 임무 가운데 하나가 이 P-칩을 제거하는 것이다. 그녀의 말에 의하면 그렇다.

내가 보던 TV에도 P-칩이 작동하고 있었다는 생각을 하니 기분이 나빠졌다. 어떠한 이유에서든 다양한 스펙트럼을 막아 버리는 것은 잘못된 일이다, 라고 생각한다. 그녀에게 생각한 것을 말했더니 아주 훌륭한 생각이라고 말해 주었다. 훌륭한 생각인지는 알 수 없지만 당연한 생각이다.

— 그 당연한 생각을 모든 사람들이 할 수 있다면 우린 그걸로 만족해요.

그녀는 내 어깨를 두드려주었다. 착한 초등학생이 된 것 같은 기분이다.

22

P가 다시 돌아와서는 그녀와 나를 데리고 어딘가로 향했다. 아주 복잡한 길이어서 혼자서는 도저히 찾아갈 수 없을 것 같았다. 어쩌면 다시는 되돌아오지도 못할 것 같다는 생각이 들었다. 그녀의 말처럼 이제 내가 선택할 수 있는 미래 역시 없어져 버린 듯한 그런 기분이었다.

복도는 아주 길었다. 회색으로 칠해진 벽은 모든 빛을 먹어 삼킬 것처럼 음흉하게 서 있었다. '상영실'이라는 간판이 붙어 있는 곳에서 P가 멈춰 섰다. 문을 열고 들어서자 다시 또 하나의 문이 있었다. 밤색으로 칠해진 문은 야간자습을 도망치고 몰래 보러 갔던 심야 동시상영 극장의 문과 아주 비슷했다. 손잡이 역시 비슷했다. 문을 열기 위해 잡으면 손이 깜짝 놀랄 만큼 차가운, 그런 손잡이였다.

— 당신도 한 번 더 보겠어? 난 가봐야 할 것 같은데.

P가 그녀의 얼굴을 보며 물었다.

— 그래요. 제가 이 사람과 함께 볼게요. 한때는 저도 교육관이었는데요, 뭐.

— 그래. 당신이 걱정되긴 하지만 잘 할 거라고 믿어. 내가 당신을 도울 수 있는 길을 찾아볼게.

P는 다시 그녀를 안았다. 도대체 두 사람이 어떤 관계인지 묻고 싶었지만 입술이 떨어지지 않았다. 어떤 사이라 해도 지금, 더 가까이 있는 것은 분명 나다, 라는 생각이 들자 조금 위안이 되었다.

자리에 앉자 '궁금한 게 있으면 물어봐'라고 그녀가 내게 귓속말을 전했다. 40여 개의 좌석은 텅텅 비어 있었고 맨 끝자리에 그녀와 내가 앉아 있다. 마치 심야 프로를 보고 있는 비행 청소년 같은 느낌이 들었다. 하지만 주위의 공기가 나를 비장하게 만들었다. 아주 먼 곳에서부터 날아드는 것 같은, 어떤 비트가 느껴졌다. 처음에는 아주 가느다란 심장소리처럼 들렸지만 점점 커지고 있다. 스피커에서였을까? 옆자리에 앉은 그녀 때문이었을까? 비트가 느껴졌다.

23. 옛날 옛적 비트주의자들

일시: *1978년 모월 모일*

장소: *펭귄뉴스 제작단 준비 모임 (가칭) 사무실*

사회: *엘비스 코스텔로 (뿔테안경 비트마니아)*

대담: *시드 비셔스(비트 아나키스트)*

　　　알렉스 칠튼(비트 온건주의자)

　　　조이 라몬(비트 생략주의자)

　펭귄뉴스의 초기 이론 정립에 지대한 공헌을 해주었던 네 사람의 비트마니아에게 이 다큐멘터리를 바칩니다

　— 정말 저 네 사람이 만났단 말예요?

　그만 너무 큰 목소리가 나오고 말았다. 그녀는 조용하라는 표정을 지어 보이더니 고개를 끄덕였다. 정말 만났다는 얘기다. 모든 것이 꿈처럼 느껴졌다. 흑백 화면 속에 네 사람이 등장했다. 정말이었다. 네 사람은 아주 잘 아는 사이처럼 서로 악수를 주고받으며 자리에 앉았다.

　　조이 라몬 *(반가운 표정으로)　어이 엘비스, 안경을 바꿨나보군?*

　　알렉스 칠튼 *(재미있다는 듯)　바꿔봤자 뿔테지 뭐, 엘비스가*

어딜 가나. 하하하.

사회자 *(겸연쩍게 웃으며)* 모두들 오랜만입니다. 다들 바쁘시죠?

시드 비셔스 *(무표정)* 난 그저께 아파트에서 또 떨어져버렸어. 그래서 좀 바빴지.

조이 라몬 *(콧구멍을 후벼파며)* 오랜만에 만났는데 빨리 끝내버리고 소주나 한잔 하러 가자구. 난 뭐든지 30분을 넘겨본 적이 없어. 후딱 끝내버리자구. 웬만한 건 다 생략해.

시드 비셔스 *(주위를 휘, 익, 둘러보며)* 그건 나도 찬성이야. 그런데 오늘 대체 우리가 왜 모인 거야?

사회자 *(진지한 표정으로 좌중을 휘어잡으려는 듯)* 그건 제가 말씀드리죠. 모두들 먼 길 오시느라 수고가 많았습니다. 이번에 제가 새 앨범을 냈는데 가실 때 한 장씩 가져가세요. 제목이 기가 막힙니다. '이번 달 모델'이라는 제목이죠. 아, 본론은 그게 아니고…….

갑자기 화면이 없어지더니 검은색으로 가득 찼다. 그녀는 기다리라는 신호를 보냈다. 그녀는 내 귀에다 입을 대더니 필름도 나이를 먹나 봐, 20년이 넘으니까 이상해지네, 하고 키득거렸다. 곧 화면은 정상적으로 되돌아왔지만 나는 귀가 간지러워 참을 수 없었다. 그녀의 목소리를 듣는 순간, 그녀의 숨결이 귀에 닿는 순간 그만 발기하고 말았다. 화면이 제대로 보이지 않았다. 금방이라도 사정해 버릴 것 같았다. 그때 그녀가 내 허벅지 위에 손을 올려놓았다. 그리고 좀더 가까이 다가왔다. 그런데 이상하게도 그녀의 손이 닿자 녀석이 금방 시들해져 버리고 말았다. 이상한 일이었다. 그녀의 손이 나의 비트를 억누르는 것처럼 느껴졌다. 마음은 점점 평안해지고 화면이 눈으로 들어왔다. 그녀는 아주 평온한 자세로 화면을 바라보고 있었다.

> **사회자** *(다시 한번 정리해 드리죠. 이런 표정으로. 혹은 답답하다는 듯)* 그러니까 펭귄뉴스는 비트를 가로막는 모든 것들을 거부하는 운동에서 시작된 것입니다. 예를 들면 말이죠.
>
> **시드 비셔스** *(책상을 쾅. 내리치며)* 그거 참 좋은 생각이구만.
>
> **조이 라몬** *(심드렁한 표정)* 거 사회자 말하는데 끼여들지 좀 말어.
>
> **시드 비셔스** *(의기소침)* 좋은 생각이다, 이거지.
>
> **알렉스 칠튼** *(두 눈을 내리깔며)* 비트는 비트이기 때문에 비트일 수밖에 없는 거야.
>
> **조이 라몬** *(칠튼 쪽으로 고개를 돌리며)* 그건 또 무슨 소리야?
>
> **사회자** *(고개를 좌우로 내저으며)* 자, 조용들 하시고요. 예를 들면 말이죠. 영화에 대한 검열이라든가, 아님 방송 금지곡에 대한 의견이라든가, 그런 것들이 중요한 예가 될 수 있겠죠.

시드 비셔스 *(책상을 다시 내려치며) 거 정말 좋은 생각이야,
내가 '아나키 인더 유케이'를 연주할 때보다 더 충격적
인데 그래.*

조이 라몬 *(재수없다는 표정) 그게 충격적이었다고? 사실 충
격으로 말하자면야 '블리즈크리그 밥'이 훨씬 더 했지.*

알렉스 칠튼 *(아무래도 안 되겠다는) 그만들 좀 해. 빌어먹
을. 여기 광고하러 나왔어? 여보게 사회자. 근데 이름
이 왜 펭귄뉴스인가?*

사회자 *(잘 알 수 없다는 듯) 네, 제가 알고 있는 바에 의하
면 이 방송을 만들려고 하는 재단의 이름이라고 하더
군요. 펭귄의 그 걸음걸이에서 느껴지는 언밸런스한
비트에서 아이디어를 얻었다는 얘기를 들었습니다. 자
세한 건 저도 모르겠습니다.*

조이 라몬 *(주위를 둘러보며) 혹시 비틀즈의 망령이 그 재단
의 사장이 아닐까? 이름도 비슷하잖아. 비틀즈, 비트.
하하하하. 왜? 안 웃겨?*

시드 비셔스 *(시큰둥한 표정) 조이, 자네는 정말 펭귄뉴스와
어울리는군. 펭귄이 그 날개로 박수를 치는 게 상상되
는데 그래. 파닥파닥거리며. 정말 썰렁해. 온몸에 소
름이 오싹 끼치는군.*

뭐랄까, 펭귄뉴스 이론 정립의 시초라고 생각하기에는 뭔가

코믹했고 저 사람들이 과연 제대로 노래를 불렀던 사람들인가,
하는 의문이 생길 정도였다. 그녀는 내내 아주 흐뭇한 얼굴을
하고 영화를 지켜보고 있었다. 조이 라몬이 이야기할 때는 그녀
가 당사자보다도 더 격렬하게 웃어댔다.

알렉스 칠튼 *(심각한 표정이다) 내 생각엔 말야.*
사회자 *(지쳐 있다) 예, 말씀하시죠.*
알렉스 칠튼 *(주위를 둘러본다) 내 생각엔 펭귄뉴스 같은 것*
이 없다고 해도, 비트는 사라지지 않을 거야. 그렇게
생각해. 왜냐하면 말이지.
사회자 *(말을 끊으며) 제 생각도 마찬가지입니다. 하지만,*
이건 예방책이라고 할 수 있겠죠. 힘들게 가는 것보다
는 지름길로 가는 편이 낫지 않겠습니까?
알렉스 칠튼 *(알겠다는 듯) 그것도 의미 있는 일이겠지.*

— 저 알렉스 칠튼 같은 사람을 우린 비트 개인주의자, 라고
불러.
— 부정적인 의미에서요?
— 그렇지.
— 난 저 사람 말도 맞는 것 같은데요. 굳이 펭귄뉴스가 없다
하더라도…….
— 그따위는 가슴속에 묻어둬. 지금은 모두 힘을 합할 때라고.

나는 더 이상 아무 말도 하지 않았다. 그녀의 미움을 사는 것은 싫었다. 하지만 정말, 나는 그렇게 생각한다. 비트는 사라지지 않을 것이다.

다큐멘터리는 계속 그런 식이었다. 대담이 끝나자 섹스 피스톨즈와 라몬스가 가졌던 조인트 라이브가 지글거리는 화면으로 소개되었고 빅스타의 '블루문' 뮤직 비디오가 소개되었다. 아주 아름다운 노래였다.

이어 최근 비트마니아들의 모습들, 이라는 뉴스에서 많은 그룹들이 소개되었다. 아마 20개는 넘을 것 같다. 영화가 모두 끝나고 마지막 자막이 올랐다. 그 자막에는 이렇게 쓰여 있었다.

이 대담을 마치고 얼마 지나지 않아 생을 달리한 시드 비셔스의 무덤에 이 다큐멘터리를 바칩니다.

시드 비셔스가 죽은 1979년에 이 다큐멘터리가 완성된 모양이다. 그녀와 나는 자리에서 일어났다. 낮 12시에 잠깐 잠이 들었다가 아주 긴 꿈을 꾼 것처럼 정신이 몽롱했다.

— 오랜만에 봤더니 정말, 가슴이 울렁거려. 미칠 것 같아.

그녀는 숨결을 가누며 나에게 말했다. 정말 그 정도인가, 하는 생각이 들었다. 나로서는, 약간 비트가 느껴질 뿐이었다. 아마 중독자와 비중독자의 차이가 아닌가, 하는 생각이 들었다. 도대체 그녀는 몇 번이나 이 영화를 봤을까?

— 아마 120번 정도는 봤을걸. 볼 때마다 늘 달라. 늘 새로운
비트가 느껴져.

그녀는 아무렇지도 않게 120번이라고 중얼거렸다. 그럴 수
있을지도 모른다, 고 생각했다.

24

낡은 티셔츠가 그녀의 몸을 감싸고 있다. 그녀와 내가 맡은
일은 아주 간단한 일이었다. 공공건물이나 가정집, 어디에나 있
는 P-칩을 찾아 그 안에다 바이러스를 퍼뜨리거나 여의치 않으
면 폭파시키는 일이다. 작업은 야간에만 가능했기 때문에 언제
나 졸음이 몰려왔다. 몸은 한없이 늘어진다. 그녀는 어두워지기
만 하면 탐지기를 들고 귀신같이 P-칩을 찾아냈다. 그녀의 입
에서는 가끔 젖은 목소리의 한숨이 새어나왔다.

칩은 지포 라이터 크기만 했다. 케이블을 통해 단자로 연결되
는 칩의 쥐꼬리만한 붉은색 LED에서는 아주 느릿느릿한 불빛
이 계속해서 깜박거린다. 그녀는 칩을 찾아내기만 하면 아주 빠
르게 움직인다. 우선, 칩으로 연결되는 케이블을 뜯어 팜탑으로
연결시킨 다음 어떤 타입의 칩인지를 알아낸다. 그리고 혼란시
켜야 할지 파괴시켜야 할지를 선택한다. 바이러스라는 것은 전
파를 왜곡시키는 일종이다.

대부분의 칩 속에는 시스템 누락 방지 기능이 있어서 우선, 가상의 전파를 수신기로 보낸 다음 10분 안에 모든 일을 끝내야 한다. 10분 안에 일을 끝내지 못하거나 전파를 왜곡시키는 이쪽의 기술이 들통날 것 같으면 파괴시켜 버리는 것이다.

나야 뭐 별로 하는 일은 없다. 고작, 망을 봐준다거나 그녀에게 필요한 공구세트를 운반하는 정도가 내가 할 수 있는 일의 전부였다. 하지만 그녀도 나와 함께 일하는 것이 맘에 드는 눈치였다.

그리고, 내가 맡은 아주 중요한 일이 있다. 칩을 제거할 때마다 일지에 기록하는 것이다. 그녀와 나는 지금까지 70개의 칩을 제거했다. 10일 만에 이 정도라면 괜찮은 성적이라고 그녀가 말해 주었다. 그리고 그녀가 불러주는 칩의 종류, 제거 방법, 제거 시간 등을 기록한다.

— 당신, 왜 나와 함께 있는 거지?

새벽 4시, C-33구역의 칩을 제거하고 돌아오는 길에 그녀가 내게 물었다.

— 글쎄.

— 난 여태껏 두 가지 종류의 사람들밖에 만나보질 못했어. 비트가 느껴지는 인간과 비트가 느껴지지 않는 인간, 이렇게 두 종류뿐이었지. 그런데 당신에게서는 좀 다른 비트가 느껴져.

— 말하자면 어떤 거지?

그녀가 나 같은 인간에게서 비트를 느낄 수 있으리라고는 상상하지 못했다.

　— 넌 손목에서 느껴지는 맥박 같아. 맥박을 재보려고 손가락을 대보면 매번 세기도 다르고 가끔씩은 아예 맥박이 뛰는지조차 모를 때가 있거든. 그런 거랑 비슷해.

　세상에 있는 모든 비트를 배웠다는 그녀가 '넌 처음 보는 비트인걸?' 하면 아주 기분이 좋다. 뭔가 특별해지는 느낌이다.

　그녀와 나는 C-33구역의 가장자리에 잡아둔 여관으로 들어갔다. 지금 쓰러져 자면 12시간은 잘 수 있을 것 같았다. 온몸은 졸음과 피곤으로 딱딱하게 굳어 있다. 여관의 방문을 열고 들어서자마자 그녀가 혀를 내 입속으로 밀어넣었다. 그녀의 가슴이 닿자 몸이 조금씩 되살아났다. 그녀와 나는 빨갛게 핏줄이 선 눈으로 침대 위를 뒹굴면서 서로를 만졌다. 온몸은 녹초가 된 상태여서 건드릴 때마다 깜짝깜짝 놀라곤 했다. 그녀의 몸속으로 들어갈 때는 정말 심장이 폭발해 버리는 게 아닐까 싶을 정도로 곤두서 있었다. 사정을 하고 나서는 제대로 닦지도 못하고 잠이 들었다. 아주 깊은 잠이었다.

0. 펭귄뉴스 속보 제134호

우리 시대의 비트마니아를 찾아서(40회) — 리누스 토발즈

1991년, 소형 유닉스인 미닉스를 수정하여 만든 운영체제 리

눅스를 만들다. 통계학 교수였던 할아버지가 선물한 컴퓨터로 비트를 상상하기 시작했으며 어린 시절부터 펭귄뉴스의 회원으로 가입하여 지금까지 활동하고 있다. 비트(Bit)의 세계에 비트(Beat)를 널리 알린 선구자로 알려져 있으며 펭귄뉴스에 대한 자신의 신념을 표현하기 위해 펭귄을 리눅스의 로고로 정했다. 현재, 리눅스는 전세계 해커들의 비트 공용어로 쓰이고 있다. 리누스 토발즈의 한마디. '소프트웨어는 남녀 관계와 흡사해서 자유로울 때 그 가치가 더욱 빛납니다'. 더 자세한 것은 전 세계 리눅스 관련 사이트들과 펭귄뉴스 90호 '리눅스 마니아', 그리고 *Meet Bit Manifesto*의 음악을 참고하시길.

−4. 오프비트

― 이 병장님은 이쪽에 남아 계시는 게 낫지 않을까요?

― 나야 뭐, 어디라도 상관없는 쪽이야. 뭔가 좀 지루하지 않은 일이 생길 것도 같고 말야.

찬기는 C−40구역의 매복조로 전출 명령이 떨어졌다. 최전방이라는 뜻이다. 무슨 마음인지 제대가 3개월밖에 남지 않은 이 병장이 자원을 했다. 사열해 있는 매복조는 대략 100명 정도였다. 근무 성적이 좋지 않거나 부적응자들이 많았다.

― 위험한 일이라고 들었습니다.

찬기는 굳은 얼굴로 이 병장을 바라보았다.

— 설마 죽기밖에 더 하겠나? 안 그래?

이 병장은 군화 끝으로 K4 소총과 마른 흙바닥을 툭, 툭, 번갈아 차며 시큰둥한 표정을 지었다. 모두 탑승, 이라는 구령과 함께 사열해 있던 병사들이 재빠르게 움직였다. 상기된 얼굴들이었다. 트럭은 흙먼지와 연기를 날리면서 연병장을 빠져나갔다.

— 자네, 「와일드 번치」라는 영화 본 적 있나? 좀 오래된 영화지.

— 서부영화 말입니까? 본 것 같기도 하고.

— 거기, 아주 장엄한 장면이 나오지. 멕시코인들이 미국 갱들에게 난사당하는 장면인데 어릴 때 봤지만 아직도 생생하게 기억나. 정말 장관이었지.

이 병장은 트럭 뒤편으로 조금씩 멀어져가는 연병장과 막사를 바라보고 있다. 트럭이 다 빠져나간 연병장은 아주 황량해 보였다. 한가운데 선인장이라도 하나 서 있었다면 정말 어울릴 것 같은 풍경이었다.

— 어린 마음이었지만 그때 그런 생각을 했었지. 사람이라는 것은 참으로 싱겁게 죽고 마는 것이구나, 하는. 그때부터 언젠가 나 역시 저렇게 난사당할 수도 있겠구나 하는 생각이 들었어. 아직도 가끔씩은 내가 더 이상 숨을 쉴 수도 생각할 수도 없다는 생각이 들면 미쳐버릴 것 같아.

— 이해할 수 있을 것 같습니다.

트럭이 멈췄다. 10대의 트럭에 다른 부대의 병사들이 서너 명씩 올라탔다. 세 개의 부대에서 차출된 200명이 함께 가기로 되어 있었다. 30초도 걸리지 않아 다시 검은 연기를 내뿜으면서 트럭이 출발했다.

― 누구나 이해할 수 있는 일이지. 어릴 때는 거의 매일 악몽을 꾸곤 했지. 점점 죽음에 대한 생각이 줄어들고 있어. 가까워지고 있다는 뜻일까?

― 점점 죽음을 극복하고 있는 거 아닐까요?

― 정말 그럴까?

이 병장과 찬기는 더 이상 할 말이 없었다. 덜컹거리고 쿵쾅거리는 트럭의 소음 때문만은 아니었다. 트럭의 양편에 조용히 앉아 있는 병사들은 대부분 말이 없었다. 트럭은 언덕을 지나고 흙길을 지나고 다시 언덕을 지나고 20분이 지나고 건물들이 즐비하게 늘어서 있는 지역으로 진입했다. C구역으로 들어온 것이다.

C구역은 정부에서 군사적인 목적으로 계획한 도시여서 중요한 건물이 많은 곳이다. 방위사령부를 비롯해서 펭귄뉴스 제거작전본부, 컷오프비트센터(COB) 등이 줄지어 있다.

― 제 친구 중에 동재라는 친구가 있어요. 이 병장님하고 아주 비슷한 타입의 인간인 것 같아요. 어떻게 비슷한지는 분명하게 말할 수 없지만 그런 느낌이 드는군요.

― 어떤 인간인지 궁금하군.

C구역에 들어서면서 모두 철모를 착용했다. 턱끈을 하지 않아서인지 모두들 철모가 심하게 흔들렸다.

— 그 친구가 어느 날 제게 묻더군요. 자기 인생에서 가장 행복했던 때가 언제인지 아느냐고요.

이 병장은 철모를 벗으며 찬기 쪽으로 고개를 돌리며 물었다.

— 행복했던 적이라, 내 경우엔 단 한 번도 그런 적이 없었던 것 같은데. 그래, 가장 행복했던 때가 언제라고 하던가?

25. 나의 아름다웠던, 한때의 비트

— 1977년 4월 11일이었어.

나는 한 글자 한 글자를 힘주어서 또박또박 말했다. 그녀는 고개를 뒤로 젖히며 담배 연기를 내뿜었다.

— 아주 어릴 때는 행복했었나 보구나.

— 아니, 태어나기 하루 전날이야. 난 4월 12일 생이거든.

그녀는 가느다랗게 열린 입가로 피식, 하는 소리를 내뱉으며 웃었다.

— 시시해, 그따위.

나는 침대 아래에서 두 손으로 얼굴을 괴고 그녀를 올려다보았다. 하얀 시트에 반쯤 드러난 그녀의 가슴은 정말 근사했다. 그녀는 음료수 캔에 담배를 비벼 끄더니 25초 정도가 지나자 다시 담배 하나를 꺼내 물었다.

— 너무 많이 피우는 것 아냐?

— 마지막 한 모금이 너무 시시했어.

— 시시한 것도 가끔은 참을 줄 알아야지.

그녀는 아무런 대꾸도 하지 않고 머리맡에 놓여 있던 이어폰을 귀에 꽂았다. 그녀가 요즘 듣고 있는 곡은 엘비스 코스텔로의 데뷔 앨범이다. 내가 태어나던 1977년의 앨범이다.

— 난 말이야, 스무 살이 넘으면 모든 것이 혁명적으로 짜잔, 하고 바뀌어버릴 줄 알았어. 그래서 기다리고 기다렸지. 그런데 스무 살까지 가는 시간은 너무 멀고 지겨웠어. 바뀌긴 바뀌었어. 그런데 바뀌는 것은 분명했지만 아주 천천히 스멀스멀 기어 다니는 정도의 속도였어. 지겨운 것은 조금씩 더 많아졌고 하고 싶은 일은 점점 줄어들었어. 스무 살을 기점으로 10을 나눈다면, 이전이 6이고 그 이후가 4야. 그런데 4 역시 6이 없으면 존재 자체가 무의미해지고 마는 거야. 6의 기억으로 4를 사는 거지. 어쩌면 스무 살이 내 삶의 정점이었고 그 이후의 모든 시간은 죽음을 향해 미끄러져 가는 뗏목 같다는 생각이 들기도 해. 알겠어, 이런 기분?

나는 중얼거렸다.

그녀는 줄곧 나를 쳐다보고 있었다. 그녀는 이어폰을 벗어서 머리맡에 다시 올려놓았다.

— 듣고 있었어?

— 듣지 않아도 느껴져. 지겹다는 얘기가 하고 싶었던 거지?

나는 말없이 고개를 끄덕였다.

— 그럼 비트를 배워봐.

나는 침대 위로 올라가 그녀의 옆에 나란히 누웠다. 가끔씩은 이렇게 그녀와 가까워졌다는 것이 실감나지 않을 때도 있었다. 하지만 그뿐이었다. 그녀와 가까워졌다고 해서 인생이 180도로 뒤집히는 것은 아니었다. 그녀와 나는 해가 서서히 지기 시작하는 7시쯤까지 침대 위에서 묵묵히 이어폰 두 개로 같은 노래를 들었다. 그녀는 노래를 듣는 동안 계속 내 손을 잡고 있었다. 그녀의 손은 따뜻하다가 차가워졌고 차갑다가는 다시 따뜻해졌다.

우리가 함께 들었던 노래는 엘비스 코스텔로의 최고 히트작 '앨리슨'이라는 노래였고 앨범의 제목은 이렇다. '나의 목적은 진실'

26

나는 차트에다 날짜와 날씨를 적어 넣었다. 그녀는 뒷주머니에서 탐지용 팜탑을 꺼내 들고 잭을 칩에다 꽂고 있었다. 정말 구질거리는 날씨였다. 셔츠의 뒷문을 열고 땀방울들이 잠입하는 것 같은 기분이었다. 가만히 서 있기만 해도 땀이 흘러내렸다. 그녀는 빠른 동작으로 팜탑의 키보드를 두들겨댔다. 비프음이 사이사이로 들려왔다. 주위는 진공 상태처럼 조용했다. 마치 태풍의 눈에 들어선 듯한 느낌이었다.

— 뭔가 이상해.

그녀는 팜탑을 들여다보며 중얼거렸다. 나는 눈으로 주위를 살피면서 그녀에게 가까이 갔다.

— 이상하게 바이러스 침투가 안 돼. 새로운 프로텍션이 생긴 건가?

— 시간이 얼마 남지 않은 것 같아. 빨리 선택해.

그녀는 폭파 쪽으로 결정했다. 나는 가방에서 소형 뇌관과 폭파음 차단장치를 꺼내서 그녀에게 건네주었다. 그때 그녀의 마이크로폰에서 신호음이 울렸다.

— 여긴 앨리슨, C지역이다.

그녀의 코드명이 앨리슨이었다는 것을 처음 알았다. 앨리슨이라니, 정말 어울리는 코드명이라고 생각했다. 나는 그녀의 얼굴에서 위험을 감지했다.

— 빨리 철수하자.

그녀는 칩에서 잭을 뽑고 팜탑을 뒷주머니에 쑤셔 넣으며 내게 말했다. 뭔가 다급한 일이 생긴 모양이다. 나는 소형 뇌관과 폭파음 차단 장치를 다시 가방에 넣었다.

— 도대체 무슨 일이야?

— C지역에 진압군들이 쫙 깔렸대. 아마 우리를 노리는 거겠지. 장비와 기록지를 전부 소각하라는 지시야. 빨리 가자.

그녀는 어둠 속으로 뛰어들어갔다. 나는 허둥대며 가방을 챙겨 그녀의 뒤를 쫓아갔다. 주위에서는 아무런 소리도 들리지 않았다. 비현실적으로 조용한 밤이었다. 사방에서 울리는 모든 메아리는 우리 두 사람의 발자국 소리였다.

-5

찬기는 이 병장과 함께 건물 뒤편에 서서 골목 쪽을 노려보았다. 모두들 두 명의 게릴라를 찾느라 혈안이 되어 있었다. 아주 간단하게 돈을 벌 수 있는 방법이었다. 말하자면, 현상금이라는 것이 붙은 것이다. 이 병장은 첫날부터 이런 일이 생기다니 재미있는걸, 이라며 싱글거렸지만 찬기는 모든 일들이 마음에 들지 않았다. 자신이 마치 인간 사냥꾼이라도 된 듯한 기분이었다.

찬기는 K4 소총을 다져 잡았다. 30분 동안 허리도 펴지 못한 채 걸어다녔더니 좀이 쑤셔왔다. C지역은 워낙 건물들이 많기 때문에 숨어 있을 만한 곳이 많았다.

이 병장의 수신호에 찬기는 몸을 바싹 엎드렸다. 이 병장이 가리키는 골목의 틈 사이에서 무엇인가 어른거리고 있었다. 사람이 아닌, 다른 물체, 사슴이나 뭐 그런 초식동물의 어른거림 같기도 했지만 이런 빌딩 사이에 사슴 따위가 나타날 리가 없다는 생각이 찬기의 머리 속을 조용하게 만들었다.

이 병장과 찬기는 기어서 골목이 잘 들여다보이는 곳으로 갔다. 그 골목은 건물의 불빛으로부터 교묘하게 벗어나 있는 곳이었다. 큰길로부터 10여 미터 안으로 파여 있어서 언뜻 본다면 그냥 지나쳐버릴 수도 있는 곳이었다. 이 병장은 K4 소총을 들어올리며 골목 안을 겨냥했다. 찬기는 이 병장의 귀에다 대고 '게릴라들을 생포하라고 했어요' 하고 속삭였지만 이 병장의 눈은 초점을 잃고 있었다. 이 병장은 분명 골목 안의 깊숙한 곳에 있는 두 사람을 겨냥하고 있었지만 눈동자로 비치는 것은 깜깜한 어둠뿐이었다.

달빛이 헤드라이트를 켜듯 잠시 골목을 스쳐 지나가며 두 사람의 실루엣을 비추어주었다. 가방을 들어올리며 마악 일어서는 중이었다. 머리가 긴 쪽의 사람은 아주 리드미컬하게 따라 일어섰다. 그리고 두 실루엣은 키스를 나누는 것처럼 보였다. 실루엣이 아주 가까워졌다. 그러고는 천천히 큰길 쪽으로 걸어 나오고 있었다. 찬기는 이 병장을 바라보았다. 이 병장의 모든 감각은 오직 손가락 끝에만 있는 것 같았다. 방아쇠 위의 손가락이 천천히 움직였다.

27

── 틀렸어. 완전히 갇혀버렸어.

그녀는 벽에 등을 기대고 천천히 아래로 미끄러졌다. 그녀는 계속 마이크로폰의 스위치를 누르며 본부 쪽을 불러보았지만 아무런 반응이 없었다. 그녀가 넘어질 때 마이크로폰이 부서졌거나 본부 쪽에서 응답을 할 수 없는 상태이거나 둘 중 하나일 것이다. 어쨌든 아무런 소리도 나지 않았다.

— 빠져나갈 수 있을 거야.

— 어떻게, 이 바보야. 밖에는 50명도 넘는 놈들이 우릴 찾아다니고 있는데 무슨 수로 빠져나간단 말야?

— 몰라, 하지만 방법이 있을 거야.

나는 그녀의 옆쪽으로 나란히 앉았다. 그녀의 머리카락이 내 목에 닿았다.

— 거대한 죽음 속에 아주 작은 죽음이 있다. 어디선가 읽었는데 도무지 기억이 나질 않아. 어디였을까. 소설책이나 뭐 그런 거였겠지?

— 참 여유 있네, 지금 이 상황에 그런 게 생각나다니.

— 그런데 이상하게도 '죽는다', 라고 발음하면 세상에서 가장 비현실적인 것을 발음하는 것 같단 말야. 도무지 상상조차 할 수 없어. 과연 어떤 것일까?

갑자기 마이크로폰의 비프음이 들려왔다. 그녀는 주머니 속에 쑤셔박아 두었던 마이크로폰을 끄집어냈다. 그곳에서는 반가운 펭귄들의 목소리가 들려오고 있었다. 펭귄들이 날개를 활짝 펴고 박수 치고 있는 모습이 눈앞에 그려졌다. 과연, 방법이 있었다.

— 여기가 C-55 지점이니까 두 블록만 안전하게 간다면 살아날 가망이 있어.

그녀는 밝은 목소리로 마이크로폰을 주머니 속에 넣었다. 살아나든 죽든 그녀의 밝은 목소리를 듣는 것만으로도, 그녀의 웃는 얼굴을 보는 것만으로도 행복했다.

갑자기 달빛이 헤드라이트를 켜듯 그녀의 환한 얼굴로 달려들었다. 정말, 보기 좋은 웃음이었다. 나는 가방을 집어들고 일어섰다. 그녀는 내 손을 잡고 아주 리드미컬하게 따라 일어섰다. 우리는 서로를 향해 웃어주었다. 나는 그녀의 환한 웃음에 가볍게 키스해 주었다. 그녀의 비트가 전해졌다. 느낄 수 있었다.

— 그래, 좋아. 끝까지 가보자구.

0. 펭귄뉴스 속보 제334호(혁신호)

삶을 관통한, 혹은 삶에 관통당한 자의 수기 — 펭귄뉴스 박물관 건립에 즈음하여

어른이 된다는 것은 참으로 치욕적인 일입니다. 벌써 몇 년 전 일인지 기억조차 희미하군요. 그때의 기억 중 살아남은 것이라고는 아주 더웠다는 것, 그리고 참으로 따분했다는 것뿐입니다. 저는 종종 그 시절들을 펭귄뉴스 시절이라고 부르곤 하는데 이렇게 펭귄뉴스가 새로운 모습으로 태어난다는 소식을 들으니 마음의 어느 한구석에서 그때의 일들이 갑자기 되살아나는군요. 펭귄뉴스가 새롭게 태어난다는 것은 기쁜 일이긴 하지만, 아직도 그때와 별로 달라진 것이 없다는 뜻이기도 하겠죠? 저는 이제 세상의 참과 거짓을 판별해 낼 능력을 잃고 말았습니다.

저는 혁명이라든가 뭐 그런 거창한 단어를 입 밖에 낼 생각은 없습니다. 그저 무작정 세상이 재미있게 변했으면 좋겠다는 생각을 하곤 했을 뿐이었죠.

인간은 정말, 어처구니없게도 슬픈 동물이구나, 하는 생각을 하곤 합니다. 죽음을 눈치챈 자의 비극이라고나 할까요? 죽음을 깨닫게 되는 그 순간부터 정말, 어처구니없게도 슬퍼지고 마는 것입니다. 각자의 경우가 모두 다르겠지만 제 경우에는 펭귄뉴스 시절이 바로 그때였습니다. 눈치를 채버리고 만 것이죠. 총알이 제 옆구리를 관통하는 순간, 아주 짧은, 아마 0.01초쯤 되었을까요, 어쨌든 바로 그 순간에 저는 눈치를 채버리고 만 것입니다.

듣기에도 너무 어처구니없는 이야기이겠지만 정말 그 순간에 저는 눈물이 핑 돌고 말았습니다. 자신이 총에 맞았다는 것을 깨달았기 때문이 아닙니다. 이런 기억이 있는 분이라면 저의 심정을 이해하리라 믿습니다만, 자다 깨어나보니 자신이 울고 있다는 것을 깨닫는 것입니다. 아마도 일요일 오전쯤이겠죠. 몸을 빠져나온 영혼처럼, 울고 있는 자신의 모습을 그저 쳐다보고 있는 것입니다. 도무지 멈출 수가 없습니다. 무엇무엇 때문에 울고 있는 것은 아닙니다. 누군가 죽었다거나 슬픈 영화를 보았다거나 하는 그런 이유도 없이 무작정 눈물이 나는 것입니다. 그런 경험이 없는 분이라면 정말 어처구니없으리라 생각합니다.

얘기가 길어졌군요. 총알은 아주 순간적으로, 그렇지만 운명적으로 제 곁을 스쳐 지나갔습니다. 비유나 상징 같은 것이 아니라 정말 제 곁을 스쳐 지나갔습니다. 그리고 제 곁에 있던 그녀는 죽어버리고 말았습니다. 비극적이었다고는 생각하지 않습니다. 굳이 감상을 말해야 한다면 극히, 자연스러운 일이라고 해야겠군요. 어쨌든 극히, 자연스럽게, 그녀는 죽었고 저는 살아남았습니다. 저는 그녀에게 아무것도 준 것이 없지만 그녀는 제게 비트를 남겨주었습니다.

정말, 처음에는 제가 그녀의 아기를 임신한 것 같은 착각이 들 정도로 비트가 저를 괴롭혔습니다. 전쟁이 끝나고도 한참을 그 후유증에 시달려야 했습니다. 그에 비하면 옆구리의 총상쯤은 정말 대수롭지 않은 것이었죠. 하지만 저는 그 비트를 도무지 길러낼 자신이 없었습니다.

그녀에 대한 사랑이 부족했다고 해도 할 말은 없습니다. 펭귄뉴스를 찾아와 비트를 반납할 것인가에 대해서도 많이 고민했습니다. 그러나 제가 가지고 있는 것은 정말 사적인 비트이기 때문에 늘 망설이기만 했던 것입니다. 한때 드럼 연주를 하기도 했고 남달리 박자 감각이 뛰어난 아내마저도 가끔씩 마음에 들어하지 않는 눈치를 보였습니다.

어른이 된다는 것은 많은 것을 포기해야 한다는 뜻이라는 것을 저 역시 알고 있습니다. 비트 역시 포기해야 하는 것들 중의 하나일지도 모른다는 생각을 하게 된 것입니다. 정말 치욕적인 일이죠. 저는 앞으로 점점 더 슬퍼질 것이며 심장의 움직임 역시 밋밋한 중얼거림으로 바뀔 것이라는 것을 알고 있습니다. 하지만 저의 비트가 펭귄뉴스 박물관의 귀퉁이를 조금씩 흔들어줄 수만 있다면, 그래서 그녀의 기억이 비트로 바뀌어 다른 사람들의 마음을 쿵쾅거릴 수 있다면 저는 그것만으로도 대만족입니다. 만약 펭귄뉴스가 없어진다 해도 나의 아름다웠던, 한때의 비트는 영원할 것이다, 라고 생각하고 있으면 가슴이 따끈하게 데워지는 기분이 듭니다.

언제 어디에나 있는 것과 언제 어디에도 없는 것

이수형

1. omnipresent

「멍청한 유비쿼터스」는 보안 테스트를 의뢰받은 해커 '나'가 유비쿼터스를 지향하는 U사의 네트워크에 침입하는 사건을 소재로 하고 있지만, 정작 "모든 사물에 칩을!"이라는 말로 압축되는 유비쿼터스 컴퓨팅은 중요하게 다루어지지 않는다. 또 유비쿼터스 컴퓨팅까지는 아니라 해도 회의실에 무선 링크를 설치하고 휴가 떠난 직원의 컴퓨터에 스파이웨어를 까는 것으로 손쉽게 내부 네트워크에 접속하는 데 성공하는 컴퓨터 해킹이 이 소설의 주요 사건인 것은 틀림없으나, 작가의 서술은 이러한 해킹 작업이 아니라, '나'가 U사의 직원으로 위장해서 접촉하는 로비의 안내 담당이나 경비원, 신입 사원 등의 행동양식에 초점이 맞춰져 있다.

　가장 작은 속삭임에서 보안이 샌다, 라는 것은 U사의 보안 캐
치프레이즈 같은 것이다. U사의 홈페이지에는 그 말이 여러 번
언급돼 있었다. 그 한마디의 말이 그녀의 긴장을 더욱 풀어놓을
것이다. 그녀는 고개를 돌리고 복도 쪽을 향해 걸어갔다. 그녀의
뒷모습을 보면서 나는 웃었다. 그녀의 보폭은 조금 넓어졌고, 정
확하게 십일 자로 걷던 발의 각도가 조금 더 벌어졌다. 보폭과
각도만으로 나는 그녀가 무슨 생각을 하고 있는지 안다. 그녀는
이미 긴장을 잃었다. 그녀는 지금 미국을 생각하고 있다. 긴장을
잃으면 모든 게 끝이다.(pp. 109~10)

　'나'가 능숙하게 그들을 속이고 자기가 원하는 것을 얻어낼 수
있는 이유는, 마치 네트워크를 해킹하는 것처럼 그들의 "마음을
뚫고 들어가 심장 속에 들어 있는 핏줄기의 흐름까지 알아"낼
수 있고, 그 결과 그들이 어떤 반응을 보일지 미리 예측할 수
있기 때문이다. 그들의 마음이 해킹 당한다는 표현이 좀 과장이
라면, 그들의 행동양식이 지나치게 전형적이어서 쉽게 간파된
다고 말할 수도 있다. 따라서 제목에 들어 있는 '멍청한'의 주어
는 유비쿼터스가 아니라 직원들이다. 왜 그들은 멍청한가?
　언제 어디에나 존재한다(omnipresent)는 뜻의 유비쿼터스를
실제로 실현할 수 있는 뭔가가 있다면, 우리가 그 뭔가로부터

벗어나는 것은 전혀 불가능하다. 왜냐하면 그것은 언제 어디나 우리를 따라다닐 것이기 때문이다. 우리는 그것으로부터 자유로울 수 없으며, 따라서 많건 적건, 좋건 싫건 간에 그것의 직·간접적인 영향력 안에 놓이게 된다. 요컨대, 우리는 U사의 직원들처럼, 자기 뜻대로 생각하고 행동할 수 없는 멍청이가 되는 것이다. '멍청한 유비쿼터스'라는 제목은 '우리를 멍청하게 만드는 유비쿼터스'라는 뜻이다.

그런데 실제로 유비쿼터스한 뭔가가 있을 수 있을까? 유비쿼터스 컴퓨팅이라는 말이 있으니 컴퓨터 칩들 간의 통신은 유비쿼터스하게 될는지도 모른다. 하지만 「멍청한 유비쿼터스」에서 그 가능성이 실현된 것도 아니고, 또 실제로 모든 사물에 칩을 집어넣는 것은 불가능할 뿐 아니라 불필요하다(물론 뭔가가 유비쿼터스하다고 믿기 위해서 그 뭔가가 반드시 실정적으로 유비쿼터스할 필요는 없는데, 그 '잘못된' 믿음은 '모든 사물에 칩이 들어 있다'에서 '칩이 들어 있는 것만이 사물에 해당한다'로의 전도 이후에 발생하기 때문이다).

결론부터 말하면, 언제 어디나 나를 따라다닐 수 있는 것은 나 자신밖에 없다. 내가 스스로를 자유롭지 못하게 만든다. 이 말이 말장난이 되지 않으려면, '나'라는 것이 내가 생각하는 것과 다르다거나, 혹은 '나'라는 것이 둘 이상으로 나뉘어 있다는 것을 증명할 필요가 있다. 이를 위한 가장 간단한 증거 중 하나가 아마도 습관일 것이다. 나의 습관은 나로서도 이유를 알 수 없는 것이고, 심지어 어떤 경우에는 내가 아무리 바꾸려 해도 그럴 수 없는 것이기도 하다. 이런 '나의 습관'을 좀더 확장시키면 '우리의 관습'이 된다.

스스로 누구인지를 설명하는 것보다 회사 내부의 누군가가 나를 설명해 주는 것이 훨씬 그럴 듯해 보인다. 그들의 머리 속에는 가상의 공간이 만들어진다. 그리고 나는 그 공간 속에서 미국 본사의 인사관리 팀장이 되는 것이다. 〔……〕 이미지가 믿음으로 바뀌는 것이다. 의사는 돈이 많을 것이라는 이미지, 변호사는 말을 잘할 것이라는 이미지, 소설가는 담배를 많이 피울 것이라는 이미지, 해커는 지저분할 것이라는 이미지. 인간들은 그런 이미지를 자신의 머리 속에 차곡차곡 저장해 놓고, 그것을 사실이라고 생각한다. 그 사실이 모여 정보가 된다. 나는 그런 잘못을 정정해 주고 싶은 마음이 없다. 나는 그 이미지를 이용할 뿐이다.(p. 116)

U사의 직원들이 멍청한 이유는 뭔가로부터 자유롭지 않기 때문이고, 그 뭔가란 다름 아닌 자기들의 습관 혹은 관습이다. 그들은 처음 보는 '나'를 이전에 입력된 이미지와 정보로 구성된 관습적인 선입견에 의해 판단함으로써 스스로를 속인다. 그리고 멍청이가 된다. 결국 '멍청한 유비쿼터스'라는 제목은 '우리를 멍청하게 만드는 관습' 정도로 바꿀 수 있는데, 생각해보면

멍청해지는 것도 우리이고 멍청하게 만드는 것도 우리(의 관습)이므로 간단히 '멍청한 관습'이라고 하는 게 보다 경제적일 것이다. 혹은 관습이란 늘 우리를 멍청하게(이유도 모르고 행동하게) 만드므로 그냥 '관습'이라고 하는 편이 나을까?

문제는 우리들 중 누구도 관습으로부터 자유롭지 못하다는 것이다. 관습을 조금도 벗어나지 못하는 형편없는 상상력의 소유자들을 멍청하다고 조소하는 '나' 역시 잠들지 못하는 습관을 갖고 있고, 달리 말하면 "잠이 들면 어떤 녀석이 내 머리 속에 들어와 그 속의 서랍을 송두리째 뒤집어엎을 것만 같"은, 자기가 누군가로부터 조종당하는 멍청이가 될 수도 있다는 두려움에서 자유롭지 못하다.

게다가 우리가 흔히 유비쿼터스라는 형용사로 수식하는 네트워크나 미디어를 통해 유포되는 이미지와 정보는 우리를 점점 더 멍청하게 만든다. 「펭귄뉴스」에서 기껏해야 텔레비전 속보를 통해서나 전쟁 중이라는 사실을 확인하는 '나'의 삶은 "따분하고 따분하고 따분한 것"이다. '멍청한'보다 좀 낫긴 하지만 '따분한' 역시 그와 썩 다르지는 않다.

그것보다 더 간단한 얘기도 있다. 텔레비전에 재미있는 프로그램이 전혀 없는 이유는 지금이 전쟁 중이기 때문이다. 전쟁이라고 해보았자 폭탄이 여기저기서 터지거나 사람들이 신문지 조각처럼 날아다니거나 하는 일은 거의 없다. 〔……〕 이런 걸 전쟁이라고 불러도 좋을지 어떨지 모르겠지만 어쨌든 텔레비전에서는 늘 전쟁 속보가 방송된다. 전쟁이 시작되고 1년 동안 거의 매일 방송하고 있는 이 속보는, 이젠 전혀 속보답지가 않다. 거기에는 비트가 없다. 햇볕을 받고 한없이 늘어진 엿 같다. (pp. 262~63)

'나'는 따분한 전쟁 속보보다 좀더 강렬한 것, 예컨대 '비트' 같은 것을 원하지만, 텔레비전에서 그런 것은 찾아볼 수 없다. 그런데 '나'의 삶이 따분한 것은 재미없는 텔레비전 프로그램 때문이 아니라 실은 텔레비전에 시선을 고정시키고 있는 습관이 언제 어디서나 "여전하고 변함없고 그대로"이기 때문이다. 거리에서 대형 멀티비전의 뉴스를 보며 "얼마나 괴롭고 지겨운" 일이냐고 거듭 불평하지만, 그 불평과는 반대로 '나'는 자기도 모르게 "지나치게 모든 일이 제대로 돌아가는 듯한, 모든 톱니바퀴들이 1밀리미터의 오차도 없이 맞물려나가는 듯한 착각"에 빠진다. 사회적 습관으로서의 관습이란 원래 그런 것이다. 그것은 멍청하고 따분하기 이를 데 없지만, 동시에 그것 때문에 사회가 아무런 문제없이 잘 돌아갈 수 있다.

'나'는 라디오를 통해 우연히 "정말 교묘한 비트가 숨어 있"는 한 여자의 목소리를 듣고 그를 계기로 따분한 관습을 벗어나 "비트를 가로막는 모든 것들을 거부하는 운동"에 말려들게 된다. 그러나 근미래를 배경으로 하는 일종의 SF인 「펭귄뉴스」는 대중적인 SF의 문법, 가령 비트를 통해 관습을 일거에 소거하고 신세계를 맞는다는 식의 스토리에 전적으로 동화되지는 않는다. 3년 동안 세상의 모든 비트를 배웠고 그것으로 혁명을 꾀하는 그녀와 달리, '나'에게 "비트라는 것은 나이처럼, 점점 익숙해지는 것 [……] 점점 익숙해지긴 하지만 역시 나이처럼, 다음 나이로 지나가버리면 다시 익숙해져야" 하는 것이다. 나이에 따라 변하는 것이 비트라면 그것이 과연 얼마나 관습에서 멀어질 수 있을 것인가?

아쉽게도 관습이란 멍청하고 따분하긴 하지만, 그렇게 쉽게 벗어날 수 없기 때문에 유비쿼터스한 것이 될 수 있다. 결정적인 한 방으로 해결할 수 있는 문제가 아니라면, 쉽게 눈에 띄지 않는 다른 방도를 찾아봐야 할 필요가 있다. 그리고 이러한 탐색의 과정 중에 김중혁 소설의 트레이드마크인, 자전거, 라디오, 타자기, 지도 등 평범하되 반드시 평범하지만은 않은 것들이 현란하게 출몰한다.

2. represent

관습은 우리와 실재 세계 사이의 매개라고 할 수 있다. 늘 새롭고 낯선 것만 대면하게 된다면 우리는 쉽게 피곤해질 것이고, 급기야 불안해질 것이다. 그에 비해 관습은 멍청하고 따분하지만, 안정감을 준다. 다시 말하면, 우리는 관습을 통해 간접적으로 전달된 실재와 접촉하고 있는 셈이고, 따라서 관습은 일종의 네트워크나 미디어 역할을 한다.

간접적이란 것을 탓할 일만은 아니지만, 문제는 그 관습이 우리에게 실재를 '있는 그대로' 전달하지 않는다는 것이다. 예컨대, 정치적으로 말하자면, 남성중심적 관습이 있을 수도 있고, 제국주의적 관습이나 자본주의적 관습이 있을 수도 있다. 어쨌든 공명정대하고 투명한 관습이 있을 가능성은 희박하다. 그렇다면 관습이라는 문제에 있어 중요한 것은 '비트'같이 폭발적인 것이 아니라, 좀더 순정한 어떤 것이 아닐까? 하긴 관습이 지극히 불투명하기 때문에 그걸 뚫고 나오는 것은 뭐든지, 아무리 작은 것이라 해도 파괴력이 있긴 하겠지만 말이다.

「에스키모, 여기가 끝이야」에서 자칭 '지도 특기생'이며 어릴 때부터 지도 그리기가 취미였던 '나'는 현재 지도 제작 연구소에서 오차 측량원으로 일하고 있다. 어머니의 죽음으로 '나'는 삶의 위기를 느낀다. '나'가 지도 제작자mapper라는 사실은 상징적이다. 길 찾기에 능숙했던 '나'가 지금 방향을 상실하고 길을 잃었기 때문이다. 그런데 "어느 순간 현실의 물건들이 기호나 표식으로 보일" 만큼 지도 제작에 몰두했던 '나'는 어머니의 죽음 전까지는 과연 길을 잘 알고 있었던 것일까?

오차 측량원이라는 직업이 있다는 말을 처음 들었을 때 나는 그 단어의 미묘한 울림이 마음에 들었다. 무언가 정의롭고 올바른 일이라는 생각이 들었고, 세상을 안전하게 보호하는 직업이라는 생각이 들었다. 하지만 오차 측량원은 말 그대로 오차를 측량할 뿐이었다. 오차를 되돌릴 수도 없고 수정할 수도 없다. [……] 지도학을 전공하겠다고 마음먹었을 때 삼촌이 다른 나라로 떠났다. 항공 사진 기능사로 근무하고 있을 때 지상에서 아버지가 돌아가셨고, 지상 기준점을 측량하기 위한 밀착인화사진을 만들고 있을 때 어머니가 병원으로 실려갔다. 그리고 오차 측량원으로 일하고 있을 때 어머니가 돌아가셨다. 이제 혼자서 살아가야 하지만 나는 너무 늙어버린 듯하고 아무것도 가진 게 없었다. 어쩐지 억울하다는 생각이 들었다. 뭔가 단단히 어긋나 있었지만 나는 그 원인을 알아낼 수가 없었다. 명색이 오차 측량원인 주제에 말이다. 모든 일에는 반드시 원인과 결과가 있는 것일까? 원인이 없는 결과도 있지 않을까? (p. 87)

"주위의 세상과 친해지는 방법으로 지도 그리기를 선택했"던 '나'는 어릴 때 지도를 그리다 길을 잃은 적이 있다. "내 손에는 지도가 있었지만 그건 내가 그린 지도였기 때문에 나를 믿고 지도를 믿을수록 길을 찾기는 더욱 힘들어졌다. 나는 길을 찾으면서도 계속 지도를 그렸고 지도는 점점 오리무중, 첩첩산중으로 변해 가고 있었다." 길을 찾기 위해 그리기 시작했던 지도가 오히려 길을 막는 미궁으로 변하고 있을 때에도 '나'는 지도 그리기를 멈추지 않았는데, 그 도착(倒錯)적인 지도 그리기는 지금까지 계속되어 왔다고 할 수 있다. 그렇지 않다면 삼촌, 아버지, 그리고 마지막으로 남았던 어머니마저 길을 알 수 없는 먼 곳으로 떠났는데도 지도만 그리고 있지는 않을 것이기 때문이다. 그전에 뭔가 수를 써야 했지만, '나'가 선택한 것은 지도를 보다 더 정확하게 그리는 작업이었다.

지도의 오차를 측량하는 데 시간을 바치다가 홀로 남게 된 '나'는 원인을 알 수 없지만 뭔가 단단히 어긋나 있다는 것 때문에 혼란스러워한다. 이 지도 제작자의 혼란은 측량술의 문제이면서 동시에 재현representation의 문제이다. 후설Edmund Husserl이 '물리학적 자연'을 발견한 갈릴레오를 두고 발견의 천재이자 은폐의 천재라고 했듯이, 애초에 삶의 필요에 의해 시작된 측량술은 기하학으로 존재 이전하면서 생활을 은폐해버렸다. 요컨대, 지도를 정교하게 그리려고 하면 할수록, 그 지도와 세계의 거리가 점점 멀어진다는 것, 지도는 그것대로 절대화되어버린다는 것이다. 이처럼, 정작 갈팡질팡하는 것은 현실인데 지도 위의 오차에만 매달리고 있었다는 것이 '나'의 혼란을 낳은 원인이다.

그런 게 어디 지도만의 문제이겠는가? '나'가 세계를 이해하기 위해 지도를 그리기 시작했듯이, 우리는 세계를 이해하기 위해, 반드시 지도 그리기는 아니라 할지라도 언어나 이미지로 재현된 세계를 받아들여야 하고, 또 자기의 경험을 기억이나 언어로 재현해야 한다. 앞서도 언급했듯이 우리의 관습 자체가 이미 재현된 세계가 아닌가? 남성중심적 관습에 따른다면 남성중심적으로 재현된 세계를 사는 것이고, 자본주의적 관습에 따른다면 자본주의적으로 재현된 세계를 사는 것이다. 그리고 세계가 오로지 전적으로 남성중심적이거나 자본주의적이지 않듯, 재현에는 늘 오차가 따른다. 따라서 모든 재현은 발견(발명)이면서 동시에 은폐이다.

「회색 괴물」에서 타자기 수집가인 '나'가 만난 중년의 남자도 오차(오타)를 줄이는 데 젊음을 바쳤고 그래서 최고의 타자수가 되었지만, 어느 순간 더 이상 타이핑을 할 수 없게 된다. 새로 장만한 타자기가 서두르지 말라고 말을 걸어왔기 때문이다. 그는 타자기를 부숴버린다.

오타가 나면 빨간 펜으로 체크를 해두고 종이 한 장에서 오타가 얼마나 있는지를 매일 확인했었습니다. (……) 그 글들을 읽고 있으니 정말 기분이 묘해지더군요. 한동안 그걸 읽고 나니 이상하게 제 글을 쓰고 싶었습니다. 제가 생각한 것을 제 손으로 타이핑하고 싶었습니다. (……) 어렵게 타자기를 구하긴 했지만 아무 글도 쓸 수 없더군요. 타자기가 문제였던 게 아니라 바로 그 타자기가 문제였던 겁니다. 그래서 그때부터 녀석을 찾기 시작했습니다. (pp. 173~74)

얼마간 시간이 지난 후 그 남자는 아이러니하게도 오타가 난

파지를 읽다가 다시 타이핑을 하고 싶다는 생각을 하게 된다. 말하자면, 그는 원고의 재현(복제)을 위해 타자기를 사용했고, 재현의 오차가 심해지자 타이핑을 그만뒀고, 그리고 다시 타이핑을 시작한다. 지금 그는 무엇을 재현하고 싶은 것일까? 어떤 글을 쓰든지 상관없고, 다만 자기가 부숴버린 타자기와 같은 기종으로 타이핑하기를 원하는 그의 목적은, 엄밀히 말하면 자기 생각을 타이핑하는 것이라기보다는 그때 서둘지 말라고 충고하던 그 타자기와의 교감을 복원하는 것이다. 그런데 타자기와의 교감을 복원하는 것도 재현이라고 할 수 있을까? 재현이 원본을 다시 보여주는 것이라면, 교감이란 것이 어딘가에 쭉 있어 왔어야 될 텐데 과연 그랬던가?

3. present

"압축하지 않는 건 죄악입니다. 디자인이든 삶이든 말예요. 너저분하게 자신의 생각을 나열하는 건 정말 비경제적인 짓입니다"라고 자신 있게 말하던 「무용지물 박물관」의 디자이너 '나'는 처음부터 원본이 있었다는 사실을 인정하지 않는다. 혹은 원본이 있었다 해도 그것의 가치를 인정하지 않는다. 원본이 없다면 재현이라는 것 역시 성립할 수 없다.

'나'의 생각은 캠벨 스프 깡통 늘어놓은 것을 전시함으로써 원본 개념을 비웃은 앤디 워홀의 뒤를 잇고 있다. 원본과 재현 사이의 유사성resemblance이 있는 것이 아니라 단지 각각의 사물들이 서로 같거나 다른 상사성similitude만이 있다는 것인데, 이러한 생각이 유비쿼터스 네트워크가 전 지구를 둘러싼 포스트모던 시대의 대세가 아닐까? 그렇지 않다면 「펭귄뉴스」의 '나'의 여자친구가 "늘 반복이고 리메이크이고, 스스로에 대한 표절"인 이야기를 "아무렇지도 않게, 전혀 신경 쓰지 않고 미안해하지도 않으면서" 단숨에 해버리는 것이 가장 큰 매력이 됐을 리가 없다. 그러나 「무용지물 박물관」은 원본의 지위를 두둔하지는 않지만, 그렇다고 해서 모든 것이 단지 다를뿐이라는 대세에 편승하지도 않는다. '나'는 시각 장애인을 위한 라디오 방송의 디제이인 메이비에게 디자이너로서 열등감을 느끼게 된다.

압축이야말로 지상 최대의 과제라는 신념으로 살고 있는 나는 2분 만에 한 경기를 끝냈지만 메이비는 달랐다. 그는 몇 년 전 야구장에서 본 프로야구 경기를 20분 넘게 설명했다. 야구장에서 불어오던 바람의 느낌, 긴장한 선수들의 몸동작, 파란 하늘 속으로 날아가는 하얀 야구공에 대한 설명을 정말 실감나게 묘사했다. (p. 23)

오래전부터 나는 디자인이란 통조림이라고 생각해왔다. 통조림을 따는 순간부터 내용물은 썩기 시작한다. 디자인이 완성되어 제품이 출시되는 순간, 디자인은 이미 낡은 것이 된다. 하지만 메이비가 만들어낸 디자인은 절대 썩지 않았다. 디자인이란 정말 무엇인가, 하고 생각해본다. (pp. 38~39)

만약 메이비의 디자인이라는 게 있다면 그것은 '단지' 묘사일 뿐이다. 다만, 그 묘사는 대상에 대한 주체의 경험에 충실한 '자기만의' 묘사이다. "야구장에서 불어오던 바람의 느낌, 긴장한 선수들의 몸동작, 파란 하늘 속으로 날아가는 하얀 야구공"은 원본에 붙어 다니는 보편성, 영원성과 같은 초월적 속성과는 거리가 한참 멀다. 그것은 오히려 형이상학이 경멸했던 일시적이고 가변적인 현상이거나 시뮬라크르일 뿐이며, 따라서 거의 존재하지 않는 것이다. 언제 어디에도 존재하지 않았던 장면이 메이비의 묘사에 의해 촉발되어 일순간 나타났다가 묘사가 끝나자 함께 사라진다.

메이비의 묘사는 그가 경험한 대상을 스스로 만들어내고 또 거두어간다. 이러한 과정은 시각 장애인들에게 "고층 빌딩, 캠코더, 만화책, 야구, 크리스마스 트리, 도서관, 공항" 등을 묘사해 들려줌으로써 그들의 눈에 보이지 않던, 따라서 그때까지는 없(는 것이나 다름 없)던 대상을 나타내어 전해주는 '무용지물 박물관' 코너에서 절정에 이른다. 애초에 영원불멸한 원본이 있었던 것이 아니므로 재현일 리 없는 그 순간적인 나타남을 현전presence이라고 부를 수 있지 않을까(물론 이때도 현전의 형

이상학적 속성은 조심스럽게 괄호 칠 필요가 있다)? 그 결과, '나'의 디자인이 다른 것들과 단지 '다른 것'일 뿐이라면, 메이비의 디자인은 '자기만의 것'이 된다.

복제가 원본의 지위를 위협하는 기술복제 시대를 맞아 벤야민은 원본의 초월성을 강조하지도, 그렇다고 복제의 세속성을 옹호하지도 않았다. 대신 그는 원본이 격하될 수 있는 가능성만큼 복제가 격상될 수 있는 가능성을 염두에 두었고, 그것을 아우라의 상실에 대한 역전reversal으로서 '범속한 계시profane illumination'라고 불렀다. 세속적인 것과 종교적인 것이 역설적으로 결합된 명명법에서 이미 암시되는 것처럼, 범속한 계시는 '세속적인' 대상과의 '신비한' 교감이다. '무용지물 박물관'에 게시된 사물들 이외에 「바나나 주식회사」의 '완벽한 연필,' 「회색 괴물」의 타자기같이, 언제 어디에나 굴러다니는 세속적인 대상들과의 관계 속에서 언제 어디에도 없었던 신비한 교감이 현전함으로써 가짜 유비쿼터스 혹은 관습에는 구멍이 뚫린다.

그런데 이상한 것이, 음량을 아무리 키워도 작업실에서 들었던 것처럼 모든 소리들이 귀에 들어오지는 않았다. 작업실에서는 바이올린을 비롯한 모든 악기들, 심지어 연주하는 사람의 숨소리까지 들려왔는데 말이다. 그 음악이 들려왔을 때, 나는 멀리서 폭풍이 밀려오는 소리인 줄 알았다. 〔……〕 어쩌면 그가 어딘가에다, 무언가를 발명해 놓았는지도 모른다. 내 사진을 보면서 했던 그의 말이 떠올랐다. '이런 걸 붙들어야 되는데, 전부 금방 지나가잖아요.' 그는 사진으로 사람을 붙들 듯 공간으로 소리를 붙들고 싶었는지도 모르겠다. (p. 69)

「발명가 이눅씨의 설계도」에서 아무것도 발명하지 않는 발명가 이눅씨의 설계도 역시 메이비의 디자인과 견줄 만하다. 그에게 발명이란 "세상에 없는 걸 만들면 발명인데, 벌써 다 있"는 상황에서 새로운 것을 만들어내는 역설적 작업이고, 그것은 또 언제 어디에나 있던 것을 언제 어디에도 없던 것으로 바꾸는 작업의 다른 버전이다. 물론 그 발명술 역시 금방 지나가는 것을 붙들어 놓는 데서 출발해 교감에 이르는 과정을 거친다.

이것은 눈으로 보는 지도가 아닙니다. 이것은 상상하는 지도입니다. 손가락을 나무 지도의 틈새에 넣은 다음 그 굴곡을 느껴야 합니다. 그 굴곡을 느낀 다음에는 깜깜한 어둠 속에서 해안선의 굴곡을 상상해야 합니다. 촉각과 상상력이 완벽하게 일치해야만 당신은 당신의 길을 찾을 수 있을 것입니다. (p. 95)

에스키모들은 해변의 지도를 그리기 위해 눈을 감습니다. 그리고 해변에 부딪히는 파도 소리에 귀를 기울입니다. 그리고 그들은 지도를 그리기 위해 자신의 기억을 모두 동원합니다. 소리와 기억으로 지도를 만들지만 그들이 제작한 지도는 항공 사진으로 제작한 지도와 거의 차이가 없습니다. 에스키모들은 언제나 자신들이 어디에 있는지를 잘 알고 있습니다.(pp. 95~96)

마지막으로 「에스키모, 여기가 끝이야」에 소개된 나무 지도를 읽는 방법과 만드는 방법에 대한 설명을 보자. 에스키모들은 나무 지도를 그릴 때는 순간적으로 지나가는 소리와 기억들을 붙들어 두고, 나무 지도를 읽을 때는 그것들을 다시 끄집어낸다고 한다. 이처럼 마법적으로 보이기까지 하는 지도 제작과 독법이 "카약을 탄 채 한밤중에 고래잡이를 나서"는 에스키모들의 실제 삶을 그대로 반영한 것이라는 사실은 놀랍기만 하다. 진정한 지도란 우리와 별개로 존재하는 산이나 강, 바다를 기껏해야 몇 개의 선이나 색으로 옮겨 놓은 것이 아니라, 우리와 세계 사이에서 발생하는 순간적이지만 소중한 경험을 불러와 나타내는 것이어야 하지 않을까?

길을 잃고 헤매던 '나'도 에스키모들처럼 나무 지도를 더듬기 시작한다. "손가락으로 나무 조각을 더듬자 조금씩 새로운 것이 느껴졌다. 에스키모가 거닐었던 해변의 굴곡이 손끝으로 느껴졌다고 하면 아무래도 과장이겠지만 어떤 공간이 느껴지기 시작했다." 나무 지도와의 교감이, 종이 지도에 한눈팔다가 정작 세상을 놓쳐버린 '나'에게 길 찾기의 새 출발점을 제공하기를 기대해본다. 물론 이 기대는 멍청한 유비쿼터스에 사로잡혀 옴짝달싹 못하는 다른 많은 사람들에게도 마찬가지이다.

작가의 말

생각해보면, 나는 레고 블럭이다. 나라는 것은 무수히 많은 조각들로 이뤄진 덩어리일 뿐이다.

(이하 절대 무순) 더 킹크스, 톰 웨이츠, 엘비스 코스텔로, 보스턴 레드삭스, 글렌 굴드, 알렉스 칠튼, 줄리안 반즈, 맨체스터 유나이티드, 무라카미 류, 줌파 라히리, 레이먼드 카버, 윌리엄 깁슨, 빅터 파파넥, 다카하시 겐이치로, 더 비틀즈, 기타노 다케시, 팀 버튼, 밥 말리, 제프 버클리, 스티븐 킹, 브루크너, 자클린느 뒤 프레, 내셔널 지오그래픽, 전자신문, 벤 하퍼, 다이언 아버스, 비스티 보이스, 아이팟, 위저, 케니 버렐, 휴렛패커드 레이저젯, 아이비엠 X40, 트레이 파커 - 오, 케니 -, 롤러코스터, 셀레스천 100, 몬탈치노, 도스토예프스키, DJ 섀도우, 벤 크웰러, 폴 오스터, 치보 마토, 커트 보네거트, 알도1967, 이글루, 케빈 미트닉, 와콤 타블렛, 레이지 어게인스트 더 머신, 티렉스, 소닉

유스, 벨벳 언더그라운드, 맥북 개러지밴드, 크롬바커, 반 고흐 뮤지엄, 지하철 3호선, 세계단편문학전집, 스티븐 레비, 엘리엇 스미스, 마팔다, 스누피, 크릭, 첼리비다케, 그래험 룬드웨이트, 러셀 셔먼, 보르헤스, 알프레드 히치콕, 키드 코알라, 바슐라르, 데이미언 라이스, 알프, 장영주, 아카세가와 겐페이, 리누스 토발즈, 일리 에스프레소, 카페 라리, 무라카미 하루키, 고미 타로, 로트링, 슈타틀러 피그먼트 라이너, 마그네틱 필즈, 루 리드, 레이먼드 챈들러, 앙리 카르티에 브레송, 바스키아, 커트 코베인, 비치보이스, 이메이션, 뱅앤올룹슨, 더 스미스, 캐논, 파비오 비온디, 리히터, 구글, 마리오 바르가스 요사, 앤서니 보뎅, 앤서니 던, 장 보드리야르, 이누잇 혹은 에스키모, 스파게티 알리오, 올리오에 페페론치노, 하디스메를로, 그리고, 베스 기븐스……, 등등.

조립되고 해체되고, 또다시 조립되면서 이 블럭들은 지금의 나를 만들었다. 그중에서도 가장 중요한 블럭은, 지금 어디에선가 하얀 종이나 텅 빈 모니터를 앞에 두고 뭔가를 쓰려 하고 있는 모든 사람들, 그게 일기든 시든 소설이든 수필이든 편지든 뭐든 간에, 뭔가를 쓰기 위해 허공 앞에 앉은 모든 동지(同志)들이다. 나는 그들에게서 영감 받았고 영향 받았으며, 그들의 문장과 생각과 철학을 디제이처럼 리믹스해 왔다. 그래도 된다면, 나의 가장 중요한 레고 블럭들에게 이 소설을 바치고 싶다.

2006년 3월

김중혁